非線文學論

蕭仁隆 著

鄭序

　　蕭仁隆憑藉著一股對詩文寫作的熱忱和天份,從德希達的解構理論、杜象的創作觀及後現代創作特性整理出非線文學特性;再融合古詩詞及新詩文獻演繹出一套新詩創作的趣味方法,我們稱之為「詩中詩」。所謂「詩中詩」意旨,即創作者必須在原始詩文本結構不變的型態之下,僅以減法方式刪除詩文本的特定文字。透過創作者對詩文本字詞之間的意境解讀,進行刪除或意境相同、或意境不同、或詩題相同、或詩題相異等創作。說穿了,其實就是一種刪刪減減的文字編排遊戲,但由於詩所獨具的「不確定性」、「文義斷裂性」以及「似是與不似性」等三項特性,使其足夠承載創意與想像的巨大容量。

　　這個發現很有趣,剛開始只是他自己的寫作實驗,後來再到中文系邀集了一個團體,共同實驗、共同創作。他們的作品產出很豐富,也很有變化性,似乎更強化了詩文本裡「似與不似之間」的可貴性。由於「詩中詩」創作法最嚴格規範的是:不可以改變原始文本的字元結構與排列,所以當被刪去的字元僅能以空白作為結構的替代時,反而加強了詩文本的不確定性,而透過空白的間隔停頓效用,讓讀者在似與不似間咀嚼詩文本散發出來的寓意。

　　根據英國國家文化創意教育顧問協會(National Advisory Council on Creative and Cultural Education, NACCCE)所提出的研究報告指出,從商業人力資源的角度來看,現在和未來最需要的是創新和創意的人才,而藝術就是培養創新創意的方法。其實,

不只英國人開始注意到藝術對於社會和人民的影響，在美國、澳洲、加拿大及新加坡等國家也紛紛成立相關部門或組織。大家都相信經由藝術氛圍的學習方式，可以培育出具備二十一世紀需求的人才，也就是除了基礎專業之外，還必須兼具創新創意的思考能力。然而，藝術和創作似乎總是那麼的高調和高尚，似乎總有那麼多的進入門檻，幸好，隨著達達主義爲反藝術而藝術的行爲之後，藝術的範疇與定義開始有了新的契機，加上科技的進步，讓藝術創作的廣度在 web 2.0 世代中無限上綱而寬大。當藝術的界定不再「唯一和高尚」的時候，萌發創意的機會就會提升，尤其在網路與電腦科技的輔助之下，進入藝術的門檻降低了，當然創意的範圍就廣泛了。「詩中詩」似乎就是一個值得被開發爲靈感啓發的藝術手法。

我曾經把「詩中詩」這個創作方法分別導入通識課程《新媒體藝術的美學賞析》，以及《設計方法》等課程，發現一個很有趣的現象：非設計背景者對於「詩中詩」的創意運用效果極佳。由於「詩中詩」是從刪除的過程進行創作，減輕了從零開始創作的難度，自然容易且快速入手，創作的信心也就大增。除此之外，我發現大部分同學不想針對自己的原始詩體進行「詩中詩」的創作，反而喜好玩味和變化他人的原始文本，這點倒讓我對這個教學活動有了新的想法：或許未來可以應用到藝術治療的課程也說不定。很恭禧、也很謝謝蕭仁隆在文學的路上有此發現，對於一個藝術與設計教育工作者而言，我將持續以融合的觀點把「詩中詩」創作法應用在不同需求的學習啓發領域。不確定終究能否成爲一門方法學，但肯定是一種很好且具有啓發式的教學活動。

國立雲林科技大學創意生活設計系所副教授　鄭月秀

2014 年 6 月 24 日

《非線文學論》讀後

　　蕭仁隆君新近完成一本《非線文學論》，希望我能寫個序。我的專業是語言學，在文學方面沒有造詣，談不上寫序。我想，可能是因為仁隆曾經上過我的課，他想跟人分享這幾年所收穫的心情。我就說說這本書的讀後心得。

　　仁隆曾就讀元智大學應用中文系，應中系學生白天忙於工作，晚上來校學習，其學習精神和態度都很好。仁隆平常為人樂觀熱情，充滿信心，很喜歡文學。應中系畢業之後，繼續念本校的資訊傳播研究所，得以開拓視野，把他原本所喜歡的文學和藝術應用在資訊傳播領域上，作一個更上層樓的整合。可以說，《非線文學論》就是他在這方面的成果結晶。

　　仁隆在他自序中說他這本書是中國文學史上第一本關於非線文學的專著，也是文學史、藝術史與思想史上的第一篇專論，相信會引起文壇與詩壇相當大的震撼。我們從仁隆這些隻字片語，就可以體會到他這幾年提升自己所帶來的雀躍興奮之情，亟欲和大家分享。人生需求有許多層次，以馬斯洛（Abraham Maslow）的需求理論來看，仁隆已經超越底層需求，繼續往自我實現方向邁進，我們祝福他成功圓滿。

　　我認為，從線性到非線性是一種哲學上的思潮演變；非線性思潮輻射滲透到各個領域，在文學上或藝術上亦然。就語言學上來說，20世紀70年代有所謂「非線性音系學」的出現，也是非線性思維。最近電視廣告〈黑松好茶哉‧正妹篇〉當中的對白「男

生看妹再正常不過了，也沒說妳不正啊」變成了「妹再正過了，也沒妳不正」，又變成「再正也沒妳正」，同樣也是這種思潮的反映。

　　仁隆書中所說的「文本（text）」，語言學上大都稱為「語篇」，在某些功能語言學派討論很多，甚至和「話語（discourse）」糾葛不清。語言是一種符號系統，以往的語言學研究多只關注在語言甚或文字本身；而有些功能語言學派也關注其他符號系統，以及語言與其他符號系統的互動關係。其語篇或話語的概念已經從語言符號跨越到非語言符號，不只探討語言的功能性，也探討語言符號與其他表達符號，包括視覺圖像、音樂、資訊多媒體，甚至影像中的肢體動作等關係，而產生「多模態話語分析理論（Multimodal Discourse Analysis，MDA）」。從這個角度看，語篇的概念與其說是「具體作品」，不如說是具體作品背後所藉以支撐的「抽象整體存在」。

　　既然文學上的「文本」概念已經從只是關注作者，到變成同時關注作者和讀者之間的互動關係，那麼「作品是『我』獨創」的界線就變得模糊。簡單來說，我讀這本書的心得是，作品是個「集體」概念，來自集體的時節因緣，是集體成就。

元智大學中國語文學系助理教授　徐富美
2014 年 5 月 16 日

爲自己寫一首詩
成爲生命的贏家

于煥庭

　　因爲兒子的一句話：「你又沒出書」，仁隆完成了生平第一本詩集《蕭雲詩選》；我有幸拜讀後，發覺在詩集中看到的不僅是詩，也是生命歷程的寫實及對家庭的愛，而研發「詩中詩」創作法顯早已蘊育在其生活與生命中。

　　十八年前我遷居與仁隆因緣比鄰相居相識，對其爲人與生活情趣，個人雖有一些瞭解，但還不能全面深入，只知道他多才多藝，工作之餘深造學習，對文學、詩、畫與攝影的創作及園藝規劃從未懈怠，藉篤實踐履態度建立隨緣交流平台，又旁徵博覽，心神領悟之餘，逐步尋求超脫而達至。

　　《非線文學論》即將出書，仁隆便邀我寫序，正如仁隆所說：「這是在中國文學史上第一本關於「非線性文學」的論著」，讓我充滿意外與榮幸。我想借用希臘有位文學家的名言：「我非智者，愛智者也」，改寫爲「我非文學者與藝術工作者，然愛好文學藝術也」。

　　今天科技、資訊、網路的發展，使我們生活的環境方式已迥然異於往昔，面對傳統與文化的衝擊，及現實生活中的世代矛盾，亦同時顯現。是以要打破傳統的思維模式來產生一個理論，甚至衝撞出火花，讓嚴謹建立的理論基礎，獲得共識，誠屬不易。

　　當我閱讀《非線文學論》後，發現不論是文學創作、藝術文化創作、生活藝術，甚而經營管理、問題研究、決策分析等，《非

線文學論》都提供了突破框架，跨框架的思考和文學與藝術創作的非線世界，讓我受益良多，故爲之序。

空中大學講師　于煥庭

2014 年 5 月 18 日

李序

李麗真

　　認識仁隆是在元智大學應中系的課堂上，他是一位博學多聞的人，更能與老師輕易地互動。這次他出書並不是第一次，但這本《非線文學論》應是他投注時間與心力最多的著作。我很榮幸受邀為他寫序，卻是在誠惶誠恐與忐忑不安的心情下接受邀約！因為「非線性文學」一詞對我來說既陌生且模糊，單從字義來看，就像是數學+語文一般難解。於是我逐次閱讀這本《非線文學論》後，「非線性」的概念才逐漸在我的腦海中明朗開來，原來它跟幼兒在玩故事接龍遊戲一樣，說故事的接龍內容沒有限制性，任由參與遊戲的幼兒做天馬行空的想像，最後完成了整個故事的創作。經過我這靈光一閃的連結後，竟發現故事接龍遊戲相當符合非線文學十七項特性的遊戲性、無固定姓和無始終性。文學創作竟也能跟幼兒遊戲連結，這是我閱讀這書後才湧現的思緒！

　　當讀了《非線文學論》後，發現仁隆真是厲害！竟把非線文學中相當繁複的名詞用語；都可以追根究底地分析、歸納和分類，更將非線性的各種說法統整成非線十七特性，以及一個理論。此外，還延伸出非線藝術與非線思考的特性，並為藝術十二大類別定位，氣魄之大，非常令人佩服！

李麗真

2014 年 4 月 13 日

自序

　　《非線文學論》可以被提出來撰寫成書，在我的人生旅程中是個意外！我從小就喜歡文學、繪畫，以及哲理性的思考，高中開始學攝影和寫作，從沒想過要寫甚麼理論之類的書。我想自古至今的文學理論甚多，相信都被他人寫完了，哪還輪到我這無名小輩呢？人生的湊巧常讓你無法逃避，當年考研究所也非我的人生規劃，進入碩士班後跳進非線性的領域更不是我所預期的研究計畫，卻讓我死硬地面對它，然後徹底地研究它，最後還導出了史無前例的非線文學理論體系及詩中詩創作法。這樣史無前例的創舉直到完成碩士論文期間，相關論述早已刊登到一些期刊與雜誌裡，且產生不少驚奇！這些驚奇都要歸功於我的指導老師鄭月秀教授以網路藝術的專業領域引領我進入非線文學領域，讓我從此墜入非線文學的領域裡，並在這領域裡挖掘出許多前所未見的論述。如今將這四年多來的探索寫成《非線文學論》專書，在閒賦兩年多的日子裡，算是我最大的成就！

　　《非線文學論》在中國文學史上是第一本關於非線性文學的論著。本書所旁徵導引的非線藝術理論、非線攝影藝術論及非線十七思考模式與微文學論，也是在文學史、藝術史與思想史上的第一篇專論，且大膽地確立十二大藝術類別。為讓獨創的「詩中詩創作法」首次實驗作品得以集結，以附錄方式作輯紀念。相信這些發所未發與聞所未聞的文學論述與獨特的詩論，恐引起文壇與詩壇相當大的震撼！這麼多史上的第一次，讓《非線文學論》

背負相當沉重的擔子。歷史的腳步永遠往前進，《非線文學論》正走在時代的前頭，為歷史留住印記。關於非線的崛起方面，非線的藝術與觀念自古即有，卻到上世紀初才被杜象闡揚出來，經過快半世紀被德希達用於哲學與文學的解構。自從電腦的非線性系統演算程式發明後，才正式誕生非線性這一名詞，至今又將半個世紀。若從杜象在西元 1913 年的第一件現成物藝術創作算起，非線性的概念問世已經一百零一年了，能在當下二十一世紀之初完成《非線文學論》，似乎也在冥冥之中注定要被問世了。一個理論從一百年前開始思索，歷經不同國家和不同學者與專家的創新發現，直到將近一百年後終於被集結成理論，可見理論從發現到集結完成問世並不容易！

　　《非線文學論》既已完成，但背後指導和參與的人都是我要感謝的人，其中最重要的就是鄭月秀教授，沒有她大概也不會有《非線文學論》的問世。還有就是當年的協同教授林佩瑜、參與論文口試的楊文灝教授與李元榮教授，因為他們具有前瞻性的肯定，才能讓這個領域在我國的學術上被認定，以及之後持續的研究成果和理論的完成。

　　此外，參與整個研究過程的有元智大學中語系主任鍾雲鶯教授與徐富美教授、羅鳳珠教授、簡婉老師、林妙芬老師、研究生吳家益先生及應中系畢業的杜明老師、陳麗明老師、潘金蟬老師、李麗真老師、顏正華老師及其他的社會人士等，參與體驗設計創作實驗的元智大學中語系同學們及我的助理內人吳貴美小姐，還有精於解析英文教學的范添棟老師在中外文譯名上的指導，並其他好朋友們直接間接的協助都是幫助《非線文學論》撰寫完成的大功臣，我在此獻上十二萬分的感激！鄭教授更在雲林科技大學架設《詩中詩網站》，作為教學之用，將非線文學教育推進大學通識教育之門，更讓我深深感到慰藉，特請她為我寫序。

　　還有一些前輩老師和在實驗過程中協助我甚多的同學，實在
無法一一邀請他們寫序，僅能在序文中提及姓名或單位；紀念他
們共同參與文學史上許多第一次的榮耀！希望這部集多元於一身
的專論，可以啟動國內的非線文學、非線藝術與非線思考的教育
和文學與藝術的創作發展，讓創作者與一般大眾懂得如何走出被
框住得很習慣的框架，突破框架及跨框架的思考，邁入文學與藝
術創作的非線世界。

蕭仁隆　於龍潭采雲居完稿

2014 年 3 月 21 日

目錄

圖表目錄

第一章　非線文學釋說

1.1 非線文學統稱

　　談起非線文學（Nonlinear literature）大家一定會一頭霧水！因為，這是在數位時代後才產生的新興文學，其範圍介於數位科技與文學創作之間，所以會覺得那麼陌生！本章的釋說就是要好好闡釋這個新興的文學，讓大家有個概念。何謂非線文學呢？即非線性文學的簡稱。最簡潔的解釋就是：以具備非線性的寫作與非線性的閱讀之文學作品作為研究對象的文學研究，就是非線性文學，簡稱為非線文學。目前與非線文學相似的名詞有：網路文學、循路文學、電子文學、賽伯文學、超文本文學、數位文學、以及新文類等。然而，其中的賽伯文學與超文本文學僅是譯名不同，至於電子文學、循路文學、新文類與數位文學的名稱；只是早期到現代的學術界對於藉由電腦產生的文學作品的不同稱謂而已。目前在學術界上使用電子文學與循路文學的名詞已經不多，至於新文類一詞則使用者甚少，更無人將之冠以文學之名。所以目前只剩網路文學、超文本文學與數位文學的名詞被大多數人所接受，並持續應用在學術上。三種型式的文學各有不同，當如何區別呢？數位文學具有傳統文本與超文本兩特性，與超文本文學特性相同。網路文學則一定要存在於網路中，方可稱之為網路文學，離開網路則難以構成。然而這三種型式的文學作品都屬於非線文學的範圍。所以，對此三種文學的型式都以非線文學統稱。也可以說：非線文學包含數位文學、超文本文學、網路文學三種文學的作品之研究。此外，還包含具有非線性的傳統文學作品之研究。因此，非線文學論的研究範圍就是對於這四類文學的各種創作文本型式、創作方法、理論根據與歷史發展等等研究的學問（蕭仁隆，2011）。

1.2　非線文學定義

　　自從網路發展以來，我國常以網路文學（Internet literature）概括所有在網路上的文學創作。然而，最近已有一些學者認為不妥。例如：須文蔚認為當以數位文學稱之，才能概括目前網路文學的全貌（須文蔚，2003；周慶華等人，2009）。此外，尚有超文本文學（Hypertext literature）及循路文學（Ergodic literature）等等名稱來指稱網路上的文學創作（吳筱玫，2003）。至於非線性文學（Nonlinear literature）一詞不易在我國的中文學術文獻中出現，僅鄭月秀（2007）的《網路藝術》一書中提及。至於非線性敘事（Nonlinear narrative）一詞則有吳筱玫與鄭月秀、李順興、尤美琪提及（吳筱玫，2003；鄭月秀，2007）。在我國學術界還是習慣以「超文本」替代非傳統文本的稱謂。國外學者則大都以非線性敘事、非線性文學、非線性藝術稱之。由此觀之，自從電腦與網路興起後，相關的新興名詞如雨後春筍一般的出現，尤其是被輸入國家的學術界大都呈現莫衷一是的現象。為此，我國有需要對這個剛興起的學術研究之名詞作一定義，以確定其研究範圍與名稱（蕭仁隆，2011）。作為解構思想代表者的德希達（Jacques Derrida, 1930-2004）曾在西元 1974 年發表一本書名為《喪鐘》（Glas）的獨特文學創作，這是一本以文本嫁接和文字遊戲的「巨型蒙太奇」（giantmontge）創作，此創作的目的在宣告傳統意義上的哲學與文學概念之間的界線已經消失。《喪鐘》是一本以互文性（intertextuality）概念為創作的文學作品，也就是在同一頁面上以兩種不同文本交織的寫作與閱讀方式。這種特異的寫作與閱讀方式，突破了傳統線性文本的寫作與閱讀方式，開啟非線文本的寫作與閱讀方式。在非線文學的研究上，《喪鐘》常被引為經典之作（楊大春，1994）。因此，廣義的非線文學定義，就是其寫作與閱讀方式在傳統線性之外，具有互文性概念的創作文本均

屬之。簡言之，以非線性為閱讀方式就是非線閱讀，以非線性敘事從事文學創作就是非線創作。綜合非線閱讀與非線創作的文學創作作品，即是非線文學。據此一定義而言，則我國自漢代以降，對於古代經典的解經訓詁之書，當是我國非線文學書寫型態的濫觴（鄭明萱，1997）。僅就文學創作而言，古代的迴文詩，近代的圖像詩都屬於非線文學創作。至於狹義的非線文學定義方面，西元 1967 年德希達發表影響最巨大，意義最深遠，且奠定解構理論基礎的三部著作《聲音與現象》、《書寫學》、《書寫與差異》（張小虹，1992）後，狹義的非線文學始得以依據解構理論確立基礎。亦即以解構理論為基礎發展而來的非線文學創作就是狹義的非線文學。但是在進入電腦與數位時代後，這個狹義的非線文學創作模式變得更為多元化，不再局限於文本的解構創作、互文創作與閱讀而已。非線文學發展至今，已將所謂狹義非線文學與廣義非線文學的界線模糊化。總之，舉凡符合非線文學特性之文學創作都屬於非線文學範圍，以之為研究對象的學問就是非線文學研究，此即是非線文學目前的定義（蕭仁隆，2011）。

1.3　非線文學特性

　　非線文學已有定義，但這樣的定義還是相當籠統。因此，必須歸納其所具有的特性才能規範所謂的非線文學，使其定義更明確，更具體化。考究在非線文學範圍內的創作作品特性，有一項最明顯，也是最主要的特性，就是其文學作品都不具直線序列的寫作與閱讀的特性。在進入網際網路與數位時代後，非線文學的特性更是多元，而且還不斷地增生各類特性。所以，很難將非線文學的特性定於一尊，唯一不變的特性就是作品具有非線性的本質。所以，論及非線文學的特性，必當以非線性的特性列為首條（蕭仁隆，2011）。本書根據目前網際網路與數位時代後的

各類文本型態與創作方法，廣義的非線文學定義與狹義的非線文學定義，再以解構理論、後現代主義與杜象現象所形成完整的非線文學理論體系，歸納出十七項非線文學的特性（蕭仁隆、鄭月秀，2009；蕭仁隆，2011）至於詳細的非線文學特性論述，將在非線文學理論中討論，此處僅作結論式的釋義，使讀者在閱讀本書時，對於非線文學的特性具有較為具體的概念。以下就是非線文學理論十七項特性及其釋義：

（1）非線性

其寫作與閱讀方式有別於傳統線性之寫作與閱讀方式，其寫作與閱讀方式係採取反傳統線性的方式進行，以不具直線序列為寫作與閱讀的方式，此為非線文學之所以為非線性最主要的特性。

（2）遊戲性

指在文本的表現上或閱讀上具有遊戲的性質，可讓讀寫人以各種方式遊戲其間，尋求文本中所欲顯現的樂趣。所以，非線文學的文本不論是紙面文本或是數位文本；創作初起的目的都極具遊戲性。

（3）批評性

單指閱讀時對於該文本的批評文章之書寫而言，此種將批評與原始文本並列的文本，德希達稱為批評性閱讀。書寫批評都是在閱讀之後的行為反應，德希達認為文本是容許被批評的，並認為對於文本的批評屬於文本的一種重寫行為。在非線文學中，此種文本屬於具有批評性的文本，其批評書寫可以是讀者，也可以是原始作者。

（4）互文性

係在同一文本上以不同文本寫作相互交織，使各文本間不再只是線性序列的關係，而是形成相互牽連的關係與影響，即具有互文性之文本。

（5）可重寫性

在傳統文學中，當作品完成之後，是不容許有重寫的行為，而在非線文學中，作者完成的作品只被視為所有文本中的原始文本，其後所衍生的作品都具有被允許重寫的行為。亦即可重寫性就是對於所閱讀文本的重新改寫，產生新的文本。也就是說，非線文學必須允許原始文本可以重寫，新的文本才能不斷地衍生，不斷增殖，最後構成一個文本的網。這是非線文學很重要的特性。

（6）讀寫合一性

即是所謂的雙重閱讀，亦即讀者對於所創作的文本，除了可以閱讀外，也能對該文本重新書寫。因為，在德希達的解構理論中，認為閱讀者與作者都具讀寫雙重身分，所以在進行雙重閱讀的人又稱為讀寫人。讀寫人在文本上所進行的閱讀就稱為讀寫雙重閱讀，這種讀寫雙重進行的閱讀行為就是讀寫合一的閱讀行為。以此種特性為創作的文本，即是讀寫合一的文本。

（7）去中心共有性

即是要打破傳統作者的權威性觀念，讓文本成為讀者所共有，這是德希達解構理論對於文本解建的基本要義。在非線文學的文本中，當作者完成文本後，原作者不再擁有該文本，文本屬於所有讀寫人所共有。因為，凡是參與閱讀的讀寫人都可以在原始文本中進行各類創作，於是形成對於該文本的共有者。

（8）隨意與自由性

參與讀寫文本的讀寫人，在原始文本中容許隨意增刪重寫，所以德希達解構理論認為讀寫人對於文本解建不該有生硬的教條限制，大家才可以在彼此尊重的自由意志下共同挖掘文本的樂趣。文本具有隨意與自

由增刪重寫的特性，新的文本才能不斷地被滋生出來。德希達解構理論認爲文本就是一個可以無限滋繁的作品，因此，必須具有隨意與自由增刪重寫的特性。

（9）無固定性

　　非線文學的作者爲創造文本的遊戲性與隨意性，其文本創作沒有一定的界線與邊際，更無固定的模式。所以，自由與隨意的創作方式成爲非線文學的樣態。非線文學的文本沒有一定的型式與內容，如此才能造成文本的漂浮與游離感，使文本更爲活躍，無拘無束。德希達認爲自己所創立的解構理論並不是一種理論，所以，德希達最終仍未將解構理論建立有形的架構，用以表示解構是沒有固定型式的，只是一種概念的延伸。

（10）無終始性

　　非線文學的文本可以有主題，有起點，也可以無主題，無起點。在非線文學創作的過程中，不論有主題，有起點，或無主題，無起點，最後都將沒有終點，於是形成一個無始無終的文本。因爲原創作結束後，該作品便如種子進入土壤中，開始進行其生命的成長，很難看到終點。只有當供給的養分停止供給時，該生命才進入死亡。非線文本無始終性的觀念正是羅蘭・巴特（Roland Barthes）所謂「作者已死」的概念，這也是區別文本與作品最重要的意義。

（11）無自足性

　　非線文學的原始作者如何著墨其作品，並不重要！如何讓作品進行其遊戲，使讀寫人能夠感受作者所預設的情境才是關鍵。所以，非線文學的文本就如一個空殼，當器物形狀塑造完成後，使用這器物者就具有相當的自主性來利用這物。所以原始文本被創作後，接下來的文本進

化情況，無人能預知，只能隨眾多讀寫人的隨意與自由性參與文本的衍生行為。因此，非線文學的文本，必須無自足性才能被讀寫人共有。

（12）無限開放性

　　非線文學屬於眾人所有，當原始文本完成後，就是一個無限開放的平台。只要大家認同這個平台，認同這個空間，就能進入該文本之中，進行隨意的自由自在的創作。但有一個重要的限制，就是不能恣意破壞這屬於大家的平台，大家的空間。非線文本必須具有無限開放性，才能使文本的創意無限延伸，以及產生文文相連的現象。

（13）交錯重疊性

　　因為非線文學具有讀寫人共有重寫的特性，於是共同讀寫人所撰寫的文本之間就會產生相互交叉與重疊的現象。更因其具有允許重寫的特性，文本最終可能形成嚴重交錯與重疊現象的文網。所以，非線文本相互交錯重疊的最後結果，就會如星海一樣呈現難以計算的數量與連結路徑。

（14）多視線性

　　這與多向性幾近同義，但是多向性偏重於線性的方向性，具有多角發展的意味。多視線性則在方向的多角發展外，增添了可跳接性，及同一文本多面呈現所產生的視線多元現象。因此，其文本連結的表現不再只是樹狀或軸狀的發展，而是呈現立體的，多面向的，複合性的發展。

（15）多媒體性

　　在 Web 2.0 之後，電腦科技可謂一日千里。尤其數位科技的發達，已經取代了傳統相機的地位。現在不只是數位相機普及化，手機相機也普及化，智慧型手機和平板電腦成為最熱門的數位產品，多媒體的功能亦

普及運用於各業界的器材中。在非線文學進入 Web 2.0 世代的創作上，多媒體性更是不可或缺的特性。運用多媒體的特性可以更多元的表現在文學創作所要表達的概念，使情境塑造上變得更虛擬實境，讓閱讀文學作品不再只是文字的吸收與會意和共鳴，更能藉由多媒體的影、音、動、靜等的設計，傳達傳統文本所難以表現的情境與感受（周慶華等人，2009）。

（16）延異與嫁接性

　　這是非線文學很重要的特徵，如果非線文本無法延異，無法嫁接，則非線文學創作無法全面產生。這也是德希達解構理論足以鬆動傳統哲學理論最重要的手法。當文本允許延異與嫁接後，文學創作的世界就會變得多元，變得無法想像，變得多采多姿。就如目前的基因改造，或是植物的異種嫁接一般，將原有的面貌改觀。至於改觀後的文本情境，無人能預知，這是一種文本的冒險，也是一種文本的期待！

（17）時空分離與延擱性

　　當文本讀寫的時空軸線不再以直線進行時，讀寫時空的進行便會被延擱下來。在進行中的讀寫時空被延擱下來之後，讀寫當下所屬的時空自然停滯，轉入被作者安排設計的另一個時空進行讀寫，直到這個讀寫時空被再度設計轉換為止。這樣的讀寫時空變化促使讀寫人有很深的時空錯置感，進而達到讀寫的奇妙樂趣。此種時空分離與延擱的讀寫處理手法，正是非線文學的文本令人興奮之處！猶如電影的蒙太奇手法，將劇情時空的錯置一一浮現在觀眾的眼前，而觀眾自身亦深陷其中，直到從另一時空中返回原點才繼續另一個場景。

　　上述非線十七項特性若依其相近性質歸類，則可以分為寫作特性、文本特性、文本層次及文本延異四類特性，其各類特性歸納後如下：

一、寫作特性方面

- （1） 非線性
- （2） 遊戲性
- （3） 批評性
- （4） 互文性
- （5） 可重寫性
- （6） 讀寫合一性

二、文本特性方面

- （1） 去中心共有性
- （2） 隨意與自由性
- （3） 無固定性
- （4） 無終始性
- （5） 無自足性
- （6） 無限開放性

三、文本層次方面

- （1） 交錯重疊性
- （2） 多視線性
- （3） 多媒體性

四、文本延異方面

- （1） 延異與嫁接性
- （2） 時空分離與延擱性

　　以上所列舉非線文學這十七項特性，經過如此歸類層次更為明朗。然而這些特性並非所有非線文學的文本都必須充分具備，才能稱得上非

線文本。只要在創作文本時，具有其中一項特性即可成爲非線文本。非線文學的創作者可以依據創作的情境需要，採取其中某些特性作爲創作設計的方向。至於這些特性的樣貌，將會在各章節的文本論述中分別予以討論，在此不另作引述。

1.4　非線文學與讀寫者關係

　　論及非線文學與讀寫者關係必須從傳統的線性文學開始，依據亞賽斯（1997）循路文學與讀者關係架構可以發現；傳統的線性文學與讀者的關係與非線文學與讀者的關係差異甚大。線性文學與讀者的溝通屬於單一路徑式的溝通，閱讀的進行屬於循序性的與靜態的閱讀，在文本的屬性上屬於單層的文本。因此，作者具有絕對的詮釋權，讀者只有單純的閱讀權。至於非線文學與讀者的溝通則屬於多路徑式、多樣式與概念式的溝通，閱讀的進行屬於循路性、多向性、跳躍性、動態性、互動性、多媒體性的閱讀，在文本的屬性上屬於多重的文本。因此，作者不具有絕對的詮釋權，讀者除了單純的閱讀權外，尚有對於文本的探求權、建構權與創造權。所以，兩者的特性差異極大，作爲數位化的現代作者與讀者，不得不注意數位化時代下的作者與讀者關係已逐漸改變的事實，因應創作路線與閱讀習慣的改變。以下係以亞賽斯（1997）循路文學與讀者關係的架構基礎，建構非線文學、線性文學及其所屬文本與讀者關係的架構圖，如圖 1-1 所示：

圖 1-1　非線文學、線性文學及其文本與讀者關係架構圖

資料來源：蕭仁隆整理繪製

1.5　非線文學與非線藝術非線思考關係

　　從非線文學理論體系中所採用的三大論述理論即解構理論、後現代主義、杜象現象可知，這三大論述的理論也可以應用於藝術創作理論。目前在藝術理論裡獨獨沒有標舉非線性的藝術理論，有鑑於此，蕭仁隆認為非線文學理論可與非線藝術理論相通，更以攝影藝術創作作為實驗標的，並於西元 2013 年正式命名為「非線性攝影藝術」，簡稱「非線攝影藝術」。因為此一藝術實驗的確認，進而演繹出建立非線性藝術的可能性，將所有與非線性有關的藝術納入此一類別，並命名為「非線性藝術」，簡稱「非線藝術」。因此，作為「非線藝術」的理論也就稱為「非線藝術理論」，簡稱「非線理論」。非線理論可以追述到非線文學理論體系中所採用的三大論述理論即解構理論、後現代主義、杜象現象，所有的現代藝術都脫離不了跟他們的關係，都屬於非線性的表現方式。所以，非線理論涵蓋了非線藝術，也涵蓋了三大理論。若以藝術為論述主軸，則非線藝術又涵蓋了所有的非線性藝術的表現手法。至此，非線藝術與非線理論都得到論述的支持，可以單獨論述此類的藝術表現手法，其藝術表現特點，即是非線文學的十七項特點，詳細理論體系後敘。

　　非線文學理論與非線思考有何關係？其實，一個理論的形成必有一個動機或念頭出現，然後對於該動機或念頭進行思考，最後得到結論。在經由這個結論反推演其思考過程時，發現正是因為該思考脫離了正常的思考範疇，產生非線性的思考模式，於是有了非線文學理論的產生。也就是說，是由於腦中有了非線性的思考活動，才會產生非線性的表現手法，終成一種理論。因此，若將這個思考模式推演到哲學的辯證法則上是否可行呢？這是蕭仁隆在當初發現非線理論後所反思的論點。原來非線思考也有一個相當大的哲學思辯空間，更是促進人們跳脫現有思考

模式的良藥。非線思考可以幫助人們在百思不得其解時出現另一扇靈光，或說是一扇窗戶，也可以說是一顆救命丹，是值得探索的思考模式。當年德希達在 Diffárence 加入 a 開始思考文學與哲學的關系，非線文學導出非線十七特點後，發現了非線攝影藝術，進而發現非線藝術理論已經成型。再從哲學的論證出發，將「是否爲眞」的哲學命題改成「是否爲假」，形成一種早已存在卻沒有被論述清楚的非線性思考模式，簡稱「非線思考」。讓哲學界傳統以來的辯證模式也面臨被解構的命運。俗語常說「遇到問題要反向思考」，這話正是直指「非線思考」而言。一般人都只是單向思考，或是說單純的一直線的思考，但也有人因爲繞個彎去思考，或是反向思考，卻常常將問題迎刃而解，這正是非線理論的多層次的概念運用。非線十七特點都可以轉化在非線思考之中，只要將其中一些字修改，再加入思考二字，即可以形成如下的非線十七項思考模式，如下所示：

(1) 非線性思考

(2) 遊戲性思考

(3) 批評性思考

(4) 互思性思考

(5) 可重複性思考

(6) 異質合一性思考

(7) 去中心性思考

(8) 隨意與自由性思考

(9) 無固定性思考

(10) 無終始性思考

(11) 無自足性思考

(12) 無限開放性思考

(13) 交錯重疊性思考

(14) 多視角性思考

（15）　群體性思考

（16）　延異與嫁接性思考

（17）　時空分離與延擱性思考

　　上述非線十七項思考模式若依其相近性質歸類，則可以分為思考特性、思考主張、思考層次及思考延異四類特性，其各類特性歸納後如下：

一、思考特性方面

（1）　非線性思考

（2）　遊戲性思考

（3）　批評性思考

（4）　互思性思考

（5）　可重複性思考

（6）　異質合一性思考

二、思考主張方面

（1）　去中心性思考

（2）　隨意與自由性思考

（3）　無固定性思考

（4）　無終始性思考

（5）　無自足性思考

（6）　無限開放性思考

三、思考層次方面

（1）　交錯重疊性思考

（2）　多視角性思考

（3）　群體性思考

四、思考延異方面

    （1）   延異與嫁接性思考

    （2）   時空分離與延擱性思考

    從上可知非線文學理論可以推演成非線攝影藝術，進而確立了非線藝術與非線文學乃至非線理論的關係，使自從上世紀以來一直難以定論的非線性藝術表現手法得到統合性的理論基礎。如今更從當年德希達的反思行為中推演出非線思考的十七項特性，讓非線理論不僅僅適用於藝術的表現手法，也適用於非線性藝術表現的思考模式，以及對於日常生活所面臨的哲學性思考模式。企盼如此前所未有的突破性發展，可以幫助所有從事藝術創作者的另類省思，也能幫助人類在生活上面臨困境時，得到另類反思，從而開啓另一扇光明的窗戶。

1.6　總結

    目前大家都在使用電腦及相關產品，手機的普遍率相當的高，在日常生活中幾乎天天接觸到這類的數位產品。然而，很少人知道這是電腦在運算機制上從線性轉向非線性的結果！若從文學發展上談到將文學創作分成線性與非線性兩類的敘述方式；知道的更是了了無幾，就不用再談非線文學這個字眼了。只是生活在數位世界裡的人們，不得不要去追溯何以人類的文明跳入了這個既虛擬又真實且多彩的世界裡？為此，不得不從非線性的敘述開始探究。早期的人類進入文明後的各項表現其實都相當非線性化，後來才開始進入有系統地歸納禮儀制度以及口語化和文字的意義，其目的在於遵守規範和相互間的溝通得到具體化，於是進入了線性的世界。如今步入數位的世界，也讓資訊迅速爆炸，又不得不回到非線的世界裡。但大家對於非線性的一切卻顯得相當陌生，這都是

數位產品的方便性所致。如今，本書以非線文學的名稱問世，相信大家都會一時間反應不過來而莫名不已！當你閱讀本章後，相信不會再陌生於非線文學，以及所演繹出來的非線藝術和非線思考，並驚訝地發現原來非線十七特性就在你的身邊！

第二章　文本定義分類與釋義

2.1　文本定義與字詞探源

　　非線文學屬於新的文學概念，其文本概念也迥異於傳統文本，在進入非線文學的領域前，必須對於非線文學的各類文本有所認識，方能在未來創作路徑的選擇上有所依據。然而這新的文學從誕生至今，各界人士尚未對非線文本作有系統的分類與釋義。職是之故，特規劃專章探討，並對於此新文學的文本給於定義與分類。同時將線性文本與非線文本的所有文本都予以釋義，以為區別，讓後進者得以有系統的快速認識文本的屬性。

　　古人曾說：「物有始終，事有本末，知其先後，則近道矣！」。非線文學所有類別的作品都冠以「文本」二字，而不再以作品慣稱，因此，想進入非線文學的領域就必須對於「文本」二字有充分的認識，才能逐步認識其他的文本。「文本」一詞是隨著電腦科技發展以後，尤其超文本的論述傳抵我國之後，學術界才逐漸認同並採用此名詞。然而，這個新詞至今尚未有人進行深入的探討，所以，「文本」這個「道」有必要為之一探究竟。在中國大陸有傅修延進行中文文學創作文本的文本學研究，為我國文本學探究首開先例。但傅修延對於使用電腦科技的非線文學創作文本而言，尚無有系統的學術探討。傅修延在 2004 年所著《文本學》中曾對於非線文學創作文本進行探討，但探討不多，卻有伏筆指出：電腦數位創作的文本將是未來文學發展趨勢。有鑑於此，理當為電腦數位創作文本的「道」做一有系統歸納、分類與釋義，以釐清各文本間的關係。去其較為混淆不清的名詞或用語，或是已經過時的名詞，或從科技名詞借來的名詞。存其意指明確，符合或貼近文學意涵的名詞，以及目前雖然尚無人使用，未來必然會應用的文學名詞得以定名，如：朗誦文本、散文文本、駢文文本、數位影音文本等。也讓一些由科技延伸出

來的用語，得以適切地應用於文學領域。

　　文本（text），顧名思義就是文學作品之「本」（傅修延，2004）。人類為了傳達語言，於是運用這個「本」為媒介，將所要表達的語言以文字、圖畫等等的符號刻劃或書寫在這個「本」上。這個「本」就載著寫「本」的人所要表達的訊息交給希望接受語言的對方。這個「本」就成了傳遞語言的工具。以現在資訊的角度而言，這個「本」就是一個「載體」。然而，如果這個被傳遞的語言不僅僅是單純的語言，而是一篇文學作品；那麼，這個「本」就是文學作品之「本」。作者藉這個「本」將其文學作品傳給眾人，於是成為一種「文本」。因此，就文學而言，「文本是文學的載體」，也就是「載運文學作品的載體」。目前「文本」一字，在國內已經泛指為一切文學作品，如：詩歌文本、小說文本、創作文本、閱讀文本、研究文本……等等（傅修延，2004）。「文本」一字也運用於非線文本（超文本）的分類，如：互動文本、多向文本…等等。就資訊傳播而言，「文本」則成為「載運資訊傳播的載體」。我國自古以來對於這樣的載體並非稱為「文本」，而是以「文稿」、「稿本」、「抄本」、「話本」、「冊子」、「文章」、「作品」或是「書」……等等名詞來指稱。目前大家所認知的中文「文本」一詞，實際上來自於英語翻譯。當二十世紀六十年代電腦資訊竄起，且逐漸影響人類生活時，英文的文本 text 就出現在電腦上。後來電腦傳到我國，對這個 text 該如何翻譯才能傳神成為各界一大困擾！起初譯為「本文」，最後才定詞為「文本」（鄭明萱，1997；傅修延，2004）。古話有言「欲就其理，須究其源」，「文本」經過如此轉折必有其豐富的經歷，實在需要探究其字詞的來龍去脈。

　　「文本」在中文而言，「文」來自於「鳥獸之文」。在《周易》的〈系辭下傳〉有這段說明：

　　　古者庖犧氏之王天下也，仰則觀象於天，俯則觀法於地。觀鳥
　　獸之文與地之宜，近取諸身，遠取諸物，於是始作八卦，以通

神明之德，以類萬物之情。（許紹龍，1984）

八卦上的符號「☰ ☷ ☳ ☴ ☵ ☲ ☶ ☱」，或稱文字「乾、坤、震、巽、坎、離、艮、兌」，應是中國最早具有意義的符號或文字。殿版《康熙字典》對於「文」的解釋：

說文「錯畫也」。玉篇「文章也」。釋名「文者會集重綵以成錦繡，合集眾字以成辭意」。說文序「依類象形故謂之文，其後行聲相益謂之字。」古今通論「倉頡造書，形立為之文，聲具為之字。」

從甲骨文與金文而言，「文」的本義是指胸前有花紋的人，但到了篆文就去除胸前花紋（左安民，2007）。現在電腦字體篆字的「文」與古文相仿。《說文解字》將「文」解釋為「文，錯畫也，象交文。」（許慎，2003）。段玉裁則進一步注釋：

錯畫者，交錯之畫也。考工記曰：「青與赤謂之文，錯面之一端也」。錯畫者，文之本義。彩彰者，彩之本義，義不同也。黃帝之史倉頡，見鳥獸蹄迒之跡，知分理之可相別異也，初造書契，依類象形，故謂之文。（傅修延，2004）

瑞典學者林西莉（Cecilia Lindqvist）認為中國古文字的「文」有花紋、筆畫、線條與裝飾等的意思，也是武的反義字，後來成為文章、文獻與文學的代表字。其原始「文」字則加了糸字部，成了「紋」，自此「文」與「紋」的字義分道揚鑣（林西莉，2006）。以上所論關於「文」的各種注解，可知「文」最原始的意義是因為刻劃花紋而產生。後來才談到如何引發倉頡創造漢字的原因，以及轉化為文章、文獻與文學的代表字。

劉勰在《文心雕龍》〈情采篇〉中對「文」有進一步闡釋：

> 若乃綜述性靈，敷寫器象，鏤心鳥跡之中，織辭魚網之上，其
> 爲彪炳，縟採名矣。故立文之道，其理有三，一曰形文，五色
> 是也。二曰聲文，五音是也。三曰情文，五性是也。五色雜而
> 成黼黻，五音比而成韶夏，五性發而爲辭章，神理之數也。（劉
> 勰，1994）

這已經對於「文」的意義做了更進一步的闡釋。

　　「本」最原始的意義就是樹木的根本。《說文解字》將「本」解釋爲
「木下曰本…一在其下」（許愼，2003）。甲骨文字與金文的本字相近，到
了篆文才將根部的三點連成一線，形成指事符號，表示是樹根所在（左
安民，2007），現在電腦字體篆字的「本」與古文相仿（王漢宗字體）。後
來「本」引申爲「基礎」的意思（左安民，2007）。殿版《康熙字典》對
於「本」的解釋：「玉篇『始也』。爾雅釋器疏『抵本也，凡物之本必在
底下。』」。瑞典學者林西莉（2006）認爲從中國古文字的「本」已經轉化
爲原本、起源之意，後來又轉化爲代表書與卷的指稱。以上是以中國文
字訓詁學的方式探就文本的意義。然而，在以前的中文裡，最接近英文
text 意義的中文字詞應是「作品」、「文章」。該字曾被翻譯爲「本文」，最
後以「文本」一詞定詞，眞是貼切、自然，又富有新義。從這裡也可以
瞭解我國對於「文本」一詞，從「鳥獸之文」、「交錯成文」到「文本」
在詞句選擇上的構思。
　　「文本」一詞的英文用詞就是 text。但 text 卻來自拉丁語詞 texere，
有被編織（weave）的意義（劉毅，2007）。text 又有「原文」、「正文」和
「課文」及「主題」等意義（遠東圖書公司，1997；劉毅，2007；傅修延，
2004）。但在《微軟電腦字典》上翻譯爲「文件」，認爲 text 有兩種解釋：

一是文件由字元組成，屬於「人類的文字及符號資料」。另一是以文書編排輸入系統認為是「文章的主體部分」，也就是本文（Microsoft,2002），這就是為何起初會翻譯為「本文」的原因。但「本文」無法完全表達文學作品在電腦上 text 真義，最後才將「文本」一詞定調（鄭明萱，1997）。若從文學作品的完成過程而言，「文本」與「編織」的製程相近。「文本」由一個個詞句「編寫」成一篇文學作品，「編織」是由一條條棉線「編織」成一件衣服（傅修延，2004）。只是文學的「作品」在英文字詞上卻不稱為 text 一詞，西方傳統以來都以 work 一詞指稱文學「作品」。羅蘭·巴特（Roland Barthes）認為「作品」與「文本」兩者之間有根本上和精神上的不同，於是將傳統代表「作品」意義的 work 一詞改為 text，用以代表新的敘述手法「文本」。因為作品是傳統文學研究的對象，而文本是新一代文學論述的主題。「作品」是被公認有一定作者所完成的創作物品，是已經書寫完成的創作物品。該創作物品有頭有尾，有一定的界域。但「文本」卻是由語言所組成的一個網，再經由這個網的連結，連結到其他相關的網，是一個沒有單一作者的，永遠還在進行著的，尚未完成的書寫過程（鄭明萱，1997）。

　　當資訊時代發展起來，「資訊」與「文本」的概念卻逐漸混淆不清，有必要為「資訊」和「文本」的概念做一個區隔。亞賽斯（Espen J. Aarseth,1997）認為，文本並不相等於其所傳遞的資訊，資訊只是一些符號或字串的集合體，是可以隨讀者的自由意向組合這些符號或字串，是一種腳本。而文本則是編寫腳本的主體，且在一組文本之下可以有各種不同的腳本組合。因此，腳本只是文本的一些素材。根據亞賽斯的說法：當作者說故事時，這個故事的素材就是一個文本。然而故事中的情節，可以讓讀者依自己的喜好改變，不必全然依照作者編排的情節進行故事的敘說。於是，同一文本就可以產生很多個腳本。亞賽斯還用 scripton 和 texton 兩個名詞作為腳本與文本的單位來區分其概念（吳筱玫，2003）。依此推論，文本不等於資訊，不等於腳本，也不等於作品。前兩者的說

法或許可接受，對於後者的說法則會產生爭議。因為，文本幾乎可以等同作品。若以超文本或非線文本的觀點而言，文本是一個正在進行的尚未完成的作品（蕭仁隆，2011）。所以，若要為文本作一個宏觀的定義，則文本是一個已經完成的作品，也是一個正在進行的尚未完成的作品。

2.2　文本分類

　　自從電腦科技輸入我國後，學術界探討有關非線文學的網路文本與數位超文本等諸多專有名詞及用語的詮釋不多。目前各類文本的專有名詞、翻譯用語常呈現分歧及意指模糊的情況，以致容易造成論述時的困擾。為此，本書採取文獻探討方式，對於各類文本予以歸納、分類與釋義，作為未來非線文學與數位文學論述基礎。目前根據所搜得的資料顯示各類文本有依表現型態分類，有依控制功能分類，有依傳遞媒材分類，有依文本寫作文體分類，其名詞指稱常因翻譯時的見解不同而相異。為此本書都將之予以歸納、釋義與分類，俾便統一名詞與意指，讓意指明確，並建立文本分類的相關架構。經研析後，本書對於文本分類的分析、歸納可分為三大類：一、**傳播媒材類**；二、**表現型態類**；三、**寫作文體類**。

　　以上三類在歸納依據方面，文本傳播媒材類係以文本藉以傳播的載體作為歸納的依據，文本表現型態類係以文本表現的型態作為歸納的依據，文本寫作文體類則以文本的寫作敘事內容屬於何種文體作為歸納的依據。茲就此三大類參酌各家說法予以整理、歸納與釋義。目前若尚無各家說法又確為必要釋義者，則自行專研釋義之。最後將文本分為三大類、三種媒材、十大型態、三十五類文本及五類詩文體（蕭仁隆，2011）。文本的分類系統架構如下所示：

一、傳播媒材類

1. 網路媒材：網路文本
2. 數位媒材：數位文本、數位超文本
3. 紙面媒材：紙面文本、紙面超文本

二、表現型態類

1. 傳統文本型態：平面文本、手寫文本、印刷文本
2. 互動多向表現型態：互動文本、互動多向文本
3. 超文本表現型態：超文本
4. 遊戲表現型態：解建文本、遊戲文本
5. 層次表現型態：單層文本、多重文本
6. 綜合媒材型態：動畫文本、朗誦文本、電影文本、數位影音文本、多媒體文本、超媒體文本
7. 虛實形式表現型態：虛擬文本、實質文本
8. 動靜型式表現型態：靜態文本、動態文本
9. 讀寫形式表現型態：讀式文本、寫式文本
10. 書寫形式表現型態：線性文本、非線文本

三、寫作文體類

1. 詩文本：具體詩、多向詩、多媒體詩、互動詩、詩中詩
2. 駢文文本
3. 散文文本
4. 新聞文本
5. 報導文本
6. 小說文本

完整的文本分類系統架構圖，如圖 2-1 所示：

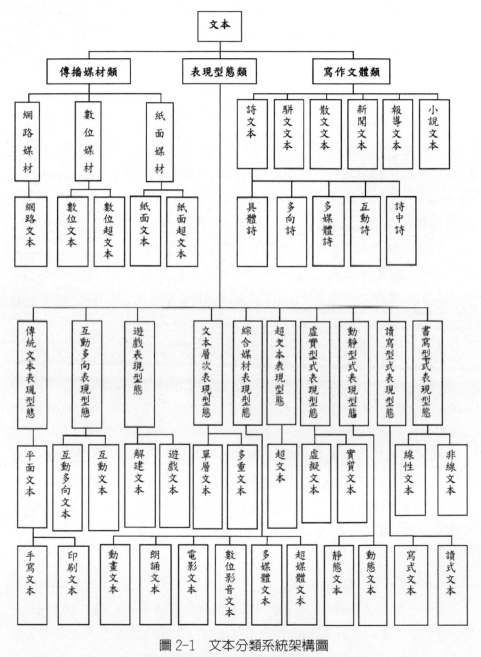

圖 2-1　文本分類系統架構圖

資料來源：蕭仁隆整理繪製

2.3 文本傳播媒材類釋義

　　文本傳播媒材類可區分為網路、數位與紙面三類傳播媒材。網路媒材方面的文本有網路文本（Cybertext），數位媒材方面的文本有數位文本（Digital text）與電子文本（Electronic text）之論，以及數位超文本（Digital hypertext）、網際超文本（Digital hypertext）與電子版多向文本（Electronic hypertext）之論。數位超文本與網際超文本僅是譯名不同，電子版多向文本與數位超文本為名異實同，都歸併為數位超文本。最後歸納為數位文本與數位超文本兩類。紙面媒材方面的文本有紙面文本（Paper surface text）與紙質文本（Paper text）之論，以及紙面超文本（Paper surface hypertext）、紙版多向文本（Board multi-direction text）之論，經比較後歸納為紙面文本與紙面超文本兩類（蕭仁隆，2011）。

2.3.1 網路傳播媒材

　　網路傳播媒材即是以網際網路為傳播的媒材，例如：網路藝術的文本僅存在於網際網路，並以網際網路為其展演空間的媒材（鄭月秀，2007）。在此將國內其它相關翻譯名詞都歸併為一個名詞，即「網際網路文本（Cybertext）」，簡稱「網路文本」，茲釋義詳述如下：

（1）網路文本（Cybertext）

　　Cyber 是一個字首，其意義是「以電腦為基礎的或線上的」（Microsoft, 2002）。當 Cyber 加上 text 就成為「以電腦為基礎的或線上的」文本。吳筱玫（2003）認為網路文本（Cybertext）是網路上所有可能文本型態的總

稱，是傳統線性的古典文本與多媒體文本、多向文本、互動文本的現代文本的組合文本。墨瑞（J. H. Murry）認爲網路文本是一種非線性敘事，屬於多樣故事的敘事文本（multiform story），讓讀者參與需依照一定的程序（吳筱玫，2003）。李順興將 Cybertext 一詞翻譯爲「制動文本」（李順興，2001）。吳筱玫翻譯爲「網際網路文本」簡稱「網際文本」（吳筱玫，2003）。蕭仁隆原本以「網際文本」歸類，在撰寫《非線文學論》時，認爲應當以大眾所通用的名詞爲依歸，乃將「網際網路文本（Cybertext）」的簡稱改爲「網路文本」。Cyber 這詞又源自維納（Norbert Wiener）於西元 1948 年出版的《Cybernetics》一書，泛指任何具有「資訊回授迴圈」（information feedback loop）系統的電腦程式設計。從此「cybertext」新字才正式問世。此字的意義係指此文本的閱讀形式與內容的呈現都由電腦程式所控制。後來亞賽斯以「ergodic」與「ergodic literature」替代所有的網路文本與文學，並視中國的《易經》爲此文本最古老的範本（Aarseth,1997）。吳筱玫將「ergodic」與「rgodic literature」翻譯爲「循路」與「循路文學」，因其具有多路線的不確定性。「ergodic」這詞存在於數學與統計學之中，爲各種形態經歷之意。李順興認爲此類文本「事實上也就是需要互動操作的超文本」（李順興，2001）。茲以文本觀點認爲網路文本（Cybertext）係以文本傳遞方式而言，制動文本（Cybertext）則以文本控制方式而言，在英文字義上並無相異之處。制動文本較近乎電腦術語，網路文本較符合網際網路的指稱，因此將制動文本併入網路文本。總結網路文本的解釋爲一切在網際網路上的各式文本型態的總稱，即綜合傳統線性文本與非線性文本，又具有多向性、互動性、多媒體性、互聯性的文本。文本型態可與超文本並論，其最重要的區別是文本必須在網際網路上使用（蕭仁隆，2011）。另有網際超文本（Digital hypertext）一詞與網際網路無關，依其英文原文併入數位超文本探討。

2.3.2 數位傳播媒材

　　電腦科技問世後，其傳播的方式有別於類比科技，以致以類比科技的傳播紛紛轉向數位科技製作產品。近年以傳播為名的研究單位更紛紛易名為資訊傳播或是數位傳播，其傳播內容則易名為數位內容等。然而，數位之名亦當正其名，尤其在文本研究上更需有所區分，以免混淆用語指稱。研究發現目前有數位文本（Digital text）、數位超文本（Digital hypertext）、電子文本（Electronic text）、電子版多向文本（Electronic version multi-direction text）四類文本名稱，在文本指稱上容易發生混淆情形。經比較分析後，歸納為數位文本與數位超文本兩類文本（蕭仁隆，2011）。茲將四類文本釋義、歸併情形分述如下：

（1）**數位文本**（Digital text）

　　當電腦科技發明以後，以數位的概念來指稱與其相關的科技產品，乃至各行各業的書寫系統都受影響，於是延伸出數位電視、數位錄放影機、數位攝錄影機、數位照相機等冠以數位科技的產品。另有數位藝術、數位建築、數位電影、數位攝影等則冠以數位 （Digital） 的學術專有名詞。對於以文本為主要書寫工具的文學而言，有數位文本與數位文學（Digital literature）的學術專有名詞。數位的英文是 digit，表示在數字記號系統上的一個完整數的字元，如二進制、十進制、二十進制各有不同的基底數位，而 digital 就是「與數位有關的或表示數位的方法」（Microsoft, 2002）。目前電腦即是以二進制位元的組合編碼方式來處理所輸入的資訊（Microsoft, 2002）。因此，可以解釋為：經由電腦來處理的所有資訊都能冠以數位（digital）之名。文學作品若以電腦為稿紙（工具）從事寫作行為，乃至刊登、發行、出版都屬數位的範圍，其寫作的文本則為數位文

本。此文本具有超連結、多層次疊合、容易增修、可重覆使用、不易受損或失真，且能摩寫印刷文本的書寫特性（李順興，2001）。

（2）數位超文本（Digital hypertext）

李順興認為數位超文本係經「數位技術所開發出來的超文本，即數位超文本」，在書寫上可以呈現各種互動與多重的關係，在發展空間上可以延伸到無限的範圍，且具有超文本的多向連結設計功能（李順興，2001）。簡言之，以數位為傳遞媒材，具有超文本特質的文本即是數位超文本。至於數位文本則不以超文本為必備條件（蕭仁隆，2011）。

（3）電子文本（Electronic text）

電子文本在大陸稱為電子版多向文本，具有利於書寫、易於保存、便於流通的特性（傅修延，2004）。電子文本係在電子版或稱螢幕或顯示器上所進行書寫的文本，其書寫方式必須依賴電腦，輸入者必須懂得電腦操作，始能輸入資料建立文本，若無電腦或顯示器，則文本不會顯現。電子文本又稱為虛擬文本。目前網路文本、超文本等都屬之，電子版多向文本亦屬之。然而電子二字比較偏向工業用語，現在多數人都傾向以數位來指稱這類型用品。因此，以文本的觀念而言，電子文本亦有逐漸被數位文本取代的趨勢（蕭仁隆，2011）。為順應發展趨勢，本書將電子文本歸入數位文本一類。

（4）電子版多向文本（Electronic version multi-direction text）

電子版多向文本係以文本具有多向性的寫作風格而命名，這是在電子版上進行寫作的文本。鄭明萱（1997）認為其多向性遠比紙版多向文本靈活，其容量亦為紙版多向文本所難以比擬，更跳脫平面與印刷裝訂的限制。大陸稱此文本為電子文本（傅修延，2004）。本書以其風格屬於多向性寫作的特性，將之歸入數位超文本一類（蕭仁隆，2011）。

2.3.3 紙面傳播媒材

我國使用紙面文本的歷史若從漢朝發明製紙術開始，至今已有近兩千年的歷史。若以平面文本考究，則絹帛發明後即用於書寫傳播，其年代至少上推至商周之前。以傳說螺祖發現絲織開始，則其歷史更爲久遠。因此，紙面文本係具有數千年以上的傳播媒材。目前，兩岸對於此一傳播媒材的指稱不盡相同，本書將紙面傳播媒材歸納有紙面文本（Paper surface text）、紙面超文本（Paper surface hypertext）、紙質文本（Paper text）、紙版多向文本（Board multi-direction text）四類文本探討，最後歸併爲紙面文本（Paper surface text）、紙面超文本（Paper surface hypertext）兩類文本。茲將所探討之四類文本釋義與歸併情形分述如下：

（1）**紙面文本**（Paper surface text）

紙面文本係將文字符號書寫或印刷於紙面上的文本，亦是相對於電子文本呈現於電子版上或稱爲螢幕、顯示器而言。傳統文本、印刷文本、紙質文本都屬於紙面文本。在大陸稱爲紙質文本（傅修延，2004），本書將之歸入紙面文本，舉凡以紙的性質爲傳播媒材的文本都屬之。此文本不具超文本的功能，僅屬於一般的文本，如此才能與紙面超文本有所區別（蕭仁隆，2011）。

（2）**紙面超文本**（Paper surface hypertext）

紙面超文本即是李順興所稱的「原型超文本」。李順興引用（Delany and Landow: 1991, 4; Kaplan: Hypertexts_601.html）以「原型超文本」稱之，又舉例認爲含註腳的平面論文即是「原型超文本」。但「原型超文本並不等於成熟的數位超文本」（李順興，2001）。李順興係從超文本的概念出發，認爲紙面超文本就是超文本的原型，所以稱爲「原型超文本」。此一指稱似乎仍然無法立即讓讀者會意所謂的原型爲何物，本書認爲當直指該承

載的媒體物，實不必再用「原型」一詞區分，所以將紙面取代「原型」，稱為紙面超文本。綜論之，具有超文本寫作特性之紙面文本則為紙面超文本（蕭仁隆，2011）。

（3）紙質文本（Paper text）

顧名思義，紙質文本就是以紙製品為媒材所進行的書寫與傳播活動的文本。傅修延（2004）認為紙質文本是造紙與印刷技術發展以後才進入消費市場的，其特點是「質輕價廉，攜帶便利」。紙質文本革命性的發展在東方歷經「甲骨、青銅、碑碣、竹木和縑帛為載體」的歷史，在西方歷經「泥版、陶版、獸皮和紙莎草」為載體的歷史。紙質文本屬於傳統文本，或稱平面文本、紙面文本（蕭仁隆，2011），本書將之歸入紙面文本一類。

（4）紙版多向文本（Board multi-direction text）

此文本係以多向性為寫作特性的文本，屬於在紙版上進行多向性寫作的文本。鄭明萱（1997）認為此文本的多向性很難完全靈活伸展，係因為被紙張的平面性格與印刷裝訂所限制。大陸稱紙版文本為紙質文本（傅修延，2004）。紙質文本係以文本承載的工具命名，強調此文本屬於紙版寫作與印刷的文本，亦即傳統文本或稱平面文本、紙面文本，但紙版多向文本具有多向性的寫作特性，又與傳統文本或稱平面文本相異。目前，超文本的意義已經涵蓋多向性（蕭仁隆，2011），因此，本書將之歸入紙面超文本一類。

2.3.4 小結

經分析比較與歸納後，文本傳播媒材類將電子文本歸入數位文本。將網際超文本，電子版多向文本歸入數位超文本。將紙質文本歸入紙面文本。將紙版多向文本歸入紙面超文本。因此，文本傳播媒材類所使用的傳播媒材有網路、數位與紙面三種媒材。文本方面則有網路文本、數位文本、數位超文本、紙面文本、紙面超文本共五大文本（蕭仁隆，2011）。

2.4　文本表現型態類釋義

文本的表現型態相當多樣化，且會隨著數位科技不斷進步而改變，所以很難據以總結，只能以目前爲止如此論述。經分析歸納後，本書將文本的表現型態分爲超文本表現型態、傳統文本表現型態、互動多向表現型態、遊戲表現型態、文本層次表現型態、綜合媒材表現型態、動靜形式表現型態、虛實形式表現型態、讀寫形式表現型態、書寫線性形式表現型態，共有十類表現型態。若以文本的超文本表現型態區分，可分爲超文本與多向文本。多向文本與超文本僅是中文譯名相異，本書認爲目前國內學者多採用超文本譯名，乃從之，將多向文本歸入超文本。在傳統文本表現型態方面，包含平面文本、手寫文本與印刷文本的表現型態。在文本互動多向表現型態方面，以其互動多向性與否區分爲互動多向文本與互動文本。以文本所具有的層次表現型態區分則有單層文本與多重文本（Multi-textuality）。以文本所具有的遊戲性爲表現型態區分有遊戲文本（Playful context）、解建文本（Deconstruction and construction context）、詩中詩文本（The poem of the poem playful context）。以文本使

用的綜合媒材表現形態區分則有動畫文本（Animation text）、朗誦文本（Recites text）、電影文本（Movie text）、數位影音文本（Digital video text）、多媒體文本（Multimedia text）與超媒體文本（Hypermedia text）。以文本的動靜形式表現型態區分有靜態文本（Static text）與動態文本（Dynamic text）。以文本的虛實形式表現型態區分有虛擬文本（Hypothesized text）與實質文本（Substantive text）。以文本的讀寫形式型態區分有寫式文本（Writerly text）與讀式文本（Readerly text）。以文本的書寫線性形式型態區分有線性文本（Linear text）非線文本（Nonlinear text）（蕭仁隆，2011）。以下即依文本十類表現型態之各文本釋義與歸類分述。

2.4.1 超文本表現型態

以具備超文本表現型態為文本的區分原則，有超文本與多向文本兩文本，但兩者僅中文譯名相異，實則為相同的文本。本書以目前學術界習慣稱呼為依歸，將多向文本歸入超文本之類，以統一指稱。超文本又因不同媒材的超文本表現區分為紙面超文本、網路超文本、數位超文本、超媒體超文本四類。茲將超文本與多向文本釋義與歸併情形分述如下：

（1）超文本（Hypertext）

超文本的 hyper 一字係源自於希臘文 huper，有超出、高於、超過、過度的意思（遠東圖書公司，1997；劉毅，2007）。hypertext 一詞，微軟電腦字典解釋為在相關主題的文件內「以非循序的網狀方式連結在一起的文件」，且將 hypertext 翻譯為超文件（Microsoft, 2002）。尼爾森（Theodore Nelson）於西元 1965 年創造 hypertext 新詞，這詞乃成為非線性信息管理技術的專稱。至於超文本的概念卻源自西元 1945 年布希（Dr. Vannevar Bush）於《大西洋月刊》（The Atlantic Monthly）發表的〈如吾儕所思〉（As

We May Think）一文中提及的「聯合檢索」（associative indexing）。布希在此文中提到資料處理相當重要的兩個觀念就是壓縮（compression）與選取（selection）。布希的〈如吾儕所思〉最後被公認是超文本理論論述的開山之作（鄭明萱，1997；傅修延，2004）。李順興（2001）認為「超文本可由任何一點開始，在任何一點結束。」也因為所選擇文本路徑的不同，讓內容與意義隨之變化。超文本屬於非線性敘事的文本，讀者可以多重建構自己的文本與意義的重現。李順興（2001）又將超文本分為「原型超文本」與「數位超文本」兩類，前者將含有原型超文本概念的平面作品歸類為「原型超文本」，並認為「數位超文本」就是「制動文本文類的主流作品」。目前，超文本一詞已是廣義的超文本概念，「網際網路」則是一個「超大超文本」，未來的超文本將漸漸趨向「超媒體」。西元 1987 年發表《下午》（Afternoon, a Story）的喬伊思（Michael Joyce）強調超文本具有「重讀」（rereading）的特性。這種「重讀」屬於故事敘事的摺紙效應，可以開啟故事敘事的另一面窗（Joyce, 2000）。傅修延（2004）將超文本歸納為三種特性，即是多重連結的自由選擇性，定時跳接的隨機性與多媒體性。伯恩斯坦（Mark Bernstein）認為超文本具有週期、對照、鏡面世界與纏結四個基本模式，其文本形式屬於非線性的多向閱讀空間（Bernstein,1998;2003）。陳萬達（2007）認為超文本「是一種非線性的資訊組織方式」，屬於「模擬人類思維方式的文本」，具有超連結跳接與連接各文本的功能。從以上引論可知，超文本的定義隨著電腦科技的日新月異，各媒體不斷整合而無法定於一位。然而，超文本的基本樣態，如：「非線性」寫作與閱讀，具有「節點」，可以選擇「路徑」，運用「超連結」技術等並沒有改變。所以，以具有「超媒體」的內涵來描述超文本則十分恰當（蕭仁隆，2011）。在超文本的分類方面，本書傾向以紙面超文本替代「原型超文本」，至於「數位超文本」以網路超文本概括。因為，以文本的觀點，數位化不代表網際網路化。數位如同類比，是對於訊號傳遞與製作的描述。數位屬於非連續信號，而類比則屬於連續訊號，兩

者之間以轉換器翻譯訊號（Microsoft,2002）。所以，應當以網路超文本代
替數位超文本。在深究兩者之間的差異後，卻發現各有不同分屬的領域。
兩者都是數位科技的產物，在擬摹傳統文本後，也具有傳統與數位的面
貌。目前網路超文本偏向網路性，數位超文本偏向數位性，這應該是兩
者最大的差別（蕭仁隆，2011）。最後，本書總結超文本的解釋，將超文
本區分為紙面超文本、網路超文本、數位超文本、超媒體超文本四類。
分別釋義如下：

◆紙面超文本

　　紙面超文本屬於在傳統平面文本裏具有非線性的文本結構，如：註
解、詮釋、參照與跳頁引述等等作法都屬之。

◆網路超文本

　　網路超文本則具有「非線性」寫作與閱讀，有「節點」，可以選擇
「路徑」，運用「超連結」技術等基本樣態，以及可以進行讀寫雙重閱
讀與網際網路互聯的功能，並趨向於超媒體結構。

◆數位超文本

　　數位超文本具有網路超文本的樣態，但強調其數位性，可以是網際
網路的，也可以是非網路進行數位化的創作。

◆超媒體超文本

　　超媒體超文本則綜合前三者的特性，但強調對於多媒體與多線、多
向、多平台同時進行創作與展示的特性，亦是未來超文本持續發展的文
本樣態。

　　以文本為觀點的意義上言，文本是個可以不斷演化沒有終點的文本
（蕭仁隆，2011）。因此，對於超文本的分類，只能以到目前為止是如此，

未來文本的意義還會持續地發展。

（2）多向文本（Hypertext）

　　多向文本與超文本的英文字詞都是 hypertext，僅是中文翻譯時選字考量上的差異，非關英文指稱的原意。吳筱玫（2003）認為多向文本是經由關聯索引彼此串連資訊的文本型態，打破了傳統線性文本的組織形式。多向文本這個概念係由尼爾森首先提出，希望藉此一概念打破傳統文本循序漸進讀寫的常規，讓讀者可以自行決定閱讀文本的次序。鄭明萱（1997）為 hypertext 寫了一本專著，其書名就是《多向文本》，並認為這詞只是暫用，因為這是「新的文學語言」。鄭明萱歸納各方學者的意見認為多向文本具有非線性的書寫的特性，各文本間以「連結」又稱「暗扣」相互聯繫。多向文本曾被譯為「多文本」，具有「文外有文，本中有本多重路線的擴散特色。」又認為多向文本必須具備兩個要素，就是使用電腦與非線性。最後鄭明萱總結多向文本具有「非線性、多線、去中心、後設、互動、開放」以及「讀寫界限」的消除等特性。目前，國內多數學者將 hypertext 一詞的中文譯名以等同超文本看待，為電腦流行後「新的文學語言」（蕭仁隆、鄭月秀，2009）。本書認為中文經過譯名的思考後，「多向文本」已經轉化為強調文本的多向特性或多向式型態為主的文本。曹志漣（1998）與須文蔚（2003；2009）對於多向文本所認定的意義與以上所論相近，但須文蔚以詩的文體為觀點稱此文本為多向詩。本書以文本的觀點認為多向文本正如其名，以文本的多向、多線連結為特性，屬於具有非線性、互動性、去中心性、讀寫合一性的文本。多向文本可與超文本的解釋相提並論，是同源異化的指稱（蕭仁隆，2011）。目前，國內學者多採用超文本為 hypertext 一詞的譯名，本書從之，將多向文本歸入超文本。

2.4.2 傳統文本表現型態

　　傳統文本表現型態是相對於現代流行的數位文本而言，此文本不具有超文本的表現型態。傳統文本（Traditional text）包括平面文本（Plane text）、手抄文本（Hand-written text）、印刷文本（Printing text）三類，爲傳播文本中歷史最爲久遠之文本。平面文本與傳統文本在意義指稱上似乎重疊，經研究發現傳統文本意指明確，泛指所有過往的不屬於非線文本所有型態的文本。平面文本則泛指平面媒體而言，亦是傳統媒材的表現型態。爲彰顯傳統媒材所具有的平面特性，本書將平面文本置於傳統文本之下，用以統稱所有傳統文本的表現型態。因此，目前傳統文本表現型態有平面文本、手抄文本、印刷文本三類文本。茲將各文本釋義與歸類情形分述如下：

（1）平面文本（Plane text）

　　平面文本係相對於多媒體文本的展現方式而言，其文本無法如超文本或多向文本般具有跳接與互動的特性。傳統文本、印刷文本、紙面文本、紙質文本都屬於平面文本，由此可見平面文本與傳統文本的指稱重疊。以文本表現特性而言，稱平面文本較爲適當。若要指稱所謂的傳統一詞，則傳統文本比平面文本更爲簡潔明瞭，更具代表性（蕭仁隆，2011）。因此，本書將平面文本置於傳統文本之下，用以概括所以的平面媒體，但無法概括所有的傳統文本。

（2）手寫文本（Hand-written text）

　　在印刷術發明以前，人類以雙手書寫文字於紙面上或竹簡、棉帛、皮革之上，或鏤刻在器物上，此類的文本即是手寫文本。在傳抄時代的

手寫文本，又稱為手抄文本。所以凡是以人類的雙手書寫在各類媒材上的文本，如：寫在竹木、縑帛、獸皮和紙莎草媒材表面之文本都屬之（蕭仁隆，2011）。傅修延（2004）認為我國到唐朝都還是手寫文本的天下，直到北宋印刷術興起之後，手寫文本才開始沒落。

（3）印刷文本（Printing text）

凡經由印刷術完成的文本都屬印刷文本，傅修延認為我國在北宋印刷術興起之後，文本就進入印刷文本時期（傅修延，2004）。印刷文本即是以印刷為書寫工具的文本，一般指刻板印刷以後可以快速複製文本的文本。後來的活版印刷文本，工業革命後的各式快速印刷文本都屬之。

2.4.3 互動多向表現型態

互動多向表現型態係指文本的互動性與多向性表現為其特性，有互動文本（Interactive text）與互動多向文本（Interacts multi-direction text）兩文本，茲將各文本釋義分述如下：

（1）互動文本（Interactive text）

互動係網際網路不可少的功能，亦是其特色。在文學創作中加入互動的思維，一直是學者嘗試努力的方向之一。所謂互動：英文為interactive，其字首 inter 等同 between 與 among，為在何者與何者之間的意思（劉毅，2007）。interactive 一詞在 yahoo 網路字典上解釋為「相互作用」的意思，用於電腦名詞上是「具有人、機通信功能」之意（http://tw.dictionary.yahoo.com/search?ei=utf-8&fr=mini&p=context）。總而言之，英文的 interactive 具有「交互作用，互相影響」的意思。以中文而言，殿本《康熙字典》解釋「互」為交互的意思，篆文形狀像上下兩個懸鉤

交互掛懸。目前「互」字是簡省後的文字，原型字有竹部，表示以人手推握或收繩的意思（許慎，2003），現代電腦篆字與古字相仿（殿本《康熙字典》；許慎，2003；王漢宗電腦字體）。「動」在殿本《康熙字典》解釋：「說文作也」，「增韻動靜之對」，「廣韻出也」，「禮月令搖也」。《說文》以古代的「動」字有辶字邊，後來「動」字從「力」字部，「力」字形容人用力時展現肌肉的筋狀（許慎，2003）。「動」字形狀就像人在馬車旁牽著馬車。在有名的毛公鼎上的「動」字卻有個眼睛，現代電腦篆字與古字略有不同，從力字部首與楷書相仿（許慎，2003；藍燈文化，無年代；王漢宗電腦字體）。因此，「動」有動作、進出、搖動使物體行走的意思。以上「互動」二字係從中國文字訓詁學上的意義探究。

　　綜言之，「互動」二字即形容一種動的狀態，有交互動作與相互影響的意思。所以從中英文字義而言，「互動」二字都描述為交互動作相互影響的狀態。再就現代學者的觀點而言，曾琮琇（2009）以遊戲的觀點認為「互動」是一種「相互活動的狀態」，讀者具有觀看與參與的兩個角色。須文蔚（2003）以互動詩作品的觀點，認為此種作品除了展示讓讀者閱讀，還「開放讀者回應資訊」，甚至「加入創作」。羅蘭・巴特（Rland Barthes）將文學作品分「讀者書」（readerly text）與「作者書」（writerly）兩類，而讀者與作者最後成為文本的共同創造者與讀者（高辛勇，1987；吳筱玫，2003）。侯茲曼（S. Holtzman,1997）卻認為互動文本只是「一個無始無終的體系」，除了「一堆資訊或符號」，找不到意義，是一種「冒險的遊戲」，（鄭明萱，1997）。亞賽斯（1997）以使用者的觀點認為互動文本的功能必須具備詮釋（interpretative）、探索（explorative）、設定（configurative）、互動書寫（textonic）四項（Aarseth,1997）。因此，本書對於互動文本的總結：讀者與作者都可以自由進出於文本之中，兩者具有交互動作與相互影響的文本（蕭仁隆，2011）。

（2）**互動多向文本**（Interacts multi-direction text）

互動多向文本又稱互動性多向文本，或互動式多向文本。此文本更能具體展現網際敘事的特性（吳筱玫，2003）。互動多向文本與多向文本在中文名詞上僅「互動」一詞之差，這是此文本所具有互動性與多向性為特點的文本寫作。至此，多向文本再轉化為以文本的互動與多向雙特性為主的文本，並非僅僅只具有互動特性而已（蕭仁隆，2011）。因此，凡具有互動與多向特性的文本都是互動多向文本。

2.4.4 遊戲表現型態

此表現型態係以遊戲文本為主體的文本，具有讀式或寫式或兩者兼具的讀寫雙重文本型態。此文本除具有互動性之外，更具有讀寫合一特性的文本設計（蕭仁隆，2011）。以遊戲為文本主體表現型態的文本共區分為三類文本：遊戲文本（Playful context）、解建文本（Deconstruction and construction context）、詩中詩文本（The poem of the poem playful context），茲將各文本釋義分述如下：

（1）**遊戲文本**（Playful context）

赫伊津哈（j. Huizinga）認為遊戲就是在一定的時空與秩序內，依自由意願進行規則內的遊戲，遊戲也因具有限制性而帶來趣味（j. Huizinga, 1955）。曾琮琇認為以遊戲文本的角度來審視現代詩的種種現象是一種的「新視野」，可以將詩展現出全新的遊戲文本概念（曾琮琇，2009）。非線文學的遊戲文本就是以德希達解構理論的讀寫雙重閱讀為工具，在文本內部與外部的邊緣、空白或是盲點上，以遊戲的態度所創造出源源不斷的解建文本，讓閱讀成為一種雙視線、多視線，或無界線的讀寫形式（鄭明萱，1997；楊依蓉，2006；蕭仁隆、鄭月秀，2009）。此遊戲文本可以

讓讀者透過遊戲發現文本中未曾顯現的、新鮮的意義。由於這種閱讀方式顛覆傳統的閱讀概念，開啓文本的遊戲性（楊大春，1999）。其中「詩中詩」遊戲文本，就是建構在此種新的寫作概念上，以德希達的解構理論爲工具，以後現代主義及杜象現象爲表現方式，顛覆了各類文學的表現形式（蕭仁隆、鄭月秀，2010；蕭仁隆，2011）。

（2）解建文本（Deconstruction and construction context）

解建文本就是以德希達解構理論的讀寫雙重閱讀爲工具，在原始文本上進行解構閱讀，然後將發現或想要嫁接的文本嫁接於原始文本上。其解構又建構的閱讀行爲無固定模式、規則與結構，希望藉由文本的這種解建方式；重新引導讀者發現多種可能的閱讀與寫作文本產生。這種從原始文本上既解構又建構出來的文本，就是解構與建構文本，簡稱解建文本（楊大春，1994；鄭明萱，1997；蕭仁隆、鄭月秀，2010；蕭仁隆，2011）。

（3）詩中詩文本（The poem of the poem playful context）

「詩中詩」文本即「詩中詩」遊戲文本的簡稱，就是以解構文本的方法進行詩文本的遊戲所建構而來的遊戲文本。此種新的寫作概念係以德希達的解構理論爲工具，以後現代主義及杜象現象爲表現方式，顛覆了各類文學表現形式，屬於非線文學中新的文學創作法（蕭仁隆、鄭月秀，2010；蕭仁隆，2011）。此創作法係由蕭仁隆於民國九十九年（西元2010 年）碩士畢業論文寫作時的創思，經指導教授鄭月秀與偕同教授林佩瑜的指導與確認後，以《「詩中詩」遊戲文本創作法探究》爲研究題目才在學術研究上確立此一新的詩文本創作法，該創作法將在本書中專章探討。

2.4.5 文本層次表現型態

在傳統文本時期，文本都是單一文本，當文本進入非線性時，則文本的多層次表現益顯重要。尤其在電腦進入超文本的書寫系統後，多層或是多重文本成爲必要的探討因素。因此，以能夠表現多少文本層次爲特性的文本分類，有單層文本（Single-layer text）與多重文本（Multi-textuality）兩文本。茲將各文本釋義分述如下：

（1）單層文本（Single-layer text）

當多重文本的概念在電腦科技開發成熟後，原有的紙面文本就被歸類爲單層文本，即所有以傳統文本表現型態的文本都屬之，包括平面文本、手抄文本、印刷文本等都被視爲單層文本。此類文本只能以單層的文本進行書寫，雖然亦可進行非線性文本的書寫，卻很難發展爲多重文本的書寫（蕭仁隆，2011）。如李建興認爲原型超文本雖然具有非線性與多向性，卻仍是單層文本（李順興，2001）。

（2）多重文本（Multi-textuality）

李建興（2001）認爲多重文本的概念係源自制動文本的多重文本性質，而制動文本係「不同層次的程式語言」在同一文本中共同運作而成。所以制動文本具有多重性，其文本就是多重文本。因爲當作品展現於讀者前，必須經過許多不同語言的轉譯才能顯現。這樣的轉譯係將層層的程式語言經電腦資訊處理後，形成彼此各自獨立卻又環環相扣的狀態。因此，多重文本是針對文本的程式語言設計而言。但在網路文本的境域中，多數文本因爲可以指定連結而具有多重性格，都屬於非線性的多重文本（蕭仁隆，2011）。至此可知，多重文本在現代電腦程式設計下，可

以讓該文本具有多重閱讀與書寫的特性，即屬於文本的多重特性。所以，多重文本就是具有多重閱讀與書寫特性的文本。

2.4.6 使用綜合媒材表現型態

　　當科技進入數位時代，使用綜合媒材來表現各類藝術展演已經是相當普遍的現象。所謂綜合媒材係指使用兩種及兩種以上的媒材作爲表現型態者，即可稱之。本書依其較具代表性的表現型態分類，有動畫文本（Animation text）、朗誦文本（Recites text）、電影文本（Movie text）、數位影音文本（Digital video text）、多媒體文本（Multimedia text）與超媒體文本（Hypermedia text）六類文本。茲將各文本釋義分述如下：

（1）動畫文本（Animation text）

　　動畫文本是以動畫爲主要表現手法的文本，一般用於詩文本或短篇散文文本。所謂的動畫係利用包括圖畫、漫畫、圖片與文字等素材，以動畫的方式繪製文本，使文本中的文學作品情境得以虛擬再現（蕭仁隆，2011）。動畫屬於視覺暫停的效果，即將數張圖片依照時序以定速連續播出所造成的視覺暫停效果，以致產生動感，其實這是一種視覺暫停的幻覺。目前電影播放速度以每秒 24 個靜態畫面進行，在電腦上則以 FPS（Frame Per Second）爲影像播放單位。動畫有 2D 平面動畫與 3D 立體動畫之分，其動畫素材來源有繪圖軟體製作或手繪圖片以及攝影機拍攝的視訊畫面。目前在網頁製作上已屬於時尚的象徵，能活化內容，產生視覺致命的吸引力（鄭月秀，2004；榮欽科技，2008；胡昭民，2009）。

（2）朗誦文本（Recites text）

以朗誦詩歌為主要表現手法的文本即是朗誦文本，一般用於詩的文本或短篇散文的文本。係以人聲的朗讀或表演的方式，使文本中的文學作品情境得以虛擬再現。目前朗誦文本僅在詩歌表演上使用，有詩人或是朗誦團體在舞台上表演，如：台北詩歌節常有此表演。將這些詩歌朗誦聲音錄下來，以各種方式再製與播放就是朗誦文本。成寒在西元 2004年曾編製出版《大詩人的聲音》，洛夫在西元 2005 年出版《因為風的緣故》，尤克強在西元 2007 年出版《未盡的春雨珠光》，都以 CD 光碟錄製詩人的朗誦原聲。雖然目前朗誦文本有如鳳毛麟角，卻十足珍貴。成寒說：「詩，先用聽的，然後再去看它，讀詩的樂趣，逐漸浮出水面。」又說：「詩人用詩的語言給我們傳遞了幽微密觸的情感」。陳義芝也說：「作家的聲音珍貴」（成寒，2004）。將朗誦聲音配入文本中展現，就是另類的珍貴文本（蕭仁隆、鄭月秀，2009；蕭仁隆，2011）。

（3）電影文本（Movie text）

目前電影已經被視為一種藝術，一種「說的藝術」，是透過聲音與畫面來敘述故事的藝術，且視電影為一種文本，即電影文本（井迎兆，2009）。李建興（2001）以「圖像聲光結合」與「可以閱聽為準」認為電影是「泯滅文類界線」的多媒體，是一種「整合了文字、圖形、動畫、聲音的『文本』」。將電影視為一種藝術已成定局，本書在撰寫時已將電影藝術定位為第八類藝術，也認為電影屬於一種文本，只是製作此文本非一般人之能力所能及。目前，類比電視台亦逐漸汰換為數位錄製之電視播放。最近，《阿凡達》（Avatar）數位動畫電影轟動世界！代表連電影都開始進入數位影視的世界。如此一來，將電影視為一種文本，乃是趨勢（蕭仁隆，2011）。所以應用電影製作手法所製作的影片與電影光碟片都屬於電影文本。

（4）數位影音文本（Digital video text）

數位影音文本可以簡稱 DV 文本，係以 DV 攝錄影機所攝製的文本，但以電影的表現手法來呈現文學作品的內容。即以文字敘述為主軸，電影的表現手法僅屬襯景，用以彰顯文學作品情境的再現效果。數位影音文本使閱讀不再只有想像，多了一層情境的虛擬再現。數位影音文本乃是文學的電影文本（蕭仁隆、鄭月秀，2009）。因為電影文本屬於圖說藝術，攝製手法著重於圖說的表現。數位影音文本卻屬於文說的藝術，攝製手法著重於文說的表現。再者電影早期屬於類比信號，近年已改為數位化。網際網路與 DV 攝錄影機都屬於數位信號，兩者已逐漸趨同。此外，數位網路更具高度的互動性（須文蔚，2003），為目前電影文本所不及之處。自從數位攝影機價格滑落後，一般民眾漸能購得數位攝影機。影視剪輯也不再是件困難的事，網路更多的是數位攝影的影片，YouTube 網站也因應而生，個人手機智慧化，平板電腦隨身攜帶化，這些數位電子產品都具備照相與攝影功能，拍攝影片與製作影片已經逐漸平民化。最近，微電影成為電影廣告的新趨勢，以手機或數位相機攝錄製作微電影亦逐漸普及化。西元 2010 年美國南加州大學學生麥克（Michael Koerbel）與安那（Anna Elizabeth James）合作製作演出一分 28 秒短片電影《Apple of My Eye》，就是用 iPhone 4 拍攝製作完成。此片被美國 CNN 認為「這是獨立電影全新的呈現方式。」被美國電影情報資料庫 IMDB 確認具有電影資格（柳淳美、池溶晉，2012）。其實，西元 2007 年蕭仁隆即在元智大學的文學與電影課程中，動員全家人及該組同學，採用蕭仁隆作的兩首新詩〈你來的午後〉與〈送花，情人節〉為內容，以數位攝影機為工具，運用電影手法拍攝《你來的午後》《送花，情人節》的新詩數位影音短片，此短片恐是我國第一部屬於文學的數位影音文本，如圖 2-2。因此，可預見的未來，數位影音文本將大行其道（蕭仁隆，2011）。

圖 2-2　第一部數位影音文本《你來的午後》與《送花，情人節》

資料來源：蕭仁隆提供

（5）多媒體文本（Multimedia text）

　　多媒體一詞眾說紛紜，以致多媒體文本一詞須多加引證。multimedia 係複合字，由 multi 加 media 而來，字首 multi 則是源自於拉丁文的 multus 是多的意思（劉毅，2007），media 就直接音譯為媒體。從中文字義而言，就是媒介之體，媒體一字的翻譯相當精準貼切。所謂媒體，係凡具有傳播「文字、影像、聲音、圖片、動作、行為等」訊息功能的媒介物，就可稱為媒體。多媒體就是由兩個以上的媒介物構成的新媒介，且須具備互動性（鄭月秀，2004）。另有一論點，陳錦輝；陳湘揚（2009）認為結合多種媒體的呈現方式就是多媒體，電視即為一例，非關互動與否。亦有認為多媒體隨著時代進步，其定義與內容亦隨之改變。目前認為只要運用多種以上媒體同時呈現的媒體就是多媒體（施威銘研究室，2008；榮欽科技，2008）。《微軟電腦字典》則直截了當的解釋為「一種結合聲音、圖形、動畫及視訊的媒體」，又認為屬於「超媒體的一個子類別」（Microsoft,2002）。以上所論都集中於多元媒體性的同時運用，至於互動性，大都屬於網路互動性之使用。然而，目前電視及廣告牆已經有不少具有雙向互動設計性質的多媒體，又稱為環境式互動廣告（黃俊鼎，2009）。多媒體的互動性亦將隨著時代的進步而增強需求。至於使用多媒體文本的目的係運用多媒體的特殊效果，為文學作品再造可能的虛擬情

境，為閱讀文本增添趣味與意境的想像。因此，但求合適的多媒體表現，文本的互動性則依據作者設計需求而定，然其文本都屬於多媒體文本（蕭仁隆，2011）。

（6）超媒體文本（Hhypermedia text）

李順興認為超媒體（hypermedia）一詞首次出現於 1965 年尼爾森的"A File Structure for the Complex, the Changing, and the Indeterminate," 論文中（李順興，2001）。超媒體意指能結合多媒體於超文件中的媒體，但強調其非文字部分（Microsoft, 2002）。另一說法則是超媒體相當適合進行數位資訊的蒐集、保存與分享，係綜合網路上不同性質媒體的文件或是檔案，以超連結方式予以相互連結，再綜合呈現於螢幕上。例如：Photoshop 或是 Flash 網頁的動態格式製作具有連續性動畫效果，可以搭配背景音樂、按鈕音樂、壓縮圖片，亦可一邊下載一邊播放圖片，更能與使用者產生互動效果（榮欽科技，2008）。因此，以此超媒體製作的文本即是超媒體文本。

2.4.7 動靜形式表現型態

傳統文本都以靜態表現型態顯現，沒有所謂動態與靜態之分。當電影成為家戶娛樂時，學術界開始探討電影可否成為一門藝術，此時文本的動靜型態區分已經開始進行。直到超文本的書寫系統出現後，文本的型態就正式區分為動態形式與靜態形式兩類。所以，以文本活動與否的態勢區分文本的型態，可區分為靜態文本（Static text）與動態文本（Dynamic text）兩文本。茲將各文本釋義分述如下：

（1）動態文本（Dynamic text）

　　與靜態文本相反，即亞賽斯（1997）所認為的「動態循路」敘事。以此「動態循路」寫作的文本就是動態文本，包括網路文本與動態的多向文本都屬於動態文本。動態文本又可分為文本動態文本與腳本動態文本。所謂文本動態文本即腳本會變化，文本也會變化的文本。若只是腳本會變化而文本沒有變化的文本則是腳本動態文本。至於腳本與文本動態的區別為何？若讀寫者只能局部參與已經設好的文本卻無法更動其素材，亦即無法從事寫式文本的閱讀就是腳本動態文本。若讀寫者能完全參與已經設好的文本且能更動其素材，亦即可以從事寫式文本的閱讀就是文本動態文本（Aarseth,1997；吳筱玫，2003）。若以網頁解釋則是可以依據用戶要求經連結或輸入規定的資訊，即可以輸出不同的內容，此即是動態文本。動態網頁又可分為客戶端動態網頁與伺服器動態網頁兩類（陳湘揚，2009）。簡言之，動態文本就是文本雖經固化後，不論是閱讀或寫作，都可作任何的更動與重寫的文本。視覺動態文本亦屬之。

（2）靜態文本（Static text）

　　亞賽斯（1997）在分析「循路」（ergodic）觀念以統攝非線性敘事文學時，認為「循路可以是靜態循路，亦可以是動態循路」。而以「靜態循路」寫作的文本就是靜態文本，包括一般的線性文本與靜態的多向文本。所以，靜態文本係指腳本與文本都固定不變，一如傳統文本印刷出版後，一切型式與格式都無法改變（Aarseth,1997；吳筱玫，2003）。若以網頁解釋則 HTML 只能視為靜態網頁檔案格式，其網頁內容一經設計完成即無法進行修改，所以是單純的顯示 HTML 的內容而已（榮欽科技，2008）。動畫素材來源如：繪圖軟體製作或手繪圖片以及攝影機拍攝的視訊畫面，其實都是靜態圖片的連續播放結果，因為其素材本身都是靜態的（榮欽科技，2008；胡昭民，2009）。若不以網路網頁解釋，則所有實質文本包括印刷文本、紙質文本、紙面文本、平面文本、手抄文本等傳統平面

文本都屬於靜態文本。伯特（Jay David Bolter）認爲以文字將詩句寫在紙上，印在紙上，「讓詩意、動作凍結成不變不滅的僵固物」，變成永恆，就是靜態之美。靜態文本具有單調、順序一致、有秩序的、固定的、被限制的、無法改變的特性（鄭明萱，1997）。簡言之，靜態文本就是文本一經固化後，除了閱讀之外，不可作任何更動與重寫的文本。視覺動態文本亦可屬之，因其文本本質仍是靜態。

2.4.8 虛實形式表現型態

對於虛實兩個觀念而言，國人是不會陌生的。例如：以「虛虛實實」來表示事件的不明朗化，眞假難辨。當數位科技的圖像製作技術越來越擬眞化後，乃有虛擬實境之言，或虛擬世界、虛擬人生之表述。在這眼見的實體世界中，一般都認爲是實體的，眞實的世界。當這些實體無法以可觸碰呈現時，就被認定爲虛擬的、幻化的，或稱夢境的、非眞的、想像的影像。以文本而言，也存在這類情形。以文本的虛實形式爲文本的表現型態，有虛擬文本（Hypothesized text）與實質文本（Substantive text）兩類文本。茲將兩類文本釋義分述如下：

（1）**虛擬文本**（Hypothesized text）

虛擬文本係相對於實質文本而言。目前網際網路的文本中所有創造出來的情境都是虛擬的，所以流傳於網際網路上的所有文本都可稱爲虛擬文本。如以數位呈現的傳統線性文本或是多向文本、互動文本以及多媒體文本，其文本只是螢幕的呈現，當螢幕消失，文本就無法看見，所以是必須藉螢幕來讀取的文本，猶如鏡中像一般。在網路上有所謂虛擬社區、網路社群、虛擬實境、電子會議或稱視訊會議、賽伯空間、網際空間等都是虛擬的再現（吳筱玫，2003）。文本在這種情境下再現即是虛

擬文本，如：電子書為最好的註解，直到這些文本被列印為各類材質的
文本後，該文本才回到具有實質的實體傳統文本（蕭仁隆，2011）。

（2）實質文本（Substantive text）

　　實質文本係相對於虛擬文本而言，目前傳統的平面文本都屬之。包
括所有的印刷文本、紙質文本、紙面文本、手抄文本。所以實質文本與
靜態文本的特性相同，具有單調、順序一致、有秩序的、固定的、被限
制的、無法改變的特性。屬於平面的視覺感受，及全方位的實質形象，
是真實存在的存在物，可以被觸及、可以被感覺，具有真真實實的實體
（鄭明萱，1997）。即以傳統書籍的形式與內容被書刻於文字載體上的載
體，內容不需再經中介物即可呈現眼前，如：紙的載體，以及中國的甲
骨、青銅、鐵、石、竹簡、木簡、絲綢、縑帛、碑碣，古埃及的莎草，
兩河流域的泥板書、陶板書、獸皮，以及古印度的貝葉書等都是實質文
本，有別於必須以螢幕才能顯示閱讀的虛擬文本（傅修延，2004；羅寶樹，
2007）。

2.4.9 讀寫形式表現型態

　　羅蘭・巴特從讀者的關係上界定文本的形式時，認為現今的非線文
本應具備讀寫雙重的閱讀形式，而這觀念即德希達解構理論的雙重閱
讀。因為當作品的意義已經成為文本時，作品完成後，只能形容為一個
書寫空間的起點，其它文本則有待讀者經由閱讀予以創造許許多多的文
本，此即讀寫形式的表現型態（鄭明萱，1997）。文本以此種讀寫形式表
現型態分類有寫式文本（Writerly text）與讀式文本（Readerly text）。茲將
各文本釋義分述如下：

（1）寫式文本（Writerly text）

　　寫式文本係羅蘭・巴特從讀者的關係上界定的文本之一，是由讀者自行建構「眞象」，並積極參與創造意義。亦可說寫式閱讀即由讀者進行書寫與詮釋的多重閱讀，如超文本即屬於這類文本。寫式文本強調作者與讀者之間進行互動的對話，甚至進行改寫或再創文本，讓文本永遠是一個沒有完成的作品，一個正在進行中的作品。所以，此文本屬於現代與後現代的文本，更是目前電腦書寫系統可以輕易完成的超文本。寫式文本又分爲獨立寫式文本與網際網路寫式文本兩類。獨立寫式文本又稱爲「私家文本」，也就是一種提供可以讓讀者閱讀文本外，還容許讀者對於文本進行書寫的文本。然而，這個書寫過程只在讀者所擁有的文本內封閉式的書寫（鄭明萱，1997）。此類文本亦可稱爲封閉寫式文本。網際網路寫式文本就是在網際網路上進行讀者與作者的雙向互動的文本，其文本型態符合後結構主義的寫作，或是解構理論所期待的雙重閱讀。因此，被譽爲超文本寫作最理想的文本。目前，這類共讀共寫的多重閱讀與書寫的文本，仍然處於實驗文本的階段（鄭明萱，1997）。此類文本亦可稱爲開放寫式文本。

（2）讀式文本（Readerly text）

　　讀式文本也是羅蘭，巴特從讀者的關係上界定的文本之一，認爲文本的製造者就是作者，其文本的消費者就是讀者。作者將其「世情眞象」如一扇透明窗戶般呈現給讀者，讀者只有接受作品與拒絕作品的消極自由。因此，其書寫的目的就是讓讀者閱讀作品而已。此類文本以傳統文本的古典派與寫實派文學作品爲代表（鄭明萱，1997）。讀式文本也可分爲私家讀式文本與網際網路讀式文本。私家讀式文本就如以 CD-ROM 型態出版的電子書，這些文本只是傳統文本的再現而已。網路讀式文本在基本性質上與私家讀式文本相仿，所不同的是文本屬於在網路上的文本，讀者不再是私家自讀，而是一群讀者同時共讀。該文本無法共寫，

只能對自己的文本進行改寫或刪除。目前文學網站所呈現的創作發表，即是此類文本。不論如何，兩類文本都屬於讀式文本，屬於封閉讀式文本（蕭仁隆，2011）。

2.4.10 書寫線性形式表現型態

以書寫的線性形式表現型態分類，有線性文本（Linear text）與非線文本（Nonlinear text）兩文本。茲將兩文本釋義分述如下：

（1）線性文本（Linear text）

自從以書寫與閱讀所進行的線性方向來看待文學作品時，文學作品就分為線性與非線性兩類文本。線性文本就是傳統的文本、平面的文本，印刷文本，屬於直線性的寫作與閱讀方式。蕭仁隆；鄭月秀（2009）認為：

> 傳統以來的文本寫作與閱讀都是以線性的方式進行，所以傳統文本與閱讀的方式就稱為線性式文本寫作與閱讀。

線性文本其實是針對印刷書面文本特性而言，一般認為印刷書面的文本為「單調劃一，順序嚴格，符號機械」，具有「秩序性、限制性、固定性、不可變異性、普及性、權威性」的特性（鄭明萱，1997）。因此，以此方式表現的文本就是直線性文本，一般簡稱線性文本（蕭仁隆，2011）。

（2）非線文本（Nonlinear text）

非線文本即非線性文本的簡稱，鄭明萱（1997）具結尼爾森的說法認為「多向文本就是非線性書寫的具現」，文本以「環扣連結」方式連結到

各個「環素」（element）。作者設定許多的「連結」，讀者可以自由挑選「連結」的路徑，解除「環扣」。至於「環素」的設計「可大可小」，大的「環素」可以是「不同作者書寫的個別文本、文件」，小的「環素」可以是在同一文本中的「字、句、段落、章節」。這些大小「環素」就是文片（lexia），而這些文片可以是字塊，也可以是圖塊。文片與文片所連結的點就稱節點（node）。以如此寫作設計的文本就是「一種非線性的跳躍式的文本」，亦即非線性文本（鄭明萱，1997）。蕭仁隆；鄭月秀（2009）認為非線文學定義有廣義與狹義之分，廣義的非線文學定義，就是其寫作與閱讀方式在傳統線性之外，具有互文性概念的文本均屬之。狹義的非線文學則以解構理論、後現代主義與杜象現象所形成完整的非線文學理論體系為基礎，該文本具有非線文本十七特性之一的文本，始能稱為非線文學。非線文本十七特性如下：

　　（1）非線性（2）遊戲性（3）批評性（4）互文性（5）可重寫性（6）讀寫合一性（7）去中心共有性（8）隨意與自由性（9）無固定性（10）無終始性（11）無自足性（12）無限開放性（13）交錯重疊性（14）多視線性（15）多媒體性（16）延異與嫁接性（17）時空分離與延擱性

　　因此，凡以廣義或狹義的非線性文學特性來書寫的文本，都屬於非線性文本，簡稱「非線文本」。

2.4.11 小結

經比較與歸納後，文本表現型態類可區分爲十大表現型態，即超文本表現型態、傳統文本表現型態、互動多向表現型態、遊戲表現型態、文本層次表現型態、綜合媒材表現型態、動靜形式表現型態、虛實形式表現型態、讀寫形式表現型態、書寫線性形式表現型態。共有二十三類文本，即：超文本、平面文本、手寫文本、紙面文本、印刷文本、互動多向文本、互動文本、單層文本、多重文本、動畫文本、朗誦文本、電影文本、數位影音文本、多媒體文本、超媒體文本、靜態文本、動態文本、虛擬文本、實質文本、寫式文本、讀式文本、線性文本、非線文本（蕭仁隆，2011）。

2.5 文本寫作文體類釋義

在傳統文學中對於文體類別有許多的分類方式，以此類文體書寫的文本就稱爲該類文本。然而，我國古代對於文學的說法各代不同，又常常與學術混爲一談，如：范寧認爲：「文學，謂善先王典文。」這是指廣義的文學說法。邱燮友則認爲「文學具有思想、情感、想像和技巧等特質。」因此，文學的界說是：

> 作家運用語言文字，表現人類的思想、情感，創造出完美的想像和新技巧的作品。

這是狹義的文學說法，也是現代人對於文學的認知（邱燮友、張學波、田文彬、馬森、李建昆，2005）。文學的意義古今不同，文體的分類亦異。邱燮友認為「文體泛指一切文章的體式和風格而言」（邱燮友等，2005）。我國文學界都公認曹魏時代的曹丕是最早從事中國文體分類者，曹丕於《典論論文》中將文章分為奏議、書論、銘誄、詩賦四大類。之後，晉朝陸機將文體分為十類，梁朝蕭統將文體分為三十七類……等等，這是古代的文學分類。近代對於文學的體認不同於古代，將古典文學分韻文、散文、駢文、小說四大類。在現代文學方面，則分為散文、詩歌、小說、戲劇四大類，外加其它一類，這其它類則包括兒童文學、報導文學和電影腳本等（邱燮友等，2005）。本書以文本的觀點對於文學中的文體重作分類為：詩文本（Poem text）、駢文文本（Pian article text）、散文文本（Prose text）、新聞文本（News text）、報導文本（Reports text）、小說文本（Novel text）。其中在詩文本方面，須文蔚認為數位詩泛指目前以數位科技所從事的詩文本創作，並將數位詩歸納為新具體詩、多向文本、多媒體詩、互動詩四個類型（須文蔚，2003；周慶華、王萬象、許文獻、簡齊儒、董恕明、須文蔚，2009）。本書認為既以詩為命名主軸，卻將多向文本置於其中，有些不太恰當，因此，將多向文本修正為多向詩。另外蕭仁隆在《詩中詩遊戲文本創作法探究》的碩士論文中另闢詩中詩遊戲文本一詞，為詩文本創作的創新體例（蕭仁隆，2011），故將詩中詩列為第五類型。

2.5.1 詩文本

不論是古詩、新詩、現代詩都屬於詩文本的範圍，而以電腦數位從事詩文本（Poem text）的創作作品則稱為數位詩（Digital poem）（須文蔚，2003）。在中國古典詩中尚有五言、七言、律詩、絕句、漢賦、楚辭、宋

詞、元曲等區分（邱燮友等人，2005），這些都具有詩的特性，本書全部都以詩文本總稱。至於這些古詩與新詩是否要再細分？本書認爲需要細分其文體，即是在原有文體之後加文本二字即可區分之。在古詩方面：五言絕句可稱爲五言絕句文本，漢賦則稱漢賦文本。在新詩方面亦相同：現代詩則稱現代詩文本，後現代詩則稱後現代詩文本，舉凡詩的體裁都依此類推之。詩文本的表現型態方面，蕭仁隆（2011）沿用須文蔚的分類爲新具體詩（New concrete poem）、多向詩（Multi-direction poem）、多媒體詩（Multimedia poem）、互動詩（Interactive poem），並將蕭仁隆獨創的詩中詩（The poem of the poem）列爲第五類型。但蕭仁隆在撰寫《非線文學論》時，推翻了新具體詩的採用，改以具象詩代替。茲釋義分述如下：

（1）具象詩（Concrete poem）

須文蔚（2003）指出具體詩又稱爲視覺詩，起源於英國，是以視覺的角度將「字母、詞彙、詞彙片段或標點符號」進行意象表現的詩體。至於新具體詩則是結合「文書排版、繪畫、攝影與電腦合成技術」，用以加強在視覺上的表現，引起讀者對於詩的思考。須文蔚（2003）認爲新具體詩兼具聲音、節奏與字義多重的趣味性，在未來能具有難以取代的啓發性與活力，且能超越語言與文字目前的表現型態與效果。所以新具體詩就是將字母、詞彙、詞彙片段或標點符號等詩句，以視覺的角度結合文書排版、繪畫、攝影、聲效與電腦合成技術；進行數位視覺意象表現的詩文本。但蕭仁隆在撰寫《非線文學論》時，推翻了新具體詩的採用，改以具象詩代替。蕭仁隆認爲須文蔚所稱的新具體詩指的是數位化後的具體詩型態，只保持具體詩的名稱即可，不必有新舊之別，以作爲薪傳之用。另外具體詩也被稱作視覺詩、具象詩，中國文學在傳統上都將這類型態的詩稱爲圖象詩，鄭月秀教授在教授數位新美學課程時，都以具象詩爲名。在參考各類使用名稱之後，蕭仁隆認爲以具象詩最能表現此類詩體的型態，因此，採用具象詩統括線性文本與非線性文本的此類詩

體。傳統圖像詩文本則以圖像詩文本稱之，用以區別具象詩。

（2）**多向詩**（Multi-direction poem）

多向詩即是具有多向敘事結構寫作方式的詩文本，讀者不是以單線循序的閱讀方式進行，而是可以「從一個語境跳連到一個語境」的閱讀方式進行。因此，這類型態的詩，很難說是一首詩還是無數首詩的組合（須文蔚，2003）。多向詩就是以德希達解構文本時的文外有文的嫁接方式，每個文本以連結的方式文文相連，讀者依照所選擇的連結路徑進行閱讀，該文本的設計可能是一首詩，也可能是無數首詩的組合（蕭仁隆，2011）。

（3）**多媒體詩**（Multimedia poem）

多媒體詩是接近於影視媒體的創作文本，是將文字、圖形、動畫、聲音整合於一的詩文本。在表現型態上又可分為單純的動畫表現型態與混入聲音的表現型態（須文蔚，2003）。所以，不論是以單純的動畫表現型態或混入聲音的表現型態，只要融合兩種以上的媒材作為詩文本的表現手法，就可以稱為多媒體詩（蕭仁隆，2011）。

（4）**互動詩**（Interactive poem）

互動詩就是以互動文本特性為主的詩文本，此類作品開放讀者回應加入創作，或形成接龍遊戲的創作。或是輸入字詞，電腦即可自動完成一首詩。或從一堆積木中堆疊成詩（須文蔚，2003）。詩文本必須由讀者動手完成才能閱讀，於是兩者之間產生互動，這一類具有如此互動的詩文本都是互動詩。目前網路上的實驗創作作品大多屬於此類互動的詩文本，少數為小說文本（蕭仁隆，2011）。

（5）詩中詩（The poem of the poem）

　　詩中詩就是詩中詩文本，亦即「詩中詩」遊戲文本的簡稱，就是以解構文本的方法進行詩文本的遊戲所建構而來的遊戲文本。此新的寫作概念係以德希達的解構理論爲工具，以後現代主義及杜象現象爲表現方式，顚覆了各類文學表現形式（蕭仁隆、鄭月秀，2010）。其解構的文本必須是詩文本，並以文本內延性作爲創作的方式，其所創作而得的詩就是詩中詩。詩中詩的創作方式就是在原始詩文本中不更改一字一詞下，以減字爲創作模式創作的詩文本，可以如此層層創作詩文本，讓詩文本趨向精簡的意象表達，直到無法再創作爲止。詩中詩若獨立展現必須標明其原始文本來源，以爲追溯之參考（蕭仁隆，2011）。詩中詩的原創者爲蕭仁隆，此創作法係由蕭仁隆於民國九十九年（西元 2010 年）碩士畢業論文寫作時的創思，經指導教授鄭月秀的指導與確認後，以《「詩中詩」遊戲文本創作法探究》爲研究題目，才在學術研究上確立此詩文本的創作法。

2.5.2 駢文文本

　　駢文（Pian article text）又稱四六文，或六朝文，是我國文學發展史上最具有中國文字聲韻特色的散文，更是世界上獨有的文體。雖然屬於散文，但寫作方法不同，其基本句法以四字與六字爲基本句，因此又稱四六文。駢文最大特色是：句子必須「行偶，四六句法，宜用典，重氣勢，有輕倩之風」。駢文興於東漢，以六朝爲最盛，所以又稱爲六朝文（邱燮友等人，2005）。此文體歷代皆有寫作直到清代，而以此類駢文寫作的文本則稱爲駢文文本。目前能寫此文體者可能已經罕見，但此文體仍然存世，所以以文本保留其位置（蕭仁隆，2011）。駢文文本對於非線文學而言，會是相當精彩的文本內容，也是未來非線文本值得參考的發展方向。

2.5.3 散文文本

散文（Prose text）是所有文體中內容最為廣泛，寫作最為自由的文體。邱燮友等人（2005）認為「只要是不押韻的文章，都是散文」。因此，抒情小品、議論說理的文章，遊記、傳記都屬於散文的範圍。所以，以此文體寫作的文本即是散文文本。以非線性文學而言，散文文本則屬於未開發之地，具有相當程度的發展空間（蕭仁隆，2011）。

2.5.4 新聞文本

依據散文的特質，新聞文本（News text）亦屬之。新聞文本在新聞媒體發達的今天，尤其網路傳播廣泛的今天日益發達；但是撰文內容與新聞記者的素養良莠不齊。新聞係重視即時性、批評性與事件性、突發性為報導導向的散文，實有單獨獨立為一文本的需要。因此，將具有這種特質的寫作文本稱為新聞文本。除報社與雜誌的專有記者所報導的新聞屬於新聞文本外，網路上的公民記者所發表的新聞文本亦被視為新聞文本，而且除純文字敘事外，已經傾向視訊媒體報導發展（蕭仁隆，2011）。既然要被稱為文學，大都指具有新聞專題性的報導，或是經過完整歸納的新聞寫作為主。一般的即時新聞報導只能構成新聞紀錄文本，或是歷史的原始資料，無法成為一種文學。

2.5.5 報導文本

依據散文的特質，報導文本（Reports text）亦屬之。報導文本既傾向於新聞文本，又有別於新聞文本，因此單獨條列之（蕭仁隆，2011）。對於某事件或某主體以報導的方式進行的寫作文本，其報導內容完整，甚至引經據典或加入事件採訪、人物專訪、實地採訪等，屬於主題完備的新聞報導文本。簡言之，以報導文學寫作形式的文本即屬之。報導文學一詞的出現，係高信彊在西元 1975 年主編《中國時報》〈人間版副刊〉時開闢了一個〈現實的邊緣專欄〉所用的詞，後來便有報導文學作品相繼出現。這些文本都以社會邊緣的人、事、物報導為出發點，有別於一般的新聞報導（林文寶，林淑眞，林素玫，周慶華，張堂錡，阿信元，2001）。

2.5.6 小說文本

小說文本（Novel text）原本屬散文的範圍，但目前已經成為獨立文體。從前我國認為小說即是小道，有別於大道之言，屬於九流十家中最末一家。班固的《漢書》〈藝文志〉認為：「小說者流，蓋出於稗官，街談巷語，道聽塗說者之所造也。」小說分為筆記小說、傳奇小說、短篇小說、章回小說（李威熊，1987；邱燮友等人，2005）。以小說文體寫作之文本，即是小說文本。目前國外非線文學都以小說文本為寫作文體，在我國則少見（蕭仁隆，2011）。至於小說中的各類表現手法之寫作，僅是寫作手法不同，都以小說文本為專名。

2.6　總結

　　作為文學傳播最基本的載具「文本」,都應正本清源地理出一個道理來。經蕭仁隆(2011)為非線文學創作文本的「道」做一有系統歸納與釋義後,可以釐清各文本間的關係。去其較為混淆不清的名詞或用語,或是已經過時的名詞,或從科技名詞借來的名詞。存其指意明確,符合或貼近文學意涵的名詞。亦將目前尚無人使用的文體;在未來必然會應用的文體予以定名。從以上歸類結果,蕭仁隆(2011)將文本分為三大類、三種媒材、十大型態、三十五類文本及五類詩文體。至此,未來數位文學對於各類文本的歸類區分與釋義得到一個初步的基礎架構,方便進行文本名詞的使用與探究。然而,未來文本的滋生將會隨著科技與應用而增減,正如文本的本義即是一個沒有完成的作品一般,各文本會持續被滋生繁殖,文本的釋義與歸類必然也會持續進行。

第三章　非線文學發展

3.1 發展濫觴

　　非線性一詞的興起，起源於近代電腦書寫方式的改變。以前傳統文本的書寫與閱讀方式大多依照線性進行：一般而言，國外西文文本大多從上而下從左而右進行，國內中文文本分兩種形式，直式文本形式從右而左從上而下進行，橫式文本形式與西文相同。這樣的書寫方式認知已經十分普及，且成爲一種普世的書寫與閱讀習慣。直到西元 1936 年理想化的電腦理論問世，西元 1938 年 Z1 電腦發明，西元 1941 年電腦進化到 Z3 型，成爲世界第一台以二進制浮點系統經程式成功控制的電腦。西元 1946 年現代電腦始祖「電子數據整合與計算機」問世後，電腦書寫形式才起了很大的變化。西元 1965 年尼爾森提出「超文本」（Hypertext）一詞（葉謹睿，2005），從此非線性的書寫與敘事文本正式以新的姿態面對世人，亦將書寫與閱讀形式區分爲線性與非線性兩類。傳統文本屬於線性文本，以超文本書寫的文本則屬於非線文本。文學也因而區分爲以傳統書寫爲主的線性文學與以電腦書寫爲主的非線文學兩類。考究此類非線性的書寫與閱讀的模式發展，在近代之前，非線性的書寫與敘事文本早已發生（蕭仁隆，2011）！國內外非線性的書寫與敘事文本發展景況也相同，並且非線性的書寫與敘事文本大多與繪畫、平面設計結合。在印刷文本方面，對於所閱讀的書籍以眉批、附註、註腳、註釋加以補充參照的題外之言，即是屬於非線文本的原始模式（鄭明萱，1997）。在國內文本方面，如：中國歷代經書的集註（羅寶樹，2007），即是一種文外有文的多線式寫作與閱讀文本。明朝李時珍所編著的《本草綱目》共有十六部六十二類一千八百種藥品，另有附圖及主治藥方等，堪稱非線工具書之巨著（李時珍，1997）。在國外文本方面，如：猶太法典的評注、具有索引功能的串珠本《聖經》，爲非線書籍導引之巨編（新舊約聖經，1988）。

目前非線的書寫所使用的文本連結與傳統文本的索引、註釋、串珠具有相同的使用方式，所以非線性概念的應用早已存在這些典籍之中（鄭明萱，1997）。

亞賽斯（1997）更認為中國的《周易》以八卦為符號，藉卜筮解釋天文人事現象。後經周文王演繹為六十四卦，再經孔子為《周易》作〈十翼〉，使八卦除了卜筮外，還提升至哲學層次探討，這是最早應用非線敘事的事例。八卦僅有乾坤兩個符號，再經組合成八個符號，祭司再以卜筮組合而變化，用以推演天命人事徵兆，具有「隨意性、非線性、選擇性、不連續性、多重組合性、不可預測性、多重詮釋性」。因此，是非線超文本最標準也最理想的原型文本（鄭明萱，1997），十八世紀德國哲學家、數學家萊布尼茨（Gottfried Wilhelm Leibniz，1646－1716），發明二進制計數法，並以二進制解讀《易經》，以陰爻為 0，陽爻為 1。且說：「二進制乃是具有世界普遍性的、最完美的邏輯語言」（http://zh.wikipedia.org）。在純文學方面，我國迴文詩是具有遊玩意味的遊戲文本，例如：唐朝的八花轉輪鉤枝璧鑑圖（李德超，1995）。以前學術界都認為迴文詩難登大堂之雅，如今以非線文學追本溯源，則以上的作品都應視為濫觴。非線文學的發展在國外相當流行，作品豐富，使用媒材多元化，表現方式多樣化，非線文學作家更是輩出。在國內，甚至兩岸三地的文學界，對非線文學還是相當陌生，本書乃將國外與國內的非線文學發展一併論述。因為國外的非線文學發展相當廣泛，國別亦多，僅就較有指標性的作家與作品論述，作為「他山之石，可以攻錯」的參考。

在非線文學發展所經歷的時期，與最早非線文學作品的探討方面，經蕭仁隆（2011）探討分析結果，不論國內或國外都經歷了傳統紙面文本時期、紙面非線文本時期、電腦超文本時期、網路超文本時期與數位超文本時期五個時期。又經研究發現從傳統紙面文本時期到非線文本時期經歷相當長久的時間，目前則進入網際網路文本時期與數位文本時期交

錯的現象。以國外為例，紙面非線文本時期當從十七世紀的英國詩人賀伯特（George Herbert）開始。賀伯特喜歡將其詩句排成十字架或祭壇等，而這種形式的詩正是具象詩的表現手法，所以，國外非線文學都以之為開山始祖（孟樊，1993）。在國內的紙面非線文本時期，當以迴文詩為最早，根據史料所載的迴文詩作品則以漢朝蘇伯玉之妻所作《盤中詩》為起始（黃永武，2009）。由此可知，在非線文學的發展方面，我國的非線文本創作遠比國外早了將近千年之久。

3.2　國外非線文學發展

　　國外非線文學的發展雖然遠比我國晚，但區分非線及線性閱讀與書寫的觀念卻源自國外，理論建構也比我國早。所以，談到非線文學發展就必須從國外的非線文學發展開始，再回溯到國內的非線文學發展，如此才能究根明底，脈絡清楚。根據蕭仁隆（2011）的研究將國外的非線文學發展分七部分來探討，即非線書寫緣起、電腦非線書寫系統演進、紙面非線敘事先例、紙面非線文本崛起、非線數位超文本興起、超文本書寫軟體發明、國外知名非線文學創作者。

3.2.1 非線文本書寫緣起

　　談到國外非線文學的發展，需從第一位為超文本立名的尼爾森開始，尼爾森在西元 1965 年提出以非連續的書寫方式（non-sequential writing）替代當時流於機械的、線性的電腦化教學系統設計。尼爾森所提出的非線性跳躍式文本概念，已經將非連續書寫的基本要件、形式、媒體、工具都涵蓋其中，實現非線文本的書寫方式。然而，尼爾森此一構思實際

上始於西元 1960 年，當時他打算設計一種非線書寫系統（writing system），此書寫系統成為日後文字處理機的原型。但真正的非線性處理機的首位構思者不是尼爾森，而是被後人公認超文本祖師爺的布希（Dr.Vannevar Bush），布希在西元 1945 年以〈正如我們所想〉（As We May Think）為題發表論文。布希認為人腦具有儲存與選取兩項功能，並且採用開放式的聯想（associative），以彈性跳接方式來執行人腦的記憶與選取。因此，布希認為可以藉科技模擬人腦的選取方式發明幫人記憶的機器，並命名此機器為〈記憶機〉（Memex）。布希建構的〈記憶機〉具有兩文本間互顯、互連、互扣關係的功能，以提供讀者追索閱讀（鄭明萱，1997；葉謹睿，2005）。布希所建構的〈記憶機〉已是電腦非線性處理資料的基本模式，尼爾森只是將非線性跳躍式的文本處理概念具體化而已。這個非線超文本的概念卻落實了羅蘭・巴特與德希達的解構閱讀理論，同時也成就了克里斯多娃（Julia Kristeva）的文本交涉（intertextulity）概念，傅柯（Michel Foucault）的織網（network）概念，巴赫汀（Mikhail Bakhtin）多聲多義（multivocality）概念，以及葛答里（Felix Guattari）的游牧想法（nomad thought）概念，讓後結構主義的理論得以具體實現（鄭明萱，1997）。至此，文學敘事的世界開始以線性的樣態作為文學敘事的劃分方式，將文學敘事劃分為線性文學敘事與非線性文學敘事兩類。蕭仁隆於民國 100 年（西元 2011 年）將「非線性」一詞去其「性」字，以「非線」簡稱之。非線性文學即以「非線文學」簡稱，後述有關「非線性」詞句若非必要區別外，都以「非線」簡稱。

3.2.2 電腦非線書寫系統演進

　　目前爲人類所愛不釋手的電腦 3C 科技產品，以及網際網路的方便性，成爲自工業革命以來的另一次革命—電腦革命，現在更進入智慧型手機的世界。然而，這個幾乎無所不包的萬能電腦的演進過程，並不是一開始就相當順利。電腦科技係從西元 1936 年才提出理想化的電腦理論，直到西元 1946 年被稱爲現代電腦始祖的「電子數據整合與計算機」才正式問世，西元 1952 年 IBM 推出 701 大型電腦，西元 1957 年推出 FORTRAN 電腦語言，到了西元 1969 年美國國防部設立 ARPANET 網路後，電腦才正式進入網路時代。西元 1972 年寄出了全世界第一封電子郵件，正式讓郵件的投遞進入網路時代。世界第一部個人電腦遲至西元 1974 年才問世，係由 MITS 推出的 Altair 個人電腦。至於電腦文書應用軟體則等到西元 1979 年 Micropro 推出第一部電腦文書應用軟體 Wordstar 後誕生。然而具備非線文本的書寫系統，一直到西元 1987 年蘋果電腦推出 Hyper Card 後，始成爲廣被個人使用的多媒體書寫工具。在網路上的非線超文本，卻要到西元 1989 年的萬國網（World-Wide Web 縮寫爲 WWW）在歐洲首度出現；才以劃時代的姿勢快速崛起。到了西元 1991 年全球資訊網架設成功，全球終於正式全面性的進入網際網路時代（葉謹睿，2005）。非線超文本書寫系統亦隨著這劃時代的趨勢蔓延全球。至今，人們都已經習慣使用非線超文本（Hypertext Markup Language 縮寫爲 HTML）書寫系統（鄭明萱，1997）。然而，電腦科技從線性書寫系統進入非線書寫系統，竟經歷將近半世紀以上的演進過程。如今，方便的電腦作業系統以及網路傳訊系統，已經跟人們的生活息息相關，卻少有人知道這就是拜非線書寫概念所建構而來的。

3.2.3 紙面非線文本先例

　　在國外傳統紙面文本時期，具備紙面非線文本敘事體例的作品，首推十八世紀英國作家斯敦（Laurrence Sterne）的自傳式札記作品《特理斯脫蘭・山狄的生活與意見》（The Life and Opinions of Tristram Shandy）（http://en.wikipedia.org）。該書的情節相當自由，每個情節都是隨著新話題而轉向，以致該書的話題永遠沒完沒了。這種永無結局的創作體例，就是非線文本敘事的原始體例（鄭明萱，1997）。但國外最原始的紙面超文本小說創作作品，則是喬愛斯（James Joyce）在西元 1922 年出版的巨著《尤利西斯》（Ulysses）。該書正文依照線性閱讀進行，行間設計類似注釋說明的小字或符號，喬愛斯就是利用這些小字或符號引導讀者暫時離開正文，跳到文內的注釋說明小字中。當讀者閱讀這些注釋後，再回到正文原處閱讀。喬愛斯如此的安排，是有意造成讀者自由選擇閱讀的路徑。喬愛斯曾說：《尤利西斯》是一部以色列與愛爾蘭為背景的史詩，小說係以每個整點為段落，用以敘述在都柏林市一天有二十四小時整點（一生）之內發生的小故事，其間穿插人體器官詞彙進入該人體器官的旅行，或是其他知識詞彙進入該知識說明，一如在百科全書裡查閱資料。小說最後以沒有標點的方式書寫，讓讀者自行解讀文義。當讀者依自身的解讀能力解讀時，或許會產生誤讀現象，於是讓文章的意義因而改變（http://zh.wikipedia.org）。這種閱讀方式猶如我國古代沒有句讀的文學讀本，必須讀者自行標注句讀解讀。《尤利西斯》後來被譽為意識流小說的代表作，及 20 世紀百大英文小說之首。喬愛斯的另一部超文本經典名著是《守夜》（Finnegan's Wake）（Shamdasani,1990；鄭明萱，1997）。

3.2.4 紙面非線文本崛起

　　自從古騰堡（Johannes Gutenberg, 1397-1468）發明金屬的活字印刷術開始，歐洲才正式進入印刷文本時期，落後我國數百年。到西元 1914 年後，歐洲的印刷文本設計開始新的改變，奇克德（Jan Tschichold,1902-1974）稱之爲「新印刷」（New Typography）時期。當時義大利詩人馬利涅蒂（Filippo Tommaso Marinetti, 1876-1944）主張「新時代的語言應是自由，不受任何句法與形式所拘束。」並在西元 1913 年的《Lacerba》刊物上，以詩歌創作爲例發表創新的印刷文本設計，及對於這種創新的文字版面看法（http://peinturefle.free.fr）。從此以後，新的版面設計概念誕生。馬利涅蒂也是未來主義的奠基者，其新版面設計印刷概念的突破，影響當時的藝術家與文學家的創意表現。例如：阿波涅里（Guillaume Apollinaire,1880-1918）在西元 1918 年出版的《Calligrammes》詩集，將詩句的文字以圖形繪畫的方式排列成鳥、眼睛、噴泉等圖形，使排列文字轉變爲繪畫的元素，超脫原有的表意功能（沈信宏，2006）。阿波涅里的手寫文本〈少女圖像〉就是利用詩句來描繪一幅戴著帽子的少女圖像（http://peinturefle.free.fr）。這些用詩句排列圖像的詩就是具象詩的形態，亦是非線文本對於線性文本突破的初始表現（蕭仁隆，2011）。達達主義在文字表現手法上，承繼未來主義的文字排版表現手法，更善用攝影與拼貼的技巧來設計印刷文本版面。例如：札拉（Tristan Tzara ,1896-1963）在西元 1920 年設計的《DADA》雜誌封面，這封面是達達主義的基本風格。在達達主義後，有俄國構成主義、荷蘭風格派都是將非線設計的手法應用於藝術與詩集中。例如：瑪雅可夫斯基（Vladimir Mayakovsky,1893-1930）在西元 1923 年發表的《For the Voice》詩集，每一首詩都使用新的編排方式，並在書的右側設計略圖作爲索引識別之用，

具有非線文本編排與紙面超文本格式。荷蘭風格派藝術家胡札（Vilmos Huszár）在西元 1920 年《DE STIJL》雜誌上，就設計以非線文字排列樣式的詩文作品。其詩文雖僅用一種印刷字型作排列設計，卻運用字體字級與粗細及排列的變化設計來傳達詩文的樂趣，是一種非線文本的表現方式。法國馬辛（Robert Massin）在西元 1964 年所設計的伊歐涅斯柯（Eugene Ionesco , 1909-1994）的《The Bald Soprano》荒謬歌劇本，是採用文字設計來代表聲音的絕佳作品（沈信宏，2006）。該劇本以字型代替角色發聲，在人物對話方面以字型位置的角度來區別，對話聲量以字型大小表示，讓劇本的讀者不只是在閱讀，彷彿還能聽見歌劇的大小聲音（蕭仁隆，2011）。直到德希達的解構理論，又稱爲後結構主義（Post-Structuralism）發表後，版面設計的空間得到解放，作品的版面設計不再只是單層次的設計，而是採用複合式的，多層次文本的設計。隨後電腦科技的發達，並進入電腦數位化與網路化後，瓦解了紙面印刷文本與電影文本間的壁壘。印刷文本設計經由電腦數位化與網路化帶來前所未有的改變，讓非線性的文本設計概念成爲書寫與設計的主軸（沈信宏，2006）。

3.2.5 數位超文本興起

國外以數位超文本（原譯爲非線性超文本，本書改以數位超文本替代）書寫的原創小說，首推喬愛斯在西元 1987 年發表的《午後》（Afternoon, A Story）。《午後》係以 Hyper Card 書寫系統爲平台，此平台屬於早期的數位超文本書寫系統。該小說的每個單一文本及嫁接字詞都由作者事先寫就，再經由隱性連結系統連結所嫁接的文本（鄭明萱，1997）。該小說的閱讀設計概念是：當讀者進行一張張卡片式閱讀時，可在電腦視窗內任選一字，即可連結到另一文本或者無法連結，讓小說故事發展會因爲連結不同文本產生不同的故事情節。考門（Robert Coover）在《紐約時報》

書評中認爲《午後》是至今最重要的數位超文本小說
（http://www.eastgate.com）。經蕭仁隆（2011）的研究認爲喬愛斯的《午
後》數位超文本寫作屬於封閉式數位超文本寫作，讀者只能單方面進行
作者業已設計的選項閱讀，有別於目前的網路超文本。與《午後》齊名
的數位超文本小說創作是西元 1991 年發表的《維多利亞花園》（Victory
Garden），係由摩斯羅伯（Stuart Moulthrope）運用 Java 等數位超文本技術；
在網際網路上進行多種形式的實驗作品，被譽爲最多采多姿，最爲精彩
可讀的一部數位超文本小說（http://www.eastgate.com）。該書設計手法與
喬愛斯的《午後》類似，所有的單一文本都是事先或之後陸續嫁接的。
所謂的單一文本即是一小段的個別敘事，然後經由設計各類的連結，使
文本與文本連結，讀者就在文本與文本間進行路徑選擇與閱讀（鄭明萱，
1997）。

3.2.6 數位超文本書寫軟體發明

　　人類從比手劃腳的牙牙用語進入具有特定的指稱用語，並可以進行
敘事後，才正式進入口語敘事文化階段。當人類的語言逐漸繁複後，就
開始思考如何將這些敘事語言記錄下來，這個動機成爲人類跨入另一文
明生活的開始。後來文字被發明出來，口語的敘事轉由文字來記錄，口
語就這樣被一一定型，書寫成爲文字發明後的產物。人類這些文明的演
變，都拜語言系統的建立及文字書寫技術的發明所賜。以後的手寫文本、
印刷文本相繼發明，口語與文字藉一代一代的科技產物服務書寫，如今
的電腦科技也是爲服務書寫而發明。追根究底而論，這些科技的發明起
先都不是爲文學而發明，而是爲書寫記錄服務，爲人類生活的便利而發
明。目前電腦書寫系統研發的動機，也非專爲文學服務，而是爲非文學
的企業需求而設計。所以，到目前爲止，眞正針對文學創作而研發的書

寫系統相當稀有！自古而來的文學創作者必須學習科技產品的使用方法，再將自己的創作作品書寫在歷來的書寫科技產品上。非線超文本亦然，剛開始便以蘋果電腦（Apple）在西元 1987 年推出的多向卡書寫系統創作，這是個具有目錄、連結、腳本語言提供使用者進行編輯的書寫系統。該系統除文字外，尚有聲光與動畫的功能，卻侷限在蘋果系統上使用。其超文本功能僅限於搜尋與路徑記錄，屬於限制甚多的書寫系統。蘋果電腦推廣多向卡書寫系統的使用，也間接地讓非線超文本的觀念普及化。目前，專為非線數位超文本而設計的書寫軟體系統是《故事空間》（Story Space），此書寫系統係由伯特（Jay David Bolter）、喬愛斯與史密斯（John B. Smith）三人；根據伯特在西元 1991 年出版的《書寫空間》（Writing Space）概念設計完成的（http://www.eastgate.com）。這是首度由非線數位超文本理論家、作家與電腦專家共同合作研發的科技產品，適用於「蘋果」與「視窗」兩種書寫系統，Estgate System 公司為該書寫系統獨一擁有者（鄭明萱，1997）。以上兩種書寫系統都屬於讀式的封閉文本，真正具有開放性的非線數位超文本書寫系統，要到 Web 網際網路與超文本標記語言（Hypertext Markup Language ,HTML）軟體開發成功上市後才產生。此系統雖具有開放性非線數位超文本的條件，當初的開發動機是為服務企業界的使用，不是專為文學創作而設計。文學創作者必須學習各種軟體操作才能從事創作，甚至需與他人技術整合才能完成其創作。所以，目前數位超文本的創作者必須突破電腦科技的學習障礙，才能順利運用不同的電腦軟體從事數位超文本的創作。

3.2.7 國外知名非線文學創作者

　　目前在國外的非線文學創作相當發達，表現方式也多元化，表現手法更異於臺灣的非線文學作品。國外的非線文學作品常與數位藝術、裝置藝術、網路藝術等混搭創作。藝術家雜誌專欄作家葉謹睿在其《數位藝術概論》中將網路藝術歸納於數位藝術之中，因為以數位藝術統稱所有電腦藝術的論述已成為一種普遍現象（葉謹睿，2005）。國外非線文學作品就寄居在網路藝術之中，以超文本的型態從事文學作品的創作。以下就是國外一些比較知名的國外非線文學作者與網站介紹，他們的作品都與網站連結，所以有興趣的讀者，可以循網址連結欣賞作品，在此不另圖示。

（1）雅美麗卡（Mark Amerika）

　　國外第一位以網路超文本挑戰傳統線性文本的作品是美國雅美麗卡（Mark Amerika）於西元 1993 年開始構思，直到西元 1997 年才完成的《葛瑞馬騰》（GRAMMATRON）。該作品屬於小說文本的創作，有一千多頁的圖片檔、文字檔與音樂檔，以兩千多個連結嫁接構成的封閉文本，被譽為非線敘事情節作品的經典之作（葉謹睿，2005）。該小說文本的設計係讓讀者經由文本的字詞或圖片連結至所嫁接的嫁接文本，才能讀取其中部分情節。這種小說文本設計因讀者選擇途徑不同，乃產生不同的故事情境與結果，於是讓小說文本的敘事途徑不再由原始作者所控制，乃是由讀者的自由選擇路徑來敘述故事，使情節產生一種不確定性。該文本分高階螢幕與低階螢幕的文本選擇，高階螢幕除了靜態文本外，具有背景音樂與動態文本及彩色圖片等。低階螢幕文本則只是小說文字敘述，以文字超連結到另一文本。嫁接文本有的雖有標題，但標題與內文

不一定相符（http://www.grammatron.com）。雅美麗卡在一個標題為 essential db.內文中自稱：「GRAMMATRON 為敘事工程師所想要開發的一種具有知覺的生物，是純淨的媒介，夢想的用具」（Amerika, 2010）。這類由讀者選擇路徑說故事的小說文本，原始作者的創作只是一個「純淨的媒介，夢想的用具」而已。

（2）傑克森（Shelley Jackson）

　　傑克森（Shelley Jackson）在西元 1995 年出版《拼湊的姑娘》（Patchwork Girl），係一部超文本小說的電子書。然後在西元 1997 年發表《軀體》（The Body），屬於網路超文本作品的封閉文本（葉謹睿，2005）。該作品為自傳式的小說文本，有文字敘述與黑白插畫圖片，讀者可以經由軀體的某一部分插畫圖片或是文字進入嫁接文本瀏覽，再經由圖片或是文字連結到其他嫁接文本。這部小說文本的設計係讓讀者仿如進入一個人的軀體旅行，並藉由旅行認識身體各器官的知識（http://www.altx.com/thebody）。傑克森的創作與雅美麗卡都屬於連結嫁接構成的封閉文本，讀者具有選擇路徑閱讀的不確定性樂趣。

（3）達希（Steinke Darcey）

　　早期非線網路小說經典之作係美國紐約非線小說作家達希（Steinke Darcey）的《盲點》（Blind spot），該文本設計是以網路超文本小說為主，結合文字、聲音、圖片及擁有讀者互動功能的小說文本（http://www.adaweb.walkerart.org）。其文本設計特點在於每一頁面中都安排可以連結的文字，讀者可以點選這些連結文字進入另一個小主題。除文字可以連結外，圖片、聲音也都可以用來連結。讀者以能自行增開小視窗加入情節，成為該作品的作者，具有讀寫雙重性。達希將故事情節紹計成許多片段，由讀者隨意點閱，藉由不同點閱路徑產生不同的情結拼湊發展。此類設計與前兩位作者所設計的文本相同，讓閱讀不再為作

者所能掌控，故事的發展由閱讀者自由選擇，並在其中發現自己的閱讀樂趣（葉謹睿，2005；鄭月秀，2007）。雅美麗卡、傑克森與達希所設計的文本都具有多媒體性、遊戲性、非線性、批評性、多視線性、無始無終性、相互交叉重疊性、具延意嫁接性、時空分離與延擱性。

（4）利亞麗娜（Olia Lialina）

　　被視為網路敘事作品最早的代表作之一；是俄國莫斯科非線網路文學作家利亞麗娜（Olia Lialina）在西元 1996 年發表的《我的男朋友從戰場回來》（My boyfriend camback from the war）網站作品（葉謹睿，2005）。利亞麗娜也是軟體藝術家，常在全球各地定期舉辦大型展覽，並號稱是非線網路文學作家創始人（鄭月秀，2007）。利亞麗娜的《我的男朋友從戰場回來》使用 htm 語言設計，以兩具神出鬼沒木乃伊作為首頁動畫，象徵戰爭的無情。讀者可任意點選畫面上之圖案，進入不同的主題。該文本設計以圖畫為主，小說對白則另開小視窗，類似漫畫書中的對白框框。在進入家庭樹時也可點選木乃伊主題，或由其他圖片進入觀賞家人生活照片。進入 Bora Bora 主題則是旅遊足跡的介紹，讀者可點選不同主題進行影音欣賞（http://www.zombie and mummy.org）。鄭月秀（2007）認為利亞麗娜圖文小說具有優美的具象詩特點。綜觀利亞麗娜對於《我的男朋友從戰場回來》的文本設計，已經跳脫雅美麗卡、傑克森與達希所設計的文本，加入了具有傳記性質的敘事，使讀者不再只是純文字的閱讀，還提供知性的認知及影音的聽覺享受。所以該文本設計具有多媒體性、遊戲性、非線性、批評性、多視線性、時空分離與延擱性。

（5）維基百科（Wikipedia）

　　在集體創作的非線寫作文本方面，以《維基百科》（Wikipedia）為最成功的例子。《維基百科》自西元 2001 年建立上線開始，至西元 2006 年已經有二百一十種語言在此建立其語言的《維基百科》，其中英文詞條已

條超過百萬條，中文詞條也有六萬多條，是一個由網民一同創作、編纂、審核的線上知識庫，亦是永遠一直成長，不會完成的百科全書。其成功因素是：自由、免費、共享、共審以保持必要的寫作水準（http://www.wikipedia.org）。

（6）世界最長的集體文句（The World's First Collaborative Sentence）

另一集體創作的作品則是大衛斯（Douglas Davis）在西元 1994 年所發表的《世界最長的集體文句》（The World's First Collaborative Sentence），屬於 HTML 的創作（http://www.ddg.art.pl）。大衛斯宣告使用者「除了標點符號之外，任何內容都可以是構成這個文本的元素。」因此，內容有詩學的，政治的，小說與自傳等等。

（7）《百萬企鵝》（a million penguin）

集體創作也有失敗的例子，英國企鵝出版集團（Penguin）的《百萬企鵝》（a million penguin）寫小說計畫就是一個很好的例子（http://www.amillionpenguins.com）。該計畫規定每人自由編寫小說的字數以二百五十字為上限，但擁有互相修改與刪除情節的權限，這部實驗性的集體創作小說最後以幽默收場，因為非線文本的集體創作尚未成熟（鄭月秀，2007）。從這個例子的失敗可以看出來，如果非線文學創作在共有的狀況下允許任意修該他人的文本，很容易成為無法閱讀的文本，失去閱讀的作用。因此，還是需要一些規範，讓文本成為可以閱讀的文本，否則只是一場文本的遊戲而已。

3.3　我國非線文學發展

　　我國非線文學的發展途徑跟國外不同，我國所使用的漢字與語言都是自成一體，經過數千年漫長歲月逐漸發展才有今天的樣貌。其中文學著作一如瀚海，非文學書寫作品更是難以計數。就非線文本的書寫概念與應用而言，恐怕在文字書寫初起就發生了！到目前為止，至少亞賽斯等國內外學者都這麼認定。雖然，我國紙面非線文本時期發生得很早，類別亦多，且都獨樹一格。在書寫的文本方面，我國都以詩文本創作為主，而國外最常見的非線文本是小說文本創作，這是國內外非線文學發展最大不同之處。

3.3.1 我國非線文本緣起

　　世界上的文字大多由表音文字與表意文字組合而成，然而經由文字使用歷史的發展以及發音結構的不同，國外西方文字從象形的表音與表意混和使用趨向表音體系，字母最後只是發音的符號。例如：楔形文字、埃及文字、拉丁文字、阿拉伯文、印度梵文、馬雅文、西藏藏文、蒙古文，近世才興起的韓文、各國的拼音文字及目前普遍流行的英文等。中國文字則趨向表意文字，正確的說法應是趨向形、音、義合一的文字。唐蘭稱中國文字為「含有義符的注音文字」，這是中國文字的特點（丘永福，1991；孟世凱，1996）。若以廣義的非線性定義，由圖象簡化而成的中國文字本身就是很好的非線藝術造型，例如：甲骨文、篆文都保留原始造字的非線藝術造型。若以純書寫而言，從漢代以來的解經訓詁集注方式，都屬於非線文學的寫作方式。解經訓詁集注以十三經為原始文本，

採各家釋義嫁接於字詞之下。因此，閱讀經書時，可以直接跳讀原始文本，也可以在集注字詞之後閱讀嫁接文本的釋義內容。如此的寫作方式相當非線性，與德希達對於文本的註釋與解構一樣。然而十三經雖名爲經典，卻尚未分化爲文學作品，可視爲我國非線編撰的紙面文本肇始。如果以非線形式與概念而言，《周易》藉八卦與六十四卦的簡易符號，即可經由卜筮解釋人生百態與吉凶，是我國最早非線形式與概念的具體應用。直到現在，《周易》已經演化爲街頭算命與寺廟的籤詩解說。所以，《周易》八卦與六十四卦所標註的簡易符號，可說是我國非線概念應用最早也最久的符號（Aarseth,1997；鄭明萱，1997）。以純文學創作而言，古代迴文詩及書畫作品，都可以是非線文學創作的啓蒙作品，如：蘇惠（若蘭）作〈旋機圖詩〉。我國歷來書畫不分家，其中在畫作上題詩成爲常態，這種畫中題詩的創作爲我國藝術創作所獨有，又稱爲題畫詩。例如：元朝趙孟頫作〈鵲華秋色〉保留歷代的題詩，觀畫者可以一口氣瀏覽歷代的題畫詩。畫中題詩雖以畫爲主，卻具十足的非線性，但不以文字書寫爲主角（周慶華等人，2009）。

3.3.2 迴文詩文本

至於迴文詩，歷來都被正統的文學家視爲遊戲詩，僅爲興趣而作，屬於遣興之作，難登雅堂。就非線文學的概念而言，遣興遊戲之詩才是我國非線文學的初始。至於從何時開始發展遣興遊戲之詩，各朝各代學者都曾據史論述，形成各說各話局面。現代的陳昌明教授認爲具有娛悅的文學創作觀念始於六朝（陳昌明，1999）。我國自古詩風鼎盛，所有文學以詩文本爲翹首。縱然曾出現宋詞、元曲等體例，但認眞說來，詞曲亦只是詩之變而已。所以我國古典文學一直脫離不了詩文本的創作。直到現在，這股詩風仍然流行於朝野雅士之間，在民間則已經生活化到詩

社及常用的春聯、對聯、詩籤等等。至於非線遊戲的詩文本，最早當推
迴文詩創作。《文心雕龍》作者劉勰認為迴文詩最早創作者是道原，原文
為「回文所興，道原為始」。梅庚在《文心雕龍》註解中認為道原係劉宋
朝代的賀道慶之誤，因為賀道慶曾作迴文詩一首共十一句四十八字。在
《晉書》〈烈女傳〉曾記載：有位竇滔的刺史被流放，其妻蘇惠（若蘭）
製作迴文〈旋機圖詩〉相贈，這應是我國最早的迴文詩。根據明朝的康
萬民考證的〈璇機圖詩〉原圖共有八百四十一字，經後人解讀，竟然可
以讀成七千九百五十八首詩。另外，唐朝南海女子作〈八花轉輪鉤枝鑑
銘〉共一百九十二字，與范陽楊氏〈天寶迴文詩〉並傳，都是被肯定的
迴文詩佳作。另有一說，明朝徐師曾在《詩體明辨》一書中認為迴文詩
最早的創作應是漢朝蘇伯玉之妻所作的〈盤中詩〉如圖 3-1。該詩寫在圓
盤中，必須從中間的「山」字往右旋讀起，再從左旋閱讀，如此反覆，
猶如迴腸盪氣一般，而作者的詩意就寄在其中。

《盤中詩》漢蘇伯玉妻

圖 3-1　〈盤中詩〉漢朝蘇伯玉妻作

資料來源：周慶華等人，2009，蕭仁隆改製

〈盤中詩〉漢朝蘇伯玉妻作（蕭仁隆解讀）

山樹高，鳥爲鳴，泉水深，鯉魚肥，空倉雀，常苦飢。
吏人婦，會夫稀，出門望，見白衣，謂當是，而更非。
還入門，中心悲，北上堂，西入階，急機絞，杼聲催。
長嘆息，當與誰？君有行，妾念之：出有日，還無期！
結巾帶，長相思。君忘妾，未知之，妾忘君，罪當治。
妾有行，宜知之：黃者金，白者玉，高者山，下者谷。
姓者蘇，字伯玉，人才多，智謀足。四角家，居長安，
身在蜀。何惜馬蹄歸不數！
羊肉千金酒百斛，令君馬肥麥與粟，今時人知四足與！
其書不能讀，當從中央周。

　　迴文詩歷來都有作品發表，亦進入格律嚴謹的七言絕句之中。七言絕句的迴文詩是以詞序可以顛倒來創作，讓首尾詩句得以順逆回環，讀來成趣且寓意其中。至於將迴文詩詩句排成各式圖形的創作方式，並非作者的主要目的。歷代寫過迴文詩的文學家爲數不少，著名的如宋朝的蘇東坡與王安石都有迴文詩傳世。茲舉蘇軾〈題織錦圖回文〉一首：

春晚落花餘碧草，夜涼低月半梧桐。
人隨雁遠邊城暮，雨映疏帘繡閣空。

　　本詩逆讀亦成七言絕句，是迴文詩另一巧妙創作。逆讀如下：

空閣繡帘疏映雨，暮城邊遠雁隨人。
桐梧半月低涼夜，草碧餘花落晚春。（李德超，1995）

這兩首詩的意境相當，讀來倍覺有趣，且兩首詩的詩句優美，情境感人，真不愧爲宋朝大文豪之作。

3.3.3 集句集字詩文本

現代詩有謂拼貼之詩，但我國古代就有類似拼貼的集句詩創作出現。所謂集句詩乃是句句都出自古詩，然後自成一首詩。古人玩詩至此，恐怕不是現代人能想像的。最早的集句詩創作是晉朝的傅咸以《詩經》的詩句集成〈聿修〉一首如下：

> 聿修厥德（大雅文王篇），令終有俶（大雅既醉篇）。
> 勉爾遁思（小雅白駒篇），我言維服（大雅板篇）。
> 盜言孔甘（小雅巧言篇），其何能淑（大雅桑柔篇）？
> 讒人罔極（小雅青蠅篇），有靦面目（小雅何人斯篇）。（李德超，
> 1995）

除集句詩外，尚有集字詩的創作。集字詩係自古詩中選定特定詩句，再從詩句中選出用字，作爲組合詩句創作的材料。蔣繼軾就曾將杜甫的〈秋興八首〉以集字方式再寫〈秋興八首〉，其高超的詩文本創作手法令人讚嘆不已！現僅列杜甫的〈秋興八首〉之五與蔣繼軾以集字創作再寫的〈秋興八首〉之一並列對照如下：

杜甫〈秋興八首〉之五

蓬萊宮闕對南山，承露金莖霄漢間。
西望瑤池降王母，東來紫氣漢函關。
雲移雉尾開宮扇，日繞龍鱗識聖顏。

一臥滄江驚歲[晚]，[幾回青]瑣點朝班。

蔣繼軾〈秋興八首〉之一
問水看山日[幾回]，紅[雲紫氣識蓬萊]。
[青霄]陸湧[金莖]直，御苑風高翠羽[開]。
車馬遲回心自省，功名冷落老相催。
荻花秋月[魚鱗][晚]，日望江南尺素來。（李德超，1995）

　　從兩詩相互對照，蔣詩加框的字詞都取自杜詩加框的字詞，蔣詩這首詩的每個字詞都可以在杜甫的〈秋興八首〉加框的字詞之中找到。蔣詩〈秋興八首〉所有的字詞都集自於杜甫〈秋興八首〉之內，但兩首〈秋興八首〉文字敘事不同，意境不同。不論集字詩或集句詩都是詩文本的再寫，最難得的是以原作之字句再寫，其識字知詩的功力實非了得者不可，而再寫豈不是德希達所謂的文本解構後的再寫？從整個文本的閱讀與再寫經歷而言，集字詩與集句詩正如同德希達的讀寫雙重閱讀。如果德希達熟知我國的文學史，尤其是遊戲詩的創作，恐怕都會自嘆不如！

3.3.4 詩鐘遊戲文本

　　我國自古詩的文化已經深入生活之中，在春秋戰國時代還曾是國際外交送迎應對必備的禮儀之一。因此，孔子當時傳授六藝就以詩為首，曾言：「興於詩，立於禮，成於樂。」又說：「頌詩三百，授之以政，不達；使之四方，不能專對，雖多，亦奚以為？」（朱熹，1996）。我國在詩的發展上，更寓於娛樂之中。如竹枝詞之作，屬於鄉里聯歌，吟唱時都要吹短笛並擊鼓。唐朝詩人劉禹錫還作竹枝詞九首。文人雅士所流傳的是「擊鉢催詩」的「詩鐘」遊戲，這詩鐘遊戲常在宴會中舉行，以刻畫

蠟燭爲時限，再點火燃燒來催生詩作，都是即席寫詩之作。作詩有主題、有規格，即作詩的遊戲規則。將這些即席之作集成詩卷，就是古代的集體創作詩。這種詩鐘遊戲，現在尚流行於傳統詩社之中。茲舉「分詠格」「合詠格」及「捲簾格」爲例說明。

「分詠格」係由鐘題指定兩種事物給詠詩的詩人，但每句僅能分詠一種事物，且不能道出鐘題所標示的事物。如：

鐘題「送行、電報」，詠詩者爲唐景崧，所詠兩句詩爲：
「水陸傳音憑線索，關山一別走鞭絲。」（李德超，1995）

本詩上聯寫電報，下聯寫送行，但字裡行間沒道個鐘題之字詞，甚爲高明。

「合詠格」即是詠詩者所詠的兩句詩，都要將鐘題所定的一種事物入詩，卻不能道出鐘題所標示的事物。此外，還規定在兩句詩中嵌入某個字。如：

鐘題「裙、嵌犬字」，詠詩者爲丘逢甲，所詠兩句詩爲：
「文縠幅裁蟬翼影，泥金邊簇犬牙痕。」（李德超，1995）

該詩上下詩句都是吟詠裙襬樣貌，下句則以「犬」字崁在其中，眞是妙得之句，全不露鐘題半字。

「捲簾格」是將鐘題的兩個字，分別嵌在第一句的第五字和第二句的第四字內，鐘題之字，猶如捲簾。

鐘題兩個字「原物」，詠詩者爲李德超，所詠兩句詩爲：
「百代光陰 原 過客，一時人 物 盡風流。」（李德超，1995）

　　該詩對仗工整，又將鐘題二字置在一下一上，猶如波浪之推置，甚妙！我國歷來吟詩作對的雅趣，從這裡可以想見是相當豐富的。在這時期我國詩文本的遊戲性相當廣泛，此現象可能與詩文本已經跟當時生活相結合，吟詩作對乃是文雅之風所致。

3.3.5 圖象詩文本

　　以圖象形式突破線性文本的表現方式是最容易的手法，國內外非線文本創作幾乎都從圖象形式開始，古詩如此，新詩亦然。一般而言，圖象詩是後現代詩突破傳統詩的重要指標，也是非線文本突破線性文本的象徵意義。早期文學界都以圖象詩指稱此類詩體，新詩興起後逐漸改用具象詩指稱此類詩體，其實都是名異實同而已。爲整體論述上的方便，將紙面文本的創作稱圖象詩，將數位文本的創作稱具象詩。圖象詩並不是新詩所獨有，早在晚唐時代就已經出現〈繡龜形詩〉，此詩爲張睽之妻候氏所作，如圖 3-2 所示。

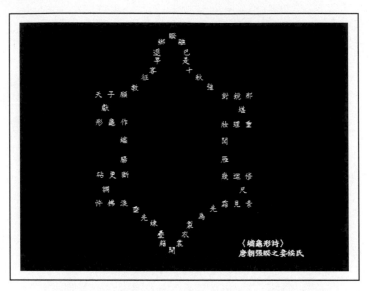

圖 3-2　〈繡龜形詩〉唐朝張睽之妻候氏作
資料來源：黃永武，2009，蕭仁隆改製

　　雖然詩的內容與圖形看似無關，但考其動機是希望皇上准許戍守邊
關的丈夫早日回鄉，以龜為圖來顯明言外之意。龜的爬行速度緩慢，用
以表示回鄉緩慢無望。龜又與歸同音，有望歸之意，果然感動武宗皇帝
讓候氏夫君返鄉。黃永武嘆息，圖形與內容不符，否則會被視為圖象詩
的鼻祖（黃永武，2009）。蕭仁隆（2011）從圖文分析，卻認為該詩不但
圖文相符，龜圖更具言外詩意，且將丈夫之名與「開」字相對，更讓人
驚嘆這種別具匠心的設計！所以將〈繡龜形詩〉稱為圖象詩或具象詩文
字遊戲的鼻祖，實不為過。

　　〈繡龜形詩〉唐朝張睽之妻候氏所作，蕭仁隆由右而下解讀的七言
絕句如下：

　　　　睽離已是十秋強，
　　　　對鏡那堪重理妝！

聞雁幾迴修尺素，
見霜先爲製衣裳。

開箱疊練先垂淚，
拂忤調砧更斷腸。
繡作龜形獻天子。
願教征客早還鄉！

明朝戲曲作家汪廷訥曾修訂棋譜，其連環詩也是棋語棋形，設計以雙環相纏的詩形圖像如同兩棋對弈，詩與圖像的意境深遠，如圖 3-3 所示。

圖 3-3　〈連環詩〉明朝汪廷訥作
資料來源：黃永武，2009，蕭仁隆改製

該詩的解讀需從「坐、廊」字讀起，然後每間隔一字來讀，就可以明白隱藏在這兩個圓環內的詩句了。蕭仁隆以這樣的讀法得到如下的五言絕句：

坐隱樂天真，脩然遠世塵。

昌湖龍自臥，煙道鶴能馴。

廊廟雖堪寄，林泉倍可親。

枯碁身外事，勝負豈須論。

　　詩中出現汪廷訥的字號「坐隱先生」，而這絕句是寫獨自在林野之間下棋的樂趣，以及對世俗所懷抱的胸襟（黃永武，2009）。圖形的妙用在於對弈時雙方糾纏不清的描述，圓圈則白描棋子的形狀，但也寓意處理事物要抱持圓的哲理，所以詩末寫著「枯碁身外事，勝負豈須論。」真是妙哉！

　　宋朝的畫家文同以墨竹為名，曾寫詠竹詩與詠石詩，則另成意境，如圖 3-4 圖 3-5 所示。此類詩作的表現形式早在隋朝即有作品，是一位和尚釋慧英作〈一三五七言詩〉，以每兩詩句增加兩字，並在第二句末押韻，內容屬於旅遊詩作（黃永武，2009），如圖 3-6 所示。這三首詩一看即明，是以詩句的排列作為內容的意涵表現。如〈詠竹詩〉一行一行直立的字象徵竹的形狀，由小漸大的排列象徵竹的成長，當竹子長到最高時，也把作者想表達的話直接寫出來：「若論壇樂之操無敵於君，欲圖瀟灑之姿莫賢於僕」。這詩必需與詩題一起欣賞，才能真切體會詩中有圖的美境。其它兩首的欣賞方式與〈詠竹詩〉相同，只是描述的對象有別而已。

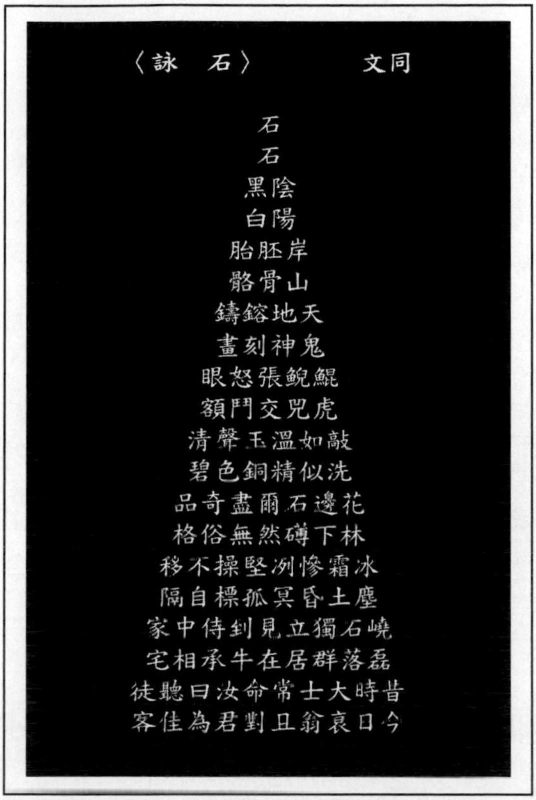

〈詠石〉　　　文同

石
石
黑陰
白陽
胎胚岸
骼骨山
鑄鎔地天
畫刻神鬼
眼怒張鯢鯤
額鬥交兕虎
清罄玉溫如敲
碧色銅精似洗
品奇盡爾石邊花
格俗無然磚下林
移不操堅冽慘霜冰
隔自標孤冥昏土塵
家中侍到見,立獨石嶢
宅相承牛在居群落磊
徒艷曰汝命常士大時昔
客佳為君對旦翁哀日今

圖 3-4 〈詠竹〉宋朝文同作

資料來源：黃永武，2009，蕭仁隆改製

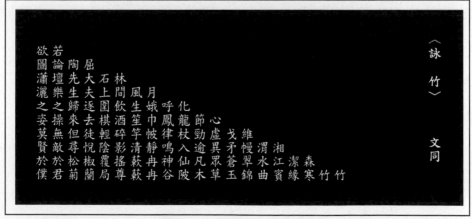

圖 3-5 〈詠石〉宋朝文同作

資料來源：黃永武，2009，蕭仁隆改製

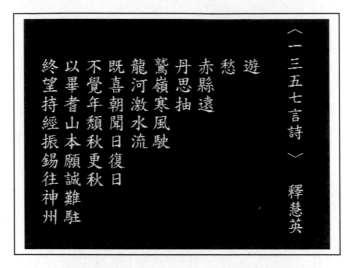

圖 3-6　〈一三五七言詩〉隋朝釋慧英作

資料來源：黃永武，2009，蕭仁隆改製

　　另有署名懷慶所寫的〈方角書〉，存於敦煌石窟殘卷中，如圖 3-7 所示。

圖 3-7　《敦煌石窟殘卷》〈方角書〉懷慶作

資料來源：黃永武，2009，蕭仁隆改製

　　該詩縱橫各六字共三十六字，但在外圍四角書以「陽關靜滅」四字。黃永武認爲此詩具有迴文詩形式與具體詩傾向，可以列爲中國具象詩的先驅者。經黃永武（2009）解讀的五言古詩，如下：

江南遠客跧，翹思未得還。
飄起沙場苦，詳取淚如潛。
怦直古人志，鏗雅韻峰蠻。
尫逼那堪說，鯨滅靜陽關！

　　至於〈方角書〉之詩可否另有其它解讀？就任由讀者自解。

　　近代有呂佛庭（1911-2005）認爲「書畫同源」，乃以甲骨文爲主，結合繪畫，使畫中有字，字中見畫，用以表現中國文字線條之美，自創甲骨文字畫。如〈山從人面起〉〈鳳爲眾鳥首〉等，國立歷史博物館曾於民國 98 年展出《館藏呂佛庭文字畫展》（http://www.nmh.gov.tw）。楚戈（1932-2011）的現代水墨畫被認爲是革新派。楚戈以中國水墨畫技巧爲主，參雜現代繪畫的符號與意象語言，以及詩語言，建構其詩中有畫，畫中見詩的現代水墨畫。如〈夢見一首唐詩〉即以濃郁的色彩抽象地彩繪楚戈的夢境，又在畫中崁入詩句，形成畫中見詩的情境。楚戈尚有〈香嚴和尚詩〉作品，以該詩爲情境作畫，所作之畫係採取甲骨文之象形文字構成一幅畫，詩文寫在畫下，讓畫與詩互相輝映成趣。〈雨夜〉則採用文字畫寫詩中意，又題詩其下，形成文字詩畫。楚戈認爲中國繪畫藝術是「曲線的藝術」，並從中國的結繩美學中領略出「行走的美學」，最後成爲楚戈藝術創作思想的內涵與形式表現，圖 3-8 爲楚戈去世三周年所舉辦的詩畫展現場（http://acc.nctu.edu.tw/gallery/0909_chuko/works.html）。

圖 3-8　《以詩‧畫行走—楚戈詩畫展》現場

資料來源：蕭仁隆提供

　　另一位以詩畫著稱的是管管（圖 3-9），本名管運龍，另有管領風騷筆名，被稱為現代詩壇的孫行者，是「後現代情境下玄思異想的空間美學」的創作者，其中以《腦袋開花—奇想花園 66 朵》屬於完整的詩畫集，管管透過詩窗的空間設計宣示無所不春（蕭蕭，2012）。

圖 3-9　管管於張默水墨詩畫展及創世紀詩社六十周年座談會合影

資料來源：蕭仁隆提供

　　以上這些創意詩畫都與近代新詩的圖像詩有異曲同工之妙，只是不再以詩的文字爲圖像，而是將詩直接植入繪畫之中，與繪畫並行，創造出詩外有畫，畫內有詩的獨特景象。這類的作品在類型與意境創作上，已經屬於非線文學創作作品，與達達主義發表的文學創作作品，在形式與概念上並無二致，卻又超越達達主義的表現手法。若以非線文本發展而言，達達主義時期的文本稱爲紙面非線文本時期

3.3.6 疊字詩文本

　　聲韻之美是中國詩詞的特色，每個文字都有獨立的意義與聲韻。疊字詩可以說是極致的寫作手法，明朝有所謂「疊歌」或「長歌」，其讀法

大部分先讀一字再回頭讀，如此而增，讀法不同，字詞組合就不同，所讀出的詩句與詩意差異就大，甚至與作者當初所設計藏於字詞之中的詩句有別。如明末清初馮夢龍著《醒世恆言》的十一卷〈蘇小妹三難新郎〉中描述蘇東波禪友佛印寄給他的詩，該詩又稱〈歸去來〉（局部），原詩兩字一節，如圖 3-10 右圖所示。〈歸去來〉一詩蘇小妹解讀（局部），如圖 3-10 左圖所示。

（蘇小妹解讀）
野鳥啼，野鳥啼時時有思。
有思春氣桃花發，春氣桃花發滿枝。
滿枝鶯雀相呼喚，鶯雀相呼喚嚴畔。
嚴畔花紅似錦屏，花紅似錦屏堪看。
堪看山，山秀麗，秀麗山前煙霧起。
山前煙霧起清浮，清浮浪促潺潺水，浪促潺潺水景幽。
景幽深處好，深處好追游。
追游……

（佛印疊字詩原作）
野野 鳥鳥 啼啼 時時 有有 思思 春春 氣氣 桃桃 花
花 發發 滿滿 枝枝 鶯鶯 雀雀 相相 呼呼 喚喚 嚴嚴
畔畔 花花 紅紅 似似 錦錦 屏屏 堪堪 看看 山山 秀
秀 麗麗 山山 前前 煙煙 霧霧 起起 清清 浮浮 浪浪
促促 潺潺 潺潺 湲湲 水水 景景 幽幽 深深 處處 好好
追游游 ……

圖 3-10　《醒世恆言》之佛印疊字詩與蘇小妹解讀（局部）

資料來源：馮夢龍，1988

同樣在《醒世恆言》的十一卷〈蘇小妹三難新郎〉裡，也有一段是蘇東坡寫的疊字詩，如圖 3-11 圖右所示。以「賞花歸去如馬飛酒力微醒時已暮」排字圖像如舟形的疊字詩，經解讀如圖 3-11 圖左所示。該詩解讀從「賞」字開始，三字一疊，第二句詩從「去」字沿詩續讀。再從「酒」字開始，三字一疊，第二句詩從「醒」字沿詩續讀，變成一首七言絕句，眞是妙哉，如圖 3-11 圖右所示。

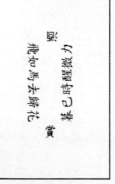

圖 3-11　《醒世恆言》蘇東坡作疊字詩

資料來源：馮夢龍，1988

這些疊字詩，讀法自由，三字一句，五字一句或是四字一句，甚至依韻腳爲句成詩都可以，於是形成一種像猜謎詩，是相當具有吸引力的遊戲文本。疊字詩屬於字陣藏詩或是圖像藏詩的遊戲文本，讀者正是這文本的主角，讀出的文本各異，也不一定是作者當初設計的詩句。由此可知，疊字詩文本具有相當高的遊戲性，參與遊戲者更需具有作詩賞詩及猜詩的能耐，已非一般作詩者所能遊戲。遊戲性更是非線文本的特性，然其遊戲樂趣俱在解讀後恍然大悟！

3.3.7 拆字詩文本

另外，有以聲韻玩文字遊戲，也有以拆解字詞玩遊戲，這樣的文本稱為「神智體」。傳說宋朝的蘇東坡就寫過一首〈晚眺〉，如圖 3-12 所示。

圖 3-12　蘇東坡作〈晚眺〉拆字詩

資料來源：周慶華等人，2009，蕭仁隆改製

全詩原文解讀如下：

長亭短景無人畫，老大橫拖瘦竹筇。
回首斷雲斜日暮，曲江倒蘸側山峰。（周慶華等人，2009）

若不看解讀，單從該文本的確不易猜透該詩的本文。據說當年宋朝就以此詩讓遼國特使大吃一驚，不敢再蔑視宋朝。詩遊戲演變成為國與國間的鬥智考驗，中外文學史上恐怕都是空前絕後。然而如此的詩遊戲，也具有德希達所謂文本裡隱而未現的意涵之再現，屬於深具謎語性的非線文本創作。

3.3.8 章回小說文本

明清之際，章回小說興起，如羅貫中所著《三國演義》，曹雪芹所著《紅樓夢》都是膾炙人口的名著。章回小說為我國文學所獨有的體例，源自於宋元時期的說唱藝術。此說唱藝術與希臘口說的遊唱詩人性質相近，都是面對聽眾，互動性甚高的文學餘興活動。在聽眾的要求下，會隨時增減故事內容的敘事，提高故事張力和娛樂性質，又不失對於史實的傳播。於是形成真中有假，假中有真的故事情節。然而，此種真真假假的故事敘述就如同現在的網路虛擬世界。這一時期是國內小說的繁盛時期，除以上兩部小說之外，知名的小說尚有施耐奄著《水滸傳》，吳承恩著《西遊記》合稱中國古典小說四大名著。其它如笑笑生著《金瓶梅》，蒲松齡著《聊齋異誌》，吳敬梓著《儒林外史》都是文學史上的赫赫名著。在清末尚有吳趼人著《二十年目睹之怪現象》，李伯元著《官場現形記》，劉鶚著《老殘遊記》，曾樸著《孽海花》被魯迅稱為晚清四大譴責小說（錢念孫，2006）。每個章回小說寫作手法相當類似，以回代章，每回都有詩句標明該回內重要小說情節。在每回文本起始與轉折處都存留說書的遺痕，用以作為文本與文本間的聯繫關係。一般都以「話說」一詞開啟該段文本，或以「第幾回中」作為開場白，以「欲知結果，下回分曉」「為之何因，下回分解。」等作為文本出場詞語。這樣的安排！就像超文本中所設計的字詞與圖片作為文本進出的樞紐。每個章回有詩有文，更是

一種「文中有詩，詩文混和」的特殊文體。這種包含小說、史書、說書
與詩詞的綜合文本，看似線性文本，實則已是非線性的敘事文體（周慶
華等人，2009）。章回小說的撰寫型態與後現代小說的撰寫手法幾乎如出
一轍。茲舉《紅樓夢》第一回與第五回小說之頭尾內容為例：

> 「第一回甄士隱夢幻識通靈賈雨村風塵懷閨秀
> 此開卷第一回也，作者自云：「曾歷過一番夢幻之後，故將真
> 事隱去，而借通靈說此《石頭記》一書也。……卻是此書本旨，
> 兼寓提醒閱者之意。」

接者才是故事的開場白：

> 「看官你道此書從何而起？說來雖近荒唐，細玩頗有趣味。卻
> 說那女媧氏練石補天之時……」。

結尾則是：

> 「許多人亂嚷說：『本縣太爺的差人來傳人問話！』封肅聽了，
> 唬得目瞪口呆。不知有何禍事，且聽下回分解。」

> 「第五回賈寶玉神遊太虛境警幻仙曲演紅樓夢
> 第四回中既已將薛家母子在榮府中寄居等事略已表明，此回暫
> 可不寫了。如今且說林黛玉自在榮府……」。

結尾則是：

「忽聞寶玉在夢中喚他的小兒名，因納悶道：『我的小兒名，這裡從無人知道，他如何得知，在夢中叫出來？』未知何因，下回分解。」（曹雪芹、高鶚，2003）

3.3.9 後現代詩文本

從歷來中國古典文學作品中，已經可以窺視到非線文學的樣貌，這些非線文學作品都以遊戲文本隱藏在線性文學之中，然而其創作想像的空間甚具爆破力。到了五四運動時，提倡以白話文書寫為主流，官方文書漸以白話替代文言，於是文言文書寫逐漸式微。以白話文書寫的文學作品必須到後現代主義（Postmoderm）論述傳入國內後，非線性的寫作手法才再次展開。後現代主義係接續六○年代的現代主義與七○年代的寫實主義對於文學界的一大衝擊。一般認為後現代主義進入我國係從西元 1980 年代中業開始。然而在美國的後現代風潮崛起於西元 1950 年代，興盛於六○年代與七○年代，我國與之相比足足晚了近三十年（孟樊，2003）。陳義芝認為後現代詩最早的作品是夏宇在七○年末到八○年初發表的〈連連看〉、〈社會版〉與〈歹徒丙〉（陳義芝，2000）。夏宇在西元 1979 年所作的〈連連看〉係以「信封、自由、人行道、手電筒、方法、鉛字、著、寶藍」完全不相干的文字去對應「圖釘、磁鐵、五樓、鼓、笑、□□、無邪的、挖」原作請參考（孟樊，2003）。這看似小學連連看測驗題形式的詩，卻又刻意讓上下文沒有半點連結，於是造成希望讀者參與連結，竟又無法完成連結的矛盾現象。在整個詩文本中顯現出具有讀者參與互動的遊戲性，但以無法連結為最終訴求，充分顯示解構理論的許多特性。就詩語言而言，看不出有半字的詩語言，卻是後現代詩的

123

經典之作，亦是傳統詩人所批評的：象徵爲詩的必要素質，反對象徵就是反詩，就是非詩。所以認爲「後現代詩比寫實詩更不像詩」。這種批評與大陸的李亞偉、韓多、于堅的作品一般，都被批爲話語的災變。但若以非線文學論之，這類作品的詩意已經不著重於文字的描述，而在整個文本中所要凸顯的意圖爲何？並在文本遊戲中體驗詩意，無關欣賞文字之美。這樣的概念與傳統思維的確格格不入，以致被視爲顛覆傳統的洪水猛獸。至於夏宇另兩個作品〈歹徒丙〉與〈社會版〉，則跨入圖與文並置的設計之中。類似這些詩的創作又與圖象詩或稱具象詩不同，屬於圖詩混和或以圖示詩的作品。如〈歹徒丙〉採取超寫實的線條描繪方式，畫了一張誇大的歹徒半身畫像，然後題名爲〈歹徒丙〉，竟沒有半點詩句在畫上。其實，幾乎可以把這首詩看成一幅畫，而不是詩。但若從題名來看，它又不是歹徒的自畫像，於是，所謂的歹徒丙就在畫中隱隱顯現詩意。若說猜想也是詩的特質，那麼這個歹徒丙可以讓讀者無限的想像空間。所以，這類詩作已經把詩句隱藏起來，以詩題來誘發詩想，達到想詩的目的。至於〈社會版〉則是畫一張床，然後懸掛一張無名男屍招領啓事，下述一些他的特徵。看來相當荒謬，根本不是一首詩，但這首詩就妙在詩題的〈社會版〉，這幅畫乍看下與題目無關，細思之後，就會讓人聯想到一件無名男屍的社會事件，以及對於這個事件的所有假想。這些隨人而起的假想與思索便是作者主要傳達的詩意。綜合夏宇的作品，其實已經超脫了傳統詩的見解，把題目與詩意連結爲一體，讓詩題是詩，畫作亦詩，讀詩不再只是單單閱讀文字，還需去思索詩意。而這樣的詩創作，已經涉及到詩的設計了，一種非文字的文本設計概念，也是非線文本表現的概念。若將夏宇的詩與杜象現象的藝術創作連結，讀者將會豁然明瞭藉圖作詩與藉文作詩的創作意圖和詩意，夏宇的相關作品請參閱（孟樊，2003）。

　　從這些作品觀之，作爲詩語言的文字已經從詩文本中徹底消失，取而代之的是詩的概念化。這一時期的詩人尚有林耀德、陳克華、林群勝、

田運良、鴻鴻、管管、顏艾琳等人。孟樊對於這時期作品以內容分類，認為有「語言詩、圖象詩、網路詩、科幻詩、都市詩、生態詩、政治詩、方言詩、情色詩、女性詩、原住民詩、後殖民詩」。這些詩都有一個特點，即是詩行不再從頭到尾一行一行的排列，會隨詩意做各種不同程度的變化。在文字表現方面，已經不再只是中文字，還有外文字、符號、注音、標點符號，甚至把文字拆解、顛倒、斜行或圖形化。在內容上，方言、俚語、會話、廣告詞都可能是選取的標的。因此，可以說自由到無所不包的地步（孟樊，2003）。

　　本書僅以非線文本表現的形式為探討對象，不做內容寫作技巧探究，認為圖象詩（Concrete Poetry）的創作最具非線性的表現形式。但白話圖象詩的創作並非自後現代詩開始，如詹冰的〈水牛圖〉在西元 1966年就發表，是一首常被提出討論的作品，羅青認為該詩句具有詩的神、形、意、圖，可說是四者相輔相成（蕭蕭，1998；曾琮琇，2009）。詹冰創作水牛圖，也運用了圖像文本設計，將一首詩的文字排列成一幅站立的水牛，以黑體字的「黑」為牛頭，以兩個黑體字的「角」分置「黑」自兩旁上沿，形成一幅活生生牛頭的影像。創作的意圖是讓您讀詩時，也可以欣賞水牛站立的姿態。原作請參閱（蕭蕭，1998）。

　　以文字排列的具象詩文本都必須作文字排列設計，用以彰顯該詩的詩意，較為有趣的作品，如：王潤華（圖 3-14）發表於《創世紀》雜誌32-33 期的《象外象》七首的長詩，該詩將中國的象形文字字義仿照《說文解字》解字的形式以詩句來詮釋，並在第二首〈東〉的詩句上以文字排成一個門的具象，用以加強門的效果。該詩係設計讓「春、夏、秋、冬」作為門的橫木，以「太陽釘在神木上」和「臉向著神秘的大門」作為門柱，於是形成一座門的具象形式，如圖 3-13 所示。張漢良（1993）在《新詩評論》的〈論台灣的具體詩〉中；認為王潤華的《象外象》是表現中國象形文字之美最成功的詩作（孟樊，1993）。

太陽釘在神木上
春
夏
秋
冬
臉向著神祕的大門
（其他詩句省略）

圖 3-13　王潤華《象外象》第七首

資料來源：孟樊，1993，蕭仁隆改繪

圖 3-14　王潤華教授自元智大學退休同學餞行合影
（從圖左而右：杜明、陳麗明、王潤華教授、顏正華及其二子、蕭仁隆）

資料來源：蕭仁隆提供

　　林耀德的《夢之夢》詩集在卷尾以巨大的具象文字排列，用以顯示卷首魚影與卷尾荒城的連動感覺。該詩將文字排列設計成一尾左右擺動的魚，並且有由大漸小的透視感。讓讀者讀詩時，仿見一尾仍在擺動的魚，其視覺性十足。蘇紹連有一首〈夫渡河去〉的具象詩，以「河東無夫河西無夫」建構一座橋板，其他詩句置於橋的兩側，形成一座古代的木板橋形式。最妙的是；將夫的詩句與妻的詩句分置橋的兩頭，讓讀者讀詩時，也可以假想夫妻渡河的心情。這些作品都是經過圖像排列設計，企圖讓詩意更加充分表現。以上原作請參閱（孟樊，1993）。

　　蕭仁隆在西元 2011 年曾作〈兩岸三地華文創作與數位出版論壇聆聽記〉也採取一座橋梁的設計，與蘇紹連的〈夫渡河去〉的設計有異曲同工之妙。但蕭仁隆將「大陸台灣香港」，「東西兩岸三地」設計爲橋的兩岸，以兩岸三地的數位差異用語「數位、數字、電子、文本、紙本、螢幕、屏幕、網路、互聯、無線、移動」作爲橋面，所要表現的詩意就在其中。詩文本如圖 3-15（部落格詩作爲橫式）：

東西兩岸三地 （其他詩句省略）	移動	無線	互聯	網路	屏幕	螢幕	紙本	文本	電子	數字	數位	大陸台灣香港

圖 3-15　蕭仁隆作〈兩岸三地華文創作與數位出版論壇聆聽記〉

資料來源：http://blog.udn.com/ cloud4622

3.3.10 數位文本發展

　　我國數位文本的發展不同於國外，在電腦引進後的數位創作大多移植於國外的創作範例，連名稱都是直接翻譯過來的，以致用語雜亂，直到蕭仁隆在西元 2011 年的碩士論文才在文本釋義中予以註釋、定名、合併、歸類，使各類文本的研究有所歸依。根據須文蔚（2003）將數位文學作品統稱爲「新文類」，而所謂「新文類」就是「整合文字、圖形、動畫、聲音的多媒體文本」，在文字表現方面，包括超文本。最後須文蔚稱這「新文類」爲「數位詩」，並以「數位文學」命名此類文學作品，宣告我國進入「數位文學時期」。因此，自電腦引進後的數位創作開始即是數位文學的發展之始。至於如何區分數位文學的發展則各有話說，須文蔚在西元2003 年出版《台灣數位文學論》，試圖爲我國目前產生的新文類建立理論根基，且將數位文學發展歸納爲四個時期，即「網路普及前、網路普及初期、網路普及時代與新世紀數位文學創作風潮時期」（須文蔚，2003）。

　　須文蔚係以網路發展作爲劃分的依據。陳徵蔚在西元 2012 年出版《電子網路科技與文學創意—台灣數位文學史（1992-2012）》，將數位發展劃分爲三個時期爲萌芽期（1998 年前）、發展期（1998-2005）、深化期（2005-2012），並認爲以電子創作爲名更爲恰當（陳徵蔚，2012）。陳徵蔚著眼於數位創作年代的發展作爲劃分的依據。但蕭仁隆以非線文學的發展觀點認爲兩者這樣的劃分還相當含糊，無法展現完整的數位文本發展特色。因此，以各時期文本最大特色作爲劃分依據，並將尚未進入數位文本前的各類實驗創作納入，方能明白我國進入數位文學的領域是多麼艱辛，卻也勇於接受新資訊的創作嘗試。就目前所有數位超文本的創作表現手法而言，我國尚未完全進入網路超文本時期。蕭仁隆將數位發展分爲三個時期，即是：（1）多媒體展演時期（2）bbs 電子佈告欄時期

（3）數位超文本時期，茲將三個時期分述如下：

（1）多媒體展演時期

　　在「網路普及前」約在八十年代，國內已經發展出以多媒體來展現詩的型態，如：「視覺詩」、「詩的聲光」、「錄影詩學」與「電腦詩」。以「錄影詩學」為例，台南大學林豪鏘教授曾作錄影詩學 DAC 個展—詩題為《今夜，無事。》，該詩作以動態文本與聲效創作，閱讀時以滑鼠作為點擊的工具，動態文本的起始與終止都由滑鼠控制。「錄影詩學」將文字設計在一團團的的彩色墨團中，乍看彷如一幅彩繪山水，其實這些彩色墨團都是一個個文字，都是文字聚集之處。這些彩色墨團在滑鼠點擊後，文字開始隨著圖像的移動慢慢展開，圖像也因為文字的逐漸移出產生變化，詩句就在這些聚集的文字墨團之中逐漸散開。若想閱讀詩句就點擊圖面，整個圖面就會靜止形成閱讀文本，至於如何閱讀這些流動的詩句，則各有不同的解讀，因此具有相當的隨意性（請參考 http://www.youtube.com/user/koong000/feed）。所謂多媒體展示詩是透過朗誦、音樂、繪畫、舞蹈及各種多媒體藝術的聲光活動來表現詩意，這些活動其實就是詩的表演，屬於行動的詩學。如《新白靈文學船》網站上有舞台表演的聲光詩與羅青作〈隱形人〉作品，都是以舞台多媒體的方式展示詩的作品，再將這些作品錄影下來，所以也成為一種「錄影詩學」（請參考 http://www.ntut.edu.tw/~thchuang/index2.htm）。白靈教授在西元 2001 年時稱這些詩的表演為「站的詩」，有別於印刷出來的「躺的詩」。簡言之，這些活動的目的就是在「表演一首詩」。這一時期有白靈與杜十三等人，杜十三更認為未來的文學創作將會朝「多元媒介化」、「多元文本化」、「終端機化」與「遊戲化」發展。以目前觀點論，杜十三之言具先見之明。在「錄影詩學」方面，羅青主張可在詩中模仿電影的分鏡技巧，將詩句分行、分段，或以圖像的表現強化視覺與音響效果。從非線文本立場，此即是一種電影蒙太奇手法的電影文本，亦是後來數位超文

本處理文本的手法之一。此時利用電腦處理詩作的作者以林耀德為首位，曾將黃智溶的三組詩作以簡單的電腦程式語言合併成為「電腦詩」，並對「電腦詩」提出評論。從非線數位超文本的立場，這種處理方式已經跳脫線性的思考模式，進入拼貼作品的階段。林群盛的〈沈默〉則以電腦程式語言入詩，詩作裡沒有一句中文，當時引起很大的震撼。張漢良認為此類以符號構成的詩句是「泛視覺經驗」的創作（鄭明娳，1993；周慶華等人，2009）。本書認為此類詩作表現實際上已屬於後現代詩所擅長的概念化詩意表現之詩作。

（2）bbs 電子佈告欄時期

當國內進入 bbs 電子佈告欄時期，出現不少文學網站。根據高世澤在西元 1997 年的估計全台有二百多個詩網站，而真正的詩作卻不多，與一般聊天室性質相近，所見詩作也多為傳統線性文本的再現。直到 WWW 全球資訊網傳入國內之後，我國才進入真正的超文本時期，此一時期的文本具有多媒體性、多向性與互動性，集體文本創作則進入嘗試階段。以超文本而言，當推代橘的〈超情書〉新詩文本為最早的作品。該詩文本以情書的詩為原始文本，並在一些字詞上設計超連結嫁接。當讀者點擊該處後，就會進入所連結的嫁接文本，即是詩句，這些嫁接的詩句都與連結的字詞意義有關。因此，須文蔚認為只是「正文文字的再詮釋、補充，或是後設式的對話。」（周慶華等人，2009）。代橘的〈超情書〉文本設計屬於德希達的文本互文性設計，具有對於引用文字解釋與再延伸閱讀的後設效果，初具非線文本設計與非線閱讀功能。

（3）數位超文本時期

根據須文蔚（2003）認為「網路普及時代 WWW 風潮」時期，在文字表現方面，包括超文本。最後須文蔚稱這「新文類」為「數位詩」，並以「數位文學」命名此類文學作品。此一時期對於此新興的文學專業術

語混亂，只有超文本一詞被大家所接受，且被廣泛運用，卻對此語詞的真正涵義眾說紛紜。數位文學的提出則統括此一混亂局面，且被大眾所接受，卻無法改變已稱慣了的網路文學。爲此，蕭仁隆將此一時期的創作以數位超文本命名，概括了此一時期的兩階段語詞。當文本從紙面文本進入網際網路文本時，紙面超文本得到可以揮灑的空間，各類的實驗作品紛紛出攏，有如百花齊放一般，其中的後現代文學在此更得到充分的發揮。以德希達解構理論爲主的非線性敘事，更如魚得水般躍動起來，而且從文學創作影響到傳播界。吳筱玫（2004）認爲此時期的傳播模式屬於非線性敘事傳播模式。自網際網路文本出現開始到現在已經三十多年，隨著電腦科技突飛猛進，網際網路文本也從單一文字的敘事，逐漸擴展成爲圖文化與多媒體化。這一時期的文本大多以超文本稱之，又稱爲非線性數位超文本（吳筱玫，2004）。但以非線文學的發展而言，數位超文本時期的創作作品只能算是初始期。此時期即是須文蔚（2003）所認爲這一時期是「網路普及時代 WWW 風潮」時期，亦即陳徵蔚所區分的發展期（1998-2005）。這一時期的實驗創作作家有：李順興、白靈、曹志漣（澀柿子）、向陽、須文蔚、蘇紹連、代橘、大蒙、林群盛、衣劍舞、海瑟、姚大鈞（響葫蘆）、楊璐安等人。該時期作品反映出網路的多媒體性、超文本性與互動性三個特質（蕭仁隆、鄭月秀，2009）。

3.3.11 我國知名非線文學創作者

　　關於我國（僅指台灣地區而言）知名非線文學創作者大多傾向數位文本與數位超文本的創作，幾乎沒有網路超文本的創作，此外，即是對於數位文學的翻譯和引進並著書立說。由於數位文學爲跨領域的文學，傳統的中文系很難切入其中從事創作及發表論述。然而在資訊傳播與數位資訊等科系又著重於數位傳播和數位設計，少有人跨入文學界，以致

能跨過這條鴻溝者相當少數，可以真正著書立說的更是屈指可數。所以，相較於國外的數位文學發展狀況可說差異太大！縱然如此，默默為這領域貢獻心力的學者、專家與創作者仍大有人在，分別略舉如下，若有遺珠還請賜正：

鄭明萱

關於我國非線數位超文本具有催化作用者，當推西元 1997 年出版《多向文本 Hypertext》的鄭明萱，我國超文本的論述都以此書為入門，可惜目前已經絕版。該書將當時國外超文本論著，尤其美國重要超文本論著做了較有系統的整理。以當時我國多數學者對超文本為何物還不很清楚之時，具洞開見識之功。但該書專門用語大多依照譯者對於文字的意思直譯，參照我國以後超文本的用語雖多有相異之處，但是作為早期領先學術引進具有開門之作，其功大於此，後學之人若讀此書必會有此認識。

李順興

被須文蔚譽為「引介與創作數位文學在台灣的先驅者」為中興大學外文系教授李順興，李順興為實踐其創作理念在西元 1998 年創立《歧路花園》網站，更是我國首位在大學課堂正式開設「網路文學」課程的教授。李順興常翻譯國外超文本文獻及將超文本文獻引介進入國內學術界，用以開拓國人視野，其居功甚厥（周慶華等人，2009）。在當時國內學術界對於數位文學創作尚無共識之時，所翻譯的用語跟鄭明萱相同，其使用的專業用語跟現今所用仍有相異之處，但其開風氣之先是值得讚許的。若沒有他們的筆路襤褸，怎有今日台灣的數位文學發展！茲舉其作品〈圍城〉與〈文字溫泉〉為例，

〈圍城〉以堯舜禹湯周公孔子孫文等所謂中國的道統為設計主軸，也設有背景音樂。當點閱時，文字畫面就開始動起來，以文字來圍文字，用以表達圍城之意。設計單純，卻意象深遠，其震撼效果不是線性文本

所能比擬。該文本採用 Java Applets, Java Scripts 寫作,瀏覽器需在 Explorer 4.0 以上,該作品具有非線性、批評性、多媒體性與遊戲性。〈文字溫泉〉(Spas Text)原作是安楚斯(Jim Andrews)由李順興翻譯,西元 2001 年刊登於行政院文建會與聯合副刊策劃的〈文學咖啡屋〉,李順興認為屬於動態拼貼作品,具有拼貼的美學。首頁是標題,介紹文本來源、使用軟體、瀏覽器規格等,設有進出鍵,這些鍵可能是文字,也可能是圖案。當進入另一文本後,內文才顯現方塊文字。當游標滑過文字時,文字排列就產生變化,原有的文字會消失,然後顯現藏於文字內的文字。文字以顏色深淺表示不同的字句,用以象徵文字的洗溫泉效果。當讀者讀這些不同顏色的文字後,會有不同的閱讀連結,有時甚至文句無法連貫意義。該文本具有非線性、多媒體性,遊戲性及隨意性(請參考 http://benz.nchu.edu.tw/~garden/castle/castle.htm#)。

向陽

對於非線文學創作不遺餘力且多方嘗試的是向陽,也是架設網站最多的一位,居然在西元 1998 年一年之內架設八個網站,被須文蔚譽為「活力驚人」的作家。目前向陽已設立達十個子網站,且站站相互連結(周慶華等人,2009)。其架設的網站有《向陽工坊》、《向陽英文網》、《向陽電子報》、《林彧之譯》、《台灣網路詩實驗站》、《台灣報導文學網》、《台灣文學與傳播研究室》,

目前網站連結方面增加《台灣民俗圖繪》。最早的作品是〈一首被撕裂的詩〉作於西元 1998 年。李順興稱此詩嘗試為網路詩建立範例,強調掌握詩語言的重要(周慶華等人,2009)。《向陽工坊》配有背景音樂,又稱這些詩為「實驗網路詩」,讀者可以選擇閱讀原作或是實驗詩作,各有不同的面貌。例如:〈一首被撕裂的詩〉有 A、B、原作三種閱讀選擇鍵,對於讀者而言,有多重的選擇機會,該詩屬於動態文本與靜態文本兩種的表現型態。另一首詩作〈城市,黎明〉,向明稱是文本圖像版,本書認

爲就是圖象詩的創意展現，以文字排列成城市的圖像，再以黑底象徵黑夜之日，文字的部分則以白色顯現，屬於靜態文本（請參考 http://tea.ntue.edu.tw~xiangyangworkshopnetpoetryindex.html）。

蘇紹連

　　熱衷於創作且擅長 flash 軟體創作作品的蘇紹連，又名米羅‧卡索，於西元 2000 年架設《現代詩的島嶼》並設立 FLASH 超文學專區（周慶華等人，2009）。目前有《現代詩的島嶼》、《台灣詩學》、《Flash 超文學》三個網站相互連結，以及刊登各詩社、詩刊、詩人活動等的消息，又與《喜菡文學網》、《詩路》、《歧路花園》、《台大椰林 BBS 站》、《文學創作者》、蕭蕭的《文學三合院》等網站連結。蘇紹連認爲超文本的作品具有四度空間的概念，並認爲創作超文本作品時，應注意文本、圖像、動態三項的意義。蘇紹連重視文本的互動性與趣味性。至於〈心在變〉超文本，蘇紹連自解爲現代上班族忙碌的工作而寫，試圖解放被工作桎梏的心，卻很無奈！詩作套用 Java 程式語言，GIF 動態圖檔。顯現的詩句不斷移動，又特別設計不斷在旋轉的「心」字，這「心」字在每頁文本不同處出現，當點擊這「心」字時就會連結到另一文本閱讀，屬於動態文本與互動文本（請參考 http://netcity.hinet.net/suhwan/）。

白靈

　　被須文蔚譽爲「跨界的藝術家」且「集文字繪畫、朗誦、裝置藝術、戲劇於一身」的白靈教授，在西元 1999 年設《白靈文學船》網站。白靈體認爲文學書寫方式的改變是時勢所趨。白靈從「網路普及前」的八十年代開始從事非線性詩文本創作，一直到數位詩文本還持續創作的創作者。如〈象天堂〉爲一動態文本，以中文象形字的各種變化開始，然後退去，又出現群象，才從中間出現白描的象來，接著才顯現文章。其〈乒乓詩〉具有互動拼貼的效果，屬於互動文本。首頁除了一推文字像撕起

來的紙排列著，當滑鼠點擊開始鍵時，讀者即可自由組合，形成許多的詩句。當玩膩了要重頭開始，則點擊重新開始鍵即可。具隨意性、互動性、遊戲性等（請參考 http://www.ntut.edu.tw/~thchuang/index2.htm）。白靈更在西元 2004 年出版《一首詩的玩法》，該書從一行詩開始談起，有小詩、散文詩、圖畫詩、剪貼詩、及數位詩的玩法，可謂一舉將目前的玩詩方式都呈現在讀者的眼前，可見詩具有相當的遊戲性。

須文蔚

提出《台灣數位文學論》著作及「數位詩」，將我國文學推進數位世界，宣告數位文學時代來臨的是須文蔚教授，須文蔚在西元 1998 年架設《觸電新詩網》，其作品常以動畫、JAVA 語言構成的動畫效果。以選單、互動程式與 3D 的立體空間展示作品。須文蔚的〈在子盧山前哭泣〉，是一首繁複的多向詩，以環保為議題，透過一滴水的旅程來觀察臺灣的水資源。讀者可以經由箭頭選擇多種閱讀路徑，產生不同的閱讀效果和結局。具多媒體性、遊戲性、非線性、批評性、多視線性、具延異性。

須文蔚以 powerpoint 製作的〈非常性男女〉作品，首頁便以鮮明的男女性別圖案為背景，運用 powerpoint 的特性以圖文並承的方式展現，是利用現有一般軟體創作非線性文本很好的範例，具多媒體性、遊戲性、非線性、批評性、多視線性、多媒體性。另一作品則是允許讀者參與創作的詩〈追夢人〉，屬於互動文本，具有新文本產出功能。當讀者輸入空格內的文字後，會輸出一連串的詩句，但詩句有時無法呈現詩境，只是形成有趣的文字敘述，卻能讓讀者會心一笑。但此類設計已經為非線超文本的雙重閱讀，這在自由組合產出新文本設計方面邁進一大步（請參考 http://dcc.ndhu.edu.tw/poem/hyper/index.htm）。

羅鳳珠

在傳統文學網站架設方面，元智大學羅鳳珠教授於西元 1993 年開始架設《唐宋詞全文資料庫》，之後繼續架設《紅樓夢》等網站，至今已完成《三國演義》《水滸傳》的全文檢索系統以及《金瓶梅詞話全文書影系統》，《詩經全文檢索系統》、《樂府詩》、《唐宋詩詞資料庫》、《全唐詩全文檢索系統》、《唐宋詞全文檢索》、《詩詞曲典故》等等屬於古典文學的資料庫。此外，又建置《詩詞曲文三語吟唱讀教學》保存並提供詩詞吟唱傳統的教學，及《荔鏡記多媒體數位教學》、《台灣古典漢詩》、《智慧型全臺詩知識庫》、《台灣客家文學館》的建置，目前已完成《賴和紀念館》、《鍾理和數位博物館》兩個單元。為活化詩詞教學羅鳳珠教授研發《倚聲填詞》與《依韻入詩》的格律自動檢測索引教學系統，為中國古典詩詞教學注入新機。綜上所述，《網路展書讀》係中國古典詩詞與小說的原文與相關研究資料之資料庫，且集古典詩詞曲之閱讀、教學、文史資料檢索與保存於一身的網站，已廣泛為兩岸三地並世界各地華人古典文學之教學與研究單位或個人所喜好的資訊網站。羅鳳珠教授所建置的《網路展書讀》係借助數位網路資訊的科技；且採取非線嫁接文本的方式，改變傳統紙面文本的保存、應用與閱讀方式，並改變傳統的單向教學方式為雙向多元媒體的教學，最終希望建立資源共享的古典詩詞無牆圖書館（http://cls.hs.yzu.edu.tw/）。須文蔚認為《網路展書讀》是「98 年最耀眼的文學研究資料庫」（http://cls.hs.yzu.edu.tw/），鄭明萱則譽為「內容豐富，甚有創見」的網站（鄭明萱，1997）。本書認為《網路展書讀》的文本資料除全文書影資料外；大都已採用分章分節或全文的索引式非線文本嫁接方式編輯，突破傳統線性的編輯與閱讀型態，具體實現非線文本設計與應用的第一步，且已成為傳統文學的非線文本設計與應用網站之首。

姚大均與曹志漣

　　自響葫蘆與澀柿子在西元 1997 年 2 月架設《妙繆廟》後，中文數位
文學發展不落人後，開始帶動中文數位文學的實驗研究。因此，須文蔚
認爲《妙繆廟》是數位詩的鼻祖，王國安則認爲是華人數位詩的代表，
杜十三則認爲是現代詩的佳構。分析《妙繆廟》作品設計，該作品大體
上可分爲靜態與動態文本的具象詩兩類，如姚大均作〈可憐中國夢〉爲
靜態文本具象詩，如曹志漣作〈唐初溫柔海〉是動態文本具象詩，該文
本係在多向小說文本中包含靜態具象詩文本與動態具象詩文本。尚有以
純文字構成虛擬音樂，如〈五重奏〉。《妙繆廟》的實驗作品內容確實對
國內數位文學的發展具有啓發的作用（王國安，2007）。（請參考
http://chinenoire.com/persimmon/luna/duanpian/petal/petal2.html#huaban）

鄭月秀

　　鄭月秀教授（圖 3-16）自澳洲學成回台後，在西元 2004 年出版《多
媒體理論與設計（DIRECTOR MX2004）》，又在西元 2007 年出版《網路藝
術》，其中《網路藝術》一書係我國唯一對於網路藝術的專著。在任職大
學期間講述網路藝術與具象詩並開設「新媒體藝術的美學賞析」通識課
程，又將詩中詩創作加入其中。爲使學生的創作可以發表，在雲林科技
大學設置《詩中詩》實驗網站，屬於具有讀寫雙重閱讀的網站，已經爲
非線文學的發展邁向實用階段（請參考 http://poemofpoem.info/）。

圖 3-16　鄭月秀教授（左二）雲科大國際研討會後與老師們合影
資料來源：蕭仁隆提供

黃心健

　　黃心健教授自美國返台後積極從事新媒體互動藝術創作，曾擔任交通大學應用藝術教授，目前主持故事巢公司的創作團隊，致力於公共空間藝術創作。著有《象形迷宮》、《數位奇航記》，自認是科技說書人，希望以作品為文本，利用數位科技「敘述人性與人類生命形式被科技改變的故事」，「增進人們生活」（http://www.storynest.com）。因此，黃心健的創作觀是：

　　運用數位技術，將攝影、故事、音樂與影像等傳統的藝術形態，
　　轉化融合為截然不同的新面貌。（http://www.storynest.com）

　　黃心健創作範圍涵蓋故事創作、數位藝術、數位音樂、公共藝術以及互動藝術。公共藝術作品，如：故宮博物院《未來博物館》、臺北花卉博覽會《夢想館》、迴龍捷運站《傾聽》、101 世貿站《相遇時刻》、南港展覽館《我們的私房公共藝術》等。黃心健除藝術創作外，亦試圖向文學跨界，如西元 2007 年在法鼓山世界佛教教育園區的《法華鐘禮讚—佛像與經文的對話特展》。以非線創作的思維而言，黃心健是一位善於運用數位科技跨界的創作者並且成功跨入產業界。黃心健曾在西元 2014 年 4 月 5 日於台北中山堂的台北文學季《微革命—文學改變界線：談文學的跨界現象與現實》講座上（圖 3-17）分享其文學與藝術的跨界經驗和作品分享，並認為在數位設計無所不能下，反而要「以少為多」就像詩一樣留下空白。

圖 3-17　黃心健在台北文學季《微革命》講座

資料來源：蕭仁隆提供

3.3.12 大學開課與相關專書作者

目前國內非線文學的發展已經有了初步的成果,不少大學都開設此類科目,或是在課程中加入與非線文學相關的課程,課程又以具象詩最多。這些學生作品係利用目前數位科技的套裝軟體書寫設計,已有不錯的成績。非線文學的教學以中興大學李順興教授為創始,蘇紹連教授在東華大學,須文蔚教授繼之在後,台北科技大學的白靈教授,台南大學林豪鏘教授以及元智大學及雲林科大的鄭月秀教授(圖 3-18),都相繼在大學講授此類課程。雲林科技大學的鄭月秀教授在《新媒體藝術的美學賞析》通識課程中加入「詩中詩遊戲文本創作法」,對於非線文學發展具有推波助瀾之功(鄭月秀,2012)。須文蔚教授在數位文學方面曾嘗試多元的文本設計實驗,如:動畫文本、數位影音文本、多向詩文本、互動詩文本等,可謂爆發力十足!另外,執教於健行大學的陳朝蔚教授在西元 2012 年出版《電子網路科技與文學創意—台灣數位文學史(1992-2012)》,曾琮琇在西元 2009 年出版《臺灣當代遊戲詩論》,楊大春在西元 1994 年出版《解構理論》,葉謹睿在西元 2005 年出版《數位藝術概論:電腦時代之美學、創作及藝術環境(The History and Development of Digital Art)》,又在西元 2008 年出版《數位「美」學?:電腦時代的藝術創作及文化潮流剖析》。蕭仁隆在西元 2011 年發表碩士論文《「詩中詩」遊戲文本創作法探究》,在西元 2014 年出版本書《非線文學論》等等,這些論述對於非線文學與數位文學的發展都具有一定的助益。

圖 3-18　元智大學資傳系碩士班具象詩教學

資料來源：蕭仁隆提供

3.3.13 官方機構推廣

　　目前除一些大學教授在大學講授數位文學與非線文學外，官方機構亦有推舉之功，如：台北市政府每年舉辦的台北詩歌節，在西元 2002-2003 年曾推出數位詩展覽。西元 2008 年的台北詩歌節《行走的詩》有林俊德的〈花花時間〉與大蒙的〈迷走一生〉，都是非線文本具象詩的最新創作（鴻鴻，2008）。西元 2005 年台北文化局曾主辦《漢字文化節》活動，邀請大蒙、蘇紹連、黃心健、須文蔚、白靈等人參展作品，作品內容有具象詩、超文本詩以及互動裝置藝術等等，為非線文學的發展邁向新的里程。曾在台灣大學的黃心健則是集版畫、多媒體藝術、數位創作於一身的創作者（周慶華等人，2009）。黃心健曾與故宮博物院進行多項數位典藏互動裝置的工程。另外，故宮博物院常設未來博物館於桃園機場二期航廈（圖 3-19）。另有歷史博物館亦設置具互動裝置的行動博物館，兩者都是大手筆的建構計畫。黃心健曾將規劃將古詩詞展現於數位互動裝

置，這將是文學作品另類的舞台。未來的閱讀不再只是翻書閱讀，將可以像電影一般演給你看，說給你聽，甚至置身於超媒體境域之中。文化部（當年爲文建會）在西元 2005 年開始仿效《維基百科》建置《台灣大百科全書》，爲內容開放的線上百科全書資料庫，任何人加入會員即可享有瀏覽、創建或創作內容，以共建共享的精神建置臺灣相關知識。目前開設一般版與專業版兩類，共計有工藝、建築、美術、民俗、考古、歷史、民族人類、文學、音樂、戲劇、戲曲、舞蹈、動物、植物、地質 15個類別，已產生 50570 條詞條。此爲非線性文學在應用上的巨大建構案，堪稱台灣的維基百科（http://taiwanpedia.culture.tw/web/about）。

圖 3-19　桃園機場二期航廈之未來博物館

資料來源：蕭仁隆提供

3.3.14 設置數位文學創作獎

在官方單位推動數位文學的發展方面，尚有成功大學的鳳凰樹文學獎，台北大學的飛鳶文學獎都設置數位文學獎項。中華電信公司推出《7301手機文學館》，舉辦《手機文學獎》活動，是對於手機數位文學的開創。民間單位對於手機數位文學的推廣有遠傳電信公司舉辦的《你也是名作家》手機文學活動。數位文學在民間團體推廣最力也規模最大的當屬由明基友達基金會、人間副刊與誠品書局聯合舉辦的《BenQ 真善美獎》，該獎項規定舉凡利用任何數位工具結合文字與圖像，進行靜態文本的創作作品皆可參加（周慶華等人，2009）。宏碁數位創作獎更提供豐厚的獎金成為相當有利的數位創作舞台，至今已舉辦過九屆比賽，創作內容包羅萬象，充分展現數位創作的魅力。

3.4　結語

由以上諸多事實例證可知，國外的非線文學與數位文學的發展遠超過我國，且成功研發出非線數位文學的專屬平台。各式各樣的創作構思與創作作品分散在網路藝術與各類藝術創作及數位文學中，甚至結合民眾的生活，成為當地的地標。近年來，我國不論學界、官方或是民間團體確實為非線文學與數位創作推廣助益匪淺。我國的學術界與創作者對於數位文學與非線文學的研究仍在默默進行，雖非顯學也有不錯的研究成果，且已經逐漸進入商業化的趨勢。展望未來非線文學與數位文學創作必須攜手並進，從各級學校教育，尤其高中與大專院校開課，讓學子們早日認識數位文學與非線文學，開啟非線的概念，體認到原來文學不

只是讀與背而已，還能成爲遊戲和一種藝術的展演，同時持續開發我國
在新文學的領域；並拓展非線文學、數位文學與藝術創作領域的新天地。

第四章　非線文學理論

4.1　導言

　　自從文本被區分爲線性與非線性之後，傳統文本的讀寫方式即被歸類爲線性文本。所以，研究其文本之學問即爲線性文學。依此而論，對於非線文本的研究之學問即爲非線文學。然而，至今學界對於此一領域的命名相當分歧，亦無一套理論予以規範，以致如非線性所具有的特性，仍停留在各說各話的地步。然而，非線文學發展至今，卻已經出現一些理論軌跡可循，最顯著的理論基礎即是解構理論與後現代主義，兩者所主張的建構特點與方式正是非線文學的樣貌。除此之外，杜象現象更讓兩者的主張融爲一體，使非線文學從文本創作到展演得到一定的舒展空間。因此，非線文學即以解構理論、後現代主義與杜象現象做爲理論基礎的鐵三角，再依此基礎演繹而成爲非線文學理論，使非線文學得以據此理論持續研究發展。本章係以文獻探討方式對於構築非線文學理論基礎之解構理論、後現代主義、杜象現象；以及關於創作藝術的靈光之再釋進行探索，期使形成非線文學理論的理論體系得到更爲具體的理論根據。此外，由非線文學理論所推演發現的非線藝術與非線思考亦可從非線十七特性跨界延伸或變更而得，乃接續論述於本章末後，俾知三者之間的相互關係。

4.2　德希達解構理論

　　從上個世紀以來，理論界爭議最大，也最難說清楚，就介於有理論與沒理論之間的理論就是解構主義的解構理論。一直到這個世紀，德希達對於這一解構的主張還是沒說清楚，到底解構主張是理論還是主義，

或是屬於後結構主義，或者甚麼都不是，就是要解構而已，這就是所謂解構的特質。德希達（Jacques Derrida, 1930-2004）只有在西元 2004 年接受《世界報》訪問時的〈我與自己交戰─Derrida 最後訪談稿〉中表示：「假如我果眞發明了屬於我的書寫，那我會使它成爲一種無盡的革命。」（Birnbaum, 2004）。非線文學以解構理論爲基礎，就是要探究這個「書寫革命」所隱藏的新意。德希達在西元 1973 年曾發表《廢物考掘學：解讀康迪雅克》（The Archeology of the Frivolous: Reading Condillac），在最後幾頁中曾經論及建構與解構概念可以成功的因素，就在「廢物」二字。此一「廢物」本當空洞無物，屬於相當脆弱的結構，所以促成「廢物」崩解的龜裂線與斷裂線就隱藏其中，以致「廢物」本身與內外部的處境十分岌岌可危，是處於瀕臨崩解邊緣的狀態。然而，這個處於崩解邊緣的狀態卻能促成新理念的組合。所以，新理念的產生就在「廢物」的合成與分解兩組力量不斷發生相互作用中產生（Payne,1996）。德希達的解構理論就在 Diffárence 加入了 a 開始，讓書寫的世界產生形式與概念的巨大變革。

4.2.1 解構理論探源

法國哲學家德希達原是結構主義（Structuralism）的支持者，後來卻發展出影響網路文本論述的解構理論，並對結構主義進行解構。其思想的轉變起源於對當時現象學（Phenomenology）、存在主義（Existentialism）和符號學（Symbol）與結構主義之間無休止的爭論，德希達希望能找出超越各派的論點，最後使德希達的這些論點成爲後來解構理論主要的理論基礎。解構（Deconstruction）一詞原爲法文，在法國係指重新排列句子中的字詞，其動詞型態是 Deconstruire，該字義表示爲運輸等目的而拆解一部機器（Collins, 1998）。然而解構理論的核心觀念「延異」（Diffárence），卻來自於黑格爾（Martin Heidegger, 1889-1976）的《本體論差異》（Ntological difference）觀念中有關分解（Destruktion）概念的影響。德希達在進行文學與哲學的解構時，對於傳統的「在場」（Presence）概念是否眞的存在產生懷疑，進而發展出「延異」觀念。後來德希達的「延異」觀念竟成爲解構理論思想的主軸。德希達在研究現象學時發現，分解是還原與建構的基礎，要去除「存在者優於存在」的傳統觀念，努力回溯本源，並找尋概念發展中的偏差。德希達乃抓住在現象學裡這個概念的偏差與語詞的歧義性，以遊戲的手法瓦解傳統書寫的一致性。德希達同時發現以口說爲中心的時代裡，書寫被長期壓抑在本體中心論之內，但這個本體中心論實際上並不存在，是被虛構建立而來的。於是德希達要解構傳統以來的書寫形式，以「延異」（Différence）的手法證明傳統以來的書寫與口說也有謬記的地方。所以，德希達主張恢復口說式的非線性書寫方式，讓書寫成爲一種遊戲，具有可以跳動的雙腳。於是，這種遊戲性的書寫方式，敞開了結構主義嚴謹的大門，讓所有作者和讀者，都一起參與書寫的大遊戲，於是這種具有「延異」的文本在此產生「播撒」的意義。這種多變的、零碎的文本觀念正是後結構主義（Poststructuralist）的主張（Derrida, 2004）。這就是何以德希達有時也被歸類到後結構主義者的原因。有學者認爲因爲結構主義的「自身解構」，才提供後結構主義與解構理論發展的契機，但德希達主張淡化被稱爲解構理論的理論性，應以遊戲的態度面對所謂的理論。更認爲解構理論應當讓位給遊戲，一種文本的遊戲。爲此，德希達以後的著作就開始試圖逐步擺脫理論色彩，最後完全沈緬於他的文本解構遊戲之中（楊大春，1995）。

4.2.2 德希達解構理論與特性

　　以提出解構理論而享譽於二十世紀的法國哲學大師德希達，出生於阿爾及利亞，成名於美國，在西元 1962 年出版發行第一本主要著作《論

幾何學的起源》（The Origin of Geometry），又在西元 1966 年發表《人文科學話語中的結構、符號與遊戲》論文才一舉成名，挑戰當時的結構主義，同時提出自己的解構主張。西元 1967 年同時發表三部解構宣言的奠基鉅著：《閱讀聲音與現象》（Speech and Phenomenon）、《書寫與差異》（Writing and Difference）的論文集、《論文字學》（of Grammatology）。到了西元 1972年，德希達發表《哲學的邊緣》（The Margins of Philosophy）與《播撒》（Dissemination）來建立解構理論的基本思想，其中〈柏拉圖的藥〉是解構理論的經典之作（楊大春，1995；1999）。德希達認為解構是持續不斷的進行和發生的，所以，他不但解構了他人的著作；也一直在解構自我，這應該是對於德希達最好的註解。德希達在學術上的貢獻，是藉由語言與文字對西方文化的形上學基礎進行理論辯證。德希達的解構理論主要是一種不同於傳統的閱讀方式；是對文本進行重新閱讀和解釋，而傳統的閱讀方式是以閱讀為中介去體會文本中的理念或真理。因此，德希達所進行的解構閱讀，並無固定模式，固定結構，亦未制定一套閱讀規則。德希達為達到文本解構的目的，促使讀者對「邊緣」的重視，即以文本的「邊緣」或「盲點」做為媒介，試圖從中發現多種可能的閱讀方式，進而解構文本。所以，德希達的解構理論是屬於一種特別的閱讀方式，如此的閱讀方式超越了傳統閱讀的邏輯觀念。其目的係要消除哲學與文學之間的界線，最後竟形成解構理論所具有的獨特概念，即是文本的解構概念（楊大春，1997）。從德希達眾多的論述裡，可以歸納解構理論構成的要件，即是：

> 以遊戲的手法對於文本進行多重的閱讀與寫作，並且向該文本進行解構，用以發現該文本裡可能隱藏的新意，然後再進行新文本的建構，讓該文本產生延異的特性。

　　根據以上此一概念，綜合德希達對於其解構理論的各種主張，歸納出以下五項特性：

（1）文本解構遊戲性

　　這是啓發德希達對於哲學與文學邊界進行瓦解的動機，也是手法。德希達以遊戲的態度對於哲學與文學邊界進行解構，終於發現傳統書寫一直隱藏著不被人知曉的書寫在場秘密。於是德希達對於這個處於神聖與神秘的書寫傳統展開革命，讓書寫與閱讀習慣不再是線性的，制式的，永不改變的，進而以解構文本的方式讓書寫與閱讀成爲非線性的，非制式的，自由自在的。所以，解構的遊戲性是德希達解構理論最重要的主張，也是書寫差異革命的起點，更是德希達所有理論的基礎。

（2）文本讀寫合一性

　　德希達起初係藉由批評性閱讀，對於文本進行重寫，用以找尋新文字的痕跡，和文本隱藏的新意，進而引發讀者對於文本的創造性和生產性，並讓讀寫人陷入難以測量的意義深淵。所以，德希達的解構理論對於閱讀的方式，不再是單純的閱讀，而是多重性的讀寫合一的雙重閱讀。德希達主張閱讀除了讀之外，尚須進行寫的功夫，也就是從閱讀的文本中進行改寫與詮釋，甚至重新創作文本。

（3）文本共有性

　　當德希達排除傳統的本體中心論後，讓作者不再具有優先性與權威性，使讀者具有對於文本詮釋與重寫的權力，於是讓讀者和作者具有雙重性。這樣的變革讓作者與讀之間不再有明顯的界限，兩者之間可以隨意地、自由地、遊戲地在文本上創作，文本的讀寫進行將沒有固定的場所，也沒有確定的起點與終點。這種文本自由的組合，使其相互交叉，相互重疊，從而讓文本創作產生一種無限可能性的意義。所以，德希達

的解構理論對於文本的讀寫不再強調作者與讀者的分別，而是作者與讀者共同擁有對於文本創作與閱讀的權利，讓文本的讀寫持續進行，甚至永遠沒有終點。

（4）文本多視線性

德希達打開了讀寫人可以自由的閱讀與書寫之門後，文字的書寫不再受任何因素的干涉所影響。文字的書寫不再有起源，也沒有確定的目的，文字背後的意義具有多重的意義。當文字書寫的起源和目的之間的界線被消除後，也就象徵拆解了文字書寫對於過去、現在與將來之間的界線。因此，文字書寫不再被規範為一定的制式形式，而是任意的，沒有一定的形式與敘事方向。文本在被解構的文本之間所播撒的形式也無規則和無固定的方向，其所產生的意義更不再被侷限於一處，致使傳統上所認定的作者意義已經死亡。當原有作者不存在時，其所新增的意義卻因此不斷生成，這樣的形態造成文本的讀寫產生多視線性的創作。

（5）文本延異嫁接性

德希達在解構文本時，發現文本可以自由地延異與嫁接，是在文本的讀寫之間以「邊緣」、「盲點」、「空白」、「意向」作為媒介進行播撒連結，形成延異與嫁接的鍊條，進而讓文本的延異產生空間上的分離，分化、差異，和時間上的延擱、延遲，也保留文本原有嫁接的蹤跡，讓文本的讀寫自由游盪和跳躍其間，促使文本產生無法自足的情況，導致無限開放文本讀寫的侷限性。所以，當進行解構文本時，其文本必須具有延異與嫁接性，否則將無法對文本進行解構。

4.2.3 德希達空白與雙重閱讀

　　德希達的解構閱讀係在閱讀文本時，希望探詢文本中的歧義或矛盾，再進行文本重寫。因爲文本就是一個編織的網，此網所交織的線索，形成文本邊界意義上的連結。所以當閱讀時，只能以銳利的目光對文本進行搜索，卻在這時會發現文本的意義開始不斷增生。造成這種意義不斷增生的現象，是因爲進行解構閱讀時；新發現的意義不斷被嫁接進入文本所產生的。我們若要參與文本這張大網，就該一起進入這大網，才能共同編織文本的意義（楊大春，1995）。因爲閱讀時要共同編織文本的意義，所以這時讀和寫是同時進行的，讀就是寫，讀就是改寫，是一體兩面雙重進行的閱讀行爲。達希達當初的解構閱讀屬於批評性的閱讀，讀者具有相當的隨意性，對於文本內的眞理既不關注，也不積極探源，只當成一種遊戲來閱讀，以致作者的原有意圖會消失，不再干預讀者的閱讀方式，終於讓閱讀成爲一種遊戲。讀者可自由地透過遊戲的手法，發現文本中未曾顯現的、新鮮的意義。由於這種閱讀方式顛覆傳統的閱讀概念，開啓文本的遊戲性，同時發現傳統閱讀所未能察覺的「空白」和「盲點」。德希達認爲解構閱讀的目的就是對於文本的「空白」和「盲點」進行破譯與遊戲。破譯要依賴文本解釋而存在，才能將散逸的遊戲和符號的源頭找回來。遊戲則是不再以文本解釋爲源頭，並試圖超越在整個形上學或存在神學歷史中一直在場的本體中心論現象。在解構批評方面，係以傳統文本爲寄託，借傳統閱讀來進行重複、重建與解釋原文，此即是雙重閱讀（楊大春，1994）。傳統閱讀以意義作爲作者和讀者意向交流的中介，解構閱讀確認爲讀者和作者共同具有讀者和作者的雙重身分。在解構閱讀中，傳統閱讀所尋找的指稱對象已被「塗改」，當閱讀標的改變時，閱讀的方向就完全轉變了。解構批評以此不確定性來引發讀

者參與遊戲，並進行有意義的創造和生產（Derrida, 2004）。對於解構批評家而言，讀者和作者都具有讀者和作者雙重身分，作者在面對自己的文本時，並無優先性和權威性。這時作者只是普通的讀者，而讀者在閱讀文本時，就能參與作者的創作，這就是所謂的「閱讀中的讀和寫的雙重活動」，即是讀和寫在閱讀遊戲中不再分離。讀者與作者共同在閱讀文本中進行創作，此即所謂德希達解構理論的雙重閱讀（楊大春，1997）。至於文本中的空白，即是讓讀寫者在進行雙重閱讀時，得以對閱讀的文本進行塗改式的改寫，然後延伸出文本的新意。

4.2.4 德希達延異與斷裂

　　對德希達而言，文字是「自然的」，是「自由的」，是「隨心所欲」的（尚杰，1999）。德希達以質疑文字爲基礎，採用「斷裂」與「延異」的方式把文學與哲學的界線打通（Derrida, 1998）。然而德希達的「斷裂」與「延異」究竟爲何物？就文本的時空概念而言，即在空間上產生分離、分化、差異的現象，在時間上產生阻斷與延遲的現象。文本在「斷裂」與「延異」的狀態下，文本的意義形成了既是在場，又不在場的雙重存在現象，以致讓文本陷入無休無止的「遊戲戰爭」中，只留下辨認不清的延異蹤跡。文本之所以會產生這種現象，係解構的閱讀是「拆和寫」雙重進行的活動。此種「拆和寫」的活動卻破壞傳統閱讀的結構和心理模式，消解了本體中心論的文化，讓文本回歸本源。因此，文本既是自然的守護者，就要採取最接近自然的方式，將文本寫在自然之上。解構閱讀的進行，一方面意味著突破文本原有的系統，打開其封閉的結構，也排除本源和中心二元對立的概念。此一概念即是針對傳統書寫眞理的突破，使文本產生斷裂現象，於是書寫不再是傳統的概念。另一方面，又將文本瓦解後各種隱含的因素一一曝現，把文本原有因素與外在因素

自由組合。使文本之間得以相互交叉，相互重疊，從而讓文本產生一種無限可能的意義。至於被瓦解的書寫系統在文本斷裂之後即產生延異現象，使得新的文本開始不斷地滋生而出（尚杰，1999）。到此，以解構的方式閱讀原始文本時，就會發現原有文本的界限已不存在，文本已經無限開放。因此，每當進行解構閱讀時就會發現「新意」，而每次的「新意」並非固定不變，而是在文本的相互交織中組成新的「意義鏈」。這「意義鏈」並無規則，也無固定方向，卻在解構的文本之間播撒。文本間的播撒本身並無意義，卻可讓文本意義不斷地增殖。所以，德希達的解構閱讀證明了文本「意義」是持續產生的，進行解構的文本具有非自足性和無限開放性（Derrida, 2004）。由此可知，德希達的構解閱讀就是要將書寫的方式「擴大化」與「徹底化」（Derrida, 1999）。

既然解構閱讀認為傳統文本的意義已經死亡，作者的意義也死亡。文字在文本的意義上就不再被邏輯化，概念化，而是呈現自由浮盪與隨意隱現的型態（尚杰，1999）。解構閱讀既鼓勵批評家從文本內部去發掘，或創造某些新的結構類型。所以必須先解構傳統對於「書」的概念，使閱讀成為雙視線或多視線的，或無界線的。因此，德希達認為文字無起源、無目的，乃提倡自由的書寫態度，不受語言、心靈、作者意向等任何因素影響。當文字起源和目的之間的界線消除，也就消解了起源和歷史，於是文字也拆解過去、現在和將來之間的界線。總之，德希達的解構理論係建立在文本的「斷裂」與「延異」現象上，這是一個包含時間和空間在內很難定義的字詞。因為「斷裂」與「延異」現象還兼有延緩時間和間隔空間的雙重涵義。但不管「斷裂」與「延異」的現象如何，任何人包括作者與讀者，或是談話者都被屏除在文本之外，與文本無關，所以讀寫者應當以自然的態度進行文本的說和寫。由上可知，解構閱讀所進行的雙重閱讀屬於是一種新的寫作方式，此種寫作與閱讀同時進行的方式，像自由的遊戲，屬於自然的創造過程，無需知道誰是作者，無需為自己的文字負責，無需受任何規範限制，或遵守形式邏輯的規則。

這是一種藉由書寫來解放文字，讓文字以「斷裂」、「跳躍」、與「延異」的方式在文本之間流動（楊依蓉，2006）。

4.2.5 德希達疆界與框架

在佛教界有所謂「生老病死」以及「輪迴」的探討，這是宗教性問題，也是人類長久以來面對已知與未知世界的困擾問題。「生」與「死」的界線正如天堂與地獄一般，具有相當嚴肅的界線。這不只是人類，凡所有生物一生都會面對的嚴肅界線，所以「生」與「死」是不能任意跨過的界線。但佛陀以「修行」與「輪迴」將這兩個嚴謹的界線打破了，認爲人類藉著修行可以在死亡之後進入「輪迴」，於是產生再生的觀念。基督教則以釘在十字架上的耶穌基督爲人類的「救贖」，向人類釋放「重生」的權柄。兩者爲人類面對「生」與「死」的困擾時，確實提供了跨越界線的救贖機會。人類這個「生」與「死」的界線，豈不就是活生生的疆界與框架問題？但是德希達所面對的疆界與框架不是「生」與「死」，而是書寫系統的疆界與框架問題。在人類發明書寫系統之後，限制性的意指行爲就存在於書寫之中，於是形成所謂本體中心論（Logoceentrism）。Logoceentrism 這字源自於希臘文 Logos，被翻譯爲「邏輯，理性，宇宙法則。神學用語則是神的話，或稱爲道。」（遠東圖書公司，1997）。因此，Logoceentrism 被視爲一種起源或是原點，具有不可分割性，是一種眞理，這也是西方哲學的基礎觀念，是歐洲文藝復興前普遍的思想。德希達乃針對書寫的差異質疑書寫在場的存在性，挑戰哲學的權威性，認爲書寫存在著不可確定性（undecidability），書寫無法完全代替口說事實，兩者之間也不是二元對立的關係。接著德希達以《柏拉圖的藥房》（Plato's Pharmacy）挑戰文學與哲學的界線。德希達認爲雖然書寫的發明是增長智慧與記憶的良藥，但 pharmakon 在希臘文中兼具毒藥與良藥的雙重意義，

所以 pharmakon 一字本身就具有相當的不確定性,於是鬆動了傳統以來一直被認為代表口語再現的書寫所持有的堅定立場,突破了書寫的疆界與框架。如此一來,讓書寫具有不確定性,並保持一種游離的狀態,使書寫產生遊戲作用。最後,德希達為書寫遊戲重新定義為:「橫跨言說與書面文字,進行呈現/不呈現與根本性差異的遊戲」。書寫於是有了新的樣貌,不再只是寫字,還是穿梭在話語與書寫記號之間的不確定遊戲,這種不確定的書寫遊戲最後產生書寫的「延異」現象(Collins, 1998)。

德希達所產生「延異」的概念係將「延異」(Différance)這個自創字,置於言說與書寫之間,名詞與動詞之間,感知與理解之間,文字與概念之間,於是讓「延異」具有分裂和瓦解的能力與特性。書寫經由「延異」的作用,使語言、思想和意義不再享受原有的慣性秩序。因為書寫經由「延異」的作用可以重複一種差異性的重複,例如:在原文中引用文句或植入文句等等。德希達認為言說與書寫都只是一種符號,都可以被任意引用,已經脫離了當時在場的脈絡關係。當書寫經由「延異」的作用脫離原貌,脫離鴻溝後,就不存在於原有的疆界與框架之中,於是讓書寫形成一種解構。德希達曾寫了一本解構式的書《喪鐘》(Glas),該書採用兩欄式寫法,並在各欄裡插入不同作者、字體、格式、語言所引用的文句,讓兩欄的內容無法沿著原書設定的邊界進行閱讀,導致該文本失去了完整性與統一性。促使該書的文本邊緣與界線被徹底破壞,讓文本成為一個具有多重閱讀的文本。依此類推,書寫文本的文體不須再規範為哲學的或是文學的文本,而是以混和的文體在文本中呈現,這就是德希達所謂的疆界與框架問題(Collins, 1998)。

當哲學與文學的疆界與框架被打破,語言與書寫的疆界與框架也被打破,那麼在藝術大類之中分為十二大類藝術的疆界與框架,是否也意味著必須被打破?劉紀蕙在〈框架內外:跨藝術研究的詮釋空間〉一文中指出:「需要重新思考文學與其它藝術會合的研究」,要探討當「不同藝術符號並置時,會呈現甚麼形式的符號系統差異」。劉紀蕙引用密契勒

（W. J. T. Mitchell）的話說，當圖文並置時，兩者功能可能會互換，文字可能失去「指稱、描述、命名與分類的功能」，此時的文字已經轉爲展示的用途。至於圖像的意義，則已經替代文字產生符號的衝動，讓圖像與文字不再是對立的關係。有關圖像與文字不再是對立的關係方面，中國的圖畫詩與題畫詩都是圖文並置最好的例子。劉紀蕙認爲文字文本的視覺圖像不是一個被固定的客體，亦非表面圖像，常具有轉喻的作用（劉紀蕙，1999）。圖文既然可以轉化，十二大藝術的壁壘就不再堅固了，各類藝術之間即可開始產生對話。齊隆壬在分析蘇聯電影大師愛森斯坦（Sergei Eisenstein）的著作《並非冷漠的自然》（Nonindifferent Nature）時，認爲愛森斯坦所謂電影美學的特性，就是一種「藝術的綜合體」。這個最年輕最進步的藝術大師係通過蒙太奇等等有機的屬性將電影與建築、雕刻、繪畫、音樂、文學並列（劉紀蕙，1999）。電影是藝術領域中，第一個必須與其它領域對話的藝術，因爲電影是一個綜合體，也可以說是綜合藝術的集體表現。所以，電影是第一個突破藝術疆界與框架的藝術，也是最爲動容的多采多姿的藝術。

　　那麼疆界與框架又是何物？依照德希達的說法，疆界與框架與鼓膜、邊緣、步伐、不可決斷的標記是同義詞，即事物的一種自我設限的絕境。德希達還引用亞里斯多德（Aristot l s，b.c.384-322）的說法：絕境是一種疑難，也可說是一個沒有出口，不能通過以及無法進行的通道，正如物種生命的有限性就是死亡。解構既是無所不能，終要面對解構自己的絕境。德希達面對絕境是以時間的存在進行自我解構，也就是必須「向死而生」來進行解構。因爲，生在死裡隱藏著，存在就隱藏在當下，隱藏在書寫在場的意識之中，隱藏在再現或自身在場之中。所以，當下的時間優先序列並不存在，我們所稱的現在、當下、當前、此刻的時間段，都是以過去時間段往前說，或是從未來時間段往後說。然而，在我們說話的當下，時間早已流逝，無法一一保留（陳曉明，2009）。這個當下在場的概念，正是巴特對於攝影影像的詮釋。巴特認爲攝影是直接記

錄實體的影像，所以應是最純淨的符碼。然而，以當下的存在而論，攝影產生的眞實影像只能說是曾經在那裡而已，並非持續仍在那裡。因爲，當時的人、事、物、景都已經不存在了，所以，在影像中的眞實影像，只是過往的時間與在場的空間所交錯而成的影像，是一種「新的時空」。巴特認爲這「新的時空」就是這裡的現在與哪裡的當時；兩者非邏輯的交叉點（劉紀蕙，1999）。德希達認爲這種的重複或是再現，只是一種時間的延異現象。因爲，時間是絕對無法重複的，所以，延異只是對於時間的一種替代或是補充。猶如佛教的「修行」與「輪迴」，或基督教的「救贖」與「重生」觀念，爲死亡的疆界與框架開放出口，開放一個重生的期待，開放一個不可再現的再現。德希達的解構於是往邊界之外拓展，此時，又開啓了另一個邊界，讓解構成爲一種永無止境的行爲。

由此可知，德希達的解構長期處於誤解的絕境之中，終究要面對絕境思考，而不只是對這些疆界與框架進行驅散、消解和拆除而已。德希達的解構必須繼續「向死而生」，不斷面對絕境，這是解構最具有創新意義的底線（陳曉明，2009）。當疆界與框架因爲解構而變形，又延伸出一個疆界與框架，這個新的疆界與框架又持續經歷解構而變形。在這種持續解構又建構疆界與框架的狀況之下，疆界與框架就在出現又消失又出現之間徘徊，這種現象即是德希達所謂的書寫不確定性。被書寫的產物就是文字的構成物，就是文本，這個文本具有開放性、交涉性與斷裂性。這個文本是個別的閱讀單位所組成，並不具連續性，於是，這個文本就自成一個時空的疆界與框架。文本是由每一個不連續的文本時空所組成的一個變形的文本時空（metatext）。這個文本的大集合就是尼爾森所謂的「宇宙文海」，一個不斷交織，不斷指涉，你文中有我，我文中有你，無始無終，無窮無盡的大文本。那麼未來的解構文本需要疆界與框架嗎？若仍然需要疆界與框架，則其意義何在？此即解構最核心的問題！因爲，若拆除疆界與框架具有意義，則是讓疆界與框架變形。若無意義，則疆界與框架只是徒具形式而已。以平面設計而論，當框架存在時，可

以使藝術作品與周圍環境區隔，將觀眾的目光匯聚引導於藝術品的主題
設計之中。當創作者試圖讓框架影響人們對於作品資訊的理解時，裁切、
留邊、設框與標題就成為平面設計相當關鍵的構思。德希達卻認為框架
不應視為背景、厚度，也非圖形的邊緣，框架是自成圖形的。當人們專
注於被包圍的內容物後，框架就會自然消失。因此，如何適切的讓框架
消失或變形，成為設計者最大的創意（Lupton, & Philips, 2009）。對於平面
設計如此，對於文學的文本亦然，至於對其它的藝術，甚至哲學性問題
亦如此。原來框架與邊界對於德希達的建構與解構，都是一門深具創新
意義的藝術。

4.3　後現代主義

　　或者許多人對於後現代（Postmodern）一詞都會朗朗上口，若反問何
謂後現代時，多數人卻很難說得清楚，更不用說後現代主義
（Postmodernism）是甚麼主義？正如解構理論一般，都是上世紀最難纏
的理論，也是影響最大的理論。後現代主義與解構理論更有形影不離，
曖昧不清的關係。一般都認為後現代主義與結構主義，後結構主義兩者
具有承繼演化關係，就是後現代主義承繼現代性的後段，卻對於主客體
劃分清楚的現代主義知識論進行質疑，以及對於後設敘事的不信任。因
此，讓世人對於後現代主義都認為是專門講求否定與摧毀的論調（Griffin,
1997）。然而，後現代主義對於當時的人文藝術與社會政治影響深遠，以
十二大藝術而言，可說是藝術的一場大躍進，開啟起了人們對於藝術的
新意象！當探求非線文學的表現手法時，竟發現非線文學與後現代主義
具有不離不棄的獨特感情，是繼德希達解構理論更為多元的表現手法，
有必要列為非線文學理論的另一根重要支柱。

4.3.1 後現代主義探源

　　人們剛開始談論「後現代」一語，係在三十年代時，以一種批評性的術語出現。一般人對於後現代主義都以詹明信（Fredric Jameson）、李歐塔（Jean-Francois Lyotard）、布希亞（Jean Baudrillard）的論述為主調，認為從西元 1950—60 年代美國的反現代文學（又稱前衛主義）開始，至西元1970 年代，又將攝影、建築、後結構主義納入後現代主義。然後在西元1980 年代又併入女性主義與後殖民主義，從興起至此約五十年的發展後，學界才開始為後現代主義歸納定義。所以，目前都視西元 1980 年代開始興起的創作表現手法為後現代主義的風潮（伍軒宏、劉紀雯，2010）。職是之故，在描述與評價創作手法時，常將後現代主義、後現代、後現代性（Postmoderniy）交互使用。但大多數學者將後現代、後現代性用語泛指當時的社會與經濟現象，將後現代主義指稱當時的文化與藝術的發展現象，所以三者都是相對性的用語（Selden, Widdowson & Brooker, 2005）。這個 post 字的意義爭議最大，李歐塔認為是現代主義的一部份，兩者具有互為因果的關係。赫哲仁（Linda Hutcheon）、詹克斯（Charles Jencks）認為是「在『剛剛』之後—或有時是、超越、相對、在之上、推之極致、後設、在之外」的意思（伍軒宏、劉紀雯，2010），此一解釋已經把所有後現代特徵的討論都概括了，以致學界對於後現代主義觀念的討論，常存在延續現代主義或前衛主義的特色，或與對於現代主義或前衛主義徹底斷裂的兩類極端創作觀念看待。

　　以我國文學發展而論，後現代主義在我國的發展，當從西元 1980 年代社會趨向都市化、工商業化的變遷開始。也有學者認為在台灣解嚴後才進入後殖民與後現代文學，如：陳明芳、劉紀雯、張大春、林耀德、平路等都屬此派人士。羅青則認為七〇年代台灣就進入後現代工業社

會，後現代的意義也同時開始蔓延，一直影響到文學作品，於是有後現代詩、後設小說的論述出現。林淇瀁則認為台灣的後現代文學抄襲自西方資本主義的都市文學，所以，台灣的後現代主義發展是移植性的發展，接收了移植時所有的表現型態，無法以明顯的發展時期做區隔（林淇瀁，2001；伍軒宏、劉紀雯，2010）。若以後現代詩的作品而言，當推夏宇在七〇年代的〈備忘錄〉以及〈連連看〉為典型的代表之作。因此，一般都以羅青的作品〈吃西瓜的六種方法〉代表我國步入後現代詩的起始（鄭明娳，1993；孟樊，2003）。

4.3.2 後現代主義拼貼

　　「後現代」的初始係從否定立場出發，在文學作品裡揭示社會的消極面與陰暗面，如：權威腐敗、風俗禮儀墮落、傳統社會瓦解、社會畸形化、人性飄忽不定等等的社會現象。之後，有反文化思潮出現，且與現代主義的「精英意識」決裂，主張文學以大眾化和世俗化為走向，提倡反藝術與反嚴肅的通俗小說（楊大春，1993）。哈珊（Ihab Hassan）認為後現代是反對現代主義的實驗，具有「開放、不連續、即興、不確定，或偶然的結構」，拒絕承襲傳統美學，反對詮釋。又認為後現代起源於本質上深墜的不確定感，以不存在所謂的中心與主題為理念，即徹底的去中心化。作品內容呈現嬉戲、自我指涉、自我諧擬的特色，具有豐富多樣的語言應用。常以諷刺的手法隨意重溫過去歷史的片段，並在形式與文類上進行拼貼，瓦解小說與歷史、自傳、寫實與幻想間的慣性界線。後現代講求的是沒有完整結構的，是零散鬆散的文本組織，這種論點導致魔幻寫實主義與後殖民主義文學的興起。詹明信則歸納後現代文學的特色為：「主體性的消失、深度的消失、歷史感的消失、距離感的消失」（Selden, Widdowson, & Brooker, 2005；黃志光，2005）。

　　葉維廉認爲後現代主義很平面化，沒有深度，以「奪目的光滑性」「構成一組喚不起原物的幻影或擬像」，傾向「生活美學化」。呈現有表無理，有外無內，有秀無隱，有意符無意指的物象享樂主義。文本與論述的遊戲，主體的碎片化，連續性時間觀與時間感的消逝，隨之而來的是呈現並時性的空間關係。但也認爲後現代具有「生產力、生殖力、再造和複製的潛力」，以超空間的姿態逼迫人類發展「新的感官和觸覺系統」，爲未來提供前所未有「可塑性極高的超時空感」。這些都是後現代讓我們要再思與反思的線索（葉維廉，1992）。格雷芬（D. R. Griffin）則持不同的看法，認爲後現代創導人類身體力行的創造精神，必須尊重無序與有序，兩者的過與不及都不是眞正的創造。又鼓勵多元的思維風格，以及平等的觀念。且認爲後現代強調對話的重要性，要傾聽的是一切人類的聲音，在這前提下，人類沒有大小之分。主張開放、合作與伙伴關係，以雙方多視角的思維展開新的視界。倡導對於世界的關愛，對於過去與未來的關心，與自然的和平相處。在這樣前提下要重建人與人的關係，男人與女人的關係，而這些作爲都與當時現代社會相違。所以，將後現代主義視爲具有否定主意、懷疑主義和虛無主義的傾向（Griffin, 1997）。劉紀雯以藝術作品的觀點，將後現代主義的表現歸納爲「戲要、無情感、雜燴、屬於完全空間的超時空與懷舊」，且將後現代主義所呈現的現象歸納爲：打破二元對立關係，主張複合主義，質疑權威性的存在，使用雙重語彙時卻不能自外的性格，常擬諷，並對歷史加以後設。對於批判沒有距離感，存在超時空的異想，並對於過往的懷舊，主客體差異界線的瓦解，重視建築元素的意義、脈絡與合作。一反抽象語彙表現，以局部言語遊戲和小敘述形成知識，重視拼貼，出現無深度、無主體的內容物（伍軒宏、劉紀雯，2010）。

　　綜上所論，想要對於後現代主義整理出頭緒，就像面對一盤拼圖一樣紛亂得讓人咋舌。當知後現代主義並不是那個人寫出來的理論，而是從社會各階層的脈動中表現出來的現象，經過一段發展時期後，被一群

人對這些現象作了歸納整理與討論，於是形成所謂的主義。在這個大家
對於聖人的否定，偉人的否定的世代已經沒法產生個人主義。社會以平
等互惠爲趨勢，共同構成主流的社會趨勢，這也是一種社會大眾拼貼的
反應。

4.3.3 後現代主義特徵與影響

上世紀七十年代以來，社會各階層開始滲透後現代主義的觀念。從
文化領域乃至個人情感態度的改變，都不再排斥後現代觀念，並將德希
達視爲後現代主義文學的著名代表，以「耶魯學派」爲後現代主義文學
理論的典型。哈珊將後現主義的種種現象歸納爲十二類特徵：

（1）　不確定性
（2）　零亂性
（3）　無原則性
（4）　無我性
（5）　無深度性
（6）　無法可表現性
（7）　反諷刺性
（8）　種類混雜性
（9）　狂歡性
（10）　表演性
（11）　構成性
（12）　內在性（楊大春，1993）。

　　此十二類的特徵，十分簡明地指出後現代主義紛雜的現象。後現代
主義對於各階層的影響是深遠的，尤其是對於十二大藝術表現手法的影
響，可說是一種巨大的變革。就文學表現手法而言，文學的表現手法一
如後現代主義的拼貼一般，是一種破壞敘事的文學，一種致力於自身兩
難的文學，也是一種表演性和活動經歷的文學（楊大春，1993）。以後現
代主義對台灣新詩的發展而言，孟樊歸納了台灣後現代詩的特徵有：

　　文類界線的泯滅、後設語言的嵌入、博議的拼貼與混合、意符的
　　遊戲、事件般的即興演出、更新的圖像詩與字體的形式實驗、諧
　　擬的大量被引用（孟樊，1993）。

　　孟樊對於台灣後現代詩的特色做一總結性的歸納如下：

　　寓言、移心、解構、延異、開放形式、複數本文、眾聲喧嘩、崇
　　高滑落、精神分裂、雌雄同體、同性戀、高貴感喪失、魔幻寫實、
　　文類融合、後設語言、博議、拼貼與混合、意符遊戲、意指失蹤、
　　中心消失、圖像詩、打油詩、非利斯汀氣質、即興演出、諧擬、
　　徵引、形式與內容分離、黑色幽默、冰冷之感、消遣與無聊、會
　　話（孟樊，1993）。

　　後現代主義對於繪畫方面的影響，如繪畫的手法傾向摒棄結構，無
主體，無客體，無筆法，無輪廓線，無明暗層次，時間與空間的並現，
無活動態勢，無素材等等。以致繪畫手法回覆到原始狀態，沒有所謂的
規則約束。於是在畫布上亂塗，或塗黑，或者畫幾何圖形，畫面呈現的
特徵是空白、虛空與和支離破碎，甚至對於他人作品的隨意嫁接等等都
認為是一種的創作表現。因此，面對後現代的繪畫，必需重新建構賞析
的美學。尤其進入網路藝術、數位藝術、觀念藝術成為繪畫主流的現在，

繪畫不一定需要畫紙和畫筆以及顏料，現成物的組合拼湊就可以是最好的表現藝術。在音樂方面，則有所謂偶然音樂、機遇音樂、電子音樂、概念音樂等。其表演方式不再以傳統的樂器來演奏一首曲子，有臨時性演奏或是拼貼性的演奏，甚至根本沒有聲音，只讓聽眾想像的概念音樂（楊大春，1993）。至於對現代設計與建築設計的影響，更是有增無減。建築設計已經突破傳統的方格式基本框架結構，有所謂解構建築或是數位建築設計的概念正在萌芽，甚至成為流行趨勢。

　　從以上引述的各種現象來看，後現代主義觀念的影響是全面性的，從社會、文化、生活的各個領域都可以看見後現代的影子。

4.4　杜象現象

　　今天的媒體以十分驚人的技術在發展，所有的藝術品都可以被複製和傳播。所以，在可以對藝術品完整而快速複製的時代裡，一直以來被神聖化、神秘化的「靈光」的化身—「美」的意義，已經無法再如往昔一般被看待和處理。有必要將機械複製時代以來的藝術作品與杜象的創作觀，兩者相互比較，用以探討這個「靈光」的化身—「美」的原意，以及杜象創作觀所引起的杜象現象，對於後世各類藝術創作的影響。因為，杜象的創作藝術觀念已經橫跨了文學、繪畫、雕刻和哲學的範疇，突破傳統美學的觀念，引領後結構主義及後現代主義的新美學發展。

4.4.1「靈光」再釋

　　要談到「杜象現象」，必須先對創作之源的「靈光」有所瞭解，並以新的美學觀點來看待，才能接受所謂的「杜象現象」。何謂「靈光」？班雅明（Walter Benjamin）在《迎向靈光消逝的年代》一書中為傳統的「靈光」定義為「遙遠的獨一呈現，雖近在眼前」。其論述觀點乃基於傳統藝術創作的主要目的就是服務祭典的儀式，所以是「獨一的呈現」，是「遙遠的」（班雅明，1998）。然而，以創作的觀點而言，比較接近創作者在創作之初的動機，也就是所謂的「靈感」。諾貝爾文學獎作家高行健在《論創作》〈另一種美學〉中認為是「藝術家內心的幽光」，「美是人類特有的一種感受」。所以，當一個藝術家創作時，會把在創作之初的「幽光」注入在作品之中，然後以各種造型來實現其「幽光」。當觀賞者面對作品時，這「幽光」的美就會在作品中再現（高行健，2008）。職是之故，「靈光」是一件作品的靈魂所在，當創作者或觀賞者面對作品時，都能感受其靈魂存在的光芒，而這靈魂是經過作者在心靈上的一番思慮；或說是思考的結晶，更是人類演進到具有文明社會所獨有的心智活動。以進化論的觀點而言，這樣的心智活動正如人類懷胎十月一般，是人類經過數百萬年才進入具有思考心智的演化簡史。而「靈光」在人類開始嘗試使用器物替代人力時就存在了，所以「靈光」堪稱是開啟人類「思考心智」的鑰鎖。

　　以前的這個「靈光」大都是為宗教、為政治服務，如今走下聖壇為一般大眾服務，「靈光」的本質並沒有改變，「靈光」所代表的意義卻必須再釋。至於「靈光」所呈現的美與醜的判斷，不是當初「靈光」所考慮的問題。畢竟美與醜已經是一種帶有種族與地域的文明認知，是教育訓練及傳統思維所產生的判斷，以致因人因地而異。高行健（2008）認為

「靈光」是你我之外的他，高行健稱之爲「第三隻眼睛」。高行健（2008）
解釋：「我」看的物中有我，「他」看的物中有我，「你」看的物中有我，
物我兩在。至於藝術家所創作的作品又如何定位？高行健認爲藝術家所
創造的「那物」已經「非物」，是經過其「自我折射」的一番創造。所以
高行健說，「你」觀看之時，物與我都成爲「你」的視象。而視象爲何物？
就是「一種影像」，具有某種的「深度」，是浮動的，不確定的，是一種
「視覺的空間」，「內心的空間」，也是「虛幻的空間」。所以，這樣的視
象不再是「現實的空間」，會隨同這個「你」的注意力而移轉，而改變。
至此，藝術家這個「內心的視象」已經外化（高行健，2008）。茲舉攝影
作品說明所謂的「靈光」、「幽光」，或是「內心的視象」。以蕭仁隆攝影
作品〈力爭〉爲例，如圖 4-1 所示。

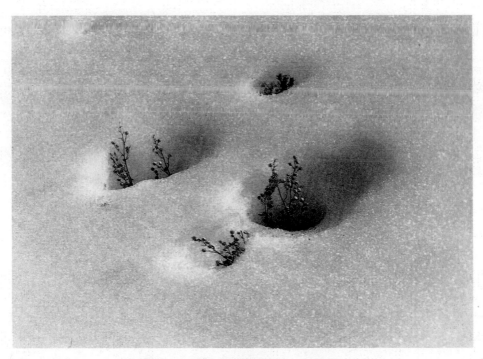

圖 4-1　蕭仁隆攝影作品〈力爭〉

資料來源：彰化攝影學會《第十八屆中國攝影團體聯誼影展作品專輯》，1994

　　整張〈力爭〉作品以白雪覆蓋，顯示環境的酷寒難耐。在凹洞中的草雖然稀疏，卻挺拔不移，好像跟這些白雪說：「我要跟你爭地！我要生存下去！」。攝影作品的「妙」就在於當下的情境選擇與凝結，因為攝影當下的時空消逝後，自然的情境就消失了。不同的攝影家會以不同的方式呈現此一自然的景象，或者當下根本沒有人發現此景物的存在，是作者透過鏡頭讓景物永存。景物是自然的，命名卻是人為的，命名的妥當與否更直接張顯攝影作品的隱喻，於是讓攝影作品與命名形成一種莫名的張力！

　　再舉文學作品的古詞與新詩為例，說明所謂的「靈光」、「幽光」，或是「內心的視象」。以蕭雲的詩作〈浪淘沙〉為例，原文如下：

> 昨夜五更風，
> 梧桐飄零。
> 孤月不耐晚秋聲，
> 寂寂淚落霜滿地，
> 誰曉汝衷。
> 起身把欄憑，
> 荷塘夢中。
> 芝蘭吐芳莫孤賞，
> 玉泉流清。（蕭雲，2004）

　　此詞在創作之初，起於昨夜五更的風和梧桐飄零的聲響，更因於作者五更的乍醒所產生的靈感。所以「昨夜五更風，梧桐飄零。」是整闋詞的「靈光」所在。讀者讀詞，又曾經有此情境時，常會不自覺地引起共鳴，這共鳴也就是創作之初的「靈光」，且不再是作者所獨有，已經屬於讀者的「內心的視象」了。

再以蕭雲的詩作〈我的心裡住著一位詩人〉為例：

因為我的心裡住著一位詩人
男女牽不牽手無關重要
孤夜急書的格子必須能夠框住
那瞬息萬變的雙眸！緊緊的
讓眸之外的睫毛深深妒嫉
走在一行一行的人行道上
那玻璃帷幕浮映一串一串
所謂英雄樹的木棉花，把
每一個人的心都火紅地燃燒
據說一一九每次閃電的奔馳
都為這些些的紅色意外事件

說說外太空旅遊的神仙或
地底沉睡的諸魔吧！
彗星總會在每次的巡禮時迸出
一道道光彩奪目的驚豔！讓
地球上張望的凡人興奮難眠
而彗星上的神仙就叫「詩人」
而『詩人』就在聽說是心臟其實是頭腦的裡面
凡是天上地上動物植物只要是
所謂的萬物的熱脹冷縮都會把「祂」
輕輕觸動或重重翻攪

翻不翻攪和觸不觸動無關重要
地平線上的彩霞和天空上的彩虹

聽說是一對最爲好動的姊妹，讓

所謂的「詩人」每每獨坐窗前時總要

把一根一根的燭火燃盡

把一絲一絲的鬍鬚拈斷

把所有的冰品都飲成一桌狼藉

說是要慢慢且細細的催生所謂的

「一首詩」（楊皓鈞等二十七人，2007）

　　至於所謂的「靈光」、「幽光」或是高行健「內心的視象」，在蕭雲的〈我的心裡住著一位詩人〉一詩中得到很好的闡述。雖然這首詩是在闡述「詩心」的源頭，而「詩心」正是一首詩所具有的「靈光」。這首詩的主要「靈光」就是這個詩題：〈我的心裡住著一位詩人〉。當一個人讀詩時，最好就在心裡住著一位詩人，才能眞正品味詩中所隱藏的味道。讀詩就如同賞畫一般，最好也在心裡住著一位畫家，才能在賞畫的同時發出相同的頻率與畫家契合。譬如：在欣賞梵谷的油畫時就當把梵谷請入心中，欣賞張大千的畫時就當把張大千請入心中，觀畫者才能進入畫中與畫對話，這即是畫心。所以，不論是詩心還是畫心，都是高行健所稱的「內心的視象」，亦即是創作初始的「靈光」、「幽光」的再現。

　　經由高行健對於創作者的「靈光」解釋後，再以攝影作品以及文學作品舉例說明，可以確切體認到一件藝術作品完成後，在創作之初的靈光已經離開創作者，轉移到創作品之上。但這創作品也不再是一件物品，而是具有靈光的視象，開始在觀賞者的你我他之間浮動，尋找可以交會感動的目光。至於所謂的「靈光」、「幽光」或是「內心的視象」，竟與杜象的創作觀相符，也是杜象創作最主要的特質，或是說是一種杜象現象：找尋藝術創作初始時的觀念與發現。

4.4.2 杜象與杜象現象

　　當創作的「靈光」跨出了宗教儀式，改變了藝術的普遍特性後，對於藝術的觀念自然會隨著改變。然而杜象（Marcel Duchamp, 1887-1968）的出現，竟把原來已經將被解構的傳統藝術概念徹徹底底的解構了，於是有人歸咎於「都是杜象惹的禍」。杜象惹了那些禍？起先就是頗受爭議的〈噴泉〉作品，而這作品竟只是小便壺的現成物，然後在這現成物上簽上名字而已。在一般的觀念認為藝術創作必須動用畫筆或是雕刻刀來完成作品，一件經由工業製作的物品怎算是一件藝術品呢？所以在杜象申請展出之際便引起轟動的討論議題，甚至認為不能將〈噴泉〉列入展覽的藝術品。詩人伯瑞騰（Andre Breton）在評斷二十世紀的藝術家時，認為二十世紀最具見識，也最令人不安的藝術家就是杜象。伯瑞騰之所以會如此的評斷，正因為杜象的創作已經從反藝術（anti-art）的突破，到無藝術（non-art）的境界，迫使傳統的藝術定義，必須面對杜象這突如其來的；這個多元的，多樣的現代藝術創作做出週時的修正。讓傳統藝術概念改變的杜象現象是甚麼？謝碧娥（2008）認為就是劃開現代主義藩籬的杜象符號。謝碧娥曾分析這個符號的特點如下：

　　　　對於時間與空間的延伸概念，對於藝術定義的質疑，以及創作的
　　　　隨機性與偶然性（謝碧娥，2008）。

　　以上的這些特點形成了杜象的創作觀。謝碧娥（2008）更認為杜象的創作時常使用隨機性標題的語言文字，以現成物作為拼貼的超現實意向創作，並在創作物中隱藏出奇不意的嘲諷。此類的創作觀，打破一般人對於藝術僵化的看法，更引發後現代支離破碎和多元性的文化現象，甚

至對於現代藝術創作做了相當關鍵的轉化。杜象創作的隨機性與空無的觀念，更影響了後來觀念藝術的發展。然而，綜合謝碧娥所歸納杜象創作的特點後，重新整理出杜象現象的創作概念有五項特點：

(1) 時間與空間延伸的創作概念
(2) 隨機性與偶然性的創作概念
(3) 標題語言與現成物拼貼的創作概念
(4) 隱喻嘲諷的創作概念
(5) 破碎與多元的創作概念

從以上所歸納的五項特點來檢視杜象在這些創作概念上的突破，在在顯示杜象創作的真正意圖，就是要跳脫一般邏輯語言的束縛，用以表達藝術創作上「一種無理而妙的玄外之音」。杜象這種「玄外之音」就是「心靈的頓悟」，和接近禪意的「豁然妙語」（謝碧娥，2008）。也就是說，自西元 1913 年以來，杜象將腳踏車輪框的現成物納入藝術創作素材，並且命名為《倒置的腳踏車輪框》後，就開啓了現代藝術的創作概念，並爲現代藝術指出一條「深具顛覆性質」又「偏重思維辯證的創作方針」，爲後來的科技藝術創造了「全新的思考方式」（葉謹睿，2008）。

4.4.3 杜象現象與老莊思想

從杜象創作概念所表現出來的杜象現象，令西方傳統藝術理論無法闡釋與解析，於是引發眾人何謂藝術的質疑：

一個個備受爭議的創作作品，被稱爲藝術的理由何在？

但是從這個質疑之後，全世界的藝術家對藝術的定義就開始搖動！何以至此？這是西方自柏拉圖以來在歷經數千年後，對於藝術創作認知始終離不開視覺的品味所造成的，很難一夕改變。究其創作概念，這個杜象現象又與中國的老莊思想有何關係？只要對老莊思想略知一二的人，便可以從杜象創作觀的反藝術走向無藝術的創作之路去聯想，很快就會發現老莊的道與無爲的思想與杜象似乎有著相似的特質！謝碧娥認爲杜象的創作觀與道家的「無爲、虛靜、觀照見素、抱樸觀念相當契合」（謝碧娥，2008）。當探討杜象的創作觀時，必須先論及藝術何以可以呈現美感？其實藝術的美感是被造物給於人類感官的投射作用，而感官作用又源自於人類經驗法則的刺激反應，所以，對於美感的認知也只是一種反射作用。據此而論，人類對於美與醜的界線，其實就在於個人對於美與醜的認知反應。以畢卡索的畫爲例，若是一位對畢卡索的畫沒有藝術認知的人去欣賞畢卡索的畫，可能會棄之如廢物。但對於藝術行家而言，卻視如珍寶。之所以會造成如此巨大的認知反差，就是人類對於藝術修養認知的反射作用罷了！由此可見物體的美醜，僅僅是人類審美認知經驗的反射作用。從人類審美認知經驗的反射而言，中國老莊思想中也有「無有」與「名實」之言，也是辯證人類經驗的認知。在《老子》一書中開章明義說：

> 道可道，非常道，名可名，非常名。無，名天地之始，有，名萬物之母。故常無，欲以觀其妙，常有，欲以觀其徼？此二者，同出而異名，同謂之玄。玄之又玄，眾妙之門。（歐崇敬，2010）

老子這一段話，其實已經把《老子》的所有思想道盡，剩下的五千言，只是反覆對這個中心議題提出各種辯證，希望眾人瞭解箇中的道理而已。相較於藝術的美醜在於靈光的一動之間，而這美與醜的認知就涉入了「有無」與「名實」的辯證法則。莊子在〈齊物論〉中用三籟的寓

言來譬喻自我的個體感知：

> 「行固，可使如搞木。而心固，可使如死灰乎？」「今者，吾喪我，
> 汝知之乎？汝聞人籟而未聞地籟，汝聞地籟而未聞天籟。」（歐崇
> 敬，2010）

　　後來莊子解釋天籟為：「夫吹萬不同而使其自己也」。那麼天籟有誰
吹聲？「夫天籟豈復別有一物哉，即眾竅比竹之屬，接乎有聲之類，會
而共成一天耳！」這裡莊子要說的是：聽天籟之音必須喪我之智，也就
是先把自我忘去，天籟之音就會從耳中產生。莊子在此認為，心之所向
成為可否聽到天籟最重要的因素。又說：

> 物，無非彼，物，無非是，自彼則不見，自是則知之。故曰，彼
> 出於是，亦因彼，彼是方生之說也。（歐崇敬，2010）

　　這就是莊子的忘我、忘己之境，而這忘我與忘己都導因於自我的認
知。歐崇敬認為這是精神我的脫離，是對於感官知覺限制的解構。人類
心靈常存者一種對立的意識型態，所以只有解構這個「成心」才能回到
「真宰」。整個〈齊物論〉就是談及非主體與非我的哲學思想（歐崇敬，
2010）。將〈齊物論〉與《老子》的開章明義相比，都有異曲同工之妙。
因為「道、名、無、有」都是「同出而異名」，就叫做「玄」又叫做「妙」，
「玄妙」二字談的就是自我如何自處的問題，處理得好不好就在於「玄
妙」一語。當一個人達到忘我忘己之境時，就能明白「玄妙」的意義。
吳怡則認為這是以「萬物都是生元」，外型雖異，亦只是形相的互轉而已，
因為「萬物云云，各復其根」（吳怡，2003）。
　　從老莊的共同觀點「我」與「妙」來觀察杜象的藝術現象，謝碧娥
（2008）將杜象的藝術現象歸納為：隨機性、偶然性、真理再造、語言再

造、反諷與唯名。在杜象的認知中曾說：「藝術之名是我們賦予它的，對於剛果土著而言，這個字根本不存在！」因為，藝術的形成是藝術家刻意製造的。丹投（Arthur C. Danto）認為「藝術之所以成為藝術，乃由於它被看成是藝術。」而這個所謂的藝術品，必須被放置在大眾所認定的「藝術脈絡」之中，這概念不就是老莊的「我」的自我認定？商友娜（Michel Sanouilet）更在杜象符號中發覺：杜象對於語言的顛覆，其實是企圖對於語言的再造產生某種的意義。杜象認為目前的語言已經無法完全詮釋眼前所創作的藝術品，於是以改造的文字形成一種語言的藝術表現。

　　馬拉美（Stéphane Mallarmé, 1995）曾說：「觀念本身芳香馥郁，不在一束花之內。」真是美哉斯言！此言與杜象現象所要顯示的創作觀念，有著異曲同工之妙！謝碧娥從杜象的創作觀認為作品「不是創造一個再現的映象」，這也就是為何杜象被達達主義奉為精神人物的原因（謝碧娥，2008）。至此，老莊的「有、無、名、實」與「無我、忘我」的觀念，若從藝術的角度去思考，豈不與杜象的藝術思考有太多相似之處？原來藝術也是有無之名而已。當年杜象倡導反傳統藝術，反任何藝術型態，最後卻意外地打開了藝術界另一扇充滿無限創意的藝術大門。這個意外就是老莊思想的「動為靜之反」，「有生於無」，以及「無，名天地之始，有，名萬物之母。故常無，欲以觀其妙，常有，欲以觀其微」，「物，無非彼，物無非是，自彼則不見，自是則知之。」之妙，也是笛卡爾（René Descartes）「我思故我在」這句名言的具體詮釋。

4.4.4 對於後現代主義與數位藝術影響

　　杜象被世人封爲「解構之父」、「觀念之父」、「反藝術之父」，以及「達達代表」，從這些封號中就可以深深體會；杜象創作所形成的杜象現象對於後世藝術創作的影響力。自從杜象在西元 1913 年首次以顛倒的腳踏車輪作爲現成物的創作之後，就開啓了對於傳統藝術觀念的反動。然後在西元 1917 年再以尿盆倒置成爲〈噴泉〉的現成物創作，顛覆傳統的藝術創作思維與品味，也爲以後的新藝術創作觀念作了開山引路之功。根據謝碧娥（2008）的歸納，杜象現象對於後世藝術創作的影響有：

普普（Pop）、新達達（Neo Dada）、尼斯新寫實（Nouveaux R alisme）、新普普（Neo Pop）、新觀念主義（Neo Conceptualism）、偶發藝術（Happening）、串聯藝術（Combine Paintings）、集合藝術（Assemblage）、觀念藝術（Idea Art）、歐普藝術（Optic Art）、動力藝術（Kinetic Art）。

　　以上各派的藝術創作都受到杜象藝術創作的手法；以及超現實裝置展示場域概念的影響，並讓日後的藝術走向大地，走向大環境的場域展示藝術創作，使得藝術創作者與觀賞者都在創作之中共同欣賞作品。對於後世藝術創作產生如此巨大的影響，竟是在藝術史上排斥繪畫觀念的首號人物─杜象！

　　由謝碧娥的歸納可知，後世的各派藝術都跟杜象扯上關係，杜象現象對於後現代主義乃至數位藝術有何影響？從杜象現象的根本精神就可窺探，與其說杜象是反藝術，不如說是反傳統藝術觀念。杜象的創作訴求是要解放被束縛的藝術創作，把創作場地從畫布上走出來。所以，杜

象對於後現代主義在藝術上的影響，可以從作品所表現的反傳統、反藝術、反視覺現象，走入通俗、走入大眾、走入虛無、走入錯亂的拼貼。追求無主體性、無中心性和個人浪漫的情懷，以及追憶懷舊碎片的歷史上去檢視，幾乎是全面性的影響。此外，杜象的文字遊戲也為解構概念導引一條路徑，直到德希達發現書寫的差異後，才把文本解構概念運用得淋漓盡致，並且走入非線性的讀寫概念。杜象當年曾預言，未來的藝術將是「一種綜合性的語意」（謝碧娥，2008）。以今日的藝術創作發展觀之，一點都沒錯，而且有些語意還進入迷離之境。

　　杜象的創作觀是不是影響後來電腦科技的數位藝術？目前似乎還沒有學術界探討。以非線文學的觀點，認為兩者具有間接性的影響。因為數位藝術乃是繼後現代主義一個反傳統的藝術表現方式，與當年杜象的困境一樣，起初並不被當時的主流藝術所認同，如今數位藝術已經在全球竄行！何謂數位藝術？葉謹睿（2005）認為數位藝術包含數位科技與科技藝術兩方面。因為，數位科技提供藝術工作者新的媒材、新的工具以及新的展現平台，要認識數位藝術，得先從數位科技入手。依據葉謹睿的說法，數位藝術屬於科技美學，當從 1837 年的銀版照相術的發明開始，直到電腦科技的發明，以及全球資訊網的架設，才有後來的數位藝術的產生。葉謹睿又將數位藝術歸類為大眾媒體時代的新美學，並以四個方向來探討所謂的新美學，即是大眾文化取代菁英文化、數量取代質量、團體取代個人、藝術商業化（葉謹睿，2005）。在攝影、電影與錄影的機械工具高速複製下，這四大方向竟與班傑明所提的機械複製年代的景況相仿！（班雅明，1998）。

　　從葉謹睿所探討的數位藝術新美學四大方向來看，杜象現成物的創作與拼貼超現實裝置的展示，機械動體的展示，走向群眾，走向商業，反對菁英文化，以及在作品中的詼諧、嘲諷、隱喻的特質等等，竟都與數位藝術的走向相結合。根據謝碧娥對於杜象現象的研究，認為杜象對於藝術創作的重點，不是使用何種材料而是藝術創作的觀念與發現。此

一創作觀念，讓後世的藝術創作導向創作過程與觀念化的呈現。藝術的表現不再只是物質性的發揮，且兼具非物質性的呈現（謝碧娥，2008）。此一概念，不就是目前數位藝術在虛擬實境中所展演的概念化藝術？依據葉謹睿對於數位藝術所涵蓋的範圍包括：網路藝術，動態影音藝術，錄影藝術，數位動態影音藝術，軟體藝術，以及新媒體藝術。這些藝術都有一個共同的特質，就是虛擬化、時空化、複合化以及概念化，這些特質豈不就是杜象藝術創作特質的延伸！職是之故，杜象所創作的杜象現象不但影響德希達的解構理論，也影響後現代主義的思維，還影響數位藝術新美學的發展。

4.5　非線文學理論

德希達當年曾經闡述解構理論時說：「假如我果真發明了屬於我的書寫，那我會使它成為一種無盡的革命。」（Birnbaum, 2004）。他沒有正面回答問題的核心，為上世紀的學術界留下一個大問號，以致到現在學術界對於德希達的書寫解構革命是主義還是理論莫衷一是！

經過本書多年的探究結果發現學術界之所以會有這番反應；正因為大家對於這個主張都無法相當深入淺出地探究，以致常常陷入德希達當年相當繁複的哲學思辨言詞之中而無法自拔。德希達其實相當誠實地面對學術界，只是學術界不瞭解他的解構世界，希望從結構主義的的觀點為他下定論，於是自以為是地在解構理論與解構主義間徘迴，甚至以後結構主義做結論。只是這些結論都過於牽強；卻又相當合乎實際，因為德希達認為既解構了結構主義就不應再陷入建構的結構之中。他不想確認的是自從解構了結構主義後，也為自己的主張建構了一個結構，因為建構與結構是因成相生的。德希達建立了非線性的文學書寫模式後，確定解構了結構主義，卻沒有把非線性書寫的體系說得清楚，留給二十一

世紀的人繼續探究，於是有《非線文學論》的產生。

　　為探求此一體系的根源脈絡，終於在初期的杜象現象與之後的後現代主義找到一脈相承的發展概念，最後就成為與解構理論結合而成的非線理論體系。當時的研究係以文學創作為探求方向，因此稱為非線文學理論體系，整個體系即構成「非線文學理論」。然而，這樣的理論又常與各類藝術的表現手法相互纏綿，最後發現非線藝術與非線文學都共同擁有相同的特性。所以，不論是非線文學或非線藝術都源自「非線理論」，因此，此體系亦可稱為「非線理論」，兩體系的關係分述於後。

4.5.1 美學複製與靈光

　　當人類進入機械複製時代後，就預設藝術的靈光即將消失。因為，機械複製取代了藝術的獨一性與不可複製性。然而，歷經創作思維的變革，所謂藝術的靈光卻走下神壇與庶民結合，回歸到靈光最原始的原點─創作的初始狀態，不再作為膜拜的對象，而是觀賞者與創作者靈犀的直覺感受。所以，美學的定義正如藝術的靈光需要再釋。美學的定義依照高行健（2008）的說法分為兩種，有詮釋美學，就是「哲學家的美學」，以及創作美學，就是「藝術家的美學」。哲學家的美學是抽象的，以詮釋性的語言對於美的感受進行批判，或賦予相對的定義。藝術家的美學是具體的，希望能喚起觀賞者對於創作品具有切切實實的美感，讓美的感動得以誕生，而不是用於膜拜。因為美感與感情都發自於人，所以「藝術家的主觀感受正是美感的先決條件」。

　　高行健（2008）強調美必須「由觀賞者賦予一定的形式才可能實現」，而藝術家正是要把這個「審美感受納入到一定的藝術形式中去」。美無法給予一套標準的定義，只能依據創作的現實去描述美的樣態。正因為「美的型態千變萬化」，更隨著時代與地域的不同不斷發生改變與更新，所以

藝術家們必須努力地「去發現和擴大對美的認識」。高行健更認為「美可以重複，可以再造」，因為就算是一個美的複製品，也能傳達原作所要呈現的美感。

藝術作品的靈光，就是一種心象，一種「內心的視象」。當一個藝術作品被創作出來後，已不再只是「自然的摹寫」，還滲入了創作者的靈光。高行健認為現代藝術的表現方式也是一種創作方法，強調藝術內涵是否具有新語言才是重點。若僅僅是一種圖像的重新組合，則只是一種拼貼的技巧，難以視為創作。若在作品中具有提示或暗示的隱喻作用，用以挑動觀賞者的想像力，為作品的賞析「留下揣摩和冥想的空間」，就不是一種拼貼，而是創作；一個企圖引導觀賞者以心來觀賞作品。這是一種「超越現實圖像」的境界（高行健，2008）。高行健把創作的定義認為必須達到「超越現實圖像」的境界，這與靈光所追求的境界不謀而合，也是古今中外藝術家一生所追求與找尋的藝術表現手法，用以實現其心中所要構建的藝術形式。至此，藝術品「隨著藝術的世俗化，真實性也取代了祭儀價值」（班雅明，1998），僅剩原始的「靈光」在作品中閃動。

4.5.2 非線文學理論體系

這個「靈光」也持續在杜象的作品中，在後現代以及數位藝術裡，在藝術工作者的心裡搖晃。「靈光」已經寄居在所有的媒材裡，等待藝術工作者的挖掘和觀賞者的會心一笑。非線文學理論即結合解構理論、後現代主義與杜象現象，以解構理論為工具，以後現代主義、杜象現象為創作的表現手法，以讀寫雙重閱讀為展演與閱讀的方式，以遊戲為創作的態度，形成一個完整的非線文學理論體系，如圖 4-2 所示。

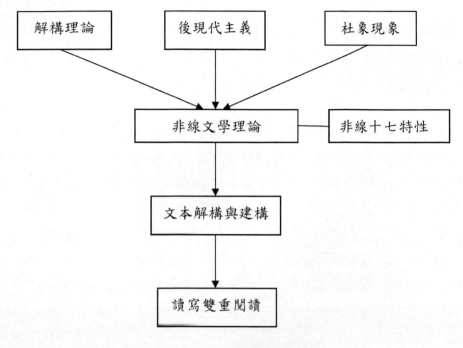

圖 4-2　非線文學理論體系圖
資料來源：蕭仁隆繪製

　　非線文學到目前爲止並無理論體系，德希達在世之時也沒有建立解構理論體系。德希達認爲解構是永遠都在進行的，沒有所謂的方法，也拒絕理論，更不談主義。因爲唯恐這樣做又掉入結構主義的圈跳，爲自己建立另一個本體中心論。解構理論正如後現代主義一般，沒有眞正的理論，只有一些象徵或是現象，也可以說是符號的表達。但解構理論有德希達爲代表，並且著書立說，也有一些哲學思辨式的基本法則。因此，有學者稱爲解構主義，或是解構理論，或將解構理論歸入後結構主義，不提解構理論或是解構主義。在此要說明的是德希達並沒有將其揭櫫的解構論點稱爲解構理論，而是學界將德希達的相關主張歸爲解構理論。一般學者在研究德希達的主張時，都以解構理論或解構主義爲名。所以，

德希達生前雖未以解構理論或是解構主義統稱他的主張。但德希達的主張獨樹一格，既有方法也有見解，還有一連串的實驗作品，以解構理論為名並不過份。目前學界都以解構主義或後結構主義為名歸納德希達的主張。至於後現代主義係社會群體一脈表現的象徵，都是非一人一時一地的主張，無法以理論為名。對於杜象現象，雖與德希達雷同，為其個人的創作主張，但沒有著書立說，也無標註名目，最後只能以一種屬於杜象個人創作的現象稱之，無法稱為主義，更無法說是理論。然而，非線式敘事文本既已誕生，且應用於網際網路和電腦文書作業系統理。如此的文本研究必然與日俱增，若無一套理論為基礎，則其文學研究將漫無章法，研究者亦將各說各話，無法確立研究目標及其應用範圍。職是之故，乃以非線文學理論為其理論命名，採納解構理論、後現代主義、杜象現象為該理論的鐵三角，作為非線文學研究之基本理論。本書之所以採取三者為理論基礎，實係經過探究後，發現此三論點有太多的相似性。此三論點最重要的相似性是都沒有理論體系，都只是存在一些現象、符號或象徵的意義。三者的創作都以非線性的表述方式，有別於傳統線性的表述方式，以致都具有反傳統、反權威、反任何限制的性格。三者都有一個共同目標就是要突破一切現有的限制，把個人的創造力發揮到極限。三者都認為人類豐富的想像力、創造力，正如口說時代漫無邊際的拼貼，是不應該以現有的法律、條文、規矩設限。人類應在共有共享的精神情形下，共創人類的文本。此共有、共享、共創的精神豈不正是Web2.0 精神所在？網際網路能夠起死回生的發展，且成為一股全世界都無法抵擋的力量，還不是共有、共享、共創的服務精神所致（龔仁文2006）！以最近興起的《臉書》（Face Book）網站為例，此網站創立不久竟席捲世界五億人的加入，究其原因，即是使用便利，沒有門檻限制，只要您想加入就可以加入，其多功能的服務，讓您加入後很難離開。也就是說《臉書》具有相當強的黏著力，為網路世界寫下奇蹟！這奇蹟的背後，追根究底卻是提供一個共有、共享、共創的平台而已。再仔細想

想，這一個概念竟是德希達主張的讀寫雙重閱讀平台。但德希達係針對文學創作與閱讀而言，當作者完成作品之後，作者就該「死去」，其文本就當提出來爲人類共有、共享。對此文本有意見就可以任意加入批評或是爲之增減內容。因爲閱讀文本之後，每個人都可對於文本產生新意，這些新意就直接寫入文本，豐富文本的內涵。所以這個文本是一個在人類共有、共享、共創平台上會持續孳生的成長體，任何人都不該據爲己有。人類自古而來的智慧，也不都是這樣累積互相影響而來。

4.5.3 非線文學十七特性

　　非線文學理論採納德希達的解構理論、後現代主義與杜象現象三論點，正是以人類共有、共享、共創平台的態度來處理。在三論點裡，除了非線性創作外，最根本的創作心態竟都以遊戲的態度在遊戲文本。所以，非線文學理論也以遊戲作爲創作的主要心態，即任何非線文本的創作都以遊戲爲出發點，以遊戲展開文本的創作，以遊戲連結文本，讓人們在遊戲文本中共同創作文本，共同閱讀文本。至於如何展開遊戲的創作呢？非線文學的文本係採取德希達的解構與建構的手法爲工具，對於文本進行解構與建構的遊戲。當完成文本的解構與建構後，如何進行展演與閱讀呢？非線文學的展演與閱讀則採取德希達的讀寫雙重閱讀的方式進行展演與閱讀。所以讀寫雙重閱讀成爲非線文學共同的展演與閱讀方式。至於非線文學的特性方面，係將德希達的解構理論、後現代主義與杜象現象三論點的特點歸納起來，去其重複的特性，取其與非線文學相關的特性，成爲非線文學的十七項特性。

　　就非線文學理論三大論點的特點方面，德希達的解構理論被蕭仁隆歸納爲五項特性，分別爲：

    （1）　文本解構遊戲性

    （2）　文本讀寫合一性

    （3）　文本共有性

    （4）　文本多視線性

    （5）　文本延異嫁接性

在後現代主義裡，哈珊歸納爲十二項特徵爲其特性，分別爲：

    （1）　不確定性

    （2）　零亂性

    （3）　無原則性

    （4）　無我性

    （5）　無深度性

    （6）　無法可表現性

    （7）　反諷刺性

    （8）　種類混雜性

    （9）　狂歡性

    （10）　表演性

    （11）　構成性

    （12）　內在性

在杜象現象方面，蕭仁隆綜合謝碧娥所歸納杜象創作的概念後，重新整理杜象現象爲五項創作概念，分別爲：

    （1）　時間與空間延伸的創作概念

    （2）　隨機性與偶然性的創作概念

    （3）　標題語言與現成物拼貼的創作概念

（4）　隱喻嘲諷的創作概念

（5）　破碎與多元的創作概念

　　從以上各論點的特性與概念作一歸納，可以發現盡在解構理論的特性所涵蓋，然後一言以蔽之「遊戲」而已。究其因，遊戲為一切創作和創造的來源，有了遊戲才開始為這些遊戲歸納規矩、方法，用以提供後來想玩遊戲的人，可以很快就進入遊戲之中與他人共玩遊戲。杜象就是藝術遊戲的高人，從的第一件現成物作品《倒置的腳踏車輪框》開始，就開始一連串的遊戲創作。而這些遊戲的驚世之舉，打破了既有的傳統藝術觀念、書寫觀念及語意的表述，這個世界才恍然大悟！原來語意的表達是那麼多元！那麼豐富！那麼多采多姿！最後演化成數位藝術的主軸觀念，即概念化的藝術創作觀。在藝術創作的素材方面，其實舉手可得，只是當思考如何為創作表述語意罷了！

　　作為新的文學理論─非線文學理論，亦當有其特性，於是蕭仁隆綜合解構理論、後現代主義及杜象現象的特性與概念，形成非線文學的十七項特性，作為非線文學與傳統文學重要的識別意義，其特性分別為：

（1）　非線性

（2）　遊戲性

（3）　批評性

（4）　互文性

（5）　可重寫性

（6）　讀寫合一性

（7）　去中心共有性

（8）　隨意與自由性

（9）　無固定性

（10）　無終始性

（11） 無自足性

（12） 無限開放性

（13） 交錯重疊性

（14） 多視線性

（15） 多媒體性

（16） 延異與嫁接性

（17） 時空分離與延擱性

　　若依據相近特性歸類，則可分成四方面予以歸類如下：

一、寫作特性方面

（1） 非線性

（2） 遊戲性

（3） 批評性

（4） 互文性

（5） 可重寫性

（6） 讀寫合一性

二、文本特性方面

（1） 去中心共有性

（2） 隨意與自由性

（3） 無固定性

（4） 無終始性

（5） 無自足性

（6） 無限開放性

三、文本層次方面

(1) 交錯重疊性
(2) 多視線性
(3) 多媒體性

四、文本延異方面

(1) 延異與嫁接性
(2) 時空分離與延擱性

　　至此，整個非線文學理論體系已經呼之欲出，即是非線文學理論以解構理論、後現代主義、杜象現象為理論基礎，並在這三大理論基礎的特點與概念上建構了非線文學的十七項特點，用以檢視非線文學的屬性。凡符合此十七項特點之某項特點的文學創作，即可以歸類為非線文學。至於非線文學的共同特點就是遊戲性，所以，亦可把非線文學的創作文本以遊戲文本統稱。因為，非線文學的創作都以遊戲為出發點，以遊戲展開文本的創作，以遊戲嫁接文本，讓人們在遊戲文本中共同創作文本，共同閱讀文本。在創作文本時，係採取德希達的解構與建構的手法為工具，對於文本進行解構與建構的遊戲。當完成文本的解構與建構後的展演與閱讀，則採取德希達的讀寫雙重閱讀的方式進行。所以，讀寫雙重閱讀成為非線文學共同的展演與閱讀方式。至於十七項特性的論述已在第一章中分別說明，不再贅述。

　　想要瞭解非線文學就必須先瞭解解構理論、後現代主義、杜象現象。若無法瞭解這三個理論的基本精神與象徵意義，是很難明白非線文學創作文本的意圖，更難解析這些創作文本的內涵。正如數位藝術，若不懂數位藝術遊戲的遊戲性，就難以看懂這些看似無厘頭的創作意涵。非線文學在進入超文本之後，始能真正展現其非線的特性，未來非線性無窮無盡的創意就在這突破的疆界中孳生。

綜上所論，「靈光」既是古今中外藝術家一生所追求的感動，「遊戲」更是一切創作和創造的來源，是藝術表現手段的動力。從文學創作的角度來看，非線文學正是文學中最具「遊戲」意味的文學，其創作的「靈光」常在不同文本的創作中閃動，這是因爲非線文學聚集了解構理論、後現代主義、杜象現象爲創作的基礎，以遊戲的特性展現文學。即以解構理論爲工具，以後現代主義、杜象現象爲創作的表現手法，以遊戲爲態度展現非線文學的文學之美。

4.6　非線文學理論與非線藝術

從非線文學理論體系中所採用的三大論述理論即解構理論、後現代主義、杜象現象可知，這三大論述的理論也可以應用於藝術類。目前在藝術理論裡，可以說是百花齊放各有見地，但獨獨沒有標舉非線性的藝術理論。有鑑於此，蕭仁隆認爲非線文學理論多與藝術創作相關，亦源自於藝術的表現特徵，所以可與非線藝術理論相通。更以攝影藝術創作作爲實驗標的，確認其可行性後於西元 2013 年正式命名爲「非線性攝影藝術」，簡稱「非線攝影藝術」。由於此一藝術實驗的確認，進而演繹建立非線性藝術特性的可能性，乃將所有與非線性有關的藝術創作納入此一類別，並命名爲「非線性藝術」，簡稱「非線藝術」。因此，作爲「非線藝術」的理論特性也就稱爲「非線藝術理論」特性，簡稱「非線理論」特性。其理論基礎即是解構理論、後現代主義、杜象現象，將三大論述合併爲「非線藝術理論」，簡稱「非線理論」。

4.6.1 非線藝術理論體系與特性

　　劉紀蕙在〈框架內外：跨藝術研究的詮釋空間〉一文中指出：「需要重新思考文學與其它藝術會合的研究」，要探討當「不同藝術符號並置時，會呈現甚麼形式的符號系統差異」（劉紀蕙，1999）。大多數的藝術創作者只專注於藝術作品的創作，對於理論的歸納與探討較為意興闌珊。蘇聯電影大師愛森斯坦認為電影美學的特性，就是一種「藝術的綜合體」，並以蒙太奇等等的屬性將電影與建築、雕刻、繪畫、音樂、文學並列（劉紀蕙，1999）。愛森斯坦是第一位提議將電影美學歸入藝術之林裡，最後讓電影成為最具綜合性的藝術，名為第八藝術。時至今日，網路科技日新月異，數位美學興起，並且顛覆了傳統藝術對於美學的定義。關於數位美學又不得不追溯非線文學理論的三大論述即解構理論、後現代主義、杜象現象，所有的現代藝術都脫離不了跟他們的關係。解構理論以文學為基礎，向哲學的束縛解構，演繹出非線性的寫作技巧，後現代主義則是繼現代主義的表現手法於以擴大化、抽象化，後設化及複合化，杜象現象則將文學與藝術結合，又將兩者以遊戲的手法，將展演的方式結合空間與時間，形成一種不斷變動的，無法具象說明的藝術創作。數位藝術則繼承三者的理論基礎，結合網路進行各類數位創作。然而，不論數位創作如何多元與複雜，都離不開三者的論述範圍，即是非線性的表現方式。所以，非線理論涵蓋了非線藝術，也涵蓋了三大理論。若以藝術為論述主軸，則非線藝術又涵蓋了所有的非線性藝術的表現手法。至此，非線藝術與非線理論都得到論述的支持，可以將此單獨成立為另一類的藝術。其藝術創作表現特點，即是非線文學的十七項特點：

（1）　非線性

（2）　遊戲性

（3）　批評性

（4）　互文性

（5）　可重寫性

（6）　讀寫合一性

（7）　去中心共有性

（8）　隨意與自由性

（9）　無固定性

（10）　無終始性

（11）　無自足性

（12）　無限開放性

（13）　交錯重疊性

（14）　多視線性

（15）　多媒體性

（16）　延異與嫁接性

（17）　時空分離與延擱性

　　從上述特性可知兩者在特性上的一致性，所以非線藝術的理論體系與非線文學理論體系相同，而非線文學為非線藝術的一大類別，應置於非線藝術之下，亦置於非線理論之下，於是完成非線理論體系及非線藝術理論體系，其體系如圖 4-3 所示。：

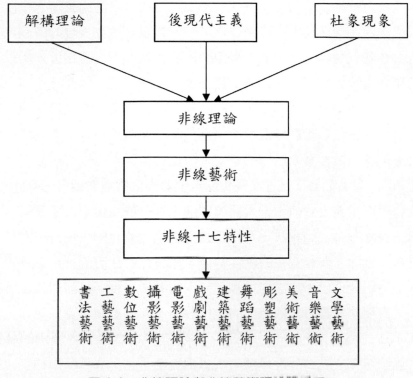

圖 4-3 非線理論與非線藝術理論體系圖

資料來源：蕭仁隆繪製

4.6.2 確立藝術十二大類

　　時至今日，傳統的八大藝術即文學、音樂、美術、雕塑、舞蹈、建築、戲劇、電影的論述已經不敷概括所有的藝術創作表現，有些藝評家已將工藝、攝影、書法、金石等藝術創作歸入藝術類別，合為十二大藝術。其中書法與金石兩類為中華文化所獨有之藝術，雖未在世界藝術殿堂上被認定，卻都相當肯定其足以代表中華文化之文物。書法與金石兩類在國內則早已被相關領域的愛好者以藝術視之，實不需再以國外藝術

思維作爲對藝術價值的認定依據。蕭仁隆認爲金石藝術實際上早已存在於書法藝術和美術藝術的國畫藝術之中，雖也有獨立表現的時候，卻大多依附在兩類藝術之內，又與雕塑藝術和工藝藝術性質相近，所以不當分別獨立爲一大類，只能視爲一種藝術的表現手法。因此，目前只能歸類出十一大類藝術。在網路興起的時代，網路藝術也曾獨領風騷，卻被不斷變化的數位藝術創作表現所掩蓋其藝術價值，以致尙未完成完整的藝術論述就被數位藝術給概括承受。數位藝術的藝術性有別於前十一大藝術類別，且各類藝術又逐漸浸化於數位藝術之中與之結合。職是之故，數位藝術理當獨立於前十一大藝術類別之外，成爲第十二類藝術。至於有謂「視覺藝術」的說法，乃是將藝術中以視覺化的表現爲主題作爲研究對象，剔除了非視覺化的創作藝術，這只是將原有的藝術類別再予以分類歸納研究而已，無法作爲獨立類別的藝術表現。目前對非線藝術而言，其表現特性雖可囊括全部的數位藝術，非線藝術畢竟係以非線性的創作手法作爲藝術的歸類與研究，本質上早已依存於各類別的藝術之中，無法單獨成立爲藝術類別，所以兩者都不當另立爲藝術類別。以目前在各藝術界中自我承認的十一大藝術類別；再加上後來發展成熟的數位藝術，至今藝術的大分類可以區分爲十二大類。或有人不會完全認同此一分類方式，然而綜觀目前所有與藝術有關的創作表現而論，如此的分類已相當詳盡且統括了所有的藝術類別。藝術創作者可以在被認定的範圍內以藝術的態度從事藝術創作或論述，至於他者是否認同此一論述，實無太大的意義。畢竟各個藝術創作的領域不同，不當以各自狹隘的觀點否認不同領域的藝術價值，此亦爲本論述的宗旨。所以，經此一論述後，新的藝術分類依據演進發展及其藝術的獨特性排序，在以往傳統所認知的八大藝術之後；加入爭議許久的攝影藝術及後來追上的數位藝術，又將早已存在於生活中的工藝藝術及中華文化所獨有的書法藝術納入，讓這些爭議多年又少有人敢予以認定的藝術分別確定其藝術地位。十二大類之藝術分類，其詳細分類與定位如下：

(1)　文學藝術

(2)　音樂藝術

(3)　美術藝術

(4)　彫塑藝術

(5)　舞蹈藝術

(6)　建築藝術

(7)　戲劇藝術

(8)　電影藝術

(9)　攝影藝術

(10)　數位藝術

(11)　工藝藝術

(12)　書法藝術

　　經此重新歸類定位，將有史以來的藝術歸類紛爭做一總結，使歷來各方人士力求突破原有藝術框架的論述，得以完成其應有的藝術定位。讓藝術的價值不僅僅屬於神壇或是貴族的品味，而是下放到凡是嚮往藝術的所有人類，並進入人類的日常生活之中，成為生活的一部分。至於各類藝術的單獨論述和彼此之間的混合關係等等；可以針對各個藝術類別另作論述，非本書論述要點。在此僅因談及藝術分類而順手將藝術類別重新劃分歸類，為後學者得以據此深入論述，不再贅言。

4.7　非線文學理論與非線思考

　　也許你會覺得奇怪，非線文學理論與非線思考有何關係？其實，一個理論的形成必有一個動機或念頭出現，然後對於該動機或念頭進行思考，最後得到結論。在經由這個結論推演其思考過程，正是因爲該思考脫離了正常的範疇，產生非線性的思考模式，於是有了非線文學理論的產生。也就是說，是由於腦中有了非線性的思考活動，才會產生非線理論。因此，若將這個思考模式推演到哲學的辯證法則上是否可行呢？這是蕭仁隆在當初發現非線理論後所反思的論點，原來非線思考也有一個相當大的哲學辯論空間，更是促進人們跳脫現有思考模式的良藥。非線思考可以幫助人們在百思不得其解時的另一扇靈光，或說是一扇窗戶，也可以說是救命丹，是值得探索的思考模式。

4.7.1 非線思考十七特性

　　當年的德希達是個哲學家也是結構主義的支持者，卻在對結構主義進行解構後發展出影響網路文本論述的解構理論，並對當世的書寫方式提出「延異」的觀念，最後竟成爲解構理論思想的主軸。究其探索的緣由，其實也是一場哲學性的思考模式，就是對於現象學、存在主義和符號學與結構主義的爭議進行哲學性的分析辯證，用以停止無謂的爭論，於是把文學的書寫法則從哲學的範圍分離出來。於是德希達以遊戲的手法瓦解傳統書寫的一致性，讓文學脫離哲學的控制，成爲多變的、零碎的文本書寫模式（Derrida, 2004）。非線文學以解構理論爲基礎，也掀開了這個「書寫革命」所隱藏的新意。德希達在 Diffárence 加入 a 開始思考，

非線文學加入了後現代主義和杜象後，發現了非線藝術的理論。再從哲學的論證出發，將「是否爲眞」的哲學命題改成「是否爲假」，形成一種早已存在卻沒有被論述清楚的非線性思考模式，簡稱「非線思考」。讓哲學界傳統以來的辯證模式也面臨被解構的命運。蕭仁隆（2011）曾在德希達疆界與框架的問題探討中，引述佛教以「輪迴」解構「生老病死」的框架，基督教則以「基督爲救贖」對人類釋放重生。思考也有這樣的疆界與框架問題，如果人們都沉浸在傳統的思考模式中，就會形成一種牢不可破的思考疆界與框架。然而從古至今的許多劃時代的偉人、大思想家、革命家、冒險家和發明家等等，都因爲他們跳脫既有的疆界與框架，爲自己的困擾或煩惱另闢蹊徑，才造就劃時代的偉業。何以致之？就是從線性的思考模式跳到非線性的思考模式而已。俗語常說「遇到問題要反向思考」，這話正是直指「非線思考而言」。一般人都只是單向思考，或是說單純的一直線的思考，但也有人是繞個彎去思考，或是反向思考，卻常常讓問題迎刃而解，這正是非線理論的多層次的概念運用。非線十七特性中有不少可以轉化在非線思考之中，以非線十七特性即：非線性、遊戲性、批評性、互文性、可重寫性、讀寫合一性、去中心共有性、隨意與自由性、無固定性、無終始性、無自足性、無限開放性、交錯重疊性、多視線性、多媒體性、延異與嫁接性、時空分離與延擱性這十七項特性一一轉化爲思考模式之後，只要將其中一些字修改，再加入思考二字，即可以形成如下的十七項思考模式：

非線理論十七特性		非線思考十七特性
（1） 非線性	⟹	（1） 非線性思考
（2） 遊戲性	⟹	（2） 遊戲性思考
（3） 批評性	⟹	（3） 批評性思考
（4） 互文性	⟹	（4） 互思性思考
（5） 可重寫性	⟹	（5） 可重複性思考
（6） 讀寫合一性	⟹	（6） 異質合一性思考
（7） 去中心共有性	⟹	（7） 去中心性思考
（8） 隨意與自由性	⟹	（8） 隨意與自由性思考
（9） 無固定性	⟹	（9） 無固定性思考
（10）無終始性	⟹	（10）無終始性思考
（11）無自足性	⟹	（11）無自足性思考
（12）無限開放性	⟹	（12）無限開放性思考
（13）交錯重疊性	⟹	（13）交錯重疊性思考
（14）多視線性	⟹	（14）多視角性思考
（15）多媒體性	⟹	（15）群體性思考
（16）延異與嫁接性	⟹	（16）延異與嫁接性思考
（17）時空分離與延擱性	⟹	（17）時空分離與延擱性思考

對於這非線思考的十七項特性分別論述如下：

（1）非線性思考

如果一個人的思考模式一直是直線型的思考模式，當遇到問題時，最好是轉個彎，也許會出現反轉的機會，讓你豁然開朗。這個轉個彎就是非線性思考的一種方式，可以是曲線的，反式的，多條線的等等，就是不讓自己的思考被綁死了，這也是非線性思考最大的意義。

（2）遊戲性思考

　　既談思考何來遊戲呢？這是一般人的思考模式，凡事都要正經八百地思考，其實很多好的解決方式都在遊戲中發現。舉一個大家熟知牛頓發現萬有引力的故事，牛頓發現萬有引力竟然是在不經意的時候被一顆蘋果打中而發現，這顆蘋果正是一個簡單的遊戲，一個相當生活化的普遍事實，然而進入百思不得其解的思考時，會成為一種促酶劑活躍心思。平日我們也常有一種經驗，在急需時找不到東西，卻在不需要找到東西，為甚麼呢？情緒放輕鬆所至而已，情緒放輕鬆正是一種遊戲的心態。

（3）批評性思考

　　何以思考跟批評性有關呢？經過研究所課程的人都知道，許多報告都要經過老師和同學們的批評，有時會被老師或同學批得支離破碎，讓你相當難堪，只要挺得住，會在事後的回想與重新看報告後，有了新的發現，而這發現是在寫報告時沒有想到的。這種善意的批評，正是讓思考轉彎的動力。這種有建設性的批評，常會有一語驚醒夢中人之感，也是批評的力量。所以，將思考的問題提出來給他人批評，或是對於問題進行自我批評，都是解決問題的方式。流行的魚骨頭理論的解決問題方法和所謂減式思考法都屬於批評性的思考模式，常用於經營管理課程之中。

（4）互思性思考

　　從互文性轉為互思性要從互文性說起，互文即是對於某文字敘述另作詮釋之意，轉化為思考模式即是對於正在思考的事情進行另一層次的思考之意，亦可找另一個對象進行互為思考的模式。例如向他人傾訴問題，以求解答，最好不要找同質性過高的人，以免只有同病相憐的嘆息，難以找不出問題所在。

（5）可重複性思考

　　人們最糟糕的思考模式就是問題提出後以單一答案解決，不允許從事複選的答案，如此武斷的思考模式，常會造成思考的盲點，甚至發生思考不正確的現象。所以當問題提出來之後，不當馬上就提出唯一的解決方案，或是已經有了腹案，這會讓其他的思考方向產生排擠或趨一的現象，促使眞正的解決方案失焦。所以，一個萬全的思考模式，必須允許一再重複提出不同的解決方案，直到被確認周全爲止。

（6）異質合一性思考

　　所謂異質合一就像讀與寫是不相同的兩種閱讀方式，但閱讀的目的是相同的。也就是說，當目前的思考方式無法解決問題時，可以考慮用異於目前的方式來解決相同的問題，如此就可以避免重蹈覆轍，陷入死胡同而不自知。

（7）去中心性思考

　　地球繞著太陽公轉，九大行星繞著太陽轉，太陽本身也會自轉，以前都被稱爲荒謬，現在已經成爲天文常識。但眞的是這樣嗎？大部分的人都沒有懷疑過！只是目前天文望遠觀測技術發達，已經觀察到太陽也在公轉，太陽系整個都在轉，只是並非大家想的一直在平面上轉，而是以飛行的方式旋轉前進，太陽不再是眞正的中心。去中心性思考的方式正如對於太陽系運轉方式的發現，必須去掉目前知識所給你的想法，才能跳脫歷來被束縛的框架，發現在框架外也有新事物存在，或是自古即存的。德希達不也是懷疑文字在場的眞實性，進而發現文字解構的可能性？懷疑是科學家和哲學家的精神，也是去中心性很好的思考模式。

（8）隨意與自由性思考

大部分的科學發現都在無意間發現的，然而在這無意間的發現之前，大部分都已經在進行長時間的思索或研究，只是沒有突破性的發展。他們卻都具備隨意與自由性的思考習慣，可以在偶然間經由一個可能相關或不相關的意象連結思考，產生柳暗花明的效果。牛頓從蘋果忽然掉落聯想到可能地心具有某一種能力，不然，蘋果怎不往天下掉呢？這是一個反向思考很好例子，最後讓牛頓發現了地心引力，解決一個大家都習以為常的古老問題。如果牛頓平常不具備隨意與自由性的思考習慣，再多的蘋果落下也與他無關，跟一般人一樣撿起來吃了。

（9）無固定性思考

以前常會說某人古板，某人老多烘，或是某人食古不化，這正是表現那人過度拘泥於某種的意識形態不知變通，這正是此人已經被定型化了，凡事只知依循既有的模式思考問題。無固定性思考剛好相反，凡事依據所遇見的難題變換思考角度，而不拘泥在某個層次上思考問題，以解決問題為最終目標。

（10）無終始性思考

很多人在遇到問題解決之後，不會繼續追蹤問題是否真的解決，尤其對於一些改進方案或是新的研發物品，都必須持續追蹤實施後的成效，做為持續改進的依據，此即是一種無終始性思考，直到盡善盡美為止。相同地，很多人不但連一般性的思考都很懶，更不用說要具備無終始性思考。然而一個成功的發明家如愛迪生，就具備如此永不疲憊的研究發明精神，不只是一生都在思考，也隨時隨地都在思考問題，不知老之將至。此外，這個思考方式還提供一個反向思考的模式，即一般都從問題的開始來找解決方式，既然問題的思考可以無終始性，何不從現有的結論反推問題呢？這正是無終始性思考可以觸發的聯想。

（11）無自足性思考

　　有句話說：「故步自封」，現代人常批評政治人物「自我感覺良好」，這些都凸顯出一個人的自足性過強，也就是自我個性太強，以致排他性就強，很難容忍異己。在解決問題上亦然，把所面對的問題都認為是目前最好的零缺點的方向去看待，常會過於自信而忽略可能問題的發生，直至問題爆發才感覺到問題的嚴重性，這都是自足性過強的害處。一個具有無自足性思考的人，總會試圖把自己的心思與成見完全倒空，如大海以納百川，不帶自我的成見去面對問題，開放讓大家來討論問題，用以共同解決問題。唐朝的唐太宗雖也常常會因為意見不和而發怒；甚至殺掉對方，大體上他是能夠容納甚至採納臣子不同意見，以致開創了貞觀之治。很多時候，人們常會輕易地養成官大所以學問大的惡習，蔑視比他官位（職務）小的人。其實，官大或是職務高的人更要懂得無自足性思考，也就是謙虛以納百川，否則不易成就超越自己的大事業，甚至因為排他而無人敢建言，導致一味拱他而暗裡避他的情況。所以，發生這種情況是利是弊已經可以一眼看穿，只是大多數的人常常選擇健忘。

（12）無限開放性思考

　　這也可以說是非線性思考的總結，因為若具有無限開放性思考就必然具備非線思考的各項優點，只有敞開心胸的人，才能得到他人樂意地參與建設性的方案討論。很多人在思考上常把自己做大，尤其是官員或是主管更常具有這種姿態。其實，這樣的態度往往是思考的致命傷，常無法有效地去探討問題所在和解決問題。因為，把自己做大，就容易把他人看小，會蒙蔽自己所見而輕視他人，更無法獲得多數人的同心合力。在團體是如此，在個人的思考上又何嘗不是呢？把自己的心思無限開放就不至於鑽牛角尖，不致把自己封閉在自我的牢房裡不見天日。在從事學術研究時，一樣要養成這樣的態度來從事研究，才能為自己開出一條寬廣的道路。無限開放性思考並不困難，孔子曾說：「勿意，勿必，勿固，

勿我。」簡單幾個字，道盡孔子開放自我的主張，將自我的心胸開放，才能看到世界更爲多元的色彩與面貌，這正是非線思考最大的目標。

（13）交錯重疊性思考

交錯重疊性可以放在相當多的層面去思考，可依據問題的類型作不同的思考模式。例如公司一直出現問題，卻找不出原因，大部分主管都往基層或是產出單位找問題，然而問題真的在那裏嗎？這時就該動用交錯重疊性思考的模式，往其他層面去找問題，如員工素質問題，幹部督導問題，協力廠商問題，以及機器設備問題，甚至有關決策失當等等，向所有有可能的層次交錯追蹤，用以找出問題的癥結予以解決。

（14）多視角性思考

這跟上項交錯重疊性思考很類似，只是針對的面向不同。一般人很容易從一個單一面向來觀察事情，或是思考問題，這正是傳統的線性思考模式。然而許多事物都會以很多不同的面向呈現樣貌，如四方體就有六個面向，圓球體在剖視圖裡也該有六個面向，但在球形上還有許多的切分平面，如此以來面向就多了。所以以不同的角度來看問題，來分析問題，都會得到不一樣的答案，只有懂得綜合各面向的人，才能找到真正問題的核心。有句俗話說：「知人知面不知心」以及「人前人後沒人知」都指著人心難測之意，一個老闆或是公司主管取用人才時，更當以多視角性來思考一個人，以免「取之東隅而失之西隅」。

（15）群體性思考

自古至今會議都沒有停過，爲何要會議呢？正因爲需要群體性的思考，集眾人的智慧來解決問題。俗話說：「三個臭皮匠勝過一個諸葛亮」這話已經直截了當地說明群體性思考的思考是值得重視的思考模式。然而很多的情形卻是會而不決，或是已決而後會的情形，這些都屬於假性

會議，即藉會議之實，行獨裁或單一的決定之實。此地所稱的群體性思考決不是此類的假性思考與假性會議，而是屬於懂得開會的一群人，針對問題提出見解來解決問題，若帶著成見開會就不能稱為群體性思考。

（16）延異與嫁接性思考

也許有人會問，延異與嫁接性跟思考扯上甚麼關係，此處所謂的思考是指廣泛性的思考模式，對於各種事務都可以列入思考的範圍。當遇到癥結時，以延異的方式讓問題擺一邊，等沉澱一段時間後再取出來思考，當心情與環境不同時，有時就能看見問題的癥結。嫁接則在發明事務的思考上相當管用，我們常見的日常生活小創意其實都使用異性嫁接的模式去思考，很容易得到不錯的結論。以書寫用的鉛筆為例，以前除了毛筆之外常用鉛筆和鋼筆寫字，後來發明了原子筆，但在寫字時有時需要用鉛筆有時需要用原子筆，於是有人把這兩項不同的東西結合起來，就成為新的創意發明。電鍋可以自動煮飯也是拜兩種不同溫度反應的金屬連結而成。目前，市面上許多的電子零件與產品；又何嘗不是此類思考下的產品？

（17）時空分離與延擱性思考

此項看似與延異性的思考相同，深究後還是不同，以發明器物為例就很容易明白。計時器的發明與錄影機的預錄功能都是時空分離與延擱性思考很好的例子。以前也有人從事在太空站製造藥丸等等的實驗，或是相對論裡對於時空延擱性的討論都屬於此一思考的模式。在創作上的表現手法更常以此思考模式為主題，杜象最常以這類的思考模式從事藝術創作題材，文學創作中的穿越時空寫作亦是此類思考的發想。

上述非線十七項思考模式若依其相近性質歸類，則可以從四個面向歸納其特性，其特性歸納後如下：

一、思考特性方面

    （1）　非線性思考

    （2）　遊戲性思考

    （3）　批評性思考

    （4）　互思性思考

    （5）　可重複性思考

    （6）　異質合一性思考

二、思考主張方面

    （1）　去中心性思考

    （2）　隨意與自由性思考

    （3）　無固定性思考

    （4）　無終始性思考

    （5）　無自足性思考

    （6）　無限開放性思考

三、思考層次方面

    （1）　交錯重疊性思考

    （2）　多視角性思考

    （3）　群體性思考

四、思考延異方面

    （1）　延異與嫁接性思考

    （2）　時空分離與延擱性思考

4.7.2 非線思考模式

　　非線思考十七項特點的模式分析，其目的在於啓發人們從事思考過程時的導引機制。很多人在遇到問題癥結時，常會慌亂失措，有人失意地放棄繼續思考的機會，有人讓自己往牛角尖鑽，有人只會責怪他人的不是，或是推託到與問題無關的事物上，以致讓問題複雜化，終至越理越亂，形成盤根錯節的大問題。大凡遇到必須思考時，絕不能讓情緒性的思緒上身，要保持冷靜思考，此時非線十七項思考模式可以幫助人們尋找可能的思考方向，再依據撐竿曬衣的方法羅列各種可能的解決之道，然後，依據增減法則找出最有可能的解決方案。根據此一思考模式流程，如圖 4-4 所示：

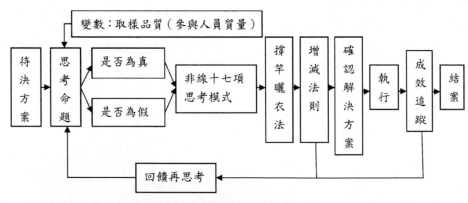

圖 4-4　非線思考模式流程圖

資料來源：蕭仁隆繪製

　　從非線思考模式流程圖可知如何運用此一模式進行思考。遇到任何難題都屬於待決方案，不論問題有多少，必須先有條不紊地一項一項羅

列出來，依據屬性相近的原則分別成立爲單一方案。當單一方案成立後就進入思考命題，所謂的思考命題正是解決問題的關鍵思索路線。傳統的思考模式都是循序在是否爲眞的命題上，在非線思考模式裡則加入是否爲假的命題。如何選擇其中一條路線思索，需視待決方案的性質而定，若實在無法區分其性質則考慮從傳統命題是否爲眞開始進行思考。兩者思考命題是相對的結論假設，例如：一者爲善，另一則爲惡。一者爲無害，另一則爲有害。一者爲有，另一則爲無。由上可知，兩者思考命題的結論假設是對立的，如此才能思考出合理的可以付諸執行的結論假設。完成命題選擇之後來到非線思考十七項特性的選擇，在此必須分析待決方案所採取的可能思考模式，可以依據非線思考十七項特性的性質找出最有可能的思考模式進行思考。當思考模式確定之後，再依據「撐竿曬衣法」進行提出可能的解決方法，依據不同的解決方法羅列在曬衣竿上。所謂「撐竿曬衣法」是蕭仁隆研究非線思考時提出的提案解決問題方式，即待決方案確認後，就以此方案爲曬衣竿，將所有的思考問題如曬衣服般一一提出，然後亮在曬衣竿上公開討論。當「撐竿曬衣法」初步建立之後，就進行增減的法則過濾每個解決問題的提案。在此以增減法則並列的理由是可以討論續增可行的方案或是開始剪除不可行的方案。在此階段若無法有效討論出解決的方案，即啓動回饋機制，回歸到思考命題階段，重新循序進行思考。在增減法則都過濾之後，即形成可能的解決方案。當解決方案成立後，即可依據此解決方案付諸執行。很多企業或是主管在付諸執行之後就不再關注方案未來的發展，其實這樣的態度並不正確。爲確保方案的執行成果，都需對於完成的方案進行成效追蹤。若在一定的期間追蹤後，確認該執行方案已經達到設定的目的，即可予以結案。倘若在執行過程被追蹤到成效有缺失，即開啓回饋再思考的機制，此一機制把發現的問題回饋到思考命題上。倘若當初選擇是否爲眞的命題，此次可以選擇是否爲假的命題，然後繼續整個流程，直到該方案確實執行完成爲止。

4.7.3 非線思考變數

　　依照整個思考模式，得出來的解決方案應該相當正確可行，然而一般人常常忽略一個問題，即是所參與討論的人員素質、背景和參與人數的問題？當進行非線思考的流程之中，這是需要被看重的因素，也是影響最後確認解決方案是否可行相當重要的因素，在此以變數名之。一般的研究報告，都會加入變數以確認報告的準確度，此處的這個變數是指取樣的品質。我們常見有些報告琳瑯滿目，卻常與市場反應或是一般民眾的思維想左！問題就在於報告的取樣品質。如何讓取樣品質的準確度提高呢？最重要的是依據待決的方案內容而定。假使是一般的方案則參與人員的同質性越少越好，越專業的方案則參與人員的同質性越高越好，假使是跨越專業框架的異質性討論則參與人員必須取得對等的專業樣本，如此才能提高思考結果的準確度。在學術研究裡是取樣的樣本考慮，有樣本量的考慮與樣本質的考慮，越專業的方案越注重質的考慮。但是該樣本的質也須考慮到具有相當的量為支撐，否則樣本一樣會失真。舉例來說：我們要調查一個政黨人士的民意支持度，有相當多的取樣樣本會左右調查結果，如取樣在該人士最具影響力的地區，則支持率必然高，這調查結果用於該區則十分準確，若是跨區則會失真。假使在取樣時仍以該區為最大的調查樣本，則只剩一半的真實性，因為另一區域的民眾被有意排除在外。目前常見流行的網路民調或是電話民調，其中以網路民調的失真性最高，因為網路民調的可操作性最高。至於電話民調則需視其有否操控樣品，一般最佳的電話民調採取電腦亂數抽樣，否則一樣容易失真。職是之故，調查報告須放入思考模式中的變數考慮，這變數又以參與討論的人員成為最大的變數。最佳的也是變數最小的取樣方式就是依據待決方案的性質選擇適當的人員參與討論，以求其真

實。由此可知，變數越小的思考模式所得到的解決方案越貼近眞實。我們常聽說某個團隊或公司的同質性很高，於是認定該團隊很難做出誇越同質的思維決策，理由在此。就像一個人面臨感情問題或是就業問題等等，若尋求同病相憐的知己好友，則會因爲同質性過高陷入更深的深淵無法自拔。如果尋求異質性高的知己好友，常會有豁然明白的轉機。所以，思考的變數必須在思考命題進行前就愼重考慮所挑選參與人員的素質，以免影響整個思考過程最終的解決方案的準確度。非線思考模式對於個人或公司經營以及政府機關的經營管理都有決定性的影響。當思考模式偏差時，若不即時糾正回來，即如一箭射出，差之毫釐而失之千里，豈可不愼其始？

4.8　總結

　　非線文學理論即以解構理論、後現代主義與杜象現象做爲理論基礎的鐵三角，並將解構理論的五特點、後現代主義的十二特點以及杜象現象的五概念融合成爲非線十七特點。又以遊戲性作爲三者的共同特性，亦是非線文學的大特性，使非線文學得以據此理論持續研究發展。除文學藝術以外，更據此理論之特點發現非線藝術的特點與非線文學的特點相同，於是將文學的特點與藝術的特點合併歸納成爲非線理論的共同特點，使非線理論足以統括所有非線性的各類藝術表現。又將此非線理論的十七項特點還原到當初非線思考的動機，再以思考的角度切入非線理論，經過一些語詞變更後，竟足以作爲非線思考的模式。因此，本章從非線文學理論爲論述主軸，演繹出非線藝術與非線理論，進而產生非線思考模式。使當初德希達從哲學思辨的領域解構出來的文學；再度返回哲學的思辨，作爲哲學正向思考之外的反向思考模式，讓思考模式從刻板的思考路線變成更爲活潑，更爲多元，更爲實際的思考模式。孔子說：

「舉一隅而三隅反」，這話用在這裡似乎也相當貼切。又因爲論及藝術領域，乃將近年流行的數位藝術以及爭議多年的攝影藝術、工藝藝術、書法藝術都納入藝術大類別探究，最後歸納爲十二大藝術類別，使各類別的藝術領域都得以獲得應有的地位。因此，本章雖以文學理論爲主，卻跨界三個領域，又將爭議多時一直沒有定論的藝術類別正式予以定位，其魄力與雄心不可謂不大矣！

第五章　文本製作與嫁接設計

5.1　文本設計概念

　　在傳統的觀念裡，文學創作不就是提起筆來寫字罷了，不論是刻在竹簡上，鑄在青銅器上，寫在紙上，寫在絲帛上，所注重的是文字的流暢性，論述的氣勢與內容，描述的情境與詩意等等。所以，文學的創作一言以蔽之，創作內容的營造而已。雖然，文學的研究大多以形式和內容爲兩大主題，且多側重於內容的研究，在形式上則著墨於體例區辨和文字的排列經營。當文學進入現代文學時，表現手法趨於多樣化，內容的寫作不再只是起承轉合，形式的經營設計已經跳出體例的區辨，逐漸往文字形式的排列與經營設計的趨勢。尤其是後現代文學的興起，打破了傳統以來的創作思維，文學創作的意涵不再只是文字的書寫，而是進入非文字的創作。當文學創作進入非文字的創作時，內容的創作不再是主流，創作形式的經營設計成爲必要的手段。非線文學的興起，正好接續這個文學創作的變化。

　　非線文學的創作將作品視爲文本，是一個可以不斷滋生的作品，著重於文字創作後的後設創作。作品的後設創作正是對於作品形式的表現手法設計，而這樣的概念在古代迴文詩的創作出現時，即已經存在。從非線文學的發展而觀，歷代都有創作者憑一己的創新，跳脫於傳統的文學創作。這些創作不論是文字組合的另類創作，還是圖像詩的大膽創新，都需要創作者在文學創作之外加入後設設計，才能完成此類的作品。從文學創作之外加入後設設計開始，作品已經不再是單純的文學作品了，而是加入作者設計概念的文學作品，作品設計的概念在這時開始萌生。當線性文學進入到非線文學時，作品的形式設計成爲相當重要的表現形態，作品也因爲形式設計的不同產生迥異的閱讀感受。蕭仁隆於民國 100年（2011）曾針對非線文學的詩中詩創作；在雲林科技大學舉辦的《2011

年 IDC 國際設計研討會設計領航永續文化數位加值》中首度提出文本設計的概念。因爲在詩中詩內延解建創作的過程中，已經無意間對於文本的空間進行減式創作和嫁接創作。如此的創作即是非線文本的初期設計，設計的概念已在創作中不知不覺地進行。在外延解建創作文本方面，亦須經由嫁接設計進行創意的文本設計，發揮文本的遊戲性。文本除了純文字的文本之外，尚有各種表現型態的文本都須經由設計達成創作者的創意初衷，職是之故，當爲此設立專章論述。

　　根據蕭仁隆（2011）的分析與歸類，非線文本有三大類、三種媒材、十大型態、三十五類文本以及五類詩文體。這些文本除了原始文本創作之外，都涉及文本的後設製作與嫁接設計。爲使非線文學研究的文本得到充分的認知，方便後進者的學習與研究，乃破天荒地將文本的製作與嫁接設計概念端上檯面。在不涉及網站平台架設與網頁設計的情形下，將各個文本的製作與設計做一有條理的分析解說，期使非線文本不再是空中樓閣，而是確實可行的文本。

5.2　文本製作與設計流程

　　非線文本的創作源自於線性文本，所以線性文本屬於非線文本的原始文本，也是原創作品。大凡非線文本的後設製作與設計都在文本進入非線文本的階段時開始，譬如圖像詩的創作亦必須經過線性文本階段，再依據創作者的創意構思，將文字做一番排列設計，最後定稿爲圖像詩。非線文本的創作正如波特超文本特性的說法，是由一些文片或是環素所組成（鄭明萱，1997）。這些文本或是環素就是源自線性文本的解構，當文本進行解構時，即是對文本進行設計的手段。解構手法的優劣會影響到文本嫁接創作時的可讀性與情境結構，所以解構是後設創作設計的初步，也是文本進入非線性的開始。非線文本在進入解構界後，所有的非

211

線文本開始展現其特異的文本特性。因此，可以說文本從線性進入非線性後，才正式開啓文本的製作與設計階段，這樣的路徑就是非線文本製作與設計的流程。如圖 5-1 所示：

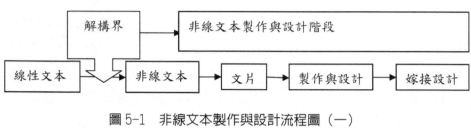

圖 5-1　非線文本製作與設計流程圖（一）

資料來源：蕭仁隆繪製

從圖 5-1 的非線文本製作與設計流程來看，線性文本經過解構界進入非線文本，原始文本成爲文片，這些文本經由製作與設計的構思成爲可以嫁接的文片，再經過嫁接設計後，才眞正完成非線文本的製作與設計，成爲一個完整的單獨文本。因爲非線文本的類別相當多，其特性迥異，所以在文本的製作與設計上亦不盡相同，但是文本的基本製作與設計流程是一樣的。明白此流程，即可進行各類文本的製作與設計方式。

根據本書文本分類計有三大類型三十五類文本，其中詩文本又有五類文體，並非所有的文本都要製作，有些文本只是爲分門別類而用，例如傳播媒材類即是在製作文本前所要思考文本最終的傳播型態。就像每個人走路都有方向和目標，當文本最終傳播的型態確立後，就須從最基本的文本製作開始。依據非線文本製作與設計流程圖的方向執行文本的製作設計，直到嫁接設計時就必須選擇最終的傳播媒材。然後繼續與此傳播媒材相關的設計與製作；直至所有的文本都完成設計後，將文本上傳網路或是製成成品出版發行，整個文本的設計與製作才算完成。因此，在非線文本製作與設計流程上必須增加傳播媒材選擇與出版或上傳才算是完整的文本製作與設計流程，其流程如圖 5-2 所示：

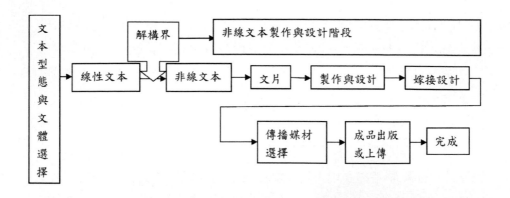

圖 5-2　非線文本製作與設計流程圖（二）

資料來源：蕭仁隆繪製

　　當文本製作與設計流程確立之後，即可進入文本的實際製作與設計。在三大類型三十五類文本之中，除了共同流程相同之外，每個文本都因其文體與表現型態的不同而有所分別。不論未來的創作多麼複雜，都從基本的文本製作與設計著手，再經由嫁接設計而完成不同的創作作品。基本的文本就是單一文本，也可以說是文片，是一個被解構的文本。在線性文本的寫作時，文本是完整的單一文本，但進入非線文本的製作與設計時，文本就成為文片的型態，才能製作為嫁接的材料。所以文片有單一文本的文片，也有被解構後的非單一文本的文片。至於該如何確立文本的文片數量，必須視創作的意圖為何而決定，這將在嫁接設計時詳細說明。既然所有的文本都從線性文本開始，然後經由解構界進入非線文本，而非線文本的基本型態只有動態與靜態兩種型態而已。所以，不論任何的文體創作都從單層的靜態文本開始，之後才有動態文本或多層文本等等的製作。為此，可以做為基本的單一文本類型只有圖象詩文本、具象詩文本、詩中詩文本、朗誦文本、動畫文本、數位影音文本和電影文本。

　　諸多文本中以圖象詩文本為具象詩文本的基礎，這是當圖象詩文本進入數位化製作後就成為具象詩文本，有必要將圖像詩文本與具象詩文

本分別說明。至於詩中詩文本則有別於多向詩、多媒體詩、互動詩的文本，必須完成其基本的解構後才能進行嫁接，所以必須單獨提出說明。在朗誦文本方面，朗誦有別於多媒體的文本和純文字的文本，又屬於靜態文本，可以做爲單一的文片使用，因此是文本製作與設計所需的文本。關於動畫文本、數位影音文本和電影文本都屬於動態文本，都有相當接近的文本樣貌，但又各有不同的表現手法。動畫文本爲圖象詩文本的後續文本，卻以圖畫爲表現主軸，跟以文字爲表現主軸的具象詩文本有異，因此有必要單獨提出說明。至於數位影音文本和電影文本兩者則大同小異，僅在於規模和片長及製作方式不同而已。

　　數位影音文本屬於以一般家庭用的數位攝影器材爲製作機具，經由影片剪輯軟體剪輯後即可成片。一般都是一人或數人即可完成製片工作，其效果與電影文本相同，卻方便在網路或數位產品中使用，也是非線文本較爲方便製作的文本。電影文本在此所說的是指微電影而言，因爲一般具有營業性的電影片已經屬於可以單獨欣賞的劇情，不適合在非線文本中成爲單一的文片。目前正夯的微電影片長大多在二十分鐘以內，可以考慮製作成爲單一的文片，然而微電影片長以五分鐘以內最爲適宜。只是若以拍電影的規模來製作微電影單一文片，固然可以增加影片的素質，相對地要耗費不小的成本。在以純文學的表現型態而言，似有負擔過重的疑慮。在製作文本方面，數位影音文本與電影文本的製作基本法則相同，所以只取數位影音文本爲範例製作。由以上的說明，最後可以作爲單一文本的製作與設計的文本只有圖象詩文本、具象詩文本、詩中詩文本、朗誦文本、動畫文本和數位影音文本，以下即是各類型的單一文本製作與設計流程和範例。

5.3　圖象詩文本製作與設計

　　圖象詩是突破線性文本框架的代表，中國文學在晚唐即有圖象詩的創作出現，西方文學必須等到 19 世紀初期阿波涅里的圖象詩集出現，兩者相差千餘年。不論中國的圖象詩或是西方的圖象詩，創作的步驟大同小異，都是先有圖象的概念，再進行詩的寫作，然後把詩句繕寫在圖象中，完成圖象詩的製作與設計。圖象詩可作為線性文本的具象詩代表，具象詩則代表進入數位時代非線文本的圖象詩，兩者在製作與設計上不盡相同，乃將兩者分別論述。以晚唐的張睽之妻侯氏所作之〈繡龜形詩〉為例，龜有遲緩與歸鄉的雙重含義，正是侯氏創作該詩的主要意象，至於要採取五言詩、七言詩則是寫作時的文體選擇。當詩文寫就後，文字的龜形排列是該詩製作與設計概念的初始。但如果只是文字排列而已，該詩的意象不夠深入。侯氏在文字的起首與結束上下了功夫，以「睽離」為詩首，以「還鄉」為詩尾。「睽離」的「睽」更是丈夫的名字，又有目視之意，即親眼看到丈夫離別之意。「還鄉」為作者最終的盼望。如何讓天子馬上發現作者的詩中意呢？作者採取將龜形對半開的方式設計龜形詩，詩句從龜首為始，也以龜首為終，都是目之所視的重要位置。除此之外，作者也構思到詩句的附屬物必須可以繡上的物品，並且是天子所喜愛的物品。當天子打開所呈送的物品時，已經發現這首詩了，所以必須把詩繡在上呈物品的開口處。作者更別出新裁地將龜形詩分別繡於開口兩旁，讓天子即將打開上呈的物品時，就發現有這首詩。作者在設計此詩時，心思相當縝密，在詩句的對半處以「睽」和「開」分別於上下開口，以示夫妻的情深。所以這首詩是圖象詩的上乘之作，難怪會馬上打動天子的憐憫之心，讓張睽早日歸鄉團聚。根據張氏〈繡龜形詩〉所解構出來的創作流程如圖 5-3 所示：

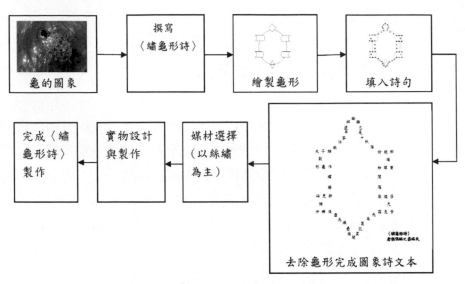

圖 5-3　張暎之妻侯氏作〈繡龜形詩〉創作流程解釋圖
資料來源：蕭仁隆繪製

　　根據這首詩的創作分析以及創作步驟解釋流程，可以獲致以下的製作與設計流程如圖 5-4 所示：

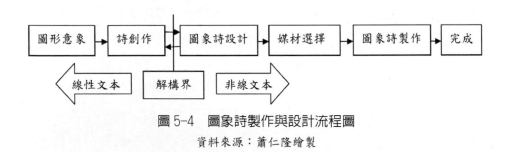

圖 5-4　圖象詩製作與設計流程圖
資料來源：蕭仁隆繪製

　　從上圖流程來看，解構界之左為線性文本，其創作手法省略不談。其創作過程則從圖形意象引發詩創作，才開始進入解構界之右非線文本的圖象詩設計。在圖象詩設計階段，會因為構思設計的需要回頭修改原始創作文本，讓圖象詩的設計更趨完美。此一階段的構思設計已在上文

的創作分析中詳說。當設計完成時，媒材的選擇相當重要，這是送給天子的禮物，珍貴或出眾的禮物都是上選。以現在社會的角度來衡量，即是選擇怎樣的禮物做為詩句的載體，才能打動對方的心意，這即是一種構思，也是一種的設計思維。這樣的設計思維，其實普遍存在於媒體的廣告設計上。因為該詩的用意特別，一般圖象詩的創作都以紙本為媒材，書於紙上或付印成為作品，則此階段可以省略。當確定媒材的選擇後，就是將圖象詩付諸現實物的製作。詩句可以用寫的，可以用刻的，也可以是鑄造的，作者選擇以絲繡的方式製作該詩。當製作方式以絲繡時，絲的顏色選擇又是一門色彩學的的領域，不在此探討。圖象詩為非線文本製作與設計的基礎，所以圖象詩的製作與設計流程也是非線文本製作與設計的基礎。

5.4　具象詩文本製作與設計

　　圖象詩的文本製作與設計與具象詩的文本製作與設計相同嗎？兩者只是名異而實同而已，具象詩即是數位時代所製作的圖像詩，但圖象已經不再以具體的自然界為唯一的設計對象，而是將圖象與事件描述或併呈或單一呈現為設計原型，以數位製作為工具的文本。因此，具象詩突破圖像詩的框架，呈現更為多元的展演空間。在文本製作與設計的流程方面，圖像詩與具象詩差異不大，只有媒材選擇不同而已。鄭月秀教授曾在元智大學資傳系碩士班教授網路藝術應用與研究中納入具象詩（圖5-6），其教學方式係採取各類圖象為課程引導，再對這些被選定的圖象做文字釋義，然後將這些釋圖的文字作為具象詩的詩題，開始創作一首詩。最後以這首詩入圖，製作數位具象詩。鄭月秀教授的具象詩創作教學流程如圖 5-5 所示：

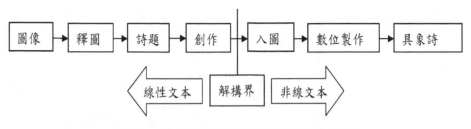

圖 5-5 鄭月秀教授具象詩創作教學流程圖

資料來源：蕭仁隆繪製

　　從上圖流程可知，鄭月秀教授的具象詩創作教學，在完成創作後進入詩作入圖階段，即是解構設計的開始點，而數位製作正是非線文本製作與設計的重要工具。

圖 5-6　鄭月秀教授於元智大學資傳碩士班

資料來源：蕭仁隆提供

　　茲以蕭仁隆的具象詩創作〈鯨魚的自白〉為例，解析具象詩的設計與製作流程如下：

〈鯨魚的自白〉具象詩創作流程

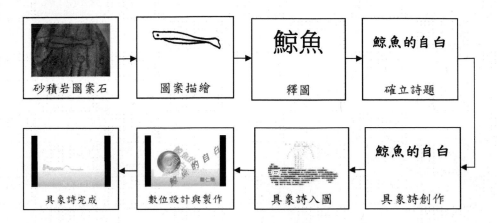

鯨魚的自白（原始文本創作）

我是一隻鯨魚
我媽媽的媽媽的媽媽……說
我們是恐龍的後代
逃過了彗星的攻擊
逃過了六千萬年前的天崩地裂
大海是我的家
但我是哺乳動物

我是一隻鯨魚
我媽媽的媽媽的媽媽……說
自有開船的人類以來
我的家族一個個登上這船
然後就不再回來
也許那就是所謂的天堂吧！

但天堂外總漫流腥紅一片？
這就是所謂的贖罪寶血嗎？

我每天帶著疑惑
來回在傳統的傳統的海路上
聲納中常傳來驚恐的干擾
浮游生物不再固定
我常常挨餓
我逐漸瘦小像瘦小的小魚干
我逐漸細長像細長的吻仔魚
呃！原來我是隻很餓很餓的鯨魚
那懷孕的鯨魚對我來說
只是天邊的彩虹

飛躍的飛魚　　　　　　　　就在一伏一仰之間
怎能及我於萬一呢！　　　　氣息吞掉了日與月
優游的鰻魚
怎能及我於萬一呢！　　　　我的疑惑還是疑惑
每一個飛躍　　　　　　　　我真的是一隻鯨魚嗎？
捲起浪花千堆萬朵　　　　　我只是隻又餓又累又瘦的鯨魚！
每一個優游　　　　　　　　故事只是很遙遠很遙遠的
平波萬里了無影痕　　　　　傳說

〈鯨魚的自白〉具象詩創作說明

　　具象詩〈鯨魚的自白〉創作動機係起於一顆砂積岩裏的生痕化石，由於這生痕化石出現一個仿如被畫上去一般生動的鯨魚圖畫，因此，以鯨魚作為題目寫下這首詩〈鯨魚的自白〉。從自白一詞可知，此詩以鯨魚為第一人稱，自述曾經的歷史遭難和目前人類所造成的鯨魚困境，希望為鯨魚找出一條生路！否則，這個海中最大的生物，恐怕也要面臨絕種的危機！動態具象詩的創作也是以自述為基礎設計，以波動顯示鯨魚在海洋中行進的姿態，由少而多一層層的文字出現，代表著鯨魚的成長過程。當牠成長為成魚時，設計天外飛來一顆眼珠，表示鯨魚已經開始用智慧的眼睛看世界。之後底層的文字和尾鰭的文字波動，表示鯨魚開始緩緩游動，並思索曾經的遭遇。然後把詩末的句子：

　　「我的疑惑還是疑惑
　　我真的是一隻鯨魚嗎？
　　我只是隻又餓又累又瘦的鯨魚！」

化成三條水柱，用以活化鯨魚游泳呼吸時的噴水。並以詩句：

「故事只是很遙遠很遙遠的傳說」

　　象徵呼吸噴水時散落的水花，也象徵鯨魚縱然軀體龐大，面對人類還是無可奈何！水花逐漸減少更象徵鯨魚力竭的無奈！因為，鯨魚父母所說的都只是故事，只是很遙遠很遙遠的傳說！

　　數位製作軟體採用微軟的 Microsoft Office PowerPoint 2007。背景音樂則為鯨魚游泳聲音和海浪聲，增加實境的感覺。片頭的設計將題目「鯨魚的自白」以三層錯雜交替方式進行，用以顯示鯨魚問題的錯綜複雜，恐非短時間能解決的問題，就連人類都會感到無奈！

　　具象詩從一個意象開始到創作完成，在詩句入圖以後的設計階段，才是文本設計與製作最為繁複的階段。在詩句入圖階段，要思索詩句以怎樣的排列形式入圖的問題。一般有兩種的方式入圖：一是線條式入圖，即是詩句沿所繪製的圖像邊緣進行，將線條置換為詩句就算完成，如範例的〈繡龜形詩〉即是。另一是填滿式入圖，即詩句沿所繪製的圖像輪廓內緣進行，將內緣空間置換為詩句就算完成，如範例的〈鯨魚的自白〉即採此一方式入圖。在線性文本階段，到了入圖完成，就算完成一首圖像詩了。在非線文本階段，到了入圖完成，只是解構設計的初步階段。進入數位設計才是真正進入文本如何展演的階段，必須思考採用何種的數位軟體進行設計，以及如何展演具象詩。數位設計與製作是否成功，都在此一階段構思。關於創作者採用何種的數位軟體進行設計，除一般人常用的 Microsoft Office PowerPoint 外，如 Adobe Photoshop、Illustrator、Dreameaver 等軟體都是很好的採用參考，但以自己熟悉的軟體為主要使用的參考，可以節省再學習的時間。畢竟進入非線文本的設計與製作後，數位設計的軟體成為必要的選項。

5.5　詩中詩文本製作與設計

　　詩中詩文本屬於內延性的文本，必須完成其文本的解構之後才算完成整個文本的創作。因為詩中詩具有文本的層次問題，而非僅僅單一文本，所以必須依據文本解構程序再經由內延嫁接的方式，才能完成整個的單一文本。再從單一文本進入製作與設計階段，並不像外延性的文本在完成線性文本的創作之後即是整個文本的完成。根據詩中詩文本創作分析，可以獲致圖 5-7 的製作與設計流程：

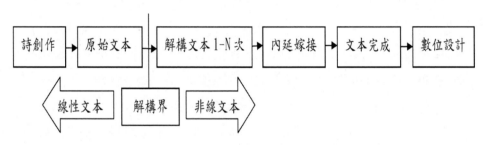

圖 5-7　詩中詩文本製作與設計流程圖

資料來源：蕭仁隆繪製

　　當文本完成之後即是數位設計，所謂數位設計即是對於單一文本進
行靜態或是動態的數位文本設計，再根據此一選擇進行平面設計。例如：
字體樣式大小與顏色的選擇，文本底面的色彩設計，或是進行文本局部
的插畫與插圖，頁面的閱讀翻轉模式等等。接下來是文本的媒體製作選
擇，從純文字閱讀開始，到有聲閱讀，影音閱讀、遊戲閱讀等等，不同
的閱讀方式都有不同的設計方式，才能把完整的文本呈現在讀者面前。
在文本設計尚未進入嫁接設計時，都只是單一的文本或是文片，與線性
文本無異，卻是相當重要的文本風貌。文本想要表現的風格在此即已初
次呈現。根據上述的文本製作與設計在數位設計階段的流程如圖 5-8 所
示：

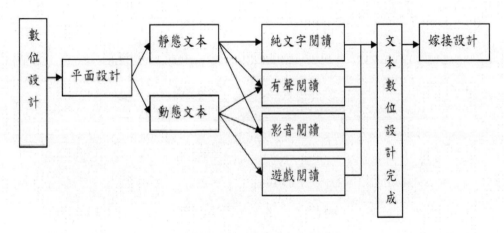

圖 5-8　數位設計流程圖

資料來源：蕭仁隆繪製

以下即爲詩中詩文本製作與設計到數位設計的實際流程範例：

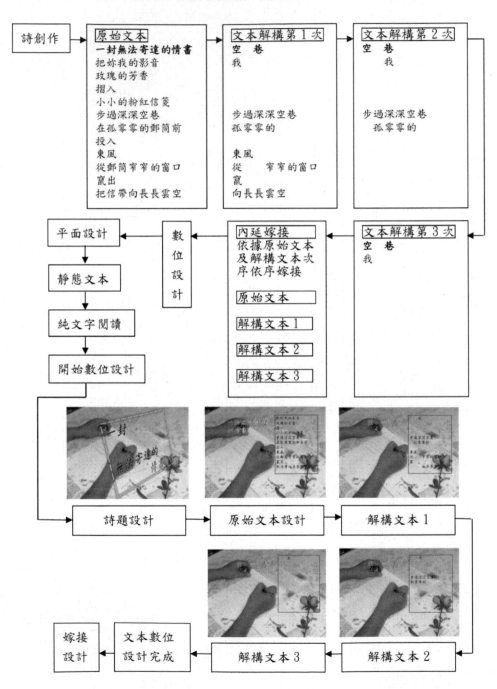

　　當文本進入非線文本設計的數位設計與製作階段時，就與數位學習有密切的關係。文本創作者採用何種軟體設計與製作，都關係到文本可能的設計方向和展演內容，亦即軟體所提供的設計功能會影響文本在設計上的侷限性，以及未來展演表現的空間。如上圖即以一般人常用的 Microsoft Office PowerPoint 作為數位設計的軟體，對於寫作者又沒有具備繪畫能力的人，只要採用一些原有的插圖，或是採用其他插圖，或是自拍照片就可以製作出自娛娛人的數位設計。上圖範例即是以模擬情境手法拍攝照片作為底面，再作一些文字字體選擇和設色，即可簡單完成一張數位設計。數位設計內容的簡繁，依據個人設計偏好和文本內容作設計，只要意達和文圖相襯即可。因為文本以閱讀為主，過於繁複和炫眼的設計，恐有喧賓奪主之害。

　　若選擇動態文本，則數位設計可以選擇有聲閱讀、影音閱讀和遊戲閱讀，這涉及到影音製作等等的問題，留至該文本製作時探討。此外非線文本講求其非線性的文本製作，亦可與其他藝術類別進行跨類的複合性媒體製作，這都屬於文學創作展演的思考方向，即文學作品也可以當與一般藝術創作連結形成複合性的藝術創作，或成為文創商品來設計製作。非線性的文本創作在完成原始文本之後，以複合性的異質媒材為對象進行再創作，將可以得到相當寬廣的創作空間。異質媒材創作是在文本的製作與設計進入數位設計時可以繼續延伸的再創作，此時的數位設計只是該延伸創作的設計平台而已。相關示意圖如圖 5-9 所示：

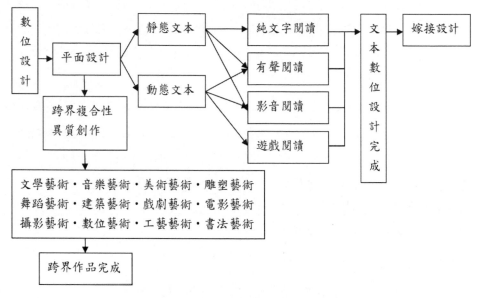

圖 5-9　跨界複合性異質創作流程圖
資料來源：蕭仁隆繪製

　　由圖 5-9 流程可知，十二大類藝術的框架在非線性創作的思維下都可以被解構與建構，這類作品已經嫁接到跨界的異質藝術上，形成跨界的單一創作作品。此種跨界複合性異質設計涉及該類藝術的設計與創作專業，在此謹楬櫫此一構思，作為藝術工作者思索更大的創作思考空間而已。至於是否可以讓文學藝術與其他各類藝術之間作跨界創作？只要屏除各類藝術自我框架的侷限性，即可跨出框架進行跨界藝術創作的嘗試。其實，目前早已有這類的創作者進行相關的創作，例如：雲門舞者以草書書法排舞的構思，並在舞台上設計草書為背景，形成相當獨特的舞蹈表演。至於文學與書法藝術和金石藝術自古即相互異質結合，書法若沒有詩詞為內容，書法再妙也缺乏涵養。目前書法家更早以超脫傳統規格的書寫方式，不是字體獨立表現就是結合詩詞意境書寫，更具藝術的美感。金石藝術也曾見以詩詞篆刻構成作品的創作，可真是在方寸裡的創作藝術。因為金石藝術分散於美術藝術、雕塑藝術、工藝藝術、書

法藝術之中，難以另立大類。美術藝術方面，國畫中的詩中有畫和畫中有詩的創作，常與題畫詩相互融合，讀詩看畫或是看畫讀詩自古即成美談。近代以現代詩入畫者，以文字建構圖面者大有人在。商業廣告設計，陶瓷設計以詩詞爲設計主題的作品也不在少數，亦有以文字結構爲主體設計成爲藝術創作品者。由此可知，跨界複合性異質創作早已默默在進行之中。本書係就文字創作爲主論，在此僅提出跨界創作的論點，不再繼續深入探討跨界創作相關的論述。

5.6　朗誦文本製作與設計

　　在西元 2014 年維基百科宣稱將對世界名人進行語音建檔，使朗誦文本重要性更加凸顯出來。歷來我國都在進行朗誦詩的活動，我國自古至今的詩人都喜歡自我或集會朗誦詩詞。對於文學創作而言，朗誦詩詞屬於文字表現的另一創作型態，不同人的朗誦都是對於該文學作品的自我再詮釋創作。朗誦文本除了詩文本之外，其它文本都可以作爲朗誦文本。因此，若將朗誦文本改爲語音文本或是朗讀文本則更爲恰當，只是習慣上對於文學作品的朗讀大都以朗誦爲名，還是維持朗誦文本之名。在朗誦文本這方面，聯經出版公司於西元 2005 年曾出版洛夫的《因爲風的緣故》一書，該書集合洛夫的書法、現代詩朗誦以及現代詩作曲歌唱，屬於相當難得的創舉。在西元 2004 年聯經出版公司出版由成寒編著的《大詩人的聲音》，該書係對於國外詩人自我朗誦詩詞的聲音輯錄，讓讀者可以親聆這些大詩人的聲音。西元 2007 年愛詩社出版一本由尤克強編著的《未盡的春雨珠光》，屬於英語朗讀加上配樂的文本。尤克強雖爲資訊領域的專家，後來獨鍾詩詞，並且在元智大學開設英文選讀課程，並在廣播電台推廣英詩朗誦。從以上一些有心人士的推廣可知；朗誦文本屬於在紙本閱讀之外的文本，而且逐漸爲世人所接受。只因製作成本較高，

且增加閱讀工具的使用，早期不被看好。時至今日，電腦使用的普及率相當高，智慧型手機的普及率也不斷在攀升之中，可攜式隨機閱讀的風氣已經逐漸養成。這樣的風氣讓有聲閱讀成為閱讀的另一項選擇，尤其是搭車族及開車族都常以此文本為另類的閱讀管道，未來有聲閱讀將越來越受到閱讀者的重視。

朗誦文本的製作與設計流程一樣必須從非線文本製作與設計流程開始，直到製作與設計時轉入數位設計再轉入平面設計，再經由動態文本到達有聲閱讀。朗誦文本的製作就是一種有聲閱讀，關於有聲閱讀可以是純朗誦的有聲閱讀，可以是具有背景音樂的有聲閱讀，也可以是純文字加背景音樂的有聲閱讀，或以數位影音的方式呈現閱讀的方式。由於有聲閱讀必須經由聲音的錄製過程，因此，製作上有其應有的程序。一般都先完成線性的原始文本規畫製作，然後再分別製作朗誦錄音檔或是背景音樂錄音檔，最後將這些錄音檔經由混音或不混音的數位匯流製作，形成有聲閱讀。亦可經剪輯軟體混音與該文本的數位匯流製作，形成影音閱讀。最後將以怎樣的成品出現，需視企劃製作的目的而定。朗誦文本的製作與設計流程如圖 5-10 所示：

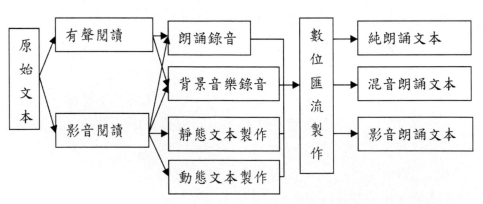

圖 5-10　朗誦文本製作與設計流程圖

資料來源：蕭仁隆繪製

　　由上圖可知，朗誦文本的製作與設計會因爲目標不同而產生不同的作品輸出。朗誦文本經由數位匯流製作後，輸出純朗誦文本、混音朗誦文本、影音朗誦文本三類。其中純朗誦文本與混音朗誦文本的製作比較單純，只要把線性的原始文本製成朗誦錄音檔及背景音樂錄音檔就可以進入數位匯流製作，輸出純朗誦文本與混音朗誦文本等待嫁接製作與設計。影音朗誦文本則除了要具備朗誦錄音檔及背景音樂錄音檔外，尚需選擇靜態文本製作或是動態文本製作才能進入數位匯流階段，然後輸出影音朗誦文本。影音朗誦文本不論是靜態文本還是動態文本都屬於製作過程比較單純的文本，可參閱數位影音文本製作與設計。

5.7　動畫文本製作與設計

　　動畫文本係以動畫爲主要表現手法的文本，一般用於詩文本或短篇散文文本。所謂的動畫係利用包括繪圖、漫畫、照片與文字等素材，以動畫的方式繪製文本，使文本中的文學作品情境得以虛擬再現（蕭仁隆，2011）。爲了讓繪圖、漫畫、圖片與文字等素材進行連續性的動感效果，以及簡單的戲劇性，必須具有腳本寫作設計，使繪圖、漫畫、照片與文字等素材得以依據規劃的腳本在螢幕適當的位置出現與移動，構成連續性的動畫效果。以文學爲主的動畫文本不必像電影文本一般的規模，仍須有劇本設計及分鏡與場景的腳本設計，且都要在進入製作前完成。關於動畫文本的製作與設計流程與朗誦文本的製作與設計流程相仿，增加劇本設計與腳本設計。其製作與設計流程如圖 5-11 所示：

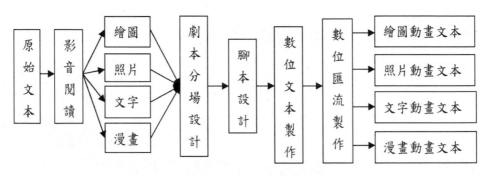

圖 5-11　動畫文本製作與設計流程圖
資料來源：蕭仁隆繪製

　　動畫有 2D 平面動畫與 3D 立體動畫之分，其動畫素材來源有數位繪圖軟體製作或手繪圖片以及攝影機拍攝的視訊畫面和相機拍攝的照片等等，其製作與設計流程差異不大，僅使用工具與軟體不同。在劇本分場設計方面，劇本的內容來自於線性文本的改編，改編的前提以一般閱讀的習慣為導向，對於文本內的文字做適當的分割，不同於劇情導向的劇本，在腳本設計上亦然。目前電影播放速度以每秒 24 個靜態畫面進行，在動畫文本製作時不一定依照此一速度進行製作，可依需要適度調整。因為，文字的顯影停格最好每格有四秒以上，所以應以每格顯示文字的長短作為考量。如以劇情為背景的動畫文本，則當以劇情為考量設計文字顯示的長短。不論如何，都應注意這是閱讀用的文本，須以一般人閱讀的習慣為最佳設計考量。以具象詩〈鯨魚的自白〉作為文字動畫文本製作與設計的流程範例如下：

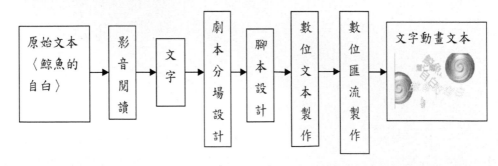

在劇本分場設計方面的範例如下：

〈鯨魚的自白〉
第1場
場景：背景空白
人物：文字
我是一隻鯨魚

〈鯨魚的自白〉
第2場
場景：背景空白
人物：文字
我媽媽的媽媽的媽媽…說
我們是恐龍的後代
逃過了彗星的攻擊
逃過了六千萬年前的天崩地裂
大海是我的家
但我是哺乳動物

〈鯨魚的自白〉
第3場
場景：背景空白
人物：文字
我媽媽的媽媽的媽媽…說
自有開船的人類以來
我的家族一個個登上這船
然後就不再回來
也許那就是所謂的天堂吧！
但天堂外總漫流腥紅一片？
這就是所謂的贖罪寶血嗎？

〈鯨魚的自白〉
第4場
場景：背景空白
人物：文字
我每天帶著疑惑
來回在傳統的傳統的海路上
聲納中常傳來驚恐的干擾
浮游生物不再固定
我常常挨餓
我逐漸瘦小像瘦小的小魚干
我逐漸細長像細長的吻仔魚
呃！原來我是隻很餓很餓的鯨魚
那懷孕的鯨魚對我來說
只是天邊的彩虹

〈鯨魚的自白〉
第5場
場景：背景空白
人物：文字
飛躍的飛魚
怎能及我於萬一呢！
優游的鰻魚
怎能及我於萬一呢！
每一個飛躍
捲起浪花千堆萬朵
每一個優游
平波萬里了無影痕
就在一伏一仰之間
氣息吞掉了日與月

〈鯨魚的自白〉
第6場
場景：背景空白
人物：文字
我的疑惑還是疑惑
我真的是一隻鯨魚嗎？
我只是隻又餓又累又瘦的
鯨魚！
故事只是很遙遠很遙遠的
傳說

在腳本設計方面的範例如下：

〈鯨魚的自白〉

片頭

場景：背景空白

人物：文字（彩色）

聲效：搭配海浪聲與鯨魚叫聲由遠而近

◆　「鯨魚的自白」三行相互對角交叉由遠而近且旋轉而出逐漸變大

◆　設計旋轉球兩粒象徵隕石右上左下各一交叉而過。

◆　作者姓名由左上而下。

〈鯨魚的自白〉

第 1 場

場景：背景空白

人物：文字（黑色）

聲效：搭配海浪聲與鯨魚叫聲

◆　「我是一隻鯨魚」依據圖像詩位置出現。

◆　讓文字以波浪式跳動一次。

〈鯨魚的自白〉

第 2 場-5 場

場景：背景空白

人物：文字（黑色）

聲效：搭配海浪聲與鯨魚叫聲

◆　各場文字依據圖像詩位置出現。

◆　讓文字以波浪式逐條各跳動一次。

〈鯨魚的自白〉

第 6 場

場景：背景空白

人物：文字（青色）

聲效：搭配海浪聲與鯨魚叫聲

◆　各場文字依據圖像詩位置出現。

◆　讓文字一條一條由下往上出現，象徵鯨魚噴水，以傳說二字作為水花，在文字往上後出現，再以水花形式飛噴墜下。

關於數位文本製作與數位匯流製作涉及所採用的軟體，以自己最熟悉的軟體來從事數位文本的檔案製作，再依照數位匯流所採用的軟體進行編輯與剪輯檔案匯入。當數位匯流製作完成的檔案，就轉換可以上傳或是自動播放的形式，即完成該文本的文字動畫文本。其他各文本的製作與設計簡繁不一，基本模式不變，不在此一一舉例。照片與漫畫的動畫文本有分鏡問題，一併在數位影音文本裡詳述。

5.8　數位影音文本製作與設計

數位影音文本原以數位攝影文本爲名，只是此攝影之名常與一般攝影混淆，乃改以影音代替攝影。數位影音文本可以簡稱 DV 文本，係 DV 攝錄影機所攝製的文本，以電影的表現手法來呈現文學作品的內容。亦即以文字敘述爲主軸，以電影的表現手法爲襯景，用以彰顯文學作品情境的再現效果。所以，數位影音文本乃是文學的電影文本（蕭仁隆、鄭月秀，2009）。一般電影文本屬於商業經營的模式，亦即爲電影藝術，其製作規模通常相當龐大，製作群與製作經費驚人，並非此處的數位影音文本所可比擬。目前微電影逐漸流行，台北市政府至今已舉辦十六屆的電影節，並將微電影納入徵件比賽及影展。微電影的片長以十分鐘爲限，拍攝器具不限，在比賽的評選上高畫質的影片仍然吃香。許多廣告商看到微電影的商機，也紛紛投資微電影廣告，帶動一波風潮。根據維基百科（Wikipedia）的解釋，微電影（Micro Film）在西元 2010 年，凱迪拉克車商根據微小說〈一觸即發〉拍攝以類 007 故事爲藍本的行銷宣傳短片，被譽爲首部微電影（http://zh.wikipedia.org/zh-tw/）。一般所謂的電影短片片長在六十分鐘以下，目前流行的微電影大多十分鐘以內，或以能被YOUTUB 所接受的片長爲限，方便上傳網站。目前微電影幾乎已經成爲專有名詞，卻與數位影音文本的意義相近，但兩者目的不同。微電影的

製作方式偏重電影的表現手法，可以說是電影的縮小本，也是電影短片的再縮小本。數位影音文本則以文學閱讀為目的，偏重於文本的製作，但拍攝手法和電影文本一樣。目前智慧型手機與平板電腦大都具備影片剪輯功能，一般手機和數位相機亦都具備錄影短片或長片的功能。因此，隨手拍片並不是一件難事，發達的科技亦讓文學的文本得以重新再造。

　　基本上數位影音文本與動畫文本的製作與設計流程大同小異，柳淳美、池溶晉（2012）認為電影的拍攝流程可分為前期製作、影片拍攝和後期製作三階段。前期製作含道具開發、編寫劇本及導演與角色選擇等等，大致內容底定後進行拍攝階段，最後才是錄音、剪輯等後製作業，一部微電影即告完成。又說，電影與影像錄影的不同點在於目的不同，電影為故事而拍攝，也可能從一個點出發。電影的製作流程與數位影音文本、動畫文本的製作與設計流程差異不大，數位影音文本的製作與設計流程如圖 5-12 所示：

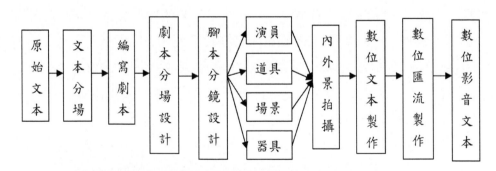

圖 5-12　數位影音文本製作與設計流程圖

資料來源：蕭仁隆繪製

　　電影需要劇本，作爲貫穿整個電影製作的故事綱領，但劇本是文字書寫的文本，電影是視覺引導爲主的文本，所有的拍攝與製作設計都以觀眾的眼睛爲重心，處處要向觀眾說故事，才能製作出一部可以一看的電影。爲此，劇本的內容有時須因應拍攝劇情需要而酌情增減。數位影音文本也是如此，但以線性文本爲主要呈現的目標。數位影音文本以線性的原始文本爲劇本，非有必要不需重新編寫劇本，直接從劇本分場設計著手。劇本分場設計與動畫文本相同不再贅言，在腳本分鏡設計階段則須注意。分鏡係依據劇本分場設計的內容做爲拍攝時的鏡頭取景設計，一般分爲全景、中景、近景、特寫、以及搖鏡拍攝、俯仰拍攝及推軌拍攝。分鏡的目的係利用鏡頭向觀眾說故事，掌握這個概念後，即可明白如何依據劇情的需要做適當的分鏡設計。分鏡設計時需注意切勿讓一個拍攝場景的時間過長，以免陷入沉悶的氣氛，也不要頻繁更換拍攝場景，讓觀眾無法看清鏡頭中的語言，總要依劇情需求做適度的轉場。當紙上作業完成後才正式進入拍攝的重頭戲，根據劇情尋找適合的演員，尋找適合的場景，製作必要的道具以及相關補助器具的準備。若將這些工作都分派人手從事，則將是一個電影拍攝群體了。在數位影音文本製作上以盡量節省開支爲上策，大多一人身兼數職，縱使如此還是有一定的人數群。當一切都準備妥當之後，就進入開拍的階段。爲避免拍攝後發覺有缺陷必須重拍，一般可以在同一場景多拍幾次，便利於事後的剪輯作業。母片拍完後，尚有文字檔、錄音檔、特效檔等等都需進入作業程序，即是數位文本製作。之後將這些檔案彙整進入後製作剪輯工作，就是數位匯流製作。從數位匯流製作完成後，輸出已完成的影片檔案，整個文本才告完成。在完成文本後，一般都須試看影片以免發生問題。當試看沒有問題後，即可正式製作所需的影片檔案，整個數位影音文本才算完成。以〈一封無法寄達的情書〉爲例的原始文本、文本分場、編寫劇本、劇本分場設計和腳本分鏡設計範例如下：

〈一封無法寄達的情書〉原始文本

把妳我的影音

玫瑰的芳香

摺入

小小的粉紅信箋

步過深深空巷

在孤伶伶的郵筒前

投入

東風

從郵筒窄窄的窗口

竄出

把信帶向長長雲空

〈一封無法寄達的情書〉文本分場

第 1 場

把妳我的影音

玫瑰的芳香

摺入

小小的粉紅信箋

第 2 場

步過深深空巷

第 3 場

在孤伶伶的郵筒前

投入

第 4 場

東風

從郵筒窄窄的窗口

竄出

把信帶向長長雲空

〈一封無法寄達的情書〉編寫劇本

第 1 場

一位女孩把一束的粉紅玫瑰跟粉紅信箋都放在桌上，然後靜靜地寫著一封信，寫完後就摺入信封裡。

第 2 場

當她把信摺入信封裡以後，就走出家門，行經一條深深的小巷。

第 3 場

到郵局時，她走到一座孤零零的郵筒前，把信封往郵筒投入。

第 4 場

說也奇怪，正當她把信封往郵筒投入後，竟颳起一陣風把剛投入的信吹走，直往天空飛揚而去。

〈一封無法寄達的情書〉劇本分場設計

第 1 場

場景：家裡客廳或少女房間

時間：白天

人物：少女

◆　一位女孩把一束的粉紅玫瑰跟粉紅信箋都放在桌上，然後靜靜地寫著一封信，寫完後就摺入信封裡。

第 2 場

場景：深深小巷

時間：白天

人物：少女

◆　當她把信摺入信封裡以後，就走出家門，行經一條深深的小巷。

第 3 場

場景：郵局

時間：白天

人物：少女

◆　到郵局時，她走到一座孤零零的郵筒前，把信封往郵筒投入。

第 4 場

場景：郵局

時間：白天

人物：少女

◆　說也奇怪，正當她把信封往郵筒投入後，竟颳起一陣風把剛投入的信吹走，直往天空飛揚而去。

〈一封無法寄達的情書〉腳本分鏡設計

第 1 場

場景：家裡客廳或少女房間

時間：白天

人物：少女

◆　一位女孩把一束的粉紅玫瑰跟粉紅信箋都放在桌上，然後靜靜地寫著一封信，寫完後就摺入信封裡。

●　**分鏡 1**：以近景由少女前方推鏡旋轉到後方，再從側背影拍攝桌上的寫信情形。

●　**分鏡 2**：以特寫拍攝寫完後就摺入信封裡情形。

〈一封無法寄達的情書〉腳本分鏡設計
第2場
場景：深深小巷
時間：白天
人物：少女

◆　當她把信摺入信封裡以後，就走出
　　家門。

●　分鏡1：以中景正面拍攝，少女從家
　　門出來後，轉身走入巷子(拉為全
　　景)。

◆　行經一條深深的小巷。

●　分鏡2：以全景側面拍攝，少女進入
　　小巷，從右方入鏡直到少女接近巷
　　尾。

〈一封無法寄達的情書〉腳本分鏡設計
第3場
場景：郵局
時間：白天
人物：少女

◆　到郵局時，她走到一座孤零零的郵筒
　　前。

●　分鏡1：以全景正面拍攝少女向前走轉
　　身到郵筒前。

◆　把信封往郵筒投入。

●　分鏡2：特寫拍攝少女雙手把信投入郵
　　筒內。

〈一封無法寄達的情書〉腳本分鏡設計
第 4 場-1

場景：郵局

時間：白天

人物：少女

◆　說也奇怪，正當她把信封往郵筒投入後，竟颳起一陣風把剛投入的信吹走。

●　分鏡1：特寫拍攝少女雙手離開郵筒，剛剛的信封突然飛出郵筒之外。

（以白線牽引信封飛出郵筒）

〈一封無法寄達的情書〉腳本分鏡設計
第 4 場-2

場景：郵局(或是一個較為空曠的地區)

時間：白天

人物：少女

◆　直往天空飛揚而去。

●　分鏡1：中景拍攝少女雙手離開郵筒後，轉拍少女仰望天空凝視。

（將信封擲向天空）

●　分鏡2：以全景仰角且旋轉拍攝天空的雲朵。

在演員選擇，場景尋找，道具製作與相關器具的準備上，根據〈一封無法寄達的情書〉的劇本所示，在演員的選擇方面，以年輕少女為主。場景尋找方面，一個場景在家裡、一個場景在郵局，小巷子的場景、還可以選擇一個較空曠的地區，最好是有雲的晴天為場景，共計有四至五個場景。在道具製作方面，選擇市上適當的少女衣服即可，不必過於華麗。信封與信紙和玫瑰花都以粉紅色調為主。為製造信封飛揚的情形，將信封繫上長白線，利於牽引信封。攝影器具則是 DV 攝錄影機一架，打光與場記的打板設備若干，但求真實儘可能使用自然光。場記的打板設備以隨時可以擦拭的硬板為佳，應用於拍攝前的拍攝場次紀錄，方便後製作剪輯次序的參考。所以，在每個開拍階段前都應先拍下場記打板的內容，一般場記打板書寫內容如圖 5-13 所示：

```
片名： 〈一封無法寄達的情書〉
場次： 第    001    場 — 01
場景：    家    裡
分鏡：    001    — 01
```

圖 5-13　拍片場記打板

資料來源：蕭仁隆繪製

關於後製作的剪輯錄音和配樂等都屬於數位軟體的應用，為技術應用的範圍，可依據不同廠商的專書操作，以便熟習該軟體與器具。此一領域並非本書的論述重點，不在此贅言。至於如何選擇廠牌方面，因為各家軟體設計各有優缺，仍以符合自身經濟利益的攝錄影設備和軟體為佳。若要參加比賽則需視比賽規定準備器材和後製的數位匯流軟體，以免前功盡棄。若要自我欣賞或與他人共賞，就不必太過於講究，以能上傳 YouTube 網站的後製軟體即可。

5.9　外延解建嫁接設計

　　文本需經嫁接而完成，文本嫁接可利用數位科技爲創作工具，也可以利用紙面文本爲創作工具。在數位科技方面的創作工具相當多，如大眾所熟悉的 Microsoft Office Powerpoint 與 Word 軟體等都具有超連結的設定功能，可以做爲文本嫁接的時空樞紐設計。目前尚無完整的非線文學創作平台提供創作之用，所以，本書所有嫁接實驗都利用現有數位軟體以及紙面文本爲平台，進行有限的，封閉的文本嫁接實驗，希望藉此建構出屬於非線文學的文本之美。原本只有一種嫁接模式，但「詩中詩」遊戲文本發明之後，文本嫁接即分爲內延嫁接與外延嫁接兩種路徑，原有的嫁接模式爲外延嫁接，「詩中詩」遊戲文本則屬於內延嫁接模式。內外延嫁接的路徑不同，有必要予以釋義，才能在文本解建後進行嫁接。外延解建嫁接較內延解建嫁接單純，因此，由外而內說明文本的嫁接設計路徑。在此先由外延解建嫁接所進行的嫁接路徑；說明文本解建後的嫁接究竟如何進行。

　　當整個文本嫁接連結完成後，這個非線文本才正是誕生！雙重閱讀爲解構理論所獨有的閱讀方式，更是文本嫁接最主要的目的。當文本進行嫁接設計時，可以將所歸納的十七項非線文學特性交替進行。其中多媒體性爲當初解構理論所沒有的特性，在 Web 2.0 世代則是常見的媒體呈現方式，更是非線文本最爲炫麗的表現方式。多媒體性將十二大藝術的界線嚴重鬆動，這是解構理論持續解構新媒體、新文本的現象。在文本嫁接進行設計方面，文本在完成原始創作後必須進行解構嫁接。鄭明萱引用波特（Jay Day Bolter）的論述，將解構嫁接的文本譯爲文片（lexia）或是節點（nond）或是環素（element），認爲文本的解構可以是段落、組句、個別字詞，可以是相同一文本內的字句、段落或章節，亦可以嫁接

至不同作者或是不同文本上，此即所謂的超文本特性（鄭明萱，1997）。蕭仁隆將原始文本外所有的單一文本都命名爲「嫁接文本」，對於文本所進行的解構命名爲「解構文本」。當文本進行解構後，又進行文本的創作，此階段則是文本的建構，命名爲「建構文本」。所以，從解構到建構的階段稱爲「解構與建構創作」，簡稱爲「解建創作」，而在解建後完成的文本就稱爲「解建文本」。原始文本在進行解構時，可依設計文本所需的結構拆解成若干可以嫁接的解建文本，經蕭仁隆歸納可供嫁接的解建文本有字詞解建文本、單句解建文本、多句解建文本、片段解建文本、整段解建文本、整章整節解建文本及不解建的整篇解建文本，共計有七類解建文本。以上所有文本的表現形式都可以依創作者需要進行解建，以利文本嫁接設計之進行。

　　當原始文本完成解構後，就要進行嫁接設計，嫁接設計可分爲有意義的嫁接設計與無意義的隨意嫁接設計。有意義的嫁接設計是希望導引讀寫者進行原作者所預設的有意義閱讀設計。無意義的隨意嫁接設計則是解構理論的隨意性設計，文本閱讀的內容與獲得屬於讀寫者自我閱讀的選擇路徑有關，卻無關作者原始意圖爲何！在嫁接時所選擇之邊緣嫁接字詞，亦可以是有意義或無意義的字詞。這個嫁接用語 link，在鄭明萱的譯名裡有連結、接駁、環扣、並比、聯絡等，都是當初對於原文的直譯（鄭明萱，1997）。目前國內對於 link 一字多以連結或超連結譯名，但兩者接近電腦用語，蕭仁隆改以具有生命再生功能的「嫁接」一詞統稱所有的連結動作。至於邊緣嫁接字詞方面，除文字外，圖片與符號都可以用於邊緣嫁接，其功能只是文本間的嫁接樞紐。邊緣嫁接的字詞原本是文本與文本間語氣聯繫或轉折的使用，然而非線性超文本的創作並不在意線性的連續與否。鄭明萱將嫁接字詞歸納爲八類：「連接詞、辯證型、說明型、層級型、時序型、代名詞與指示詞、參考引述、縮寫名詞」（鄭明萱，1997）。這些字詞對於非線文學創作進行嫁接設計時，有若干參考的價值。

　　原始文本與嫁接文本、嫁接文本與嫁接文本間的嫁接路徑，如圖 5-14 所示。原始文本與嫁接文本、嫁接文本與嫁接文本都是經由嫁接字詞、圖片、符號等形成時空跳躍的樞紐，於是兩者之間形成文本轉出與轉入的管道，這種管道如時空轉換之蟲洞，蕭仁隆以「蟲洞」名之。文本經此蟲洞可以無限的跳躍至其他文本中進行閱讀與寫作，也可以返回文本的初始處或跳至其他文本上，時空的進行不再是直線的而是跳躍的。關於文本時空概念在非線文本興起後已成為新的用語，有人或許會質疑文本也有時空？其實，文本時空的概念早已存在線性文本之中，試想：當文本經一個段落的時空敘事之後，小說或是詩都會進入另一個敘事空間。當這個空間具有時間性時，讀者就可以從文本所描述的時空中神遊情境。在讀者神遊的時空係依據自己過去的經驗所擬造出來的虛擬時空，虛擬二字在目前網路科技下已經不再是新鮮詞。以前研究文學的心理作用，總會談到讀者的移情作用，或是與作者產生共鳴，這個現象就是讀者自身所產生的虛擬時空，此虛擬時空的觸媒劑就是文字的敘述。也就是說，當作者把作品完成後，該作品的時空已經凝結，不論幾代以後的人讀這作品，都只是對於該作品的時空再造，是一種再造的虛擬時空。有了這樣的概念，比較能進入非線文本所談的時空概念，進而瞭解所謂的時空凝結與時空跳躍的現象，乃至所謂的蟲洞為何物。勞德（Goerge Landow）在《超媒體詞彙大全》（The Rhetoric of Hypermedia）中提出「概念地圖、向量流程表、時間表、實物圖表」的概覽圖觀念，作為對非線性超文本閱讀特性的描繪。勞德將文本的世界比喻為宇宙星團，當讀者點擊任一個點時，都是一次閱覽之旅的展開，也就是起點。當閱讀行為停止之後，這趟閱讀之旅就終止，仿如進行一趟太空之旅。行旅的起點與終點就形成一個循環週期，起點與終點的選擇已在業者的規劃路線之中，但旅客有相當的自主權選擇自己想旅行的路線（鄭明萱，1997）。其實，勞德以宇宙星團來比喻文本的世界，而閱讀文本就是太空旅行，已經相當深入淺出地說明所謂非線文本的時空觀念。但須弄清楚文本的時

空再創作完成時已經凝結，讀者的閱讀只是打開該文本的時空而已。當讀者闔上文本時，讀者閱讀的時空仍停留在那裏，縱使經由非線文本跳躍到另一文本的時空，閱讀的時空都沒有改變，一直到該讀者返回該文本為止。當讀者建立起這樣的文本時空觀念後，就可以看懂以下的外延解建嫁接設計路徑。

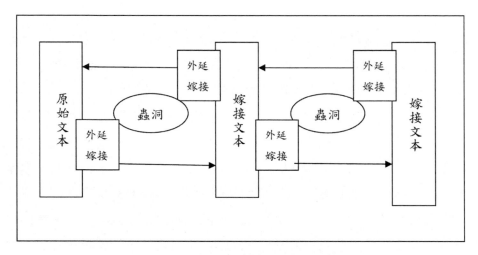

圖 5-14　外延解建嫁接設計路徑圖
資料來源：蕭仁隆繪製

從圖 5-14 文本外延解建嫁接設計路徑來看，當原始文本確立後必須進行文本的嫁接。嫁接可分為外延嫁接與內延嫁接，此圖為外延嫁接設計的路徑圖，嫁接點都從文本的邊緣開始，經過蟲洞進入嫁接文本。原始文本有時只是一個標題文本，或是一幅圖畫，或是照片等等，不一定是一篇文章的文本。非線文本的概念是可以不斷地在文本間跳躍讀寫的，所以嫁接文本與嫁接文本之間也可以透過嫁接設計手法以蟲洞進行文本時空的連結。最後讓非線文本成為不斷從原始文本到嫁接文本，嫁接文本到嫁接文本，嫁接文本回到原始文本，再由原始文本出發，形成一個無窮盡的讀寫路徑，也就是勞德所譬喻的文本宇宙星團。

5.10　內延解建嫁接設計

　　非線文學創作最需要藉助現有的數位平台處理文書及輸出入、編輯及組合文本等等作業，才能充分地表現非線文學的形式與內涵之美。素有台灣新媒體教父之稱的黃文浩，曾在元智大學《台灣當代之美—新媒體藝術講座》上剴切提醒：數位科技只是藝術的工具，藝術所要表達背後的內涵或概念或原創性才是主流（西元 2010 年 3 月 29 日）。藝術的創作表現如此，文學的創作表現也是如此。遊戲文本畢竟是個文本遊戲，不同於傳統的創作與閱讀方式，卻一樣都以彰顯文學作品的內涵為主要目的。內延解建嫁接設計係對於文本內部進行解建創作與嫁接設計，「詩中詩」遊戲文本為其最典型的文本。所謂「詩中詩」文本，簡單地說即是在詩作中另創詩作的意思。若以解構的理論說明，則是對於原始文本進行內部解構，然後將解構後的文本進行建構。當建構完成後，再嫁接於原始文本，完成第一層次文本的解建。又對第一層的解建文本進行解構，再將解構的文本進行建構。當建構完成後，再嫁接於第一層的解建文本，於是完成第二層文本的解建。如此週而復始，直到該文本可以被解構與建構的素材都被創作出來為止。以上所論，也就是「詩中詩」遊戲文本的內延文本解建嫁接設計的要旨。關於以「詩中詩」遊戲文本為例的內延解建嫁接設計路徑說明如圖 5-15 與圖 5-16 所示：

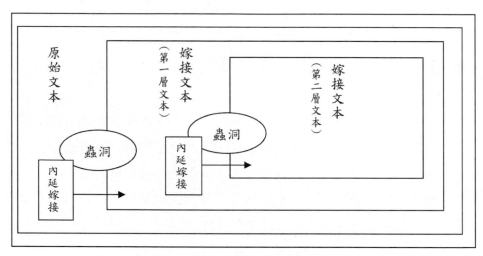

图 5-15　內延解建嫁接設計路徑圖

資料來源：蕭仁隆繪製

　　以立體的圖形表示「詩中詩」遊戲文本的內延解建嫁接設計，則如下圖所示：

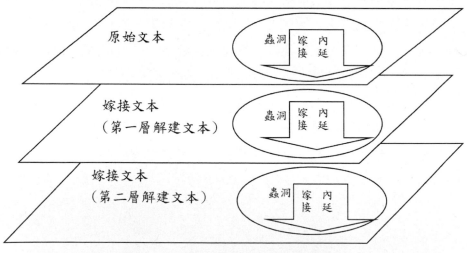

圖 5-16　內延解建嫁接設計立體圖

資料來源：蕭仁隆繪製

從這兩張文本嫁接路徑圖來看，當原始文本確立後必須進行文本的嫁接設計。嫁接設計可分為外延嫁接與內延嫁接，圖 5.15 與 5.16 為內延嫁接設計的路徑情況，嫁接點都從文本的內部開始，經過蟲洞進入嫁接文本。但是原始文本只是一個標題文本，非線文本的概念是可以不斷地在文本間跳躍讀寫的，所以嫁接文本與嫁接文本之間也可以透過嫁接手法以蟲洞進行時空的連結。內延嫁接路徑與外延嫁接路徑有所不同，當路徑越往內部嫁接後，文本的時空不變，但是文字所佔有的空間會越來越小，直到無法解建構為止。至於嫁接設計也可以加入外延文本嫁接，使內延文本與外延文本都得到嫁接，如此則文本的嫁接路徑將更為複雜多變，容後再論。

解構與建構文本可以僅作者一人進行，亦可把文本中的空白與新意留給讀者，讓讀者與作者在共同平台上進行腦力激盪。「詩中詩」遊戲文本的概念，類似中國古代已有的迴文詩，但迴文詩的遊戲性質與此遊戲文本不盡相同，此遊戲文本不一定要具備迴文性，卻必須是具有詩意的詩。此遊戲文本亦可以作為詩句的鑑賞練習，鍛鍊詩句的組織能力，更能提昇閱讀詩的興趣，甚至提昇詩的創作能力，讓讀者可以輕易的學習作詩；就在他人的詩作中做出自己喜愛的詩。這時讀者已經不再是一個純閱讀詩的讀者，也會是寫詩的作者。若在網際網路以開放式的寫式文本上，那麼不知會有多少人迷上這種詩創作的玩意！當然，在作詩之前也該會賞詩，或是對詩感到有興趣，那麼這個遊戲文本會是一個不錯的遊戲文本。若以數位科技製作這類遊戲文本，將會是精彩可期的遊戲文本。因為，藉助數位科技的製作，遊戲文本可以平面展示，也可以製成動態展示，甚至多媒體等等方式展現文本。

以文本的層次性而言，「詩中詩」的遊戲文本屬於多層次文本，且是往文本內部展延的文本，所以是屬於內延文本的性質。當內部展延到極限後，才突破框架再往更內部延異，另一個文本於焉開始。這樣的結果，豈不正是德希達所謂的框架在取得最大的設計能量之後，就會自行消

失！而框架的消失，正是德希達延異現象的開始。若把每個「詩中詩」遊戲文本所展延的各層次文本做非線性的嫁接設計，以及爲各種目的而設計的排序嫁接，將會出現許多奇特的現象，這些嫁接設計都是未來值得探討的範疇。

5.11　文本嫁接設計模式

文本的類型甚多，但基本類型不變，其中比較特殊的是遊戲文本，這是因於詩中詩的寫作方式而來。遊戲文本的本意即是以遊戲爲目的，讓文本的閱讀更爲多樣化與趣味化。詩中詩文本可以讓閱讀者在文本中創造文本，屬於創造型的遊戲。一般網路上的數位詩多向詩等等則屬於閱讀的文本，藉由一些文本嫁接的設計及各類軟體的運用達到與閱讀者互動的遊戲。因此，只要讓閱讀者經由點閱或其他路徑的選擇，即能繼續閱讀的文本，都屬於遊戲文本。詩中詩遊戲文本將在第六章詳細說明，其他的遊戲文本都涉及嫁接設計。因此，嫁接設計與製作成爲文本的最後階段，也是讓文本得以充滿生命力的階段。文本經由嫁接設計的製作，將會開始轉變其原有的面貌，甚至經由嫁接成爲連綿不絕的遊戲文本進而達到所謂文海或是星河的地步。

文本的嫁接經由文本的軟體設計而成，目前的文本軟體都有連結功能。在網路上的閱讀常運用此一功能跳接到所設定的其他網頁或資料上閱讀，廣告商也常運用此一功能讓讀者經由點閱進入所設計的廣告網頁裡閱讀，達到廣告效果。因此，點閱率成爲廣告吸引成效的代表，許多網站也設計此一功能，讓客戶或是作家或是網友經由此一點閱功能其瞭解受歡迎的程度。在文本的嫁接上，其實是爲文本找尋遊戲的動力和讀者探秘的興趣，用以達到閱讀文本的樂趣，或是達到文本所設計的情境效果。但不論遊戲如何設計，依據文本的嫁接設計路徑分析就是超文本

敘述的三個模式：軸狀結構（axial-structured）、樹狀結構（tree-structured）與網狀結構（network-structured）（鄭明萱，1997）。但陳朝蔚（2012）在《電子網路科技與文學創意—台灣數位文學史》一書中則以軸線型（axial hypertext）樹狀型（arborescent hypertext）網路型（networked hypertext）為名。因為都是外文的翻譯，若選取的原文來源不同，翻譯的文義也會略有不同。既談文本嫁接設計路徑則以模式（model）為名更為恰當，兩人相異的原文 tree 與 arborescent 兩字，經研究其字義，則以 tree 具有世系的意義，較能表達文本嫁接設計路徑樣貌。所以，在此將三個模式的中英名詞定名為軸狀模式（axial model）、樹狀模式（tree model）與網狀模式（network model）。除此之外，尚有第四條未被諸家所論及，就是複合模式（composite model）。關於文本嫁接設計的行進路徑模式分別敘述如下：

一、軸狀模式（axial model）

軸狀模式的文本嫁接係超文本初階所使用的模式，即仿造線性的傳統文本編排方式，將書本內的各個章節、頁碼、目錄等進行嫁接，也就是依據傳統的閱讀方式編輯書籍，使書籍內的文章依據編輯的順序有條理，在書籍內有先後有秩序，方便讀者翻書閱讀，屬於有秩序的嫁接文本，也可以說是以超文本方式嫁接的線性文本閱讀模式。

二、樹狀模式（tree model）

樹狀模式的文本嫁接就像世系圖一般，以樹木的主幹為主架構，然後一路往上分支蔓延開來，枝幹之間相互連結。因此，閱讀此類的嫁接設計文本，在有限的閱讀路徑上選擇閱讀，也就是依循原始作者初始規劃的路徑閱讀。樹狀模式文本與軸狀模式文本最大的差異在於閱讀順序的拘束程度不同而已，大多為多向文本或遊戲文本與互動文本的設計者所採用。因為文本經由樹狀模式的設計，可以讓文本的閱讀發展產生不可思議的，甚至相互矛盾的情結，讓讀者無法期望唯一的故事結局。

三、**網狀模式**（network model）

　　網狀模式的文本嫁接則相異於前二者，以隨意嫁接為主要的設計概念，可以隨意嫁接任何文本，相當符合非線性超文本的去中心與多線路發展無邊無盡的嫁接概念。目前國外此類文本都運用於網路藝術上的實驗創作，很少運用在具有意義的文學文本閱讀上。因為，此類模式的文本採取讀寫完全開放的態度，以致諸多的實驗文本最後都成為毫無閱讀價值的文本。採取讀寫完全開放是該文本的最大缺陷，又因為參與者的背景差距與目的不同，導致文本閱讀內容成為文字塗鴉。為防止文本步入此一宿命，則需在嫁接設計時給予必要的規劃，以便導向可讀性的文本設計。

四、**複合模式**（composite model）

　　所謂複合即是多種模式的組合之意，軸狀模式、樹狀模式與網狀模式各有獨立的發展文本嫁接模式，但從文本的嫁接研究發現，突破三者模式的壁壘；更能展現文本的多樣性，如此的文本嫁接設計就是複合模式的嫁接設計。三者模式如何進行交錯的文本嫁接，端視文本的主題設計為何？其中以探索性或遊戲性強烈的主題最適合複合模式的嫁接設計。

　　以上四種文本嫁接設計的行進模式，屬於文本嫁接設計製作流程末段。在文本嫁接設計路徑中已經依據文本的延異性質區分為內延性嫁接與外延性嫁接，又依據文本閱讀連續意義的嫁接設計可分為有連續意義的嫁接設計與無連續意義的隨意嫁接設計，又依據文本的解建類別區分為七大類，即字詞解建文本、單句解建文本、多句解建文本、片段解建文本、整段解建文本、整章整節解建文本及不解建整篇解建文本，共計有七類解建文本（蕭仁隆，2011）。如今，文本嫁接設計的行進模式亦已確定，文本嫁接設計製作流程才算完成。創作者方可根據創作時思考的

文本表現型式進行文本解建與嫁接創作。關於字詞、單句、多句、片段、整段、整章整節、不解建整篇解建文本的嫁接實例，於創作範例中敘述。文本嫁接設計製作整理後的流程如圖 5-17 所示：

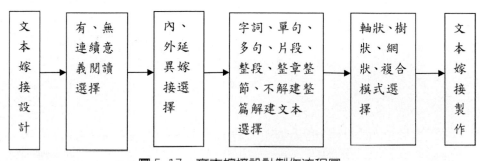

圖 5-17　文本嫁接設計製作流程圖

資料來源：蕭仁隆繪製

5.11.1 軸狀模式嫁接設計製作

軸狀模式的文本嫁接屬於有秩序的嫁接文本，也是目前網路上常使用的超文本連結模式。因爲是依據傳統的閱讀方式編輯設計，所以不會產生閱讀上的困惑。在軟體設計上甚至可以仿如線性傳統文本翻頁閱讀，也是目前電子書普遍的嫁接設計模式，其設計製作僅是將書本內容依章節、頁碼、目錄等進行嫁接製作而已。在實際閱讀時，通常會設計爲目錄跳接閱讀，或是章節跳接閱讀，甚至頁碼跳接閱讀及加入字詞蒐尋功能，方便閱讀及查詢資料。這些跳接的功能設計與軸狀模式無關，已經屬於複合模式之一。軸狀模式雖屬於近似傳統的閱讀方式，還是跟傳統閱讀有所不同，其嫁接設計模式如圖 5-18 所示：

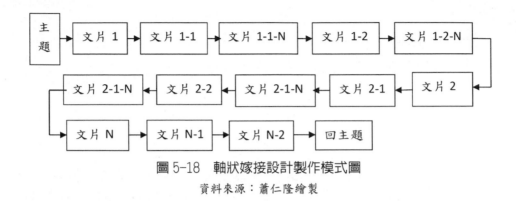

圖 5-18　軸狀嫁接設計製作模式圖

資料來源：蕭仁隆繪製

　　從上圖的嫁接設計模式可知，當某一主題的文本被解建成文片後，依據軸狀嫁接設計製作模式進行文片 1→文片 1-1→文片 1-1-N 的排列嫁接設計，然後接續是文片 1-2 嫁接文片 1-2-N 的排列嫁接設計，下接文片 2 嫁接文片 2-1→文片 2-1-N→文片 2-2→文片 2-1-N→文片 N→文片 N-1→文片 N-2 的嫁接設計，依此類推。所以，將軸狀嫁接模式想成書籍的章節次序依次增加，最後整個文片都環繞著此一主軸嫁接設計，使閱讀者可以依序閱讀不致混亂，即是該文本的特色。一般而言，軸狀文本嫁接設計的文片都是完整的文本，不會被解構成零碎的文片，也就是以一個一個完整的文本依序嫁接，閱讀者可以選擇文片 1 閱讀，之後選擇文片 2 閱讀，直到文片結束。然而，目前電腦可以跳接閱讀，就像傳統書籍的閱讀可以跳章跳節去閱讀，不必逐章逐節閱讀，設計者可以增加此一設計，但已非軸狀嫁接設計製作模式，所以不在上圖顯示，以免誤導。若想完整的讀完該書本，還是要逐章逐節閱讀，在設計嫁接時必須注意此一環節，讓閱讀時可以更為順利。創作者選擇此嫁接設計製作模式時，需在每個最後的文片上設計到下一章節的嫁接出口，以利逐次閱讀。當然，此一模式的文片也可以不用整篇整節的嫁接設計，把文本解構成文片來嫁接，只是嫁接設計仍依照軸狀模式進行。例如上圖所示，文片 1-2-N 為文片 1 的最後文片，則在此一文片設計往文片 2 的嫁接出口，讓閱讀流程順暢，依此類推，最後一個文片則須設計嫁接回到主題。

5.11.2 樹狀模式嫁接設計製作

　　樹狀模式的文本嫁接製作就像世系圖一般，以樹木的主幹為主要架構；然後一路往上分支蔓延開來，枝幹之間又相互連結。但這些連結都是依循原始作者初始規劃的路徑閱讀，故事的結局也僅僅是規劃中的事，卻因選擇路徑不同而有不同的結局，或是文章組合。其嫁接設計模式以世系圖排列如圖 5-19 所示：

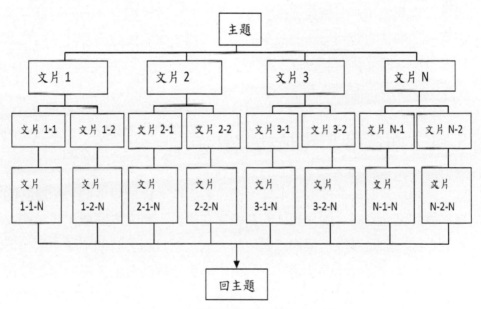

圖 5-19　樹狀嫁接設計製作模式圖
資料來源：蕭仁隆

　　從上圖的嫁接設計模式可知，當某一主題的文本被解建成文片後，依據樹狀文本嫁接設計製作模式進行文片 1 至文片 N 的嫁接設計製作狀況圖示。以文片 1 為例：文片 1 可以向文片 1-1 開放嫁接直到文片 1-1-N

終結，也可以向文片 1-2 開放嫁接直到文片 1-2-N 終結。也就是說在文片 1 設計為兩個開放嫁接的出口文片 1-1 與文片 1-2，文片 1-1 的終結是文片 1-1-N，文片 1-2 的終結是文片 1-2-N。因為嫁接設計的閱讀路徑不同，文片 1 的發展就會有兩個結局就是文片 1-1-N 和文片 1-2-N，最後一個文片 則須設計嫁接回到主題。若創作者將此主題設定為小說文本，則必須為 小說文本設計兩種發展途徑和結局。閱讀者因為閱讀路徑選擇的不同， 也就會讀到不同的結局。以目前的圖例而言，假設小說文本是開放四個 主要文片，並在四個主要文片下各開放兩個嫁接出口，則該小說文本必 然會有八種小說發展途徑和結局。因為文本經由樹狀模式的嫁接設計 後，可以讓文本的閱讀發展產生不可思議的，甚至相互矛盾的情結，讓 讀者無法期望只看到唯一的故事結局。所以，樹狀模式大多為多向文本 或遊戲文本與互動文本的設計者所採用。

5.11.3 網狀模式嫁接設計製作

　　此類模式的文本採取讀寫完全開放的態度，與前兩者的封閉設計的 嫁接設計完全不同。此類模式的初始係在網路上將文本開放，任由網友 隨意嫁接，於是形成一個網際網路的大網，而且隨著時間不斷增生，不 斷綿密，相當符合非線性超文本的去中心與多線路發展無邊無盡的嫁接 概念。然而，採取此類模式的實驗文本最後都成為毫無閱讀價值的文本。 有鑒於此，需在設計時給予必要的規劃，以便導向可讀性的文本設計。 為此，蕭仁隆在此一模式下增加另一模式；即是採取封閉性的網狀模式 設計，以便把文本導入具有可讀性高的文本。經此一分流，網狀模式可 分為開放性網狀模式與封閉性網狀模式兩類。其嫁接設計製作模式如圖 5-20 所示：

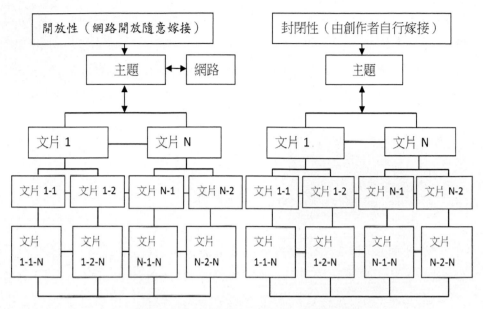

圖 5-20　網狀嫁接設計製作模式圖
資料來源：蕭仁隆

　　由圖 5-20 網狀模式的文本嫁接可知，不論採取開放性網狀模式或封閉性網狀模式，所呈現的文本嫁接路徑都屬於網狀，每個文片可以上下左右相通。其所不同之處在於開放性網狀模式的嫁接路徑一直再增生，而封閉性網狀模式則在一定的嫁接設計內任意閱讀。所以，該模式下的閱讀可以設計有結局，但閱讀時因為路徑仍可選擇，以致在結局之後會出現轉機。封閉性網狀模式雖被封閉其他創作者參與，但是如何創作出具有可讀性的文本，又可以前後連通的文本，有如迴文詩一般的創作，這對於創作者的創作能力是相當大的考驗。開放性網狀模式其遊戲性與互動性最高，相對地可讀性就會降低，為此，可以將上網自行嫁接的創作者做某些必要的規範，用以符合所設定的主題。上網的創作者在此一主題與規範下盡情發揮創作文本的嫁接，雖有違網路的自由與開放的主張，卻能達到共同創作有意義的具有可讀性的文本，進而成就一部共同創作的大文本。在開放性的模式創作上，創作者可以只提出一個概念為

主題，其餘都由參與的網路創作者進行文本創作。或者原創者只做局部的示範文本創作，留下所有的空間給網路創作者。亦可設定共同創作截止日期，以便將所有的文本創作封存，甚至付印出版為傳統的書籍。因此，只要在提出主題時將該文本的作為作一完整的，有系統的規劃設計，將會產生不可知的創作力量，和意想不到的結果。

5.11.4 複合模式嫁接設計製作

當瞭解前三種文本嫁接設計模式之後，複合模式只是對於嫁接設計進行多種模式交錯嫁接設計而已。此種嫁接設計模式可以補足軸狀模式、樹狀模式與網狀模式的不足之處，發揮其特長，也最具文本的多樣性、探索性與遊戲性。其嫁接設計製作模式如圖 5-21 所示：

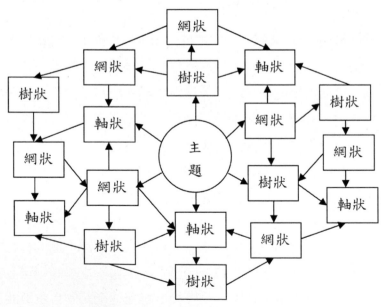

圖 5-21　複合嫁接設計製作模式圖

資料來源：蕭仁隆繪製

由圖 5-21 可知，複合嫁接設計製作模式的路徑相當複雜多變，創作者在嫁接設計時，只要依據軸狀模式、樹狀模式與網狀模式的特性進行嫁接設計即可。因爲該模式已經局部開放爲網狀模式，所以，此模式也將隨著其他創作者的隨意嫁接而改變文本的內容，並且讓此模式的文本不斷增生。可以預期的，開放模式下的文本到最後會包覆封閉式模式下的文本，只要沒有設定終止點，文本在創作者不斷嫁接後就會持續增長。

5.12　原始文本與嫁接文本創作

德希達當初的解構閱讀與雙重閱讀寫作係以延異的方式來突破哲學的疆界，然而自發現「詩中詩」遊戲文本的創作法後，非線文本的延異嫁接就分成外延異與內延異兩類。所謂外延異嫁接即是「文外之文」的非線文本嫁接，新生的文本都是經過外延嫁接而來。所謂內延異嫁接則是「文中之文」，亦可稱爲「文內之文」的非線文本嫁接，其所新生的文本都是經過內延嫁接而來，即是經過內延異嫁接文本的解建創作。不論外延嫁接文本或是內延嫁接文本，都是非線文本。內延異嫁接文本以「內延文本」指稱，外延異嫁接文本則以「外延文本」指稱，使名詞指稱各有歸屬，不致混淆。

不論外延文本創作或是內延文本創作，都必須先具備一個可以被解構的原始文本，否則無法啓動文本的解構與建構創作。德希達以古人的文章或是哲學作品作爲解構對象，蕭仁隆爲分別文本指稱，將所有被作爲解構的作品稱爲原始文本，所以，德希達係以古人的文章或是哲學作品作爲原始文本進行解構。不論以外延文本進行解構，或是以內延文本進行解構，都必須有足以被解構的原始文本。原始文本可以是他人的作品，可以是古人的作品，也可以由自己創作的作品。若是以他人的作品進行解構要注意著作權的問題，以免惹來麻煩。以下便是以蕭仁隆的自

我創作〈一封無法寄達的情書〉爲原始文本，創作法則與傳統創作一般，從靈感的發想開始，運筆書寫，再修飾潤筆，完成作品。當確立原始文本後，要選出想要嫁接的文本，又稱爲嫁接文本。在文本主題規範上以情詩系列創作爲主，所以又自我創作了七篇嫁接文本。於是整個創作已經有原始文本與嫁接文本，滿足解構與建構文本的條件，接下來就利用這些文本進行外延文本的嫁接範例，讓讀者明白外延嫁接設計製作爲何。

　　外延文本的嫁接範例以《情詩系列》創作爲主題，是要凸顯德希達解構理論最主要的特徵：「延異與嫁接」的現象。情書可以比照爲傳統的文本，在完成日就終止，成爲歷史。但根據德希達的解構理論認爲非線文學創作的作品；其作品的完成日，不是一個終點，也非走入歷史，而是誕生，才要起步。所以，當情書投入郵筒的哪一刻起，寫情書的作者就無法控制這書信郵遞的道路，和郵差送信的快慢。郵遞途中可能的際遇將會有千變萬化的變化，於是當初寫這封情書的深深情懷，可能永遠被包藏在信封中，就如長長的雲空一般，只能徒增唷嘆！而長長的雲空又譬喻爲網路的虛擬世界，雖近在咫尺，因爲主要的溝通管道是網路，於是形成千里如咫尺，咫尺在千里的獨特現象。這種獨特現象正是網路所呈現的眞實世界－虛在實中，實在虛裡，讓情書的謎底，可能永遠是個謎。這個謎就形成一種暗喻，非線性的遊戲本質於焉開始。以下爲原始文本與嫁接文本創作範例：

《情詩系列》文本創作

■原始文本創作
〈一封無法寄達的情書〉

把妳我的影音

玫瑰的芳香

摺入

小小的粉紅信箋

步過深深空巷

在孤零零的郵筒前

投入

東風

從郵筒窄窄的窗口

竄出

把信帶向長長雲空

■嫁接文本創作
（1）〈玫瑰之飲〉

飲下釀造已久的玫瑰

那一頁一頁撕落的空白

墜入夕陽斜下的醉紅

據說那醉的精靈

如鐘乳一滴滴緩緩鋪陳

把原生的矜持逐漸褪去

讓玫瑰一瓣一瓣剝離

裸露酒精與香精的酥胸

打開釀造已久的玫瑰
妳我以眼裡的彩虹對飲
夕陽停留在晚風的酩酊中
把剝離的花瓣一一復原
還一束樸真的玫瑰
誰說
交融之後沒有醇香？

（2）〈唇之語〉

微啟明皓
如喜馬拉雅山的白雪
刺入我汨汨熱騰的心潮
啟動分光儀上的光譜
紅色之後轉橙橙色之後轉黃
黃色之後轉綠綠色之後轉藍
藍色之後轉靛靛色之後轉紫
我辨不出朱唇之內明皓的光譜

微啟朱唇
如太陽核熔合輻射出的赤紅
刺入我汨汨熱騰的心潮
啟動經絡儀上的脈動
太陽經後入少陽少陽經後入陽明
陽明經後入太陰太陰經後入少陰
少陰經後入厥陰厥陰經後入奇經
我測不到明皓之外朱唇的脈動

妳以朱脣迎向我
光譜儀上一片「空白」
妳以明皓攪動我
經絡儀上浮現「無語」

（3）〈媚之眼〉
昨晚月光輕輕輕輕地
從妳的眼簾柔柔滑過
驚起一陣陣一陣陣漣漪
妳說：「我的每一個漣漪都是音符」

我說：「我要乘坐每一個漣漪搖蕩」
我遙蕩遙蕩遙蕩到最末一個漣漪
驚訝昨晚的月光還在眼簾上逗留
妳說：「我要讓月光泛映著漣漪」
我說：「謝謝妳為我保留月光」
於是沿斜映的音階輕輕輕輕步下

黎明在妳的眼簾慢慢慢慢甦醒
我慢慢慢慢滑過妳晶瑩的眸子
妳說：「你的身影深深深深倒映
　　　　在我深邃而善變的瞳孔之中」
我從瞳孔之外窺視究竟
突然失足的墜入深深深深的瞳孔
觸見已貼滿瞳內幽淵的屬我影像
妳看我困惑和驚奇的樣子
眨一眨眼然後闔上簾幕

笑了

（4）〈髮之語〉
　　　據說唐朝貴妃的雲鬢
　　　常繫著嬌艷的牡丹
　　　每每伴得君王帶笑看
　　　眼前妳一頭的秀髮
　　　不需嬌艷牡丹的陪襯
　　　就讓天邊的彩霞羞澀

　　　天上的烏雲是妳的傑作
　　　總帶著風帶著雨襲面而來
　　　我只能闔眼接待或者睜眼
　　　瞥視妳髮散一肩時的笑靨

　　　我躺臥在妳絲絲柔柔的髮上
　　　嗅每一根絲絲柔柔的清香
　　　解每一根絲絲柔柔的程式
　　　想發現妳我生命的密碼
　　　讓細細的微風輕輕撫慰
　　　據說基因都這般重組？

　　　唐都的牡丹太遙遠了
　　　我送妳一束粉紅玫瑰
　　　竟見星光從銀河墜落
　　　棲在妳一頭烏黑的天空

（5）〈耳之外〉

　　　　有人把窗外的風關起來

　　　　說是要聽聽風聲

　　　　我總是納悶不解

　　　　有一天我也關掉窗外的風

　　　　坐在聽骨上靜靜聆聽

　　　　所謂的風聲

　　　　我輕輕地移動窗戶

　　　　把兩扇窗緊緊靠攏

　　　　這才恍然覺悟

　　　　世間上最美妙的風聲

　　　　就在關窗之後

（6）〈提著春天來日月潭〉

　　　　那年我們提著春天

　　　　來到日月潭的岸邊

　　　　昨晚埔里為我們洗塵

　　　　以傾盆整夜的大雨

　　　　那年我們提著春天

　　　　來到日月潭的岸邊

　　　　今早的陽光帶了點雲絲

　　　　妳問園中孔雀為何叫個不停

　　　　我說妳的花衣讓牠想起求偶

　　　　於是全園孔雀逐一震震開屏

　　　　也許這就是日月潭的春天

櫻花從鄒族服飾中飛出
掛了滿滿滿滿滿的樹梢
把蜿蜒的湖濱繡上彩裝
陽光帶著白雲沐浴潭中
就在日與月的交會之處
傳說這是鄒族祖靈聖地
我們翹首尋覓傳說影子

我們把每個腳印留在潭畔
據說日月潭的美麗要環湖
我們搭船熙熙攘攘的穿梭
把這片湖面掀得漣漪激灩
弄皺了那群山靜躺的悠姿
我們登玄奘寺請梵音撫平
燕子忽從平波中翻飛而上
春在牠的呢喃中開始播傳

那年我們提著春天
來到日月潭的岸邊
日月潭為我們洗塵
以滿滿的花香輕輕的微風

(7)〈85度C咖啡〉
　　妳一點點
　　我一點點
　　妳又一點點

我又一點點

再一點點

又一點點

我們一點點一點點品茗

85 度 C 咖啡

在午後

一個腳步匆忙的人行道旁

5.13 外延解建創作嫁接設計範例

外延文本解建創作範例係以《情詩系列》的新詩進行有意義之文本解建嫁接，有意義之文本解建嫁接設計有字詞、單句、多句、片段、整段、整章整節、不解建整篇解建文本的嫁接設計七類，僅以整篇解建文本嫁接、單多句解建文本嫁接與字詞解建文本嫁接三類進行文本解建嫁接創作，作為外延文本解建嫁接設計的範例。至於隨意性嫁接文本雖為解構理論所主張，兩者嫁接方法相同，在嫁接文本選擇上卻可以隨意為之，不在意嫁接之後能否產生新意。蕭仁隆認為此種文本嫁接不具研究意義，因此，不列為外延解建文本嫁接創作的範例。以下即是整篇文本、單（多）句與字詞文本為外延解建文本嫁接設計創作範例：

一、整篇解建創作文本嫁接設計範例

整篇解建文本創作嫁接設計的手法僅是將原始文本與嫁接文本的連接，如本創作是將兩首情詩予以嫁接，因為同屬情詩，閱讀起來尚不覺得唐突。此嫁接設計的概念乃是將與標題文本相關的嫁接文本做一連接，再以跳躍的方式進行閱讀。本處所有範例的設計係將解建嫁接的時

空樞紐設計在尾詞，猶如傳統的閱讀方式，在閱讀完一整篇文本後再作翻閱的動作。一般嫁接的字詞的設計可以不在尾詞，也可以在文中設定任一字詞作為嫁接的時空樞紐，則該文本閱讀就具有相當的跳躍性，甚至整個閱讀的情境會因之而轉變。整篇解建文本創作嫁接設計範例如下：

《原始文本》　　　　　　　　　　《嫁接文本》

〈一封無法寄達的情書〉
把妳我的影音
玫瑰的芳香
摺入
小小的粉紅信箋
步過深深空巷
在孤零零的郵筒前
投入
東風
從郵筒窄窄的窗口
竄出
把信帶向長長 雲空

〈玫瑰之飲〉
飲下釀造已久的玫瑰
那一頁一頁撕落的空白
墜入夕陽斜下的醉紅
據說那醉的精靈
如鐘乳一滴滴緩緩鋪陳
把原生的衿
持逐漸褪去
讓玫瑰一瓣一瓣剝離
裸露酒精與香精的酥胸

打開釀造已久的玫瑰
妳我以眼裡的彩虹對飲
夕陽停留在晚風的酩酊中
把剝離的花瓣一一復原
還一束擬真的玫瑰誰說
交融之後沒有 醇香 ？

說明：文本內框框的字詞為嫁接點擊的時空樞紐設定，不具特別的意義。亦可以將字詞改成專屬的時空樞紐標誌圖案或是照片等，會有不同的觀感。

二、單（多）句解建文本創作嫁接設計範例

　　單（多）句解建文本創作嫁接設計係從原始文本或嫁接文本中，依設計需要解構爲若干長短不一的句子，並以整句詩作爲嫁接的時空樞紐設計，再建構出嫁接文本，其目的是要將這些句子重新建構出有意義的嫁接文本。當讀者依循所設計的嫁接路線時，即可因爲跳接的關係，循線閱讀另一首詩。因此，在原始文本與嫁接文本中可以創造出更多新的文本，更多新的作品。以本創作而言，將這些句子連結起來，豈不成一首詩嗎？這就是文外有文的魅力。如果再將這些單（多）句題上詩題，豈不就是一首不錯的新詩，新文本的生命即在此誕生。若在雙重閱讀中，則可以爲之命名，然後另立文本及重新嫁接文本。當所有的讀寫者都從事讀寫雙重閱讀時，這個《情詩系列》文本將會繁殖成無數的情詩文本。若再加入非原始創作者的詩後，則《情詩系列》文本將變得難以想像的豐富。單（多）句解建文本創作嫁接範例如下：

《原始文本》   《嫁接文本》

〈 一封無法寄達的情書 〉

小小的粉紅信箋

〈玫瑰之飲〉

墜入夕陽斜下的醉紅

〈唇之語〉

如太陽核熔合輻射出的赤紅

刺入我汩汩熱騰的心潮

〈髮之語〉

我送妳一束粉紅玫瑰

竟見星光從銀河墜落

棲在妳一頭烏黑的天空

《新文本》

小小的粉紅信箋

墜入夕陽斜下的醉紅

如太陽核熔合輻射出的赤紅

刺入我汩汩熱騰的心潮

我送妳一束粉紅玫瑰

竟見星光從銀河墜落

棲在妳一頭烏黑的天空

說明：在原有文本內單獨框出解構出來的詩句作為嫁接點擊的時空樞紐設定，並在此框框中進行閱讀，才能達到另有新意的效果。本範例僅就解構出來的詩句標註在文本內，以免與原有文本混淆。

三、字詞解建文本創作嫁接設計範例

　　以字詞作爲解建文本創作嫁接設計係從原始文本或嫁接文本中，依設計需要解構爲若干長短不一的字詞，並以此爲嫁接的時空樞紐設計，再建構出嫁接文本，其目的是要將這些字詞重新建構出有意義的嫁接。當讀者依循所設計的嫁接路線時，即可因爲跳接的關係，循線閱讀另一首詩。因此，在原始文本與嫁接文本中可以創造出更多新的文本，更多新的作品。字詞爲解建文本的最小文本，因爲是最小單位的文本，所以文本的再創造力最強，文本變化最爲豐富。字詞解建文本在原始文本中可以創造更多的文本，更多的作品。以本範例的創作而言，將這些字詞連結起來，豈不完成一首詩嗎？加上詩題命名爲〈東風〉則意境更美了。這類有意義的解建在創作時，連自己都會產生想不到的詩句組合與意境的產生，這就是非線文本最具魅力之處！字詞解建文本創作嫁接範例如下：

《原始文本》　　　　　　　　　　　《嫁接文本》

〈 一封無法寄達的情書 〉
東風

〈唇之語〉
微啟

〈玫瑰之飲〉
一頁

〈玫瑰之飲〉
一頁

〈玫瑰之飲〉
撕落的

〈玫瑰之飲〉
空白

〈媚之眼〉
輕輕輕輕地

《新文本》

〈東風〉
東風
微啟
一頁
一頁
空白
輕輕輕輕地

說明：在原有文本內單獨框出解構出來的字詞為嫁接點擊的時空樞紐設定，並在此框框中進行閱讀，才能達到另有新意的效果。本範例僅就解構出來的字詞標註在文本內，以免與原有文本混淆。

5.14　內延解建創作嫁接設計範例

　　內延解建創作嫁接設計以「詩中詩」遊戲文本爲範例。爲方便起見，都簡稱爲「詩中詩」文本。「詩中詩」文本爲「內延文本」的典範，想瞭解「詩中詩」文本必須對非線文本的特性具有概念，再明白「外延文本」爲何物，才能體會屬於「內延文本」的「詩中詩」文本。「詩中詩」文本的撰寫，在文本初稿方面與一般詩的創作文本一樣，應注意詩的本質層面，如洛夫所言，詩的「神思、意境、形而上思考、意象、語言、節奏、象徵和超現實概念等。」在詩的技術層面上，包括「句構、間行、標點」（向明，2008）都須注意，這是傳統詩文本的寫法。然而「詩中詩」遊戲文本是將傳統詩文本的內容，在一字不增一字不減的框架下以減字法則進行文本的解建創作。「詩中詩」遊戲文本企圖把詩文本內隱藏的另一首詩展現出來，於是在每首詩之間就產生一種的牽制現象，即原始文本與嫁接文本之間的牽制現象。一般詩文本少有框架，然而以繪畫作品而言，框架具有資訊聚焦的效果，在適當的設計下，框架具有說明主題與凸顯議題的效果。因此，框內框外就大有學問！「詩中詩」文本也是利用框架作爲文本的邊界與框架，框架內的空白正好是德希達的空白，莊子的虛幻，杜象的詩意，後現代非線性排列所展演的場域。詩句在這有限的空白處到處飄盪，或定位或消失，於是形成有如中國繪畫的留白效應，詩意就在不同位置的留白中傾吐。詩題也會是詩句的一部份，讓詩題與詩句產生一種牽制效應，即由詩題彰顯詩意，或是由詩句與詩題共同彰顯詩意。於是詩題與詩意形成一對相互傾吐心聲的姊妹，連綿的詩意就在一個接著一個的文本中展現出來。

　　「詩中詩」內延文本解建創作嫁接設計以遊戲文本的平面文本純文字展示爲基本結構，進行文本解建創作。期許讀者在讀完一首詩之後，

發現「詩中詩」原始文本所隱藏的新文本，進而帶來閱讀的新奇性與趣味性，引發讀者對於閱讀新詩的興趣。「詩中詩」的趣味性尚不只如此，還可以依此模式在他人文本中去探索與玩味，找尋作者在創作時沒有想到的隱藏於其中的新文本。當讀者欲找出隱藏於其中的新文本時，即以「詩中詩」遊戲文本創作法解建文本，那麼就會發現德希達所言源源不斷的新意。這是一種不斷在文本中建構文本又解構文本；然後再建構文本又解構文本的文本遊戲，一種不須另作敘述，就在文本當中找尋文本的文本遊戲樂趣。創作範例從《情詩系列》的詩文本中選取〈一封無法寄達的情書〉、〈玫瑰之飲〉、〈耳之外〉、〈85 度 C 咖啡〉四個文本作爲解建創作的原始文本，進行三個層次的文本解建創作範例，連同原始文本則有四個層次的文本。內延解建創作與嫁接設計範例如下：

一、〈一封無法寄達的情書〉解建創作嫁接設計

《原始文本》　　　　　　　　　　　　　《嫁接文本》

一封無法寄達的情書

把妳我的影音
玫瑰的芳香
摺入
小小的粉紅信箋
步過深深空巷
在孤零零的郵筒前
投入
東風
從郵筒窄窄的窗口
竄出
把信帶向長長雲空

空　巷（解建文本 1）
　　　我

步過深深空巷
　孤零零的

東風
從　　窄窄的窗口
竄
　　向長長雲空

空　巷（解建文本 2）
　　　我

步過深深空巷
　孤零零的

空　巷（解建文本 3）
　　　我

二、〈玫瑰之飲〉解建創作嫁接設計

《原始文本》 　　　　　　　　　　　　　《嫁接文本》

<table>
<tr><td>

玫瑰之飲

飲下釀造已久的玫瑰
那一頁一頁撕落的空白
墜入夕陽斜下的醉紅
據說那醉的精靈
如鐘乳一滴滴緩緩舖陳
把原生的矜持逐漸褪去
讓玫瑰一瓣一瓣剝離
裸露酒精與香精的酥胸

打開釀造已久的玫瑰
妳我以眼裡的彩虹對飲
夕陽停留在晚風的酩酊中
把剝離的花瓣一一復原
還一束模真的玫瑰
誰說
交融之後沒有醇香？

</td><td>

對　　飲（解建文本1）

已久的玫瑰
一頁一頁撕落

如鐘乳一滴滴緩緩舖陳
　　　　　　褪去
　　　　剝離
裸露

妳我以眼裡的彩虹對飲
　　在晚風的酩酊中

</td></tr>
<tr><td>

彩　　虹（解建文本3）

在晚風的酩酊中

</td><td>

對　　飲（解建文本2）

妳我以眼裡的彩虹對飲
　　在晚風的酩酊中

</td></tr>
</table>

三、〈耳之外〉解建創作嫁接設計

《原始文本》　　　　　　　　　　　　　《嫁接文本》

耳之外

有人把窗外的風關起來
說是要聽聽風聲
我總是納悶不解
有一天我也關掉窗外的風
坐在聽骨上靜靜聆聽
所謂的風聲

我輕輕地移動窗戶
把兩扇窗緊緊靠攏
這才恍然覺悟
世間上最美妙的風聲
就在關窗之後

風　　聲（解建文本1）

　　窗外的風
說是要聽聽

有一天我
　　　　靜靜聆聽
　　風聲

我輕輕地移動窗戶
　　　　靠攏
才恍然覺悟
世間上　　的風聲

風　　聲（解建文本3）

　　我

　　　　聽

　　　　風聲

聆　　聽（解建文本2）

有一天我
　　　　靜靜聆聽

世間上　　的風聲

四、〈85 度 C 咖啡〉解建創作嫁接設計

《原始文本》　　　　　　　　　　　《嫁接文本》

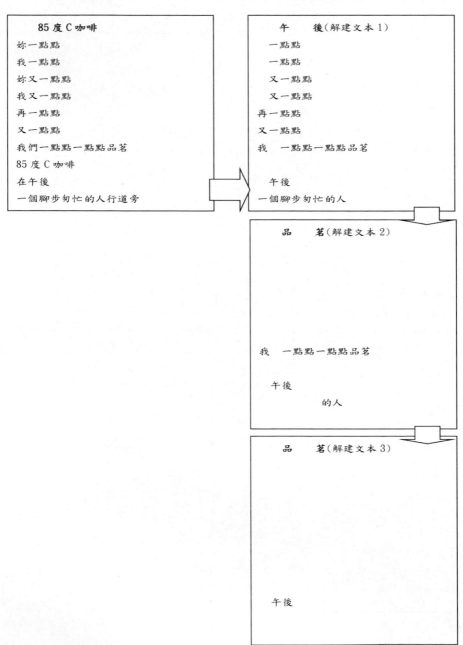

　　由以上的內延解建創作嫁接設計，獲致完整的內延解建創作與嫁接設計流程，如圖 5-22 所示。

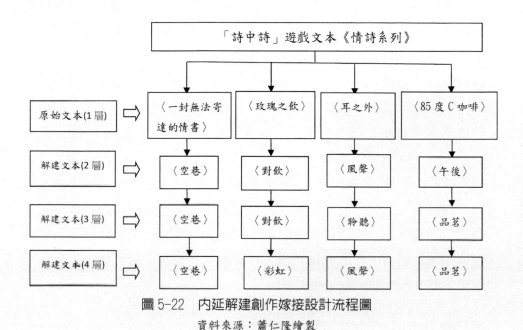

圖 5-22　內延解建創作嫁接設計流程圖
資料來源：蕭仁隆繪製

5.15　總結

　　非線文本的製作與嫁接設計在平面文本、動畫文本、朗誦文本、電影文本、數位影音文本、多媒體文本、超媒體文本等製作完成後，再經由內延創作與外延創作的嫁接設計及軸狀模式、樹狀模式、網狀模式與複合模式的嫁接模式設計製作，整個非線文本才算完成文本的製作與嫁接設計。至於展演的媒體選擇，展演的方式，或是僅僅只有數位文本的嫁接，還是擴及異質文本的跨界嫁接，是否要上傳網站，還是僅僅下線閱讀，都屬於非線文本創作者的自由創作願意。不同的創作構思，都將

使非線文本以不同的面貌展演，就像繪畫藝術與電影藝術等等的藝術創作，所有的原則，所有的理論，所有的表現手法分析，都只是提供創作者的創作思考模式，激發其創作力而已。創作是一個無窮盡的空間，把所有非線文學的可能範圍都納入研究，分析其文本的製作與嫁接設計法則，作爲創作者思考創作的參考。一般的文學創作只要一枝筆即可，非線文學除了這枝筆外；還得相當多的工具配合，以及一些文本的設計與製作，才能將文本展演，這是非線文本異於傳統文學創作之處，也是難於傳統文學創作之處。非線文學僅是提供一個異於傳統文學創作的舞台，完成文本的製作與設計之後，未來仍須有一個數位平台與網站的研發與架設，始能讓非線文學的喜愛者與創作者眞正踏上舞台，恣意進行創作與閱讀。本書僅就研究所得進行可能的論述，尚有無數的創作空間等待有興趣的創作者進行相關的創作與研究，爲傳統文學開闢另一扇創作與閱讀的窗戶，一窺非線文學不可測的，多采多姿的，具有探索性與遊戲性的文學園地。

第六章　「詩中詩」遊戲文本創作法

6.1　創作法發現

　　「詩中詩」遊戲文本創作法係蕭仁隆就讀元智大學資訊傳播學系碩士班時，於民國一百年（2011）的碩士畢業論文，其指導老師是鄭月秀教授，偕同指導老師是林珮瑜教授。蕭仁隆創新的文學創作法，係在探索德希達的解構意圖與文本的解構與建構手法時，偶然間發現的創作方式，再經由鄭老師的引導，爲此一新的創作方式定案，並取名爲「詩中詩」遊戲文本創作法，簡稱爲「詩中詩」創作法，或是「詩中詩」。該創作法在民國九十八年（2009）發現後，經過一年多的反覆研究與測試後，才將這新的文學創作法做一完整的論述。

　　蕭仁隆又在民國 102 年（2013）撰寫《非線文學論》時，發現「詩中詩」創作法尚可以其他的方式來創作。除首先演繹出來的創作法爲定本定格式內延創作外，尚有定本非定格式內延創作，非定本非定格式外延創作。因此，「詩中詩」創作法到目前爲止可以有三種創作方式，此三種創作法僅解建方式不同而已。定本定格式內延創作即是最早被確認的創作法，定本非定格式內延創作則是不再拘泥於解建後的詩句固化，可以依據創作者需要重新組合詩句，然後再進行下一層文本的解建。至於非定本非定格式外延創作則是所採取的原始文本不必拘泥於單一文本，可以跳跨其他文本進行解建，解建後的新文本亦可重新組合後再進行下一層文本的解建，如此則詩中詩創作法即有三種的解建創作。本章僅對於「詩中詩」遊戲文本創作法從探源到創作法完成的整個過程，並對於「詩中詩」遊戲文本之七大特性進行探究，七大特性如下：

1. 內延性（Inward-Difference）
2. 斷裂性（Noncontinuousness）
3. 隨意性（Chance）
4. 遊戲性（Playfully-Performing）
5. 虛空化（Empty）
6. 概念化（Thinking）
7. 詩意化（Poetic）

　　此外，又增加非線文本的創作範例與「詩中詩」文本關於定本定格式內延創作範例。範例所使用的創作文本以《情詩系列》八首新詩作為創作的原始文本，再區分為非線文本創作與「詩中詩」文本創作兩部分進行解構與建構分析。至於其他的創作方式，已在文本製作與嫁接設計一章中探討。關於「詩中詩」遊戲文本創作之相關論述，除元智大學資訊傳播學系的碩士畢業論文（蕭仁隆，2011）外，尚先後發表於國立台灣藝術館之《美育》雙月刊第 178 期 34-43 頁（蕭仁隆、鄭月秀，2010）、《美育》雙月刊第 188 期 64-74 頁（鄭月秀，2012）、國立雲林科技大學設計學院《2011 年 IDC 國際設計研討會設計領航永續文化數位加值論文集》（蕭仁隆、鄭月秀，2011）以及在國立台灣藝術大學之《藝術學報》第 8 卷第一期第 373-401 頁（鄭月秀、蕭仁隆，2012）。目前我國學術界知悉詩中詩創作法者無幾，且為文學史上新的創作法，有必要為此一創作法的發現及其探究流程與相關研究心得詳實說明，為有興趣者提供無私的資訊。

6.2 創作法探究過程

　　「詩中詩」遊戲文本創作的目的，係探討德希達所謂「閱讀文本中會產生新意」的內延異「新意」，以及此「新意」所具有的特性，即：內延性、斷裂性、隨意性、遊戲性、虛空化、概念化、詩意化。此特性係蕭仁隆研究德希達解構理論時，特別針對「詩中詩」文本創作所歸納的四性三化特性。根據研究顯示，當內延異遊戲文本所具有的這些特性愈強，就越能展現遊戲文本的內延性格。因為內延性格愈強，愈能創作出更多層次的文本。當創作者從事此文本的創作時，會有正在遊戲的感覺，而創作的作品就在遊戲之中產出，此種寫作模式已經具體呈現了德希達的讀寫雙重閱讀。

　　「詩中詩」文本創作法在實驗階段係採取紙面文本為材料，以統括性方式，不涉及各個軟體設計與操作流程，為非線文本寫出創作流程，再以此創作流程演繹出「詩中詩」遊戲文本創作法。在傳統文學的世界裡，創作是很難寫出流程的，因為涉及創作時創作者心理歷程的變化，或者說是一種靈感演化的暗箱作業（錢谷融、魯樞元，1990）。然而，在非線文本裡是文本初創後的製作設計，屬於後續文本製作與設計的流程，或是文本再寫的流程。所以，在非線文本未完成前的階段，屬於傳統文學作品創作階段。進入非線文本的解構與建構階段後才是非線文本的創作與設計階段。至於「詩中詩」遊戲文本，則是以非線文本為基礎所研發而來的文本。整個「詩中詩」遊戲文本創作及四性三化特性探究過程的流程，如圖 6-1 所示。

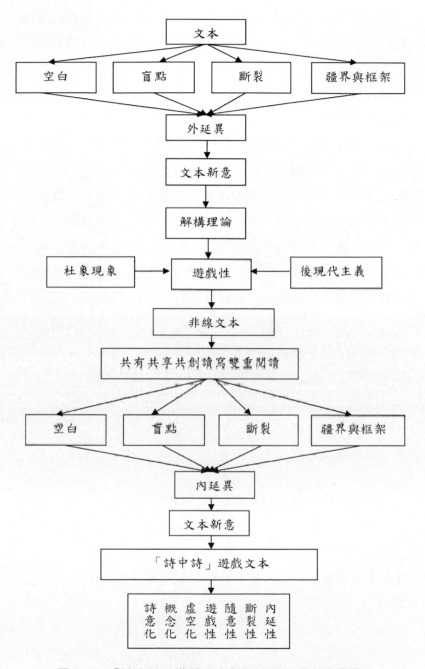

圖6-1 「詩中詩」遊戲文本創作法探究過程流程圖
資料來源：蕭仁隆繪製

目前網際網路上的非線文本創作，屬於「文外之文」的寫作方式與表現型態，即是德希達所謂的「邊緣嫁接」。文本係以「邊緣嫁接」的方式外連其他的文本，有如中國獨有的眉批文化。何謂眉批文化？就仿如現今的批公文文化。有學者將這些在書本上的眉批文字集合起來探討，稱為眉批文化，算是我國最早的雙重閱讀文學。民國初年的文人或是學者在閱讀文書時，尚存在眉批習慣，用以表達自身對於文章論述的看法，也有學者專研此文化現象。目前閱讀習慣已經改變，眉批文化不再留存於文學著作中，眉批行為僅保留在公文批注裡，是現今持續保留下來的雙重閱讀行為。因為這是公文的批注，不再具有文學價值，不能稱之為文學。當明白此一道理後，就會恍然大悟！原來雙重閱讀的方式自古即有，也在你我身旁持續進行著。「詩中詩」遊戲文本的探究，即源自對德希達所謂「閱讀文本中會產生新意」而起。何謂「新意」？「文外有文」固然很有新意，但這是像批註一般的新意，就如平常的閱讀心得報告，將這些報告嫁接進來就是非線文本，這也是目前所謂超文本的型態。但蕭仁隆發現除了「文外有文」的新意之外，尚有其他的「新意」，可能連德希達自己都沒發現的「新意」，就在德希達常提起的「空白」、「盲點」、「斷裂」、「延異」、「疆界」與「框架」之中。於是蕭仁隆對這幾個字詞在文本中的涵義何在進行探索：

難道文本之中沒有另一層新意？
在文本的疆界裡，可以用延異來突破嗎？
在文本框架內又有何物呢？
詩具有相當強的斷裂性格，詩的斷裂又是什麼？

文本的空白讓德希達用來寫批注，用來嫁接文本，即是文本邊緣處的空白。如果將文本的排列都視為一個空間，這些文字空間外就是邊緣，邊緣外就是空白，這即是德希達一直從事的文本解構運動的地方。所以，

可以這麼說，德希達這個文本解構的動力來自於文本內的盲點。畢竟有盲點才能解構，這是德希達最為樂道的，亦是其解構精神的所在。

但只有一個往外思索的文本嗎？

如果往文本的內部去思索，會是怎樣的天空呢？

難道文本之內沒有疆界與框架？

難道文本之內沒有空白與盲點？

難道文本之內不能產生斷裂嗎？

難道文本之內不能產生延異現象嗎？

在幾經多次的測試與推敲後，發現文本之內果然另有天空！是一個嶄新的創作天空，讓人振奮的天空！這樣的發現直到蕭仁隆與指導老師鄭月秀教授討論後，才真正確認這樣的文本天空是可以開發的。於是開始有了文本內延創作的構想，最後導出了「詩中詩」遊戲文本創作法來。這是在文學創作史上屬於一個創新的文本創作法；以及新的文本。為了讓這創新的創作法及文本找到理論基礎，又演繹出非線文學理論，讓文學創作理論史再增加一個新的理論。至於為何要以「遊戲文本」命名？蕭仁隆認為在德希達的觀念中，解構的文本就是在玩一個文本解構的遊戲，而非線文本就是一種解構與建構的文本遊戲。所以，經過鄭月秀教授的同意以「遊戲文本」命名，讓「詩中詩」遊戲文本定位為一個可以從事文學創作遊戲的文本。

經過「詩中詩」遊戲文本不斷地創作實驗中，蕭仁隆發現該文本具有四性三化的特性，即是：內延性、斷裂性、隨意性、遊戲性、虛空化、概念化、詩意化。凡遊戲文本具備此七大特性愈強，愈能展現遊戲文本的內延性格，愈能創作出更多層次的內延文本。所以，「詩中詩」遊戲文本的特性，就是四性三化的特性，即「詩中詩」七大特性。因為「詩中詩」遊戲文本具有此七大特性，以致在從事「詩中詩」創作時，會讓創

作者有一種正在遊戲的感覺。作品就在遊戲之中源源不斷地產出，更讓讀寫者可以深深頓悟：原來文學創作也可以這麼簡單！到底「詩中詩」遊戲文本的創作真的很簡單嗎？接下來即是以非線文本與「詩中詩」遊戲文本的實際創作，來探究「詩中詩」遊戲文本創作法，並對於所創作的文本樣貌、文本解建層次、文本類型等一一探究解說，用以認識此一創新的創作法。

6.3 「詩中詩」之讀寫雙重閱讀

在德希達的解構理論中，認為閱讀行為是無固定模式、規則與結構的，希望重新引導讀者在文本中的「邊緣」或「盲點」內發現多種可能的閱讀方式，進而解構文本（鄭明萱，1997）。所以當閱讀文本時，要以銳利的目光對文本進行搜索，就在搜索中新文本的意義開始不斷增生，最後導致讀寫雙重閱讀的產生（楊大春，1994）。此種解構閱讀係對於原始文本進行批評性的閱讀，然後嫁接其批評的文本於其上。「詩中詩」遊戲文本創作法不以此種解構閱讀為研究對象，而是以解構閱讀的讀寫雙重閱讀行為為研究對象，希望從作者的文本中發現隱藏的新意，且與讀者進行一場文本遊戲的創作為研究重點，讓閱讀成為一種遊戲。此遊戲文本可以讓讀者透過遊戲發現文本中未曾顯現的、新鮮的意義。此一概念的產生，正是「詩中詩」遊戲文本創作法的緣由。但是「詩中詩」遊戲文本創作法不以文學批判為目的，而是利用讀寫雙重閱讀方式進行文學創作。德希達的讀寫雙重閱讀方式顛覆傳統的閱讀概念，進而開啟文本的遊戲性，同時發現傳統閱讀所未能察覺的「空白」和「盲點」（楊大春，1999）。「詩中詩」遊戲文本創作法乃從這樣的概念中建立起新的創作方法。蕭仁隆經對於德希達的解構理論探究後，認為所謂文本中的「邊緣」即是屬於「文外之文」，所謂文本中的「空白」和「盲點」則屬於「文

中之文」。若以詩文本而言，則當稱爲「詩外之詩」與「詩中之詩」。當閱讀目的改變後，閱讀的方向就完全轉變，讀者卻因爲閱讀而參與遊戲。德希達認爲「自然的」、「自由的」、「隨心所欲」是文字的本性。當文本書寫的封閉結構被解構後，文本原有因素與外在因素得到相當自由的組合，文本與文本間相互交叉與重疊，一種無限可能的意義就在此滋繁。當文本突破了傳統的線性閱讀與書寫形式後，爲非線性的閱讀與書寫創造出自由揮灑空間。於是讓閱讀文本時所產生的「意義」可以持續延伸，文本就具有非自足性和無限開放性的特性（Derrida, 2004）。當「書」的概念變成一個文本的概念後，讀者與作者都可以從文本的內部與外部的邊緣、空白或是盲點上發掘，或創造新的文本，讓閱讀成爲一種雙視線、多視線，或無界線的讀寫形式，此形式就是一種新的寫作方法（楊依蓉，2006）。蕭仁隆所研究的「詩中詩」的遊戲文本，就在這所謂新的寫作方式中得到建構的概念。自從德希達發表解構理論後，各類文學以及藝術的表現形式都一一被顛覆了。顛覆影響所及，在繪畫藝術方面來說，達達和普普藝術的表現手法就是一種解構的分享。在文學方面則以超現實主義、魔幻寫實主義或後現代主義受影響最深，在詩的表現方面則出現圖像詩、具象詩及後現代詩等的表現手法，更出現文字圖形化與概念化的詩體。「詩中詩」的產生，更將解構理論推向實際的文本創作境地，爲文學創作開發新的園地，一種必須讀寫合一的雙重閱讀創作。

6.4　「詩中詩」之詩趣

在目前的 Web2.0 世代裡，電腦科技已經將解構理論、後現代主義及杜象現象這些概念融合，形成一種以數位科技爲工具的創作概念，創造出許多以前無法想像或難以表現的作品。須文蔚研究目前數位創作詩體的變化後，將這類作品區分爲：新具體詩、多向詩、多媒體詩與互動詩，

並統稱這種新文類為「數位詩」（須文蔚，2003；周慶華等人，2009）。國外學者郝薩勒（2008）認為，非線性新媒體（Nonlinear Newmedia）已經成為史上新創，當重新定義這類非線性敘述的創作。也就是說，傳統文學中的起承轉合已不復使用，互動媒體之下的文學，除了文本表面可見的文體之外，其隱藏於文體之後的空白已經不再只是單純的空白，它已經具有更深一層的文體意涵。我們當如何重新定義這類非線性敘述的創作呢？目前的遊戲文本已經成為 Web2.0 世代很好的非線文本，但如何讓此文本成為一種既能遊戲又具有文學性的文本呢？

蕭蕭認為詩的創作與欣賞要從趣味開始，因為「詩有趣，就會有滋味」，又說「詩以趣味始，卻不是以趣味終」（蕭蕭，1998）。陳昌明認為中國在文學上具有娛悅的觀念始於六朝（陳昌明，1999）。曾琮琇認為以遊戲文本的角度來審視現代詩的種種現象是一種的「新視野」，更主張將現代詩運用於網路、裝置藝術，甚至在舞台上，可以將詩的創作展現出全新的遊戲文本概念（曾琮琇，2009）。至於遊戲文本何以採用詩文本為素材，是因為詩文本具有跳躍、斷裂性，更具有可塑性相當高的遊戲性質。《遊戲的人》作者赫伊津哈（John Huizinga）在討論遊戲與人的關係時，特別以一章的篇幅論述遊戲與詩的關係，並指出遊戲的各種特徵完全適用於詩的創作。赫伊津哈認為所謂的遊戲就是在一定的時空與秩序內，依自由意願進行規則內的遊戲，因為遊戲有了如此的限制，也帶來了遊戲的趣味（Huizinga, 1955）。「詩中詩」遊戲文本的詩趣就是在原文的內部探究隱而未現的新意。這個新意可能為作者蓄意隱藏，也有可能為作者在寫作時根本沒有察覺，或壓根兒不清不楚。「詩中詩」遊戲文本就在這裡玩文學的遊戲，創作新的文本！簡明的說「詩中詩」遊戲文本的詩趣建立在對解建原始文本進行解構與建構文本的創作，亦即是對於文本字句進行分解、刪除，只保留想要建構的字句和原有的空間，詩趣就在不斷地解構與建構之中產生。

6.5　短詩美學

　　鄭明萱在歸納網路寫式文本時，認為詩文本所以在多重讀寫及共讀共寫中勝出，是因為詩具有非敘事性格及文本的短小精鍊，相當適合用來設計文本（鄭明萱，1997）。詩人林煥彰（圖 6-2）近年來大力提倡六行以內的現代小詩，也自己寫了一首很富禪意的兩行詩〈空〉：

　　空
　　鳥，飛過——
　　天空還在
　　（林煥彰，2005）

　　整首詩沒說鳥如何飛，只把鳥的飛翔留給讀者自己想像，這是寫詩高明的地方。至於「天空」一般人是不會注意的，但詩人注意到了。「天空還在」的目的要提醒讀者：當鳥飛正在進行或完成後，天空還是天空，不會被鳥帶走。詩的有趣與禪意正在這裡，詩暗示著天地不會為任何事物而停留的。另一位詩人舒蘭寫了可與林煥彰媲美的小詩〈天〉：

　　天
　　空出來
　　給想像
　　（舒蘭，2009）

　　天是甚麼？當讀了詩後，才知道詩人所認定的天其實是文學的天。因此，文學的天該如何描述？詩人說，必須「空出來」，而其目的是「給

想像」。這詩才兩句，卻很清楚說明從事文學創作的第一要務：就是尋找被空出來的天空，才能在這片天空中馳騁無限的想像。以上兩首現代詩的詩句已經相當短，卻還有更短的詩，只有一個字「露」，這是周策縱的詩〈清明〉。另一位現代詩人蕭蕭，仿照此詩寫了一首，也是只有一個字「ㄇㄤˊ」，這詩以國語拼音為詩句，但詩題很長，叫做〈世紀末台北人〉。上述所提的這些極短詩，或許令人疑惑「這是詩嗎？」因為一個字很難構成一個意義，意義必須是具有與他字的關連而形成的詞，所以詞就成為文本的基本要素。只是經過解構理論的解構後，概念化的詩意表現已經形成，將這一個字的詩與題目做一關連的意義聯想，詩意就產生了！至於讀者會產生怎樣的詩意？恐怕因人而異。如「ㄇㄤˊ」可想成盲、忙與茫，再與〈世紀末台北人〉詩題相互連結，詩的暗示意義油然而生！

另一首詩「露」，則可想成雨、淚與路，如此一來，就可以產生無限詩意了。甚麼詩意？若把杜牧膾炙人口的〈清明〉詩中的「清明時節雨紛紛」與〈世紀末台北人〉聯想在一起，此詩的詩境為何？即可藉此隱喻與聯想而生！最近聯合副刊在西元 2014 年刊登一字詩徵文比賽，足見詩的趨小化已逐漸被文壇所重視。另外，可參見附錄二微文學論之論述。

若將這些短小的詩用之於非線文本，可以建構成無數類型的遊戲文本樣貌，讓讀者體會其中詩意。用之於紙面文本，則巨大面幅的留白空間就會構成震撼與聯想。但這些聯想無關作者的初意，作者就是要留下模糊空間給讀者，當讀者開始思考時，作者的初意才開始發酵，如此的作用，正是遊戲文本所要表達的目的。所以「詩中詩」遊戲文本以詩文本作為創作的文體，正可以闡明德希達解構理論的解構與再建構又解構的新意。德希達所謂文中的盲點，文中的空白，文中的斷裂處，以及所謂的框架問題，或者是延異現象都可以在這裡尋找蹤跡與補充。對於後現代無厘頭的創作與杜象概念化的詩意，亦能從這裡看出端倪。當今現代數位美學的概念，蕭仁隆認為不一定要完全顛覆傳統，反而要利用傳統，再創造傳統，讓線性與非線性得到一個雙軌的平衡。如此一來，則

現代美學的概念，必然會重新吸收養分，創造更令人驚嘆的驚嘆號！

圖 6-2　林煥彰在《我的文學因緣系列講座》後合影及繪贈貓畫

資料來源：蕭仁隆提供

6.6　「詩中詩」遊戲文本建構類型

　　根據前章四首新詩的內延文本解建創作與嫁接設計範例，經過歸納研究與分析後，發現「詩中詩」遊戲文本創作法以內延所解建的文本有下列四種的變化類型：

（1）詩題有變，詩境不變，詩句有變類型。
（2）詩題有變，詩境有變，詩句有變類型。
（3）詩題不變，詩境不變，詩句有變類型。
（4）詩題不變，詩境有變，詩句有變類型。

　　也就是說「詩句有變」爲必要條件，變多變少視創作的需求而定。至於解建文本的詩句與字詞如何安排？且能運用文本的留白效果表現更強的詩意？是「詩中詩」遊戲文本解建時很重要的考量。在解建文本時，一般都要比原始文本精簡，如此才能融入原始文本之中。若要寫到三層或四層的以上的解建文本，創作的方法一樣，只是一層會比一層精簡難寫，閱讀的趣味性卻更高。若能細細茗賞其中滋味，趣味自能源源不斷流露出來。在《情詩系列》中第一層文本的原始文本建構完成後，可以解構出第二層的文本。當第二層的嫁接文本建構完成後，又可以解構出第三層的文本。當第三層的嫁接文本建構完成後，又可以解構出第四層的文本。如此不斷的建構與解構文本直到無法再解構與建構爲止。茲舉《情詩系列》創作的原始文本及嫁接的「詩中詩」解建文本爲例，說明「詩中詩」遊戲文本的四種變化類型：

一、詩題有變，詩境不變，詩句有變類型

詩題一為〈一封無法寄達的情書〉，一為〈空巷〉。前者要表達的是情書無法寄出的無奈。後者則要表達獨自行走於空巷的孤寂心情。在「我」之後空下三行留白，使孤寂的「我」更顯得孤寂。雖然經解建後，詩題有變，詩句也變了，但詩境並沒有多大改變，反而更為彰顯其孤獨的心境。文本變化如下：

一封無法寄達的情書	**空　巷**
把妳我的影音	我
玫瑰的芳香	
摺入	
小小的粉紅信箋	
步過深深空巷	步過深深空巷
在孤零零的郵筒前	孤零零的
投入	
東風	東風
從郵筒窄窄的窗口	從　　窄窄的窗口
竄出	竄
把信帶向長長雲空	向長長雲空
■　原始文本	■　解建文本（第一層）

二、詩題有變，詩境有變，詩句有變類型

詩題一為〈耳之外〉，一為〈風聲〉。在詩境上兩者都是以風聲為敘述內容，所不同的是〈耳之外〉以男女感情為敘述主題，〈風聲〉則涵蓋更廣的範圍，乃至世間上的風聲，其詩境已經有變了。文本變化如下：

<table>
<tr><td>

耳之外

有人把窗外的風關起來

說是要聽聽風聲

我總是納悶不解

有一天我也關掉窗外的風

坐在聽骨上靜靜聆聽

所謂的風聲

我輕輕地移動窗戶

把兩扇窗緊緊靠攏

這才恍然覺悟

世間上最美妙的風聲

就在關窗之後

■　　原始文本

</td><td>

風　　聲

　　　窗外的風

說是要聽聽

有一天我

　　　　　靜靜聆聽

　　　風聲

我輕輕地移動窗戶

　　　　　靠攏

　才恍然覺悟

世間上　　的風聲

■　　解建文本（第一層）

</td></tr>
</table>

三、詩題不變，詩境不變，詩句有變類型

在情詩系列第一首〈一封無法寄達的情書〉的解建文本（第一層）與（第二層），同樣以〈空巷〉為詩題，其「詩題不變」。詩境也與前首詩相近，其孤零零的感覺依然存在，還少了東風的陪伴，更顯孤獨零落無依。文本變化如下：

```
空　巷
　我



步過深深空巷
　孤零零的

東風
從　　窄窄的窗口
窟
　　　向長長雲空


■　解建文本（第一層）
```

```
空　巷
　我



步過深深空巷
　孤零零的




■　解建文本（第二層）
```

四、詩題不變，詩境有變，詩句有變類型

在情詩系列第一首〈一封無法寄達的情書〉的解建文本（第二層）與（第三層），同樣以〈空巷〉為詩題，其「詩題不變」。但詩境全都變了，加深孤獨零落無依之外的心緒，並在〈空巷〉與「我」之間的空白留給了讀寫者。文本變化如下：

空　巷	空　巷
我	我
步過深深空巷 　孤零零的	
■　　解建文本（第二層）	■　　解建文本（第三層）

6.7　「詩中詩」遊戲文本創作步驟

從「詩中詩」遊戲文本內延解建創作中；研析建構「詩中詩」遊戲文本的創作步驟，獲致在內延解建創作時應有八個步驟，即是：

(1)　體例型態選擇
(2)　初稿創作
(3)　主題命名
(4)　解建原始文本選定與分序
(5)　初層文本嫁接
(6)　解建創作設計
(7)　文本嫁接初稿
(8)　文本瀏覽

至於整個內延解建創作八個步驟在文本設計執行時應有的流程，如圖 6-3 所示：

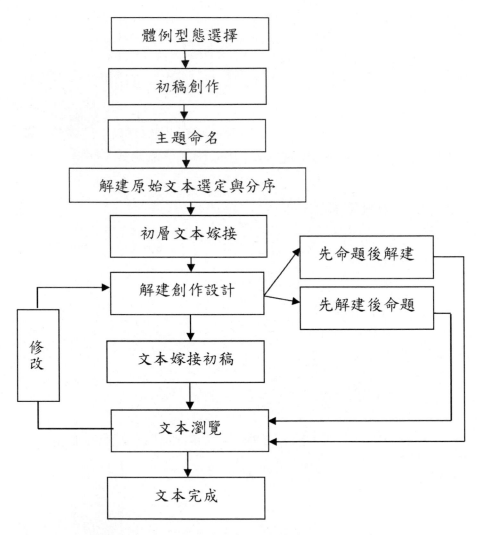

圖6-3　「詩中詩」遊戲文本內延解建創作流程圖

資料來源：蕭仁隆繪製

　　上圖的「詩中詩」遊戲文本內延解建創作步驟流程，完整說明依序
如下：

（1）體例型態選擇

　　「詩中詩」遊戲文本與一般傳統文本一樣，所有的文本都當確認文本將以何種體例書寫？以何種的型態表現？方能爲文本的創作與製作提供方向。在體例方面，如選擇詩文本爲體例，尚須再做選擇，根據分類有具體詩、多向詩、多媒體詩、互動詩四類。文本體例的不同關係到文本初稿的創作方向，當文本體例確定後，就要確認文本的表現型態。根據蕭仁隆的文本表現型態分類共有十類文本的表現型態，不同的表現型態都牽動其後的文本設計流程。

（2）初稿創作

　　初稿創作爲文本最爲核心的步驟，初稿創作的形式與內容關係到整個文本的價值。例如：文本體例選擇詩文本，又選擇具體詩，那麼文本的初稿創作就當朝具體詩的方向創作文本，先寫文稿再編排文句的具象化，這個初稿才算完成。

（3）主題命名

　　主題命名就是整個文本的眼睛，也是讀者如何認識該文本的初步，或者可以說整個文本面貌的呈現。例如：創作以原始文本爲主題命名《一封無法寄達的情書》，當讀者搜尋時，即能馬上會意這應該與情書有關，一定是描述感情的文本。當讀者對於這個主題有興趣，自然會打開閱讀。

（4）解建原始文本選定與分序

　　解建原始文本爲解建文本之首，次於主題命名。一般需具備與主題內容相關之嫁接文本。例如：創作以《一封無法寄達的情書》爲解建原始文本的主題，該詩題已經將整個主題的意義顯露出來，這將是關於一封無法寄達的情書，又因爲可能或根本無法寄達，於是有話要說，有詩要寫，跟誰說呢？就跟這個網路文本說，於是大家都跟這個網路文本說，

在這一個相同話題裡把話說出去，也把意思傳達出去。雖說是無法寄達的情書，也有可能情書寄回給您！因此，在這個主題之下就形成一個網路社群，開放式的網路文本就以這樣的型態生存。這是非線文學最高的理想，也是德希達雙重閱讀的夢想！但解建原始文本是否一定需要嫁接文本？則視整個文本的主題而定。以後現代主義與杜象的觀念及數位時代的反美學而言，解建原始文本也可以只是一個主題命名而已，或是一張圖片，一個拼圖等等。文本的意義就不一定是一個真真實實的文本存在！「詩中詩」遊戲文本探究的是文本的內延解建創作，所以必須是一個真實的文本內容。當選定解建的原始文本後，就必須為之分序。

（5）初層文本嫁接

在非線文本的建構中，嫁接文本是一定需要的，不然很難具備非線性的條件，將與一般的線性文本無異！嫁接文本可以是原始作者寫就，也可以開放由讀寫者共讀共寫。這樣開放的寫式文本，作者只是一個規劃的創造者，把一切都留給未來的讀寫者。若以這類的文本為表現型態，在此則沒有嫁接文本的問題，因為一切交在讀寫者手中。「詩中詩」文本探究的是文本的內延解建，所以必須是一個真實的文本內容，並在每首詩中探尋新詩的可能再造，有多少層次的文本可以再創作。被初層文本所嫁接的文本就是解建原始文本，都是作者已經寫就的文本。

（6）解建創作設計

當原始文本與嫁接文本完成分類後，就進入重頭戲—「詩中詩」遊戲文本的解建創作設計。依據德希達解構理論的「文本之中常見新意」，所以閱讀者必須進行探究，然後將這些探究所得的新意書寫於原文之邊緣，用以跟原文參照、比對、閱讀，這即是對於原文的解構與新文本的建構。德希達的原文邊緣解構屬於文外有文的解構，在原文的斷裂處與空白處都可能產生新意，這也是「詩中詩」遊戲文本的發生處，與德希

達相異之處，是在原文的內部探究隱而未現的新意。這個新意可能為作者蓄意隱藏，也有可能為作者在寫作時根本沒有察覺，或壓根兒不清不楚。這在雙重閱讀中很容易被發現，然後創造出新的文本，「詩中詩」遊戲文本就在這裡玩文學的遊戲！作者在完成初層嫁接文本的解建原始文本分序後，必須對解建原始文本進行解構與建構文本的創作。解構即是對於文本字句進行分解、刪除，只保留想要建構的字句，這就是「詩中詩」遊戲文本的解構與建構。舉凡創作目的是要創作出新的文本，「詩中詩」遊戲文本亦然。當解建文本之後，對於保留的字詞必須依照位置保留，使詩句所保留的空白具有因為字詞刪除後所產生的留白效應。這個留白並非作者的再造，而是隨字詞刪除而產生，於是這些空白具有相當強烈的隨意性，形成類似中國畫中留白的美學效果。詩句也因為穿插在這些留白的天際，像一個個遊蕩的雲，詩意就在留白與文字間隨處泛溢。

　　「詩中詩」遊戲文本的解建創作會產生許多文本作為解建原始文本嫁接之用，其內延而生的文本一樣需要命名。此處文本的命名有兩個方式：其一是一如一般傳統作品先命題再寫作的寫作方式，即在解建文本前先為準備解建的解建文本命題，再依照命題於原始文本內進行解建。其二是反一般傳統作品先命題再寫作的寫作方式，改以先解建文本再依照解建完成的文本意境命題。當完成整個文本與命題後，則是進行嫁接文本的步驟。

（7）文本嫁接初稿

　　當所有文本完成後，就必須規劃字詞或圖案的嫁接設計。所謂文本嫁接，即是以超連結的方式進行字詞或圖案的設定。依照蕭仁隆修正的文本嫁接路徑模式歸納，可分為四種嫁接模式，即是：軸狀模式、樹狀模式、網狀模式與複合模式。軸狀模式的文本為超文本初階所使用的嫁接方式，即仿造線性傳統文本的章節、頁碼、目錄等進行嫁接，屬於有秩序的嫁接文本。樹狀模式文本猶如枝幹相連，雖然讀者具有閱讀路線

的選擇權，但無路線修改權力，也就是必須依循原始作者初始規劃的路徑閱讀，有多向路徑可以選擇。網狀模式文本則屬於隨處可以嫁接的文本，符合非線性超文本的去中心與多線路發展無邊無盡的嫁接。複合模式則是綜合軸狀模式、樹狀模式、網狀模式而成的模式，其文本嫁接的結構更為複雜。

（8）文本瀏覽

當所有嫁接文本都完成嫁接設計之後，此一主題的文本才算正式完成。至於文本的表現型態製作都屬於文本製作與嫁接設計的範圍，可參考前章論述。為避免文本上傳網路後發生一些瑕疵與失當之處，最好對於文本進行瀏覽，以便增修後定稿再上傳網路。

6.8 「詩中詩」遊戲文本七大特性探究

蕭仁隆在「詩中詩」遊戲文本創作中發現並歸納具有七大特性，即：內延性、斷裂性、隨意性、遊戲性、虛空化、概念化、詩意化的特性。此七大特性可以作為新詩創作的新模式，更是德希達讀寫雙重閱讀的另類模式，屬於文本內延的讀寫雙重閱讀。

關於內延性方面，「詩中詩」遊戲文本可以在紙面文本上進行讀寫雙重閱讀，亦可輸入電腦進行封閉式讀寫雙重閱讀。以往德希達的讀寫雙重閱讀係指外延性的嫁接文本，其解構方式亦以外延方式進行互文性的嫁接。創新之「詩中詩」遊戲文本則屬於文本內部進行文本的再創作，此即謂之內延解建模式，雖一樣需要嫁接，然其嫁接方式為內延性之嫁接，兩者迥然相異。

在斷裂性方面，斷裂性就像植物一樣，能完成嫁接的植物才具有可以延伸的斷裂性。詩的情況亦然，因其斷裂而延伸新的文本，詩正是所

有文學作品中最具斷裂性的文學。覃子豪（1977）曾對於詩的定義作結論，稱詩是「最精煉而富有節奏的語言」，所謂精煉就是具有相當獨立的字義，具有可以斷裂自成一義，可以自成一個意象的特性。在所有詩文學中，公認中國的五言絕句詩最爲精煉，一句詩即可以成爲一個意象，一個意境。如眾所耳熟能詳的李白〈月思〉，其起句是「床前明月光」五個字而已，卻意境鮮明，是由三個意象所組成，即「床前」、「明月」、「光」三個意象。將三個詞組合就是原來的意象，將三個詞分開就個別獨立出各自的意象，此即是詩的斷裂性。

在隨意性方面，隨意性與斷裂性亦可稱爲兄弟，當斷裂性越強，其隨意性必然越強。以植物嫁接爲例，若植物可以任意嫁接，則其隨意性必強。一般常見的落地生根植物算是可以隨意斷裂的植物，在落地後又可以獨立成長爲新株，屬於最具斷裂性與隨意性的植物。以落地生根譬喻爲詩的特性，就上所論相當貼切。「詩中詩」遊戲文本需要內延才能創作新文本，職是之故，被解建的文本理當最具斷裂性與隨意性。再以李白〈夜思〉起句「床前明月光」爲例，將之改寫爲「月光床前明」或是「床前月光明」、「月光明床前」竟都可以成爲詩句，即是一個最具斷裂性與隨意性的例子。

在遊戲性方面，「詩中之詩」遊戲文本一開始即以遊戲文本來定義，很明顯地指出這是一個文學的遊戲，一個可以創作新文本的遊戲，所以是新的創作方式，也是新的遊戲。以象徵派大師馬拉美（1995）的說法：「詩即是迷語」，而謎語正是一種遊戲，當讀詩時，尤其讀象徵派的詩時，就彷彿在猜謎語一般。讀詩的人在讀詩時，必須透過詩句間的關聯進行猜謎語遊戲，而謎底就在字與字間的言外之意，如此一來讀詩不就是作一場文字猜謎的遊戲？遊戲文本更是一種文字的遊戲。因爲，文本經過內延後，會形成越來越精練的文本，以致越具遊戲性。

在虛空化方面，由於遊戲文本以原始文本爲創作來源，且需要保持原文既有的文字空間，所以，當文本解建層次一多，詩句必然減少，當

文字減少時，文本的空間自然增加，於是每個文本都會形成相當任意的空間變化，此即是文本的虛空化。越精煉的詩句其文本越見虛空，越具有禪意。

至於概念化方面，係隨現代藝術的網路概念而來，這在傳統對於詩的觀念是有挑戰性的！文字是詩的主要工具，一般而言，現代詩兩行算是小詩，至於一行詩就出現不少的爭議！向明（2008）在〈一行也是詩？〉中曾對於羅門詩人所寫〈我最短的一首詩〉提出討論，原詩為「天地線是宇宙最後的一根弦」。向明認為「詩本以無定型，亦無定法，這樣一行的詩也算是一種創新。」大陸的學者將這類的詩稱為「微型詩」。對於觀念保守的傳統詩人而言，多數是不會認同的。因為這些少到一行的詩，很難表述詩句的型態，如何成為詩？其實，這都是大家一直以來把文字當成詩文本唯一的表現手段，於是過於精簡又具有詩意的詩，就不認為是詩了！但隨者現代藝術的發展，詩的概念已經逐漸被解構，詩的概念化現象已經逐漸形成，詩不再只是文字表述而已。目前對於詩的概念，逐漸認同詩句與詩題成為相互襯映的緊密關係；及有文字與無文字之間形成一種互換與互襯的關係，兩者可以說是近乎一種禪意的體現，這就是詩的概念化。當詩的既有框架被打破以後，詩就往概念化的詩變形，終於誕生了概念化的詩。「詩中詩」遊戲文本以內延異創作文本，把詩的形式推向概念化的極致，詩的概念化於焉形成。

在詩意化方面，詩意化為詩的特性，這是無庸置疑的，凡是詩的創作都必須具有詩意，否則怎算是詩？但所謂的詩意則人言皆殊。有一句話說得最為精簡，就是「詩者，思也」（向明，2008），這裡強調能讓讀者有所感觸與思索的文字就可以算是詩。至於詩句長短與分不分行並不是最重要的表現方式。古代的詩沒有標點，沒有分行，讀起來就是詩，就因為字裡行間充滿詩的味道，不須假於外言就能感受。

6.9 「詩中詩」與七大特性

「詩中詩」遊戲文本的解建創作文本所具有的七個特性：內延性、斷裂性、隨意性、遊戲性、虛空化、概念化、詩意化的特性，已經超出了目前現代詩的詮釋範圍，這是遊戲文本所獨有的特性。當這七個特性組合後，其實就是一個富有現代氣息的藝術作品。詩的欣賞已經涵蓋了詩題以及詩文本的框架內容，不再只是純文字的運用。詩句的棲居更是居無定所，隨著解建情況而遊離，這正是遊戲文本的最大特色。那麼「詩中詩」解建創作與這七大特性又有何關聯呢？以下即針對此一議題繼續探討。

一、「詩中詩」與內延性（Inward-Difference）

「詩中詩」遊戲文本在解建創作時，首先創作者必須思考的是：在原始文本有限的詩句中如何經營第一個意境？或說是詩境。當詩境的框架浮現之後，才可能進行原始文本的解構，即是刪去其中不需要的字句來營造詩境。在刪字時尚需考慮如何進行持續內延的動力？因此，不能一口氣盡刪字詞。此時的創作由浮現的詩境主導，同時進行解構與建構的工程，直到完成為止。至於浮現的詩境也許就是一個明確的命題，也可能只是迷濛的詩境而已。在解建完成後，創作者才由完成的創作中找尋詩題。「詩中詩」的內延性在解建創作時具有主導的地位，因為這個遊戲文本以內延異為創作的手法，在刪去字詞時，既要保持文本多層次的創作，又要讓詩意充滿。這時，「詩中詩」可以讓創作者在讀寫的過程中，盡情於詩句與詩意的探索。

二、「詩中詩」與斷裂性（Noncontinuousness）

在所有的文學作品中，公認斷裂性最強的作品就是詩。詩的文字是最精煉的文字，可以精練到一字一義，一字一意象的地步。我國的五言絕句堪稱是詩作品中最具斷裂性格的詩體。以李白的〈夜思〉為例，短短二十字竟都充滿詩意的流露。以第一句為例，詩句就充滿詩文字的斷裂性，「床」、「前」、「明」、「月」、「光」都是可以獨立表達的字詞，具有強烈的單義性與多義性。例如「床」，可以意指為一個實體的床，但也可以成為一個想像的床。床會因為使用者的不同產生不同想像的床，又可以連結跟床有關的事情或歷史事件或生活，於是「床」成為具有很強烈的斷裂性。具有這樣的斷裂性格的字詞，在「詩中詩」遊戲文本中是最受歡迎的。因為文本的斷裂性越強，文本的內延性就越好，越能往內展延文本，創造文本。「詩中詩」遊戲文本在解建創作時，就是要在原始文本中找尋詩句的斷裂性，也就是可以獨立表達的字詞，具有強烈的單義性以及多義性的詩句，然後在這些斷裂的詩句中思索重寫與組合的可能性，新的文本就會在思索中產生。

三、「詩中詩」與隨意性（Chance）

當創作者面對原始文本要準備解建文本時，如果這個原始文本不太容易讓讀寫者浮現多元的意境，其隨意性必然減弱。再以李白的〈夜思〉為例，其中「床」、「前」、「明」、「月」、「光」五字可以任意組合形成一句詩，則可以說這句詩具有很強的隨意性。詩句的隨意性正如斷裂性一樣，「詩中詩」遊戲文本在解建創作時，首先必須透視詩句的斷裂性，找出詩句的斷裂處。這時，詩意的游思就會開始蔓延在詩句的每個斷裂處上，解構與建構詩句就在這些斷裂處進行。創作者可以進行刪除不需要的字詞，保留具有意象，且符合起初所浮現的意境的字詞，詩的再創作工程也就隨著詩的隨意性開始動工。

四、「詩中詩」與遊戲性（Playfully-Performing）

「詩中詩」遊戲文本既是遊戲文本，則其遊戲性必然要充分，否則如何遊戲？「詩中詩」的創作手法是在原始文本的框架內所進行的遊戲，因此，先天就具有局限性，也就是在局限的範圍內自由遊戲。一般而言，遊戲必須提供場地，而場地越充裕則遊戲可以越持久。「詩中詩」僅被作為以內延解建的原始文本為遊戲空間，具有不可更易的限制性，亦可說具有重重的限制性。如果採取內延解構後可以自由組合字詞，則遊戲性必定更為有趣，更為激烈。但這樣的文本與傳統文本無異，所以「詩中詩」遊戲文本放棄此種自由組合字詞的遊戲規則。其目的是要讓「詩中詩」遊戲文本更具遊戲的挑戰性，讓遊戲具有思考的能力，讓讀寫者在相當局限的範圍內刺激其最大的創作力。也企圖透過「詩中詩」遊戲文本的解建遊戲，逼迫讀寫著對於原始文本字詞的詩意、意象、意境得以充分賞析，進而引發閱讀與寫作的趣味。相信經過一段「詩中詩」遊戲文本的學習後，將足以提升讀寫者的創作力、賞析力與閱讀興趣。

五、「詩中詩」與虛空化（Empty）

當「詩中詩」遊戲文本以原始文本為遊戲的空間時，遊戲的空間即被受到限制，字詞的所在位置也被固化，不得任意遷移與重組，只能在固化的位置採取減式創作，而非漫無邊際的，天馬行空的創作。此時，文字遊戲的考驗才真正開始。在原始文本有限的空間，有限的字詞資源下構思新的文本。又限制只減不增，越減越少的遊戲規則下，原始文本原有文字的空間；隨著解建文本的解建層次增加而減少。亦即進行內延性解構遊戲時，文字的空間逐漸被窄化，相對的將留白的空間釋出，文本虛空化的現象就產生了。何謂虛空化呢？虛空化的現象猶如一幅圖畫，一幅以文字構成的圖畫，這個圖畫以文字的減少為建構手法，以文字的非線性排列繪畫，越虛空的畫面，圖畫性越強，就仿如中國水墨畫的留白效應。所謂留白效應，猶如齊白石的草蝦，只有幾尾在空白的紙

上，就會顯得生動活潑。或是鄭板橋的墨蘭，只見幾叢在畫紙的一兩處，蘭韻隨即橫生。這些作品都是虛空化的留白所導致視覺性的集中效應，於是形成一幅藝術性絕佳的作品。這種虛空化亦可說是空靈化，「詩中詩」遊戲文本的虛空化正如水墨畫的留白，有意猶未盡的詩意存在。繪畫以物為表現手段，詩文本以文字的意象為表現手段，繪畫是視覺加上想像，「詩中詩」遊戲文本是以文字意象傳達訊息引發想像空間，兩者都是藝術的表現方式。向明（2008）在解釋「詩是語言的藝術」時，認為詩的語言是經由「藝術的手法篩選出來的文字」，所以寫詩必須以藝術的手法來表現才能成為詩。至於想像，覃子豪（2008）認為想像具有繪畫的因素，「是將印象轉為意象的一個過程」。詩也因為具有想像的言外之意，才能動人心弦，才有魅力，才具有美的張力，意境於焉被創造出來。

六、「詩中詩」與概念化（Thinking）

覃子豪（1977）曾經在〈怎樣寫詩？〉的議題上說：「不要概念化」的寫詩，因為這是一般詩的通病。此處概念化的意思是指：詩的寫作不能只見外型與皮毛，沒有深刻的內容與含意，這樣的詩是欠缺真實的生命力。但「詩中詩」遊戲文本的概念化與覃子豪所指不同，此處的概念化則是詩句的精煉與簡約之後，去除不必要的冗詞贅語，是寫詩時應有的藝術手法。黃永武（2002）對於使文句緊湊的方法提出了「頂真」、「跳脫」、「突接」、「截斷」四種方法，這四種方法就是寫作者對於文句的裁剪要領。劉勰（1994）的《文心雕龍》〈鎔裁篇〉中有言：「句有可削，足見其疏，字不得減，乃知其密。」這是裁減文章的重要法則。又說：

思贍者善敷，才覈者善刪，善刪者字去而留意。善敷者辭殊而意顯。字刪而意闕，則短乏而非覈。辭敷而言重，則蕪穢而非贍。

以上所言，雖然是劉勰對於文章如何簡練精要或是鋪張陳述而言，對於「詩中詩」遊戲文本的減式創作卻是最佳的法則。詩已經是很簡練了，還須一次一次的裁剪下去，在經過一次又一次的去蕪存菁後，詩就出現了概念化的觀念。概念化常用於後現代的藝術設計，藝術表演及目前的網路藝術、觀念藝術。這些被稱爲藝術的，正如杜象的藝術品都只是一個藝術概念的延伸。所以，此處所指的概念化就是詩的藝術概念延伸，詩的表現本身就是一種藝術表現，藉由文字的鋪陳來敘述內容。文字成爲詩的工具，鋪陳成詩的手法，其最終的目的都是要讓作者的詩意的呈現。「詩中詩」遊戲文本就在逐漸精煉與裁減的概念化後，將文字縮減以致釋放了空間，形成詩的另一種美學表現。

七、「詩中詩」與詩意化（Poetic）

既是詩的創作文本，詩意化是必然的構成要件，這是一種可以感覺卻很難言傳的現象。覃子豪（1977）將詩的表現分爲「外在美」與「內在美」，不論寫詩或是賞詩都不得不兩者皆備。「外在美」就是文字的美，是可以藉由文字感受到的。「內在美」則是詩質的美，必須運用感受才能體會詩的言外之意，也就是「傳神」。「內在美」又可以說是詩的內涵，或是詩意境的營造。意境對詩而言就是詩境，亦即是詩意的呈現。向明（2008）認爲意境就是詩人的胸境或是心境，就是寫詩時所呈現的心境狀態。向明對意境的說法：

意境是指一首詩在情、理、形、神各方面都能達到一種美感極致的要求，是屬形而上的。

意境既是形而上的抽象概念，向明（2008）以爲要從意象去經營，再配合寫作技巧就能產生意境。覃子豪（1977）認爲意象生於印象，而印象就是人們對於事物最初始的感受，停留在腦海中的感受，是「無意味，

無生命的東西」。印象須經過作者儲存、淨化、琢磨，以及個人思想與感情，甚至個人性格的影響，再訴諸於文字才能成為意象。由於詩境不是實境，所以作者要透過意象的經營與作者的想像，這些充滿意象的文字才能能夠呈現詩的意境，也就是詩境或是詩意化。「詩中詩」遊戲文本的解建遊戲，其最終目的就是要讓詩意節節呈現。因此，「詩中詩」遊戲文本的七大特性最終的目的都朝向詩意化。在「詩中詩」整個詩意化的過程就是一種文學遊戲，所以，進行內延解建文本的創作時，在意象的豐富與內文的精簡方面都必須以詩意化為終極目標。

6.10　結論

　　從「詩中詩」遊戲文本的解建創作設計中，發現「詩中詩」遊戲文本的內延性、斷裂性、隨意性、遊戲性、虛空化、概念化、詩意化七大特點。更在四篇解建創作理解建出十二篇新文本，足以證明「詩中詩」遊戲文本具有充分的內延性、斷裂性與隨意性。至於內延性、斷裂性與隨意性更是構築「詩中詩」遊戲文本成為文本遊戲的根本要素，只有三者搭配得當才能產生具有遊戲性的遊戲文本，缺其一都會讓遊戲的活躍能力減低。「詩中詩」的內延性可以讓文本持續往內部延伸，「詩中詩」的斷裂性可以讓文本不斷進行內部解構與建構新的文本，「詩中詩」的隨意性讓讀寫雙重閱讀進行解建時更為順暢，此三種特性也促使「詩中詩」遊戲文本產生遊戲性，此三大特性更是詩語言或說是詩文字所必備的條件。綜合此三大特性再加上遊戲性，就構成「詩中詩」遊戲文本創作法在進行「詩中詩」遊戲文本創作時，必須考慮的第一階段面向。至於虛空化、概念化、詩意化則是「詩中詩」遊戲文本在解建過程中必然的趨化現象。因此，虛空化、概念化、詩意化的趨化現象，又稱為「三化特性」，也是「詩中詩」遊戲文本創作法在進行「詩中詩」遊戲文本創作時，

必須考慮的第二階段面向。當文本解建時，因爲一層層不斷的解建而產生新文本，相對的減少詩句而釋放字詞間的空間，虛空化於是越來越明顯。因爲詩句所構成的字詞越來越精簡，只保留最具概念的字詞，以便在字詞與字詞間產生意象的關連，所以詩句就逐漸越來越概念化。當文本都往虛空化與概念化趨化後，詩的字詞只能保留最具詩意的字詞，以便結合所剩的字詞產生意象的連結，用以構築意境。所以，「詩中詩」解建文本最後都趨向於詩意化。「詩中詩」遊戲文本所具有的四性三化的七大特性至此得到確認，也成爲「詩中詩」解建創作的基本認識。

第七章 「詩中詩」創作法體驗設計與
成果解析

7.1 創作法導言

　　「詩中詩」遊戲文本創作法既已得到確認，這個有別於德希達的解構方法也促使德希達所使用的解構工具—延異現象，自此區分爲外延異現象與內延異現象。又以這兩類現象分別進行文本的解構與建構，讓解構理論的讀寫雙重閱讀模式得到更爲具體的表現方法。解構理論的文本解構不再只是批判性的文章讀寫，也可以成爲創作性的文本寫作。解構理論有如此的進化，恐怕連德希達本人都始料未及。然而，新的創作方法必須經過體驗設計的測試，方能確認創作法的可行性。研發此法者或許可以輕易地進行「詩中詩」的創作，若經由他人依法創作是否可行？所以，在推出此創作法前必須經過體驗設計的測試，就像新的科學必須借助實驗證實其可行性。創新的文學創作法從體驗設計來進行可行性實驗，在文學史上恐怕也是頭一遭。所幸經過指導老師鄭月秀教授的悉心引導，讓創作法得以順利進行體驗設計，並且獲致相當不錯的結果。其實，不論是「詩中詩」創作法還是「詩中詩」體驗設計，都是文學史上的創舉。本章即是蕭仁隆畢業論文的重點，也是創作法是否可行的依據。藉由體驗設計之目的、執行、成果解析、問卷與專家訪談，再次確認「詩中詩」遊戲文本是否具有四大變化類型及內延性、斷裂性、隨意性、遊戲性、虛空化、概念化、詩意化七大特點等作爲探究重點。當然，既爲創新的創作法，亦需瞭解其所具有的功能性爲何？因此，將能否提升新詩創作與賞析能力及閱讀興趣列爲深入探討的目的。

7.2　創作法體驗設計目的與問題假設

　　由於雙重閱讀屬於非線文本的理想閱讀境界，國內外能真正完成雙重閱讀文本的作者幾乎微乎其微。目前國內所謂超文本寫作都屬與文外有文的嫁接模式，有作者一人獨力完成文本者，也有集體完成文本者。具有雙重閱讀開放文本寫作者當屬《維基百科》，但《維基百科》屬於工具書之編撰，不同於文學文本之創作。以文學文本創作而言，接籠式創作比較具有讀寫雙重性質，但接籠式創作僅能就創作者自身的文本修改，無法重寫他人文本。所以，都尚未達到德希達所謂的雙重閱讀文本。「詩中詩」遊戲文本則十分符合德希達所謂的讀寫雙重閱讀文本的特性。「詩中詩」遊戲文本創作方式稱為「詩中詩」遊戲文本創作法，簡稱「詩中詩」創作法，其體驗創作設計則稱為「詩中詩」創作法體驗設計。本章以後都以此統一稱謂，以專有名詞視之。此一遊戲文本目前僅能以封閉式文本創作。在史無前例之下，其創作成果與研究方法闕如。因為這個創新的文本，具有創作與遊戲的雙重性格，又非產品的研發創新，目前尚無適合的研究方法進行創作成果探討。乃以「詩中詩」創作法體驗設計與體驗後問卷解析，及專家訪談作為研究方法。在「詩中詩」創作法體驗設計目的與問題假設方面，如下：

　　「詩中詩」創作法體驗設計的目的係探討「詩中詩」遊戲文本在新詩創作、賞析及閱讀興趣上，可能產生向上提昇的效能。
　　「詩中詩」創作法體驗設計的問題假設係認為「詩中詩」遊戲文本具有四大變化類型，及內延性、斷裂性、隨意性、遊戲性、虛空化、概念化、詩意化七大特質，可以做為未來詩作的教學及學習訓練之用。

7.3 創作法體驗設計流程

　　高行健曾經對於藝術家的美學提出見解指出：哲學家的美學是詮釋的美學，而藝術家的美學是創作美學。因為藝術家的創作來自經驗而不是思辨能力，是對於感受的直接陳述，不為滿足藝術的理論建構，而是一直尋找創作的衝動（高行健，2008）。因此，要對於創作這件事研擬體驗設計不是一件簡單的事。文學創作是一種心理現象，是作者對於社會、生活等外部刺激所反應的產物，是作者的自身記憶、志趣，對於事物的感受或體驗，以文字來呈現的敘事，這是一個心理的黑箱（錢谷融、魯樞元，1990）。目前的科技還是無法以科學的方式製造創造力，所以，「詩中詩」解建創作體驗並非針對創作者個人創作行為進行研究，係以「詩中詩」遊戲文本的解建創作為樣本，以遊戲的態度在原有的創作文本中進行讀寫雙重閱讀的創作，不是體驗創作者的獨立創作。這個不同以往的創作方式前所未見，由於具有創新性，以體驗為標的，排除個人的創作心理因素，創作作品的作者個人獨特性格分析。「詩中詩」創作法體驗設計之執行可分為執行前、執行中、執行後三個階段進行，執行前係對於體驗創作進行的各項設計與準備。執行中則是對於體驗創作進行的各項設計之實際執行，並進行現場的觀察與發現。執行後則是對於創作的成果與問卷進行歸納與解析，然後產生體驗設計的結論。再將此結論對照所設定的體驗目的與問題假設是否符合，若不符合則需進行修正，直到完全符合為止。完整的「詩中詩」創作法體驗設計流程，如圖 7-1 所示：

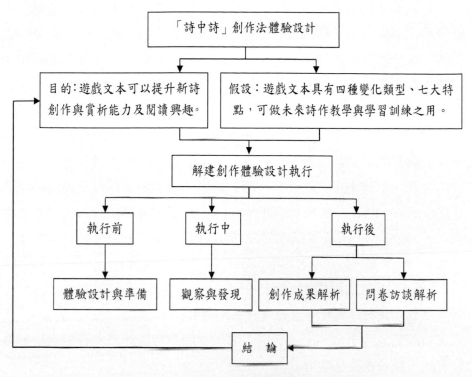

圖 7-1　「詩中詩」創作法體驗設計流程圖

資料來源：蕭仁隆繪製

說明：「詩中詩」創作法體驗設計之執行可分為執行前、執行中、執行後三個階段進行，創作體驗設計執行前係對於體驗創作進行的各項設計與準備，執行中則是對於體驗創作進行的各項設計之實際執行，並進行現場的觀察與發現。

7.3.1 執行前規劃

在「詩中詩」創作法體驗設計執行前所進行的各項設計與準備方面，對於參與者而言，此創新的遊戲文本都是首次聽聞，所以必須經由主持

者引導講解才能從事體驗創作。在體驗對象選擇、活動進行、地點、人數等都須有所考慮。體驗設計以焦點團體研究法爲解建創作體驗設計之藍本，唯一區別是進行項目不同，目的亦異。職是之故，凡焦點團體研究有不符合創作體驗設計者都省略之，而焦點團體研究所無項目，則經由「詩中詩」創作法體驗設計實際執行所得之經驗爲之。依據此體驗設計步驟爲藍本，在「詩中詩」創作法體驗設計計畫活動的規劃上，首先確定體驗目的與問題假設，再是界定活動議程、參與人員的選定、主持者的確認、解建創作體驗設計、活動時間、地點的選擇以及通知參與者（Shamdasani W. & Prem N. David, 1990；內田治、醍醐朝美，2000；管倖生等人，2007）。以下即爲「詩中詩」創作法體驗設計執行前規劃步驟：

（1）界定活動議程規畫方面
創作法體驗設計研究計畫活動進行前之講解
規畫時間爲五至十分鐘，讓參與者熟悉整個體驗設計研究計劃議程和進行方式，以及應注意事項。
解建創作體驗
規畫時間爲一個小時至一個半小時，參與者須將三個原始文本的短詩；以內延的方式進行最多三個文本層次九個解建文本的解建體驗。
成果分享與討論
規劃二十至三十分鐘，讓參與者在體驗創作後；對於所創作之作品進行分享與討論的時間。
問卷填寫
規劃二十至三十分鐘，僅做問卷填寫，然後散會。

說明：整個體驗設計議程規畫實施的時間以二至三小時爲原則，但以完成活動爲前提，不以議程時數爲限。

（2）參與人員的選定規畫方面

　　以具有新詩創作經驗者優先，再是雖沒有新詩創作經驗，但對於創作有興趣者，最後則是對於新詩有興趣且願意嘗試者。對於參與人數限制上，為顧及樣本數及創作品質，規劃以十人為最高人數限制，並以大學中文系學生為優先對象，在活動結束時則酌量給於報酬。

（3）主持者的確認規畫方面

　　因為主持者為整個體驗現場進行的關鍵人物，必須選擇熟悉該體驗創作設計及全部議程之進行者，並能解決對於參與者在進行中的任何問題。為使體驗設計進行順利，還需選擇一位助理人員，用以協助攝影、錄影、錄音，甚至操控電腦等工具。

（4）「詩中詩」創作法體驗設計規畫方面

　　必須準備體驗設計計畫活動之說明書，以利參與者遵循體驗設計議程之進行。說明書內容必須包括：解建創作體驗設計的方法、步驟以及一些注意事項，會場的守則、預計活動進行的議程等等。還有一份同意書及相關文具用品、示範文本、解建創作文本用紙、問卷等，並以資料袋裝妥，在活動會場發給參與者。

（5）參與者招募規畫方面

　　製作一份參與者招募單，招募單的內容必須說明：活動計畫的性質、主辦者、實施內容、參與者資格、招募參與人數、報酬、實施時間、地點、進行議程及一些注意事項等。然後，將招募單以分發或是網路張貼方式招募。

（6）活動時間與地點選擇規畫方面

　　以參與者最為方便的時間與地點為原則，在地點的選擇上必須考慮相關器材可否使用，空間是否充足，環境是否寧靜為原則。

（7）通知參與者方面

　　當所有準備工作都完成後，正式通知參與者在確定的時間與地點集合。

7.3.2 體驗設計執行

　　活動前所有規劃都妥當後，就是「詩中詩」創作法體驗設計計畫活動執行步驟的規劃，該活動執行係依照活動議程進行體驗創作。體驗設計以大眾熟習的紙面文本作為稿紙進行文本解建創作。在體例型態選擇方面，業已提供新詩文本創作為示範樣本，僅就第一層解構之原始文本進行解建創作與文本命名之設計。解建創作可以創作第二層至四層文本，以參與創作者的能力為主，不必勉強規定解建文本的層次。根據「詩中詩」遊戲文本內延解建創作設計執行步驟，規劃出適合體驗設計執行的步驟流程，如圖 7-2 所示：

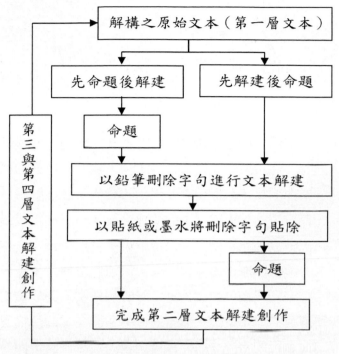

圖 7-2 「詩中詩」創作法體驗設計執行步驟流程圖

資料來源：蕭仁隆繪製

　　爲得到較佳的創作成果，凡參與解建創作者必須完成三個原始文本的解建創作文本。考慮體驗時間的限制，從《情詩系列》挑選意境明顯、文句淺白的短詩〈玫瑰之飲〉、〈耳之外〉與〈85度C咖啡〉作爲原始文本。參與者以此原始文本進行解建創作，至於解建到第幾個層次的創作文本則沒有限制。在進行解建創作時，每個參與者必須尊重其它的創作者，不能干預他人創作。但允許自由討論，促進創作時的想像力，以不干擾他人的聲量爲原則。

7.3.3「詩中詩」創作法解建創作規則

　　參與者須針對所選擇的原始文本進行解建，首先要考慮選擇先命題後解建，還是先解建後命題。若選擇前者就當先命題，若選擇後者則命題於解建後進行。然後對於原始文本的字句，依據自己對於寫詩或欣賞的瞭解進行解構與刪除，只保留想要建構的詩句，讓被解構後的字句可以建構成為一首新詩。當完成文本的解建之後，再以貼紙或墨水將被刪除的字詞貼除，把沒被刪除的字詞保留下來，就成為新的文本。但保留下來的字詞，必須依照原位置保留下來，使這些空白產生留白的效應。當第一個新的文本完成後，也就是第二層的解建文本完成後，再複製這個新文本作為解建的原始文本，繼續進行第三層文本的解構與刪除的工作，即重複前面執行的步驟，如此重複循環的步驟直到第四層文本解建完成為止，或直到最後一個無法解建的文本為止。為此，在每一次解建時，需考慮下一層文本的詩需要保留多少詩句，讓接下來的文本解建有持續下去的詩句可以應用。當體驗的三篇原始文本都解建完成後，這次的創作法解建創作體驗設計才算完成。

7.3.4 創作法體驗設計現場

執行時間

民國 99 年（西元 2010 年）11 月 29 日晚上 18：30

執行地點

假元智大學五館中國語文學系之系會議室舉行。

參與對象

某大學人文學院中國語文學系在學學生，五位就讀二年級，五位就讀三年級。

參與人數

主持者一人，男性。助理一人，女性。參與解建創作體驗者十人，其中男性一人，女性九人。年齡在二十歲以下者八人，二十一至二十五歲者有兩人。

現場布置

架有 DV 高畫質攝影機一部，錄音筆一支，五百萬畫素單眼數位照相機一部，所有器材都為議程進行紀錄之用。

創作體驗前議程

參與者須先填寫參與者同意書一份，同意書內容以與著作權有關之說明。然後才是解建創作體驗設計計畫活動進行之講解，接著開始創作體驗設計之執行。

體驗現場觀察與記錄

在開始體驗創作時，參與者都寂靜無聲地詳讀各個原始文本，以瞭解每首詩的意思，領略其中意境。有人搔髮，有人握拳，有人托額，有人側趴，有人舉起文本品賞，有人會心微笑，有人苦思，每個參與者讀詩的表態各異，甚至有人把四指含在嘴中沉思，如 S04 即是。約莫三十分鐘過去，開始有鉛筆在紙面文本上騷動，刪除字句的摩擦聲一一出現，接著塗擦的聲音此起彼落。每個參與者時而伏桌而思，時而面對文本詳閱，時而與他人共享所做的文本，每有趣味處便會輕輕微笑，似乎對於自己的作品相當滿意。在參與者之中以 S03 與 S07 最早完成初稿。在完成創作

的初稿後，必須以貼紙貼除字句，這個階段耗費不少時間，參與者一開始都興高彩烈地貼貼紙，或思考該以何種顏色的貼紙才能與詩意搭配，有獨自仰頭想像者，有與左右商量者，如 S01 與 S04、S02，以及 S03 與 S07 就是一例。當詩句越少時須撕貼紙與貼紙越多，這時有些參與者就煩躁起來，後來助理前去協助參與者，在完成初稿的作品上貼貼紙。也有貼了貼紙又覺不妥撕掉重貼，多數參與者是邊低聲細語邊貼貼紙。完成貼紙之後，還需簽名與落款，這才算完成一篇作品，因為參與者大多沒帶私章，所以以手指代替這個過程，大家都覺得有趣！整個解建創作體驗的時間比預計的時間長許多，但這是體驗設計最重要的成果之一，所以延長了預定的時間，大部份的參與者在一個半小時內可以完成全部的文本解建作品。在這次的體驗創作活動中，本研究發現：所有的參與者在解建創作時，都是保留命題到詩句完成後才開始命題，也就是先解建文本再命題是他們共同的選項。他們都是先瞭解詩境，再從詩境中建構自己的詩境，然後才是選擇詩句。當完成詩句的選擇後，會再重讀詩句，最後才思考一個最佳的命題。這樣一個發現，促使本研究在創作體驗步驟的命題上修改為：先解建文本再命題與先命題再解建文本兩個選項。參與者常在完成命題後會得意的笑了，破除原來苦悶沉思的表情，或者與他人共同分享所創作的作品，然後一起快樂地微笑。

成果分享與討論

當進行成果分享與討論時，參與者卻顯得比較含蓄害羞，在主持者的鼓勵下，S01 男生參與者先上台分享他最為得意的一首創作〈傍〉，在這位參與者的帶動後，所有的參與者才開始準備上台分享心得。接著是 S02 的分享，她因為讀了這些詩觸發她的傷心往事，就在這次體驗創作中，她把這往事化為創作的作品，所以從〈玫瑰之飲〉中創作了〈療傷〉兩首，更讓 S02 驀然發現詩也可以這樣寫！接著是 S03 分享她才六個字的最短的詩〈內自省〉，當她把詩唸完後，大家都笑了。S04 則分享只有兩個

字的詩〈醉酒〉，她自解以醉酒與酒醉互襯很有意思。S05 分享〈聽說〉，以所謂風聲談個人的生活經驗感受。S06 以〈寂靜〉談這首詩是如何寫的。S07 是以〈散步〉談品茗午後的感覺。S08 以〈清〉談過去從失落到心情復原的感覺。S09 以〈忙碌〉跟大家分享腳步一點點一點點忙碌的感覺。S10 以〈逝愛〉談愛情失落又復原的心情。因爲創作體驗上占據太多的時間，心得分享的議程就縮短爲二十分鐘左右結束。進行問卷填寫的議程約二十分鐘，參與者都能認真地填寫。之後是分發報酬給參與者，整個體驗設計過程才全部結束。在散會時發現整個議程延長了近二十多分鐘。

說明：「詩中詩」創作體驗設計準備資料及體驗設計議程等講解

說明：「詩中詩」創作體驗設計創作情形

說明:「詩中詩」創作體驗設計創作成果分享與討論

說明:文學史上首次參與「詩中詩」創作體驗設計全體人員
(左圖從左往右為賴品妤、康湘宜、許庭瑋、黃琪榛、侯宛吟、蕭仁隆、
許瑞哲、錢韻之、陳捷欣、鄭家欣、右圖後方為助理吳貴美)

圖7-3 「詩中詩」創作體驗設計創作活動照片
資料來源:蕭仁隆提供

7.4　體驗設計成果解析

　　本次「詩中詩」創作法體驗設計活動共有參與者十人，以人文學院中國語文學系為背景。在平常喜好方面，以文學與影視為主要喜好，音樂與旅遊次之，舞蹈、攝影、運動又次之。在文學興趣方面，以小說為主要興趣，散文次之，新詩再次之，然後是傳統詩與繪本。從平常喜好來觀察：參與者多數喜好文學、影視、音樂與旅遊。若從文學興趣來觀察：參與者多數以小說與散文為主要興趣，新詩為次要，傳統詩則是寡眾需求。在讀詩頻率方面：以經常讀詩占大多數，很頻繁者有 1 位。在文章的賞析經驗而言，經常賞析者有 4 位，具有賞析經驗者達 9 位之多。至於寫作經驗方面，排除學校課堂的寫作經驗，以自主性的寫作經驗為主，則有 6 位具有寫作經驗。在對於寫作是不是一件容易的事情方面，具有寫作經驗的參與者只有 1 位認為寫作是一件不容易的事情，有 2 位是稍微認同寫作是一件容易的事情，2 位是認同寫作是一件容易的事情，有 1 位非常認同寫作是一件容易的事情。整體而言，具有寫作經驗的參與者對於寫作的認知上，已經不再視寫作為畏途，亦即已經具有相當的自主寫作經驗。

　　經過參與者的背景分析顯示：大多數的參與者已經具有閱讀賞析與寫作新詩的能力，在參與創作法體驗設計活動能力上屬於足以勝任的能力，有助於產生正確的體驗成果。體驗設計係以「詩中詩」遊戲文本之七大特性，以及所具有四種的變化類型是否為真，又創作法可否做未來詩作教學與學習訓練之用作為解析的限制，亦是體驗設計的問題假設與目的。對於文本之內容比較、寫作方式、表現手法或隱喻分析等屬於文本分析的範疇，不在此解析範圍之內。為顧及研究倫理，所有參與解建創作體驗設計活動者都以代號「s」表示，全部參與者共計十位，其代號

由 S01 至 S10 表示。茲分別就遊戲文本解建的四種變化類型、遊戲文本特性、提升新詩創作與賞析能力及閱讀興趣，創作法可否做未來詩作教學與學習訓練之用四項進行解析探討如下：

■遊戲文本解建的四種變化類型解析探討

在解建創作體驗設計的十位參與者中僅 S04 創作八篇解建文本，其餘都創作九篇解建文本，合計共有八十九篇文本。參與者解建創作文本完成原樣（局部選樣），如圖 7-4 所示。

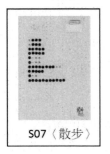 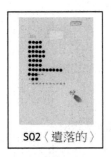  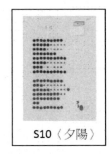

圖 7-4　參與者解建創作文本完成原樣（局部選樣）
資料來源：蕭仁隆解建創作體驗設計資料

全部參與者解建文本的層次與原始文本的關係（以詩題為代表），如圖 7-5 至圖 7-7 所示。

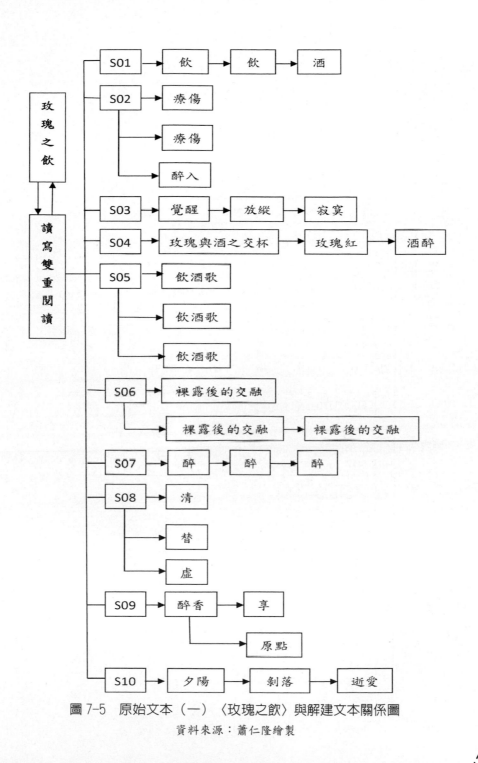

圖 7-5　原始文本（一）〈玫瑰之飲〉與解建文本關係圖

資料來源：蕭仁隆繪製

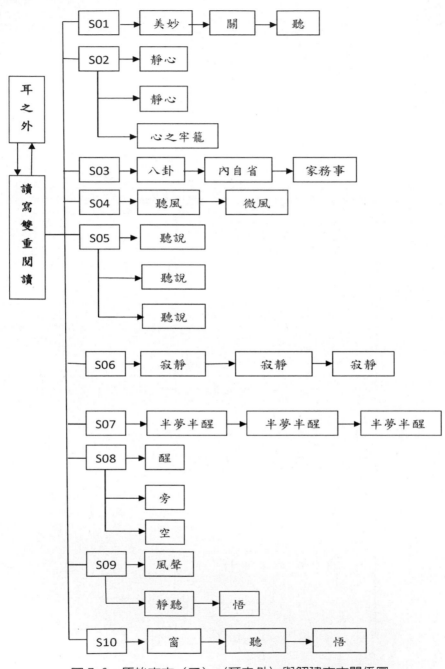

圖 7-6　原始文本（二）〈耳之外〉與解建文本關係圖

資料來源：蕭仁隆繪製

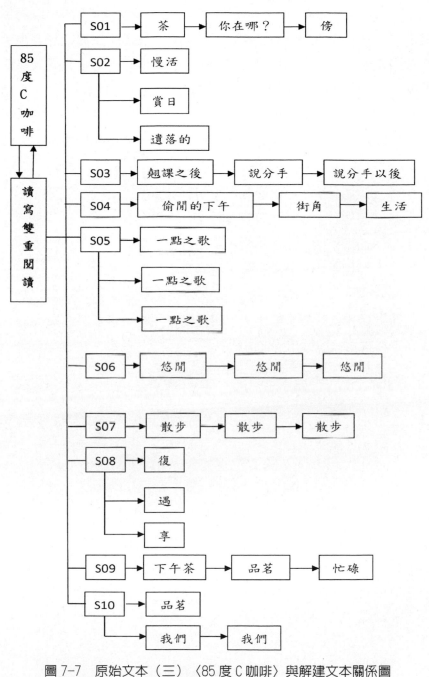

圖 7-7　原始文本（三）〈85 度 C 咖啡〉與解建文本關係圖

資料來源：蕭仁隆繪製

　　從以上圖 7-5 至圖 7-7 的三個原始文本與解建文本關係圖可以很清楚觀察出兩者間的關係，以及各解建文本的詩題。根據統計發現：相同作者對相同原始文本的解建文本的詩題有兩個以上完全相同者達三十六篇文本。不同作者對不同原始文本的解建文本詩題相同者有八篇文本，即共有四十三篇文本詩題不變。因此，有四十六篇文本為詩題有變。經過體驗設計執行後，確認此詩中詩創作法共有四種變化類型如下：

（1）　詩題有變，詩境不變，詩句有變類型
（2）　詩題有變，詩境有變，詩句有變類型
（3）　詩題不變，詩境不變，詩句有變類型
（4）　詩題不變，詩境有變，詩句有變類型

　　根據上述「詩中詩」創作法的四種變化類型；以餐與體驗設計者的創作文本為實例，進行相關之解析。

（1）詩題有變，詩境不變，詩句有變類型之解析

　　參與者所創作的解建文本經歸納後，屬本類型之文本有：S01 之〈飲〉與〈酒〉、〈美妙〉與〈關〉與〈聽〉，S02 之〈靜心〉與〈心之牢籠〉，S09 之〈靜聽〉與〈悟〉，S10 之〈窗〉與〈聽〉與〈悟〉。茲以 S09 之〈靜聽〉與〈悟〉為例解析，兩篇都源自原始文本（二）〈耳之外〉，詩題與詩句有變，但都是陳述靜靜聆聽風聲之後的覺悟，而風聲與覺悟為何？並未詳述！從詩句中得知作者從開始的納悶，直到最後終於覺悟了！解建文本都以顏色標籤貼除字句，並有簽名落款，以製作藝術作品的方式處理。色彩符號的意義非此次探討的範圍，因此，所有創作的解建文本以留白處理，回復純文本狀態。以後之探討均以此一方式處理，兩文本內容如下：

靜聽　　　　　　S09	悟　　　　　　S09
風關起來	
說是要　聽風聲	
我　　納悶不解	我　　納悶
有一天我也關掉	
靜靜聆聽	靜靜聆聽
輕輕地移動窗戶	
緊緊靠攏	緊緊靠攏
這才恍然覺悟	這才恍然覺悟

（2）詩題有變，詩境有變，詩句有變類型之解析

參與者所創作的解建文本經歸納後，屬本類型之文本有：S01 之〈茶〉與〈你在哪？〉與〈傍〉，S02 之〈慢活〉與〈賞日〉與〈遺落的〉，S03 之〈覺醒〉與〈放縱〉與〈寂寞〉、〈八卦〉與〈內自省〉與〈家務事〉、〈翹課之後〉與〈說分手〉與〈說分手以後〉，S04 之〈玫瑰紅〉與〈酒醉〉、〈偷閒的下午〉與〈街角〉與〈生活〉，S08 之〈清〉與〈替〉與〈需〉、〈醒〉與〈旁〉與〈空〉、〈復〉與〈遇〉與〈享〉，S09 之〈醉香〉與〈原點〉，S09 之〈風聲〉與〈靜聽〉、〈下午茶〉與〈品茗〉與〈忙碌〉，S10 之〈剝落〉與〈夕陽〉與〈逝愛〉，S10 之〈品茗〉與〈我們〉，本類型篇數最多。茲以 S02 之〈慢活〉與〈賞日〉爲例解析：兩篇都源自原始文本（三）〈85 度 C 咖啡〉，而〈慢活〉屬於對於生活上匆忙壓力的感受，〈賞日〉是對於午後陽光的悠閒享受，詩境互異。兩文本內容如下：

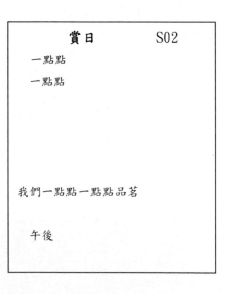

```
      慢活        S02
   一點
   一點點
   又一點
   又一點點



我  一點點一點點品茗


      匆忙
```

```
      賞日        S02
   一點點
   一點點



我們一點點一點點品茗

   午後
```

（3）詩題不變，詩境不變，詩句有變類型之解析

　　參與者所創作的解建文本經歸納後，屬本類型之文本有：S01 之〈飲〉兩篇，S02 之〈療傷〉與〈靜心〉各兩篇，S04 之〈玫瑰與酒之交杯〉與〈玫瑰紅〉，S05 之〈飲酒歌〉三篇、〈聽說〉三篇，S06 之〈裸露後的交融〉三篇，S06 之〈寂靜〉兩篇，S07 之〈醉〉三篇，S09 之〈醉香〉與〈享〉，S10 之〈我們〉兩篇。茲以 S06 之〈寂靜〉兩篇爲例解析：兩篇都源自原始文本（二）〈耳之外〉，一篇陳述詩句較多，一篇則少，詩境相同，都認爲在關窗之後的寂靜能聽見最美妙的風聲，兩文本內容如下：

寂靜　　　　　S06 有人把窗　　　關起來 說是要聽聽風聲 我總是納悶不解 有一天我也關掉窗外的風 　　　靜靜聆聽 所謂的風聲 輕輕地移動窗戶 　　窗緊緊靠攏 這才恍然覺悟 世間上最美妙的風聲 就在關窗之後	**寂靜**　　　　　S06 把窗　　　關起來 　聽聽風聲 　　　靜靜聆聽 風聲 移動窗戶 窗緊緊靠攏 最美妙的風聲 在關窗之後

（4）詩題不變，詩境有變，詩句有變類型之解析

參與者所創作的解建文本經歸納後，屬本類型之文本有：S05 之〈一點之歌〉三篇，S06 之〈寂靜〉之二與之三兩篇，S06 之〈悠閒〉三篇，S07 之〈半夢半醒〉三篇與〈散步〉三篇。茲以 S07 之〈散步〉兩篇為例解析：兩篇都源自原始文本（三）〈85 度 C 咖啡〉，S07 之〈散步〉之一，係描述男女兩人散步於午後，對於午後光景一點點的品茗，其情緒是悠閒的，也是快樂的。但〈散步〉之二則只有午後兩字，其他都是空蕩蕩的，以留白顯現這個午後的散步是孤寂的，無聊的，空虛的，是一個沒人陪伴的午後散步。同是以散步為詩題，午後的情景卻呈現兩樣情懷！兩文本內容如下：

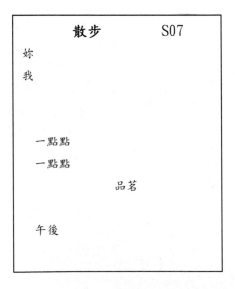

7.5　「詩中詩」與七大特性解析

在「詩中詩」遊戲文本創作中發現並歸納具有七大特性，即：內延性、斷裂性、隨意性、遊戲性、虛空化、概念化、詩意化的特性，此七大特性可以作為新詩創作的新模式。茲以參與者解建創作體驗設計文本，舉例確認「詩中詩」遊戲文本七大特性之解析如下：

（1）遊戲文本的內延性

解建創作體驗設計的原始文本僅有三篇，經參與者解建後產生八十九篇解建文本。體驗設計活動的規劃是經過內延的文本最多只有三個層次，以十位參與者每位三篇計算，每層次的文本皆可產生三十人次三十篇文本，所以三個層次應有九十人次九十篇文本產出，實得為八十九人次八十九篇文本產出，經統計發現有三十三人次三十三篇文本只進行第二層次文本的解建，其餘皆內延至第四層文本。由此可證三篇原始文本的內延性相當強，可以內延至八十九篇文本。

原始文本內延的情況，舉 S04 創作為例說明：從原始文本開始，當創作者閱讀原始文本〈85 度 C 咖啡〉後，就進行解構與建構雙重的構思。首先創作者必須思考的是：在原始文本有限的詩句中如何經營第一個意境或是詩境？當詩境的框架浮現之後，才可能進行原始文本的解構，即是刪去其中不需要的字句來營造詩境。如 S04 的創作，刪除了兩行詩句及若干字詞，形成一個下午偷閒的詩境。她所喝的不是 85 度 C 咖啡，喝咖啡的人已經轉成中性，可能是情人，也可能是一群人去咖啡街偷閒，所以詩題為〈偷閒的下午〉。當轉到第三層次文本時，已經刪去六行詩句，詩題成為〈街角〉。乍看之下似乎延續偷閒的下午，然而主題變成對於街角上匆忙景象的品茗。這時品茗的意象轉為強烈，多義性增強，已經無

法以飲料的品茗視之，而是一種學習，一種感受。匆忙又與詩題〈街角〉形成互襯的效果，此時「品茗匆忙」成為這首詩的眼睛，呈現詩的全部詩境。到了第四層次文本，詩題再轉為〈生活〉，詩句只剩兩行四字，這時已經不是品茗匆忙，而是真實的一點匆忙。為何而匆忙？就在詩題上明說。當然，如果創作者的詩題以〈無題〉為題，則象徵意義更為濃厚，詩意更強，把所有的想像空間留給讀者。完整的四個文本如下：

85 度 C 咖啡　　蕭仁隆

妳一點點
我一點點
妳又一點點
我又一點點
再一點點
又一點點
我們一點點一點點品茗
85 度 C 咖啡
在午後
一個腳步匆忙的人行道旁
（第一層文本／原始文本）

偷閒的下午　　　　S04

一點
　一點點
　一點點
　　點

我們一點點　點點品茗
　　　咖啡
在午後
　　　匆忙的人行道
（第二層文本／解建文本1）

街角　　　　　　S04

　一點
　一點

我們　　　　品茗

　　匆忙
（第三層文本／解建文本2）

生活　　　　　　S04

　一點

　　匆忙
（第四層文本／解建文本3）

（2）遊戲文本的斷裂性

詩是語言的藝術，也是最爲精煉的文字，更是所有文學作品中最具斷裂性的作品。從 S04 對於原始文本〈85 度 C 咖啡〉的解建文本中，可以清楚發現「一點」與「匆忙」是直到第四層文本都保留下來的字詞，兩者具有強烈的單義性以及多義性，也就成爲這個解建文本最具斷裂性的字詞。然而字詞的斷裂性並非一層不變，係隨著作品與創作者的運用而改變。一樣以原始文本〈85 度 C 咖啡〉爲例，作者是 S03，此作品以「我」、「一」、「人」的斷裂性最強，其次是「妳」、「一個腳步匆忙的人行道旁」。四個文本的轉變情形如下：

（3）遊戲文本的隨意性

以解建創作體驗設計所產生八十九篇解建文本而言，則提出的三篇原始文本必然具有相當強的隨意性，才能讓文本持續內延。參與者有近三分之二以上可以內延三次，進入第四層文本，這是以全部文本而言。若以文本的詩句字詞分析，舉原始文本〈玫瑰之飲〉為例，

玫瑰之飲　　　蕭仁隆

飲下釀造已久的玫瑰
那一頁一頁撕落的空白
墜入夕陽斜下的醉紅
據說那醉的精靈
如鐘乳一滴滴緩緩舖陳
把原生的矜持逐漸褪去
讓玫瑰一瓣一瓣剝離
裸露酒精與香精的酥胸

打開釀造已久的玫瑰
妳我以眼裡的彩虹對飲
夕陽停留在晚風的酩酊中
把剝離的花瓣一一復原
還一束模真的玫瑰
誰說
交融之後沒有醇香？

這是一篇意象豐富，意境交錯迷離的詩，對於初學詩者比較不易深入探究與運用字詞。具有這樣特性的詩，其詩的隨意性相當強，非有很好的寫詩功力是很難再創作文本的。〈玫瑰之飲〉第一段有「飲下」、「釀造」、「玫瑰」、「一頁」、「撕落」、「空白」、「墜入」、「夕陽」、「斜下」、「醉紅」、「據說」、「醉」、「精靈」、「鐘乳」、「一滴滴」、「緩緩」、「舖陳」、「矜持」、「逐漸」、「褪去」、「一瓣」、「剝離」、「裸露」、「酒精」、「與」、「香

精」、「酥胸」，將這些字詞隨意組合都可以是一句詩，如順著前後次序揀選，可以組成以下的句子：「飲下」「玫瑰」「一頁」「空白」，「夕陽」「醉紅」「逐漸」「褪去」「剝離」。至此為止，豈不就是一首很浪漫癡迷的情詩，而這些字詞的隨意性必然很強。又例：「醉」「一滴滴」「緩緩」「鋪陳」，「矜持」「逐漸」「褪去」。又是一句含蓄浪漫的情詩。若以自由排列組合，則「飲下」「空白」一句顯得含忍哀怨，「酥胸」「斜下」則充滿浪漫情懷，「夕陽」「醉紅」則是對於黃昏美景最佳的寫照，「一滴滴」「釀造」則可以是時間的漫長，也可以是感情的積聚。所以詩的隨意性越強，其組合能力越強，遊戲文本的原始文本自然需要這樣的文本，方能顯現其隨意性。

（4）遊戲文本的遊戲性

既是遊戲文本，則其遊戲性必然要充分，否則如何遊戲？如〈玫瑰之飲〉第一段所拆下的字詞，經組合就可以有許多意想不到的變化，若將其文本空間開放，則文本的遊戲性更強。「詩中詩」是文學的遊戲，也是詩的遊戲，而遊戲的構成必有其條件。經探討發現：當詩句的內延性、斷裂性與隨意性都很強時，其遊戲性必然很強，反之則越小。因此，獲得一個公式：

$$遊戲性＝內延性＋斷裂性＋隨意性$$

以語意來說明這個公式，即是：若需要很強的遊戲性，則內延性、斷裂性、隨意性必須增強。相同的，當內延性、斷裂性、隨意性增強時，遊戲性必然增強。遊戲性強則可以被解建的文本層次越多，命題的相異性越大。所以，我們又可以說：

$$遊戲性＝解建文本的層次＝命題的相異性$$

將以上的論述以圖表示更可以說明其中的關係，如圖 7-8 所示：

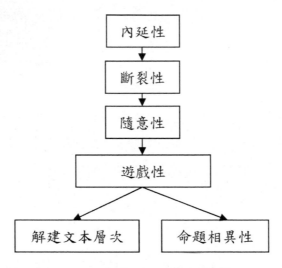

圖 7-8　遊戲文本遊戲性結構關係圖
資料來源：蕭仁隆繪製

（5）遊戲文本的虛空化

當遊戲文本以原始文本為遊戲的來源時，遊戲的文本空間即受到限制，字詞的所在位置也被固化，不得任意遷移重組，只能在固定的位置刪減，又不能增添半字。因為遊戲文本的遊戲規則已經被制定下來，文字遊戲的考驗才開始。文本遊戲必須在原始文本有限的空間，有限的字詞資源下構思新的文本，又限制只減不增，增加文本遊戲的困難度。迫使原始文本原有文字的空間；隨著解建文本的解建層次增加而減少，讓出因文字刪除而留下的空間，促使文本留白的空間增加，這時文本虛空化的現象就產生。文本虛空化跟圖畫的留白一樣，都具有視覺聚焦和擴大想像的作用。例如：S04 從原始文本〈玫瑰之飲〉解建而來的〈逝愛〉，以三行的詩句營造出逝去愛後逐漸復原的心情。文本所釋放出來的空白，恐怕才是作者想要表達的意念！作者似乎藉著無限的留白來訴說；

那曾經擁有的愛情，就隨著時間而流逝吧！那曾經記憶的愛情讓它逐漸
空白，等待的是心情的復原，或是下一次的愛情出現！〈逝愛〉文本如
下：

逝愛　　　　　　　　S04

逐漸褪去
剝離

復原

原始文本：蕭仁隆〈玫瑰之飲〉

（6）遊戲文本的概念化

　　對於遊戲文本的減式創作而言，詩已經是很簡練了，還須一次一次
的裁剪下去，當詩文本一再地去蕪存菁之後，詩就出現了概念化的觀念。
遊戲文本就在逐漸精煉與裁減的概念化後，將文字所佔的空間縮減而釋
放了文本的空間，形成詩的另一種美學表現。以 S014 從原始文本〈玫瑰
之飲〉而來的〈酒〉而言，把所有的詩句刪除到只剩兩個字和一個問號，
即是概念化最佳的例子。以問號和醇香兩字跟詩題〈酒〉相呼應，留下
一切的空白給讀者去想像。酒與醇香具有何種關係呢？這是一種質疑的
句子，而酒在此除了代表一種叫做酒的東西外，還是動詞的喝酒，以及
跟酒有關的記憶，甚至是過往的友情，那麼友情會越陳越香嗎？每個讀

者的生活背景不同，所能聯想的事物就會大不同。這篇文本就成爲一篇
頗富嚼味的詩。〈酒〉文本如下：

（7）遊戲文本的詩意化

　　既是詩的創作文本，詩意化是必然的構成要件。由於詩境不是實境，
所以作者要透過意象的經營與作者的想像，這些充滿意象的文字才能夠
呈現詩的意境，也就是詩境，即在此所論的詩意化。遊戲文本的最終目
的就是讓詩意節節呈現，而「詩中詩」遊戲文本的七大特性最終的目的
都朝向詩意化。在解建文本整個詩意化的過程就是一種文學遊戲，意象
的豐富與內文的精簡都必須以詩意化爲目標。以同樣源自於原始文本〈玫
瑰之飲〉S05 的〈飲酒歌〉與 S08 的〈替〉而言，都具有豐富的意象以及
詩意。〈飲酒歌〉說的是飲酒，寫的是一段愛情的記憶，或是一段海誓山
盟的往事。〈替〉說的是夕陽與晚風的交替景況，寫的是一幅夕陽西下晚

風拂來的美景。卻也隱約中提示了可能與夕陽有關的往事，一個不得不將美麗的夕陽替換成晚風的事實。「一頁一頁」又象徵了心中的徘徊與無奈，是一首相當含蓄的情詩。這篇文本的意象較少，詩意卻一樣可以明顯感受得到，這是一首情景交融的詩。兩篇詩的文本如下：

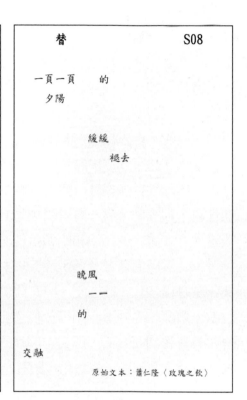

```
飲酒歌            S05

飲下          玫瑰

墜入          醉紅
        精靈
如鐘乳    緩緩鋪陳
        矜持    褪去
    玫瑰    剝離
    露酒    香  的酥胸

打開          玫瑰
妳我以    彩虹對飲
        晚風  酩酊

誰說
交融    沒有醇香？
          原始文本：蕭仁隆〈玫瑰之飲〉
```

```
替            S08

一頁一頁    的
    夕陽

            緩緩
                褪去

            晚風
            ——
            的

交融
        原始文本：蕭仁隆〈玫瑰之飲〉
```

7.6　體驗設計總結

　　從「詩中詩」遊戲文本體驗設計完整的體驗過程及產出的作品，探討「詩中詩」遊戲文本所假設的內延性、斷裂性、隨意性、遊戲性、虛空化、概念化、詩意化七大特點，發現「詩中詩」遊戲文本確實具有此七大特性。如今十位參與者可以在三篇原始文本之上解建達八十九篇新文本，足以證明遊戲文本具有充分的隨意性。何況所解建的文本沒有一篇是重複的，至於詩題方面雖有重複，但意境不同，詩句各異。

　　當創作也可以這麼隨意時，其遊戲性就無庸置疑。在體驗設計中亦發現：內延性、斷裂性、隨意性相加等於遊戲性，等號之一方若想加強其性質，則等號之另一方就需加強其因子，也就是說內延性、斷裂性、隨意性之和越大，其總和的遊戲性必然越大，這個結果可以作為未來設計遊戲文本時的參考。遊戲性又與文本解建層次及命題相異性成正比的關係。在虛空化、概念化、詩意化的三化方面又與遊戲性成等號關係，也就是遊戲性等於虛空化等於概念化等於詩意化。此三化又與文本解漸層次具有密切的關係，即文本解建層次越多，則遊戲性越高。虛空化越強則概念化就越強，詩意化也跟著越明顯。在此獲得一個明顯的現象：

　　　　「詩中詩」遊戲文本最後的結果都導向詩意化

　　再從內延性、斷裂性、隨意性三大特性分析發現：此三大特性正是作為詩語言或詩文字所必備的條件，亦是特性。從詩的特性開始，透過遊戲文本的解建過程，最終都將文本導向詩意化，這豈不是每位寫詩的創作者夢寐以求的寫詩方法？而詩的讀寫者可以透過詩的遊戲文本在遊戲中認識詩，賞析詩，創作詩，進而提高其閱讀詩的興趣以及賞析詩與

創作詩的能力。

7.6.1 雙重閱讀與傳統閱讀學詩比較

　　學習詩與學習其他事物一樣都從閱讀開始，為未來創作積蓄能量。詩的讀寫者不論是以傳統學詩方式，還是以讀寫雙重閱讀方式都要從閱讀開始。想學習詩就必須對詩有興趣，然後才會開始閱讀詩。在閱讀中產生對詩的賞析能力，有了詩的賞析能力就能認識詩的特性。從「詩中詩」的解建文本裡發現，詩的特性就是「詩中詩」遊戲文本的特性，即：內延性、斷裂性、隨意性。當認識詩的特性後，就產生對於詩的構思動力。這樣的動力必須先獲得一些靈感，或是意象，或是模糊的意境才足以產生構思的動力。遊戲文本的遊戲性從原始文本中獲得一些靈感，或是意象，或是模糊的意境，然後引發對於詩的構思動力。傳統寫作在獲得構思後開始詩的寫作，這包含命題的完成。遊戲文本則是開始解建文本，以及經營文本解建的層次與命題。當完成初稿時，傳統寫作開始對於詩句進行修飾、精煉、濃縮。遊戲文本則是從虛空化、概念化的方向規劃文本層次及修飾詩句。兩者方法雖異，卻都朝向詩句的詩意化為最終目標。當詩意化的過程完成後，詩的作品才產生，在遊戲文本則是詩文本的產生。最後不論是傳統閱讀或是讀寫雙重閱讀，都能獲致提高其閱讀詩的興趣以及賞析詩與創作詩的能力。詩的讀寫者以讀寫雙重閱讀與傳統閱讀學詩比較關係，如圖 7-9 所示。

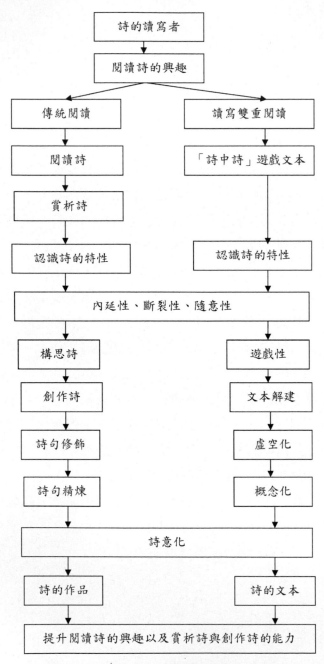

圖 7-9　雙重閱讀與傳統閱讀學詩比較圖

資料來源：蕭仁隆繪製

　　從上圖可知，新詩必須經過閱讀詩作培養賞析的能力，最後才是創作新詩，這是三個完全不同階段的進階學習。其中以閱讀詩的興趣爲首要，若連這興趣都沒有，就談不上賞析與創作。提升興趣最佳的方式就是遊戲，因爲遊戲會產生趣味。赫伊津哈（1992）認爲詩在古代是一種神聖的遊戲，這個遊戲也是詩的雛型。朱光潛（1989）則認爲「遊戲之中就含有創造和欣賞的心理活動」，更認爲遊戲是藝術的雛型。「詩中詩」遊戲文本即是以文學的遊戲爲目的，在遊戲的氣氛下閱讀詩文本，讓閱讀詩是一種享受，一種遊戲。只要懂得其遊戲規則，會比讀一篇篇的詩集還有趣。當有了興趣就會產生賞析的動力，在遊戲的過程中必須對詩句進行解構。當進行解構時就需要開始對於詩句進行賞析，才知道該如何刪除認爲不要的詩句或字詞。當進行刪除字詞時，卻又面臨詩的建構問題，而詩的建構正是詩的創作思考。當遊戲完成時，詩的創作也結束了，整個學習記憶的運作又循環一遍。所以，一場遊戲下來，從閱讀詩到賞析詩，一直到創作詩都接觸了。雖然創作的來源可能是別人已經完成的詩作，但遊戲者已經從讀詩、賞詩乃至改寫一首詩中，讓遊戲者不知不覺完成一首詩的創作。於是讓參與的讀寫者對於創作詩的距離更爲貼近，更具信心。有一天，讀寫者突然發覺詩原來是這樣被寫出來的時，就不至於將寫詩視爲畏途。讀寫者也可以試圖自己創作一首詩，然後以自己的詩進行遊戲文本的解建，在經過刪刪減減之後，又會發現原來自己剛剛寫的詩不夠精煉，而被解建後的詩卻更具詩意，這時遊戲者就邁向寫詩的第一步了。非線文學是劃開傳統文學嚴謹的藩籬，讓閱讀與創作都是活躍的，是遊戲的，所以透過遊戲般的學習來創作詩是學習詩的新路徑。

7.6.2 結論

　　「詩中詩」遊戲文本具有七大特性，這些特性更是詩所具備的特性。只要以詩爲材料進入遊戲文本之中，很快就會明白所謂的七大特性。爲了遊戲又必須進行閱讀、賞析與創作的能力考驗，久而久之，其詩文本的閱讀、賞析與創作能力必能得到提升。因此，從以上的解析獲得四項結論，與當初的假設相符。所得結論是：

(1) 「詩中詩」遊戲文本確實具有四種變化類型，即 1.詩題有變，詩境不變，詩句有變類型、2.詩題有變，詩境有變，詩句有變類型、3.詩題不變，詩境不變，詩句有變類型、4.詩題不變，詩境有變，詩句有變類型。

(2) 「詩中詩」遊戲文本確實具有 1.內延性、2.斷裂性、3.隨意性、4.遊戲性、5.虛空化、6.概念化、7.詩意化七大特性。

(3) 「詩中詩」遊戲文本創作法具備傳統閱讀從閱讀、賞析以及寫作詩的學習路徑。可以經由讀寫雙重閱讀，透過「詩中詩」遊戲文本來提昇新詩的創作與賞析的能力，以及新詩閱讀的興趣。

(4) 「詩中詩」創作法可以應用於未來遊戲文本的開發與詩學教學。

7.7　問卷調查

　　「詩中詩」創作法解建創作體驗設計的體驗活動之後，必須對於體驗情形進行問卷調查，才能自參與者獲知體驗結果。所以問卷調查即以「詩中詩」遊戲文本具有內延性、斷裂性、隨意性、遊戲性、虛空化、概念化、詩意化七大特性作爲問題假設，經由讀寫雙重閱讀，可以透過遊戲文本創作法提昇新詩的創作與賞析的能力以及新詩閱讀的興趣，此亦是問卷調查的目的。

　　在問卷調查所使用的量表方面，係採用李克特（Rensis Likert）式量表，此量表對於研究意見或態度的研究屬於較受歡迎的量表，也是最常使用的一種樣式。一般設計的題數以 20-25 題即可，體驗設計屬於創作型的體驗，非一般的調查問卷，所以在提問設計編制方面，依據「詩中詩」遊戲文本創作法及體驗設計之問題假設與目的而設計，共計四十二題項。在回答反應態度的陳述句方面，採取五點量表，去除中性反應的陳述句。問卷的陳述句因應題項內容，在調查問卷中依照語意需求採兩種陳述句：一爲「經常、不常、偶而、很少、從未」，一爲「極度認同、非常認同、認同、稍微認同、不認同」（王文科、王智弘，2010）。在計分方面，採陳述語意落點的人數統計，而不以分數落點分配統計。因爲，此問卷調查爲創作型的體驗設計，參與者屬於具備特殊背景與能力之少眾，且以體驗參與者爲問卷調查對象，因此，並不適宜以計分量表之統計方法。「詩中詩」遊戲文本創作法解建創作體驗後問卷調查表格，如下表。

表 7-1　「詩中詩」遊戲文本創作法解建創作體驗後問卷調查表

創作者背景資料							
姓　名		性別	□男 □女	年齡	□20 歲以下　□21-25 歲 □26-30 歲　□30 歲以上		
教育程度	□高中在學　□高中畢業　□大學在學　□大學畢業　□研究所以上在學　□研究所以上畢業						
系所類別	□人文學院　□社會學院　□資訊學院　□工學院　□理學院　□其他系所						
平時喜好	□文學　□哲學　□科學　□音樂　□舞蹈　□旅遊　□攝影　□運動　□影視 □其他(請填寫)　　　　　　　　　　　　　　　　　　　　　　　(可以複選)						
文學興趣	□新詩　□傳統詩　□小說　□散文　□其他(請填寫)　　　　　　　　(可以複選)						

項目	問 題 提 問	回答（請在說明文字前面的空格勾選）				
閱讀方面	1.您讀詩的頻率是	很頻繁(每周讀一篇以上)	經常(每月讀一篇以上)	偶爾(每季讀一篇以上)	鮮少(每年讀一篇以上)	從未
	2.經過本次體驗創作後，可以增加新詩閱讀的興趣。	極度認同	非常認同	認同	稍微認同	不認同
	3.經過本次體驗創作後，可以有效提升新詩閱讀的能力。	極度認同	非常認同	認同	稍微認同	不認同
定義說明	閱讀：僅僅是讀過書本或知道文章在說些什麼，但不一定會對文中內容作進一步解析。 賞析：是閱讀後對於文句或內容、結構、表現手法等作淺層或深層解析。如：為什麼這麼寫？跟誰的手法或是風格很像？字詞放在此句中的意義為何？等等的分析。					
賞析方面	1.您曾有過文章賞析的經驗（與是否寫過賞析文章無關）。	經常賞析	不常賞析	偶而賞析	很少賞析	從未賞析
	2.經過此體驗創作後，可以增加新詩賞析的興趣。	極度認同	非常認同	認同	稍微認同	不認同
	3.經過此體驗創作後，對新詩賞析的態度有正面的轉變。	極度認同	非常認同	認同	稍微認同	不認同
	4.經過此次體驗創作後，可以提升新詩賞析的能力。	極度認同	非常認同	認同	稍微認同	不認同

創作方面	1.除學校作文課外您有寫作的經驗（與是否投稿刊登無關）嗎？（若無寫作經驗，請跳過第2題從第3題開始作答）	有寫作的經驗				無寫作的經驗
	2.您認為寫作是一件容易的事（若無寫作經驗不必作答）	極度認同	非常認同	認同	稍微認同	不認同
	3.經過此次體驗創作後，您認為以「文中之文，詩中之詩」遊戲文本的方式寫詩是一件容易的事。	極度認同	非常認同	認同	稍微認同	不認同
	4.經過此次體驗創作後，可以提升新詩創作的興趣。	極度認同	非常認同	認同	稍微認同	不認同
	5.經過此次體驗創作後，提昇了您撰寫遊戲文本的衝動。	極度認同	非常認同	認同	稍微認同	不認同
	6.經過此次體驗創作後您對新詩寫作的態度有正面轉變。	極度認同	非常認同	認同	稍微認同	不認同
	7.此次經過體驗創作後，提昇了您撰寫新詩創作的意願。	極度認同	非常認同	認同	稍微認同	不認同
	8.經過此次體驗創作後，提升了您觸發新詩創作的靈感。	極度認同	非常認同	認同	稍微認同	不認同
	9.經過此次體驗創作後，提升了您新詩創作的素質。	極度認同	非常認同	認同	稍微認同	不認同
	10.經過此次體驗創作後，遊戲文本是可以訓練新詩創作的能力。	極度認同	非常認同	認同	稍微認同	不認同
	11.將遊戲文本透過電腦展現詩作可以增加您創作的興趣。	極度認同	非常認同	認同	稍微認同	不認同
	12.經過此次體驗創作後，未來需要一個「文中之文，詩中之詩」遊戲文本的網站。	極度認同	非常認同	認同	稍微認同	不認同
	13.經過此次體驗創作後，未來需要一個「文中之文，詩中之詩」遊戲文本媒體作為創作的平台。	極度認同	非常認同	認同	稍微認同	不認同
內涵性方面	1.遊戲文本的字詞具備雙關詞義越多越容易分解和建立文本。	極度認同	非常認同	認同	稍微認同	不認同
	2.遊戲文本的詩句越多越容易分解和建立文本。	極度認同	非常認同	認同	稍微認同	不認同
	3.遊戲文本的意境(如：空巷、午後)越豐富越容易分解和建立文本。	極度認同	非常認同	認同	稍微認同	不認同
斷裂性方面	1.遊戲文本字詞的獨立意義(如：我、酥胸)越完備越容易分解和建立文本。	極度認同	非常認同	認同	稍微認同	不認同
	2.遊戲文本詩句的象徵意義(如：鐘乳、空白)越完備越容易分解和建立文本。	極度認同	非常認同	認同	稍微認同	不認同
	3.遊戲文本的意象(如名詞、動詞)越多越容易分解和建立文本。	極度認同	非常認同	認同	稍微認同	不認同
隨意性方面	1.遊戲文本是隨字詞結構來建構詩句。	極度認同	非常認同	認同	稍微認同	不認同
	2.遊戲文本的分解和建立文本相當自由。	極度認同	非常認同	認同	稍微認同	不認同
	3.創作遊戲文本比一般詩的創作自由。	極度認同	非常認同	認同	稍微認同	不認同
遊戲性方面	1.遊戲文本的閱讀像玩一場遊戲。	極度認同	非常認同	認同	稍微認同	不認同
	2.遊戲文本的創作像在設計一場遊戲。	極度認同	非常認同	認同	稍微認同	不認同
	3.遊戲文本的賞析像在分析一場遊戲的關係。	極度認同	非常認同	認同	稍微認同	不認同

		極度認同	非常認同	認同	稍微認同	不認同
虛空化方面	1.遊戲文本的留白可以產生虛空的現象。	極度認同	非常認同	認同	稍微認同	不認同
	2.遊戲文本的留白是隨著字詞減少而增加。	極度認同	非常認同	認同	稍微認同	不認同
	3.遊戲文本的留白可以產生更多想像空間。	極度認同	非常認同	認同	稍微認同	不認同
概念化方面	1.遊戲文本詩句跟詩題意義的相互襯映關係隨文本的增加越來越密切。	極度認同	非常認同	認同	稍微認同	不認同
	2.遊戲文本隨文本增加對於詩句的不連貫性越來越增強。	極度認同	非常認同	認同	稍微認同	不認同
	3.遊戲文本隨文本的增加對於字詞的雙關意義越來越增強。	極度認同	非常認同	認同	稍微認同	不認同
詩意化方面	1.遊戲文本的詩句隨文本的增加越來越精煉。	極度認同	非常認同	認同	稍微認同	不認同
	2.遊戲文本隨文本的增加詩句的意象越來越增強。	極度認同	非常認同	認同	稍微認同	不認同
	3.遊戲文本詩句隨文本的增加象徵意義越來越增強。	極度認同	非常認同	認同	稍微認同	不認同
	4.遊戲文本字詞隨文本的增加多義性越來越增強。	極度認同	非常認同	認同	稍微認同	不認同

體驗後的感想或建議

資料來源：蕭仁隆繪製

7.7.1 問卷調查設計與解析

　　本次體驗設計以「詩中詩」遊戲文本具有內延性、斷裂性、隨意性、遊戲性、虛空化、概念化、詩意化七大特性，及對於未來遊戲文本的開發與詩學教學之應用為問題假設。以經由讀寫雙重閱讀，可以透過「詩中詩」遊戲文本提昇新詩的創作與賞析的能力，以及新詩閱讀的興趣為

目的。所以，在問卷調查的問題提問設計上，以下列兩個面向爲假設與目的進行規畫：

（1）在提昇新詩的創作與賞析的能力，以及新詩閱讀的興趣方面。
（2）遊戲文本七大特性方面。

　　根據以上兩個面向所進行的問卷設計，除問卷設計外，另設有一題爲開放性題目。創作體驗設計在學術研究上並不多見，「詩中詩」遊戲文本的體驗設計更屬於創舉，沒有合適的參考問卷足以提供提問的題項設計參考。茲依據所設計之問卷進行歸納解析及總結如下：

7.7.2 參與者背景解析

　　問卷調查對象：參與體驗設計之創作者，共計十人。問卷調查時機：在創作者完成創作體驗後舉行問卷調查。舉行日期：民國 99 年（西元 2010 年）11 月 29 日晚上 18：30 假某大學五館中國語文學系之系會議室舉行。參與解建創作體驗後問卷共十人，其中男性一人，女性九人。年齡在二十歲以下者八人，二十一至二十五歲者有兩人。參與者都是某大學人文學院中國語文學系在學學生，五位就讀二年級，五位就讀三年級。

（1）平常喜好

　　本項問卷係採多重勾選的方式，所呈現的數據是：喜好文學者有 10 位，喜好音樂者有 7 位，喜好舞蹈者有 1 位，喜好旅遊者有 6 位，喜好攝影者有 1 位，喜好運動者有 1 位，喜好影視者有 10 位，在科學與哲學方面則沒有一人列爲平時之喜好。從統計資料中顯示：全部參與者以文學與影視爲平時之喜好，音樂與旅遊次之，除文學外，影視、音樂、旅遊

爲目前年輕人最爲流行之喜好項目。

（2）文學方面興趣

　　本項問卷採多重勾選的方式，所呈現的數據是：對於新詩有興趣者有 5 位，對於傳統詩有興趣者有 2 位，對於小說有興趣者有 10 位，對於散文有興趣者有 8 位，對於繪本有興趣者有 1 位。從統計資料中顯示：全部參與者獨鐘小說，其次是散文，再次是新詩，傳統詩與繪本殿後。足見小說仍爲流行之大宗，而新詩爲寡眾讀者的說法再度被引證。有趣的是尚有兩人喜歡傳統詩，這在中文系中算是可喜的事。

（3）讀詩頻率

　　問卷設計以每周讀一篇以上爲很頻繁，每月讀一篇以上爲經常，每季讀一篇以上爲偶然，每年讀一篇以上爲鮮少，且列從未讀詩一項。爲避免與賞析混淆，問卷中有定義說明。此處所指的閱讀行爲指：僅僅是讀過書本或知道文章在說些什麼，但不一定會對文中內容作進一步解析而言。從統計資料中顯示：很頻繁者 1 位，經常者 6 位，偶而者 2 位，鮮少者 1 位，從未者 0 位。從統計資料中顯示：仍有一位至少每周讀詩一篇以上，算是相當勤勉，每月讀詩一篇以上含每周讀詩一篇以上者總計有 7 位，占總數七成，若加入偶而者，共計九成的人數，因此，以讀詩的頻率而言，屬於勤勉的。將此統計與參與者平常喜好及文學喜好相互比較，則讀詩頻率屬於偏弱現象。

（4）賞析能力

　　本項問卷以經常、不常、偶而、很少、從未賞析作爲陳述句，並爲賞析作定義說明：賞析是閱讀後對於文句或內容、結構、表現手法等作淺層或深層解析。如：爲什麼這麼寫？跟誰的手法或是風格很像？字詞放在此句中的意義爲何？等等的分析，但與是否寫過賞析文章無關。從

統計資料中顯示：經常賞析者 4 位，不常賞析者 1 位，偶而賞析者 4 位，很少賞析者 1 位。從統計資料分析：偶而賞析以上者有 9 位，在讀詩頻率偏弱的情形下，賞析頻率不高屬於正常現象。將讀詩與賞析統計資料相互對照，發現兩者人數都在偶而以上有 9 位。因此，本項問卷以具有能力爲關鍵並未失眞。

（5）寫作經驗

　　體驗設計屬於創作性的體驗，因此，對於參與者有無寫作經驗很重要。此處所謂的寫作經驗排除學校作文課的寫作，又與是否投稿刊登無關，屬於自主性的寫作經驗。列寫作經驗一項係探究參與者平時是否有寫作動機，以及寫作的作品。排除被刊登與否的因素，是因爲目前文章被刊登出並不容易，尤其是報章雜誌多屬邀約型稿件，學生階段除校刊外不易被錄取刊出。另外，所謂寫作經驗泛指任何一種的文學寫作經驗，不以寫詩一項爲限。從統計資料中顯示：有寫作經驗者達 6 位，無寫作經驗者達 4 位，顯示參與者大多具有寫作經驗。本問卷在對有寫作經驗者設計一項對於寫作容易與否的認知，其目的在探討參與者在寫作能力上是否充足。經統計顯示：在 6 位有寫作經驗的參與者之中，有 1 位非常認同寫作是一件容易的事，2 位持認同態度，2 位僅是稍微認同的態度，1 位則不認同。從這資料顯示：有 1 位認爲寫作是困難的，有 5 位則認同寫作是一件容易的事。每個寫作者對於寫作的難易，跟寫作者的寫作能力及經驗有關，經常寫作者必然不認爲寫作是件困難的事。

（6）參與者背景解析結論

　　從這些參與者的背景資料中發現：絕大部的參與者具有寫作、賞析詩、讀詩的經驗，都屬於文學系，對於文學、詩、小說、散文都有興趣。因此，參與創作體驗設計也因爲興趣而來，並具備創作的能力，所以體驗後得到的創作體驗作品及問卷的參考資料具極高的可信度。

7.7.3 問卷調查提問設計（一）解析

在問卷調查提問設計（一）方面，依據問卷調查（一）提昇新詩創作與賞析能力，以及閱讀興趣的面向分成閱讀、賞析與創作三方面提問設計解析，分別敘述如下：

（1）在閱讀方面

認為經過本次體驗創作後，可以增加新詩閱讀興趣者：非常認同者有 3 位，認同者有 7 位。此資料顯示：全部的參與者都相當認同遊戲文本是可以增加新詩閱讀興趣。在問及經過本次體驗創作後，可以有效提升新詩閱讀的能力方面，非常認同有 5 位，認同有 5 位，也就顯示：對於「詩中詩」遊戲文本在有效提升新詩閱讀的能力上都持認同肯定的態度。

（2）在賞析方面

參與者認為「詩中詩」遊戲文本可以增加新詩賞析興趣之極度認同者有 1 位，非常認同者有 1 位，認同者有 8 位。從資料顯示：參與者都認同「詩中詩」遊戲文本可以增加新詩賞析與興趣。至於在經過此體驗創作後，對新詩賞析的態度有正面的轉變方面。此一提問的目的：希望了解參與者面對新的賞析方式具有歡迎、喜歡或是排斥的心理狀態，作為未來設計改進的空間。所得的統計資料顯示：極度認同有 1 位，非常認同者有 4 位，認同者有 4 位，僅 1 位持稍微認同的態度。大體上參與者對於此創新文本是持正面的態度，也就是表示歡迎或喜歡之意。在「詩中詩」遊戲文本是否可以提升新詩賞析的能力方面，所得的統計資料顯示：極度認同有 1 位，非常認同者有 3 位，認同者有 6 位。由此可知，參與者

對於「詩中詩」遊戲文本在提升新詩賞析能力方面都持肯定認同的態度。

（3）在創作方面

■「詩中詩」創作法容易寫詩

經過此體驗創作後，認為以「詩中詩」遊戲文本的方式比較容易寫詩的參與者：極度認同有 1 位，非常認同者有 1 位，認同者有 7 位，稍微認同有 1 位。統計資料顯示：僅 1 位屬於稍微認同，而認同以上態度達 9 位，可見絕大多數參與者認同以「詩中詩」遊戲文本的方式比較容易寫詩。

■提升新詩創作的興趣

至於「詩中詩」遊戲文本可否提升新詩創作的興趣，參與者極度認同者有 1 位，非常認同者有 4 位，認同者有 5 位。足見「詩中詩」遊戲文本的創作方式可以提升新詩創作的興趣。在問及經過這次創作體驗之後，有否撰寫「詩中詩」遊戲文本的衝動。參與者極度認同有 1 位，非常認同者有 2 位，認同者有 5 位，稍微認同者 2 位。參與者對於完整的「詩中詩」遊戲文本認識尚不很清楚，僅以此次的體驗作為參與者對「詩中詩」遊戲文本的認識。因此，有 2 位參與者只是微認同，其餘 8 位都在認同以上。以此統計資料顯示：若參與者經過完整的教學與訓練必能完全改觀，且認同對於「詩中詩」遊戲文本的撰寫態度。在體驗「詩中詩」遊戲文本後，對於摸不著邊際的新詩寫作態度有更積極正面的轉變，也就是克服了寫作新詩的心理障礙。參與者極度認同有 1 位，非常認同者有 3 位，認同者有 4 位，稍微認同者 2 位。在這方面仍有 2 位持稍微認同的態度，但有 8 位都持認同以上的態度。這代表遊戲文本在非線文學的概念下；解構了一般人對於新詩寫作的認知，開啟了不同以往的新詩觀念，所以參與者大多數持以正面的回應。在下列提升撰寫新詩創作意願的提問方面，參與者極度認同有 1 位，非常認同者有 3 位，認同者有 4

位，稍微認同者 2 位。此一問題與上提有密切的關聯，當態度轉向正面後，撰寫新詩的意願必然提高。統計資料顯示：果然有兩位參與者從認同提升到非常認同的態度，雖然仍有 2 位持稍微認同的態度，但有 8 位都持認同以上的態度，雖然大比例不變，其中微妙變化已經表達參與者心態的改變。

■提升新詩創作的靈感

創作都需要靈感，因此，靈感的獲得是一般創作者最為苦惱的。然而「詩中詩」遊戲文本是以讀寫雙重閱讀的方式，在他人的作品中尋求創作靈感，以這種方式獲得靈感比自己去尋找靈感來得容易，這也就是為何參與者可以在一個多小時內創作近九篇新詩的原因。相信參與者在這次的體驗中都震撼不已，不敢相信自己有如此的潛力。其實，從他人作品中得到靈感的創作者古今皆有。以詩的創作者而言，李白有不少擬古詩的創作，其實都是以古代的詩境為靈感而創作的作品。這是一種學習的經歷，所以在對於觸發新詩創作靈感的提升方面，認同的態度就有明顯的改變。經統計顯示：參與者有極度認同有 2 位，非常認同者有 2 位，認同者有 5 位，稍微認同者 1 位。至此，僅剩 1 位持稍微認同的態度，已經有 9 位都持認同以上的態度。認同態度有了明顯的轉變，其中持極度認同者多 1 位，可見「詩中詩」遊戲文本在對於觸發新詩創作的靈感具很強的提升作用，可以幫助創作者觸動靈感引發創作。

■提升新詩創作的素質

在提升新詩創作的素質方面歧異較大，因為所謂新詩素質每個人都有不同的認知，以他人的作品然後在作品的範圍內創作，必然限制創作者在這個題材與詩句外的創作發揮，因此，歧異必大。統計資料顯示：參與者有極度認同有 1 位，非常認同者有 2 位，認同者有 4 位，稍微認同者 3 位。有這樣的統計結果並不意外，有 3 位參與者對此持稍微認同的

態度，有 7 位參與者則仍然持認同以上的態度。因爲這涉及對於何爲好詩的問題？甚麼是新詩都已經見解各異，要談什麼是好詩更難。詩的傳統認知與非線詩的認知具有完全不同的詮釋與欣賞態度，能在短短的創作體驗後，就有七成的參與者認同可以提升新詩創作的素質，表示多數參與者已經具有非線性詩作的基本概念，並以此來認同所謂詩的素質，這是可喜的事。至少可以證明這些參與者經過體驗後，解構了傳統對於詩作的認知，進入非線詩的領域。

■訓練新詩創作能力

有了以上的提問過程與確認之後，對於「詩中詩」遊戲文本可以訓練新詩創作的能力方面，亦有顯著的變化。統計資料顯示：參與者極度認同有 1 位，非常認同者有 4 位，認同者有 5 位，稍微認同者 1 位。至此，僅 1 位參與者持稍微認同的態度，達有 9 位參與者持認同以上的態度。從以上的問卷提問與回應態度發現：參與者雖然都是初次接觸「詩中詩」遊戲文本，以及非線性詩作的創作，大多數的參與者對於這「詩中詩」遊戲文本都持肯定的態度。在提升對於新詩創作的興趣、意願、靈感、素質以及能力方面亦相當認同。

■詩作輸入電腦態度

本次體驗僅以紙面文本創作新詩，係考量中語系參與者在電腦文書處理能力可能懸殊，再者必須經過一番非線性創作的電腦操作才能勝任。所以排除完成作品輸入電腦展示等步驟，但仍對於此一意願提出問題。在問及「詩中詩」遊戲文本透過電腦展示詩作可以提升創作的興趣方面，參與者有極度認同有 1 位，非常認同者有 1 位，認同者有 7 位，稍微認同者 1 位。統計資料顯示：僅 1 位參與者持稍微認同的態度，達有 9 位參與者持認同以上的態度。參與者對於詩作輸入電腦大多持肯定的態度。

■「詩中詩」遊戲文本未來發展

在問及未來架設「詩中詩」遊戲文本的網站方面，具有與詩作輸入電腦態度相同的認同態度。參與者有極度認同有 1 位，非常認同者有 2 位，認同者有 6 位，稍微認同者 1 位，統計資料顯示：僅 1 位參與者持稍微認同的態度，有 9 位參與者持認同以上的態度。此資料顯示：「詩中詩」遊戲文本網站為未來之需求，網站架設必須有相互搭配之創作平台，否則非線文學之文本無法展現對於傳統文本的差異性，及非線性的藝術美學欣賞。但目前尚無適合的創作平台可以應用，因此設定為未來取向。此一提問參與者極度認同有 1 位，非常認同者有 2 位，認同者有 4 位，稍微認同者 2 位。統計資料顯示：僅 2 位參與者持稍微認同的態度，達有 8 位參與者持認同以上的態度。由此可知「詩中詩」遊戲文本之創作平台為未來之需求。

7.7.4 問卷調查提問設計（二）解析

在問卷調查提問設計（二）方面，對於「詩中詩」遊戲文本所具有內延性、斷裂性、隨意性、遊戲性、虛空化、概念化、詩意化七大特性，問卷調查資料的統計歸納解析如下：

（1）在遊戲文本內延性方面

關於「詩中詩」遊戲文本的內延性可分成三個面向進行探討，即：「詩中詩」遊戲文本的字詞具備雙關詞義越多越容易分解和建立文本，「詩中詩」遊戲文本的詩句越多越容易分解和建立文本，「詩中詩」遊戲文本的意境（如：空巷、午後）越豐富越容易分解和建立文本。此三個面向統計資料如下：在字詞具備雙關詞義越多越容易分解和建立文本方面，參與者極度認同者有 2 位，非常認同者有 4 位，認同者有 4 位。在詩句越多

越容易分解和建立文本方面，參與者有極度認同有 2 位，非常認同者有 2 位，認同者有 4 位，稍微認同者 2 位。在意境越豐富越容易分解和建立文本方面，參與者有極度認同有 3 位，非常認同者有 3 位，認同者有 4 位。此三個面向都在探討透過創作實際體驗來認定「詩中詩」遊戲文本內延性的認知。統計結果正如預期：在「詩中詩」遊戲文本字詞所具備的雙關辭義越多與所顯示的意境越豐富兩個條件，是容不容易解構與建構文本的關鍵，即兩條件具備越多、越豐富則越容易分解與建構文本，反之則越不容易解構與建構文本。至於遊戲文本詩句的多寡不是必要關鍵條件，一般認為詩句越多必然越容易解建文本，事實證明可能相反！這還涉及創作者對於詩創作的能力問題，而詩創作者的創作能力很難量測，亦非探索範圍，所以在問卷設計時已經排除。在統計分析歸納資料發現：字詞雙關詞義與意境豐富方面，全部參與者都一致認同，僅在詩句多寡方面有 2 位持稍為認同的態度。以上探究符合預期，可以確認「詩中詩」遊戲文本必須具有內延性的文本。

（2）在遊戲文本斷裂性方面

關於「詩中詩」遊戲文本斷裂性方面，可分成三個面向進行探討，即：1.「詩中詩」遊戲文本字詞的獨立意義（如：我、酥胸）越完備越容易分解和建立文本，2.「詩中詩」遊戲文本詩句的象徵意義（如：鐘乳、空白）越完備越容易分解和建立文本，3.「詩中詩」遊戲文本的意象（如名詞、動詞）越多越容易分解和建立文本。此三個面向經統計資料顯示：1.「詩中詩」遊戲文本在字詞的獨立意義方面，參與者極度認同者有 2 位，非常認同者有 2 位，認同者有 5 位，稍微認同者 1 位。2.「詩中詩」遊戲文本在詩句的象徵意義方面，參與者極度認同者有 1 位，非常認同者有 2 位，認同者有 5 位，稍微認同者 2 位。3.「詩中詩」遊戲文本在意象字詞方面，參與者極度認同者有 1 位，非常認同者有 3 位，認同者有 6 位。詩是最具斷裂性的文學，其斷裂性就藏在字詞的獨立意義、象徵意義與意

象的表達上。凡寫詩者若在字詞這方面下工夫，及修辭技巧的運用，必能寫出具詩意的詩來。至於詩境好不好，就看創作者的構思與其他背景因素如何，因為創作與個人思想成長有絕大的關係。例如李白因為有道教與俠士的背景，所以寫詩如流水，詩意常見俠氣。經統計資料分析歸納發現：在意象表現方面，參與者一致認同意象越多越容易解建文本。在字詞獨立義方面，則有 1 位持稍微認同的態度，其餘都是認同以上的態度，也就是同意字詞越獨立越容易被解建。在象徵意義上則有 2 位持稍微認同的態度，8 位持認同以上的態度。象徵字義原本就不易被瞭解，參與者有八成的認同度已屬不易。象徵是詩重要的因素，詩若不具象徵意義，常會把詩寫成散文的詩，其詩意的份量減弱。在大多數參與者都認同之下，確認「詩中詩」遊戲文本是具有斷裂性的文本。

（3）在遊戲文本隨意性方面

關於「詩中詩」遊戲文本隨意性方面，可分成三個面向進行探討，即：1.「詩中詩」遊戲文本是隨字詞結構來建構詩句，2.「詩中詩」遊戲文本的分解和建立文本相當自由，3.創作「詩中詩」遊戲文本比一般詩的創作自由。隨意也可以說是自由，「詩中詩」遊戲文本對於詩句自由裁剪的自由程度其實是有限度的，係指在一個框架內的自由裁剪程度而言。經統計資料顯示：對於認同「詩中詩」遊戲文本是隨字詞結構來建構詩句的，參與者極度認同有 2 位，非常認同者有 3 位，認同者有 5 位。在認為「詩中詩」遊戲文本的分解和建立文本是相當自由的，則有 1 位持不認同的態度，非常認同者有 5 位，認同者有 4 位。在創作自由程度上，將遊戲文本與一般詩的創作相互比較的情形下，則有 1 位持不認同的態度，非常認同者有 1 位，認同者有 8 位。從統計資料分析歸納發現：參與者一致認同「詩中詩」遊戲文本是隨字詞結構來建構詩句，這是「詩中詩」遊戲文本解建的方式，所以問卷顯示具相當的一致性，這表示參與者在體驗設計活動中已經很清楚「詩中詩」遊戲文本的解建方式。在

自由度方面，則出現 1 位持不認同的態度，有 9 位持認同以上的態度，這個統計與將「詩中詩」遊戲文本與一般詩的創作相互比較結果相同，這意味著對於創作自由度的認定問題。以個人的創作自由而言，「詩中詩」遊戲文本其實完全沒有自由，所以兩個問項都會出現不認同的回應，這是符合預期的結果。何以還有 9 位持認同以上的回應，則是就非線文本的創作而言，已經驅除：詩句的不明朗化，詩句的分行考慮，字詞位置的擺放，運用什麼字詞較佳，詩句需要多少才算等等，初學者很容易碰到的困惑。只在原始文本上任我行，以如此的自由程度來看待「詩中詩」遊戲文本的隨意性，則會認同遊戲文本比一般創作自由。再說「詩中詩」遊戲文本若不具隨意性，則前三者必然不可能成立。因此，大多數參與者都認同「詩中詩」遊戲文本是具有隨意性的文本。

（4）在遊戲文本遊戲性方面

關於「詩中詩」遊戲文本遊戲性方面，可分成三個面向進行探討，即：1.「詩中詩」遊戲文本的閱讀像玩一場遊戲，2.遊戲文本的創作像在設計一場遊戲，3.「詩中詩」遊戲文本的賞析像在分析一場遊戲的美感。經統計資料顯示：1.對於認同「詩中詩」遊戲文本猶如閱讀一場文字的遊戲方面，參與者極度認同有 2 位，非常認同者有 2 位，認同者有 6 位。2.認同遊戲文本創作猶如一場文字的遊戲方面，參與者極度認同有 2 位，非常認同者有 3 位，認同者有 5 位。3.在認同「詩中詩」遊戲文本賞析猶如分析一場文字遊戲的美感方面，參與者極度認同有 2 位，非常認同者有 1 位，認同者有 6 位，稍微認同者 1 位。既是遊戲文本必然具有遊戲性，但這是文字創作的遊戲，不同於電玩，這一點必須很清楚，否則對於所謂遊戲的認知就會產生混淆。在文學作品中，詩就具遊戲性，相對的以詩為原始文本解建的詩文本一樣具有遊戲性，而解建本身就是一場遊戲。非線文學就是建構在遊戲上的文學，若不瞭解此點，則很難瞭解遊戲的文學。從統計資料上顯示：參與者一致的認同「詩中詩」遊戲文本

的閱讀與創作就像玩一場遊戲，在賞析的認知上則發生分歧現象，稍微認同者 1 位，認同以上者 9 位。這應是發生在所謂美感的個人認知上的差異，也就是遊戲具有美感的質疑？以純藝術而言，很難認同遊戲是具有美感的。因為在電玩遊戲充斥的情形下，很多人會將遊戲等同電玩，其實電玩只是遊戲的一種。對於藝術而言，就是在玩一場創作的遊戲，遊戲者就是創作者。以此觀念來看待非線文學創作亦然，遊戲文本就是一場文字的遊戲，其美感必須從意象與意境的層層生成，隨解建文本層次不同而相異，以及完整的七大特性來探究所謂美感問題。對於文本美感問題，已非探究的範圍。

（5）在遊戲文本虛空化方面

關於「詩中詩」遊戲文本遊戲性方面，可分成三個面向進行探討，即：1.「詩中詩」遊戲文本的留白可以產生虛空的現象，2.「詩中詩」遊戲文本的留白是隨著字詞減少而增加，3.「詩中詩」遊戲文本的留白可以產生更多想像空間。綜言之，「詩中詩」遊戲文本隨著字詞減少而增加留白，留白產生虛空現象，虛空造成文本字詞的壓縮，在一增一減之間流溢美感。從統計資料顯示：參與者一致性的認同「詩中詩」遊戲文本虛空化的現象，與預期相符。

（6）在遊戲文本概念化方面

關於「詩中詩」遊戲文本概念化方面，可分成三個面向進行探討，即：1.「詩中詩」遊戲文本詩句跟詩題意義的相互襯映關係隨文本的增加越來越密切，2.「詩中詩」遊戲文本隨文本的增加對於詩句的不連貫性越來越增強，3.「詩中詩」遊戲文本隨文本的增加對於字詞的雙關意義越來越增強。「詩中詩」遊戲文本的概念化是由繁趨簡的減式創作過程，到最後只剩一種詩意的表現，讓字詞與詩題產生密切關係，猶如杜象以一句詩或一個簽名跟藝術品相輝映。在這方面，參與者亦以一致性的認同態

度同意「詩中詩」遊戲文本具有概念化的特性，與假設相符。

（7）在遊戲文本詩意化方面

關於「詩中詩」遊戲文本詩意化方面，則分成四個面向進行探討，即：1.「詩中詩」遊戲文本的詩句隨文本的增加越來越精煉，2.「詩中詩」遊戲文本隨文本的增加詩句的意象越來越增強，3.「詩中詩」遊戲文本詩句隨文本的增加象徵意義越來越增強，4.「詩中詩」遊戲文本字詞隨文本的增加其多義性越來越增強。詩意化為「詩中詩」遊戲文本基本的要求，也是最終的目的，若以詩文本為原始文本，卻無法完成詩意化的作品，則不是創作者能力堪慮，就是其原始文本毫無詩所需的基本要素，以致無從解建文本。詩的詩意化第一步，就是從詩句的精煉開始，然後是對於字詞多義性的掌握，接下來是意象的增強，即產生象徵的意義，最終出現意境，將詩詩意化，遊戲文本則隨著文本層次的增加強化詩意化。從統計資料顯示：在詩句精煉、多義性增強、意象的增強方面都獲得一致性的認同，僅在象徵增強一項有 1 位持稍為認同的態度，其餘都持認同以上的態度。這又是對於象徵意義的個人認知問題，象徵在意象與意境之間，借意象而存在，借意境而展現。在遊戲文本中字詞會因為濃縮造成意象、象徵與意境重疊的現象，也就是一字多義，一字多表的情形。體會此意，則非線文學的欣賞與創作必然遊刃而有餘。

7.7.5 問卷調查總結

（1）經歸納分析提問資料顯示：大多數的參與者對於「詩中詩」遊戲文本的創作法讓寫詩變得容易持肯定的態度，因此，也提升新詩創作的興趣。對於新詩寫作都以更為正面的態度來面對。對於新詩創作意願、靈感以及素質的提升更持肯定的態度，大多參與者認為「詩中詩」遊戲文本創作法是可以訓練以及提升新詩創創作的能力。至於在提升新詩閱讀的能力與賞析能力方面，大多持肯定認同的態度。此外，參與者對於未來架設網站與創作平台應用軟體的開發都持認同的態度。

（2）「詩中詩」遊戲文本具有內延性、斷裂性、隨意性、遊戲性、虛空化、概念化、詩意化七大特性方面。經統計資料顯示：絕大多數的參與者對於此七大特性都持認同的態度。

7.7.6 開放題回應

為進一步瞭解參與者對於創新之「詩中詩」遊戲文本與創作法的其他想法，而有此一設計。除 S04 外，都有填寫。在這些參與者中，對於「詩中詩」遊戲文本與創作法的共同感覺就是：「非常新鮮、有趣、特別、興奮、新奇及快樂」，除此之外，可作參考的議題有：

S02 認為的「詩中詩」遊戲文本與創作法可以提供創作者思考的方向，可以縮短創作時間，觸碰不曾想過的題材及思考方向。

S03 則認為「詩中詩」遊戲文本與創作法可以激發靈感，激盪創意。又建

議以玩家程度不同提供不一樣的文本，讓各年齡層都能輕易進入創作的樂趣之中。

S05 認為「詩中詩」遊戲文本與創作法打破成規的作詩方式，並在無形中消除詩文的界線。

S06 認為「詩中詩」遊戲文本與創作法可以讓人更接近創作，不再視寫詩為棘手的事，適合應用於教學以及對於詩作的學習，若發表文章則容易被認為是抄襲。S07 則認為以「詩中詩」遊戲文本與創作法創作比較簡單容易。

S08 認為「詩中詩」遊戲文本與創作法可以動腦思考，希望以後可以有更充裕的時間體驗創作。

S09 則以為「詩中詩」遊戲文本與創作法刺激前所未有的思考方向。

S10 認為體驗設計活動比課堂的學習快樂、有趣，也讓詩的創作變得簡單容易。

　　從以上的反應可知：經過「詩中詩」遊戲文本與創作法的體驗設計活動以後，參與者都有一種奇遇般感覺釋放出來，思路變得更加靈活，甚至驚訝的發現詩也可以這麼寫！因此，整個創作體驗活動的過程，都在新鮮、有趣、特別、興奮、新奇及快樂的氣氛中完成，並對於此一創新的「詩中詩」遊戲文本與創作法都持以肯定的態度。

7.8 專家訪談

　　專家訪談目的乃是要瞭解大學中文系教師，非大學中文系教師，以及文學愛好者，對於「詩中詩」遊戲文本這個新的寫作與閱讀方式有何觀點？對於非線文學未來發展的看法。以半結構性面對面方式個別訪談（Kadushin, A. , 1990; Seidman Irving, 2006；蔡勇美、廖培珊、林南作，2007）。訪談大綱有三項：

一、以文學寫作與閱讀的觀點，探究 Web2.0 世代的非線文學與「詩中詩」遊戲文本。
二、比較傳統文本與非線文學及「詩中詩」遊戲文本。
三、對於「詩中詩」遊戲文本與創作法及其未來性的看法。

　　訪談時間自民國 99 年（西元 2010 年）04/03 到 04/08 為期五天，每人訪談時間從一小時到兩個半小時不等。訪談對象共計 15 人，包含中語系老師 5 位，非大學中文系教師，以及文學愛好者共計 10 位。為顧及研究倫理分別以 T01 至 T15 表示。代號如下：某大學中文系主任 T01，某大學中文系教師 T02、T03、T04、T05，研究生 T06。（曾）在職非大學教師 T07、T08、T09、T10、T11、T12、T13。文學愛好者 T14、T15。由於受訪者對於「詩中詩」遊戲文本毫無所悉，所以在進行訪問時，將製作完成的「詩中詩」遊戲文本展示於受訪者面前，並作一番介紹，然後開始進行訪談。在受訪談者對於「詩中詩」遊戲文本的新奇性、趣味性方面都持一致肯定的態度，對於提高讀者的閱讀、興趣方面亦然。但在「詩中詩」遊戲文本與傳統平面文本在創作與閱讀的差異比較上，僅有93%的受訪者持肯定態度。此一結果與創作體驗設計的問卷結果相符。

■專家訪談內容彙整

一、以文學寫作與閱讀的觀點，探究 Web2.0 世代的非線文學與「詩中詩」遊戲文本方面的訪談內容，經彙整如下：

（1）Web2.0 世代的非線閱讀與書寫已經成為主流，但非線文學的寫作與閱讀卻還在萌芽階段（T04、T05）！

（2）非線文學與「詩中詩」遊戲文本的概念可以提昇文學創作另類的解讀與意境的描繪，屬於讀寫雙重閱讀的模式（T01、T03）。

（3）以「詩中詩」遊戲文本而言，對於喜歡文學卻無力創作的讀者而言，可以將自己的構思重寫於原始文本中產生新文本，感受成為創作者的樂趣（T07）。

（4）非線文學與「詩中詩」遊戲文本突破傳統文學寫作與閱讀的限制，讓構思與表現手法變得更為多元，使文學創作與表現更具藝術性，更具有無限的創意（T08、T09、T10、T11、T12、T13）。

（5）非線文學與「詩中詩」遊戲文本是以解構的觀點所產生的腦力激盪，讓文字與文學具有更深入的表現（T14、T15）。

（6）在數位科技進步的未來，新奇和新鮮的事物會層出不窮，只要往突破傳統的思維與藩籬方向前進，文學的發展會是另一個新的氣象（T04、T05）。

（7）如何規劃與限制共同文本的寫作，又不違背 Web2.0 的精神下，讓共同文本成為可讀，是非線文學與「詩中詩」遊戲文本的一大挑戰（T10、T12）！

（8）當文學創作不再只是爬格子時，作者須費心經營文本內容及數位科技的操作，亦即人文與科技兼備將是未來文學創作者的新形象。所以，非線文學與「詩中詩」遊戲文本的寫作、賞析與閱讀方式所帶來新意與影響，目前是無法評估的（T02、T14、T15、T06）。

二、比較傳統文本與非線文學及「詩中詩」遊戲文本方面的訪談內容，經彙整如下：

(1) Web2.0 世代已經改變人們原有生活與思維方式，這種跳躍性的文本，也改變傳統文本在創作與閱讀上的思維（T02、T06）。

(2) 非線文學與「詩中詩」遊戲文本跟傳統文本最大的差異，在於傳統文學閱讀時，讀者是單向性的面對文本，讀者的主體性較強，並可以做更深入的思考。非線文學與「詩中詩」遊戲文本閱讀時，讀者容易受多媒體功能的引導而失去主體性閱讀與思考，降低閱讀時的想像空間（T01、T03、T08、T05）。

(3) 非線文學與「詩中詩」遊戲文本的閱讀行為可以雙向互動，閱讀方式更加多元，可激起不同的創作火花（T07）。

(4) 當數位科技多媒體技術進入非線文學時，文本的表現手法已經跳脫傳統文學的窠臼，顯得更生動活潑。其文文相連所具有無限的連結性及遊戲性，讓文學變得更好玩、更有趣，更能體會文本的意境，可以進入作者預設的想像世界之中（T04、T,5、T06、T03、T11）。

(5) 傳統詩詞文本若以非線性來呈現，將獲得新的生命契機（T04、T05、T03）。

(6) 非線文學與「詩中詩」遊戲文本允許讀者從不同的角度來解讀文本，為讀者開展廣闊的解讀空間，增進讀者的閱讀動機，引發對於文本的探討與玩味（T08、T09、T10、T12、T13、T06）。

(7) 由於文字的運用更為多元，作品的定義不再侷限於傳統文學的思維，文學可以更多元、更深入地表現以前無法想像的文學之美（T02、T14、T15、T06、T05、T03）。

三、對於「詩中詩」遊戲文本與創作法及其未來性看法方面的訪談內容，經彙整如下：

（1）「詩中詩」遊戲文本創作法可以提供未來文學在創作上更多元的表現方式，其多層次的表現會引領讀者進入文本探索（T01、T03、T09、T13）。

（2）「詩中詩」遊戲文本這樣的表現手法是綜合了以往文學的表現手法如：具體詩、後現代詩等等。其留白的多變性，可以觸發更多元的想像空間與創意，是個令人著迷的文學創作文本（T02、T15、T06、T05、T03）。

（3）「詩中詩」遊戲文本創作法對於文學的教學與學習上更具嶄新的意義與影響，甚至可以成爲主流文學（T04、T05、T15）！

（4）中國文學之美與中國文字之奇，經由「詩中詩」遊戲文本的發展，未來將會發展出無限可能的文學創作（T04、T05、T15）。

（5）在多樣性與多重性的創作及閱讀文本上，作者可以無窮盡的發揮創意。因爲，此遊戲文本打破傳統的固有疆界與藩籬，將中國文字單一與形音義合一的獨特性，在數位科技的協助下更能得到最佳的表現機會（T03、T09、T13、T05、T11）。

（6）「詩中詩」遊戲文本爲讀者保留再創作與再閱讀空間的文本，其文本層次可以由讀者與作者共同開發，使文本成爲一個活的文本（T05、T06、T07）。

（7）「詩中詩」遊戲文本這樣一個活的文本很有未來性，亦能帶動文本周邊產品的商機，如創作平台應用軟體的開發，CD 讀本的發行等等，這是可以高度期待的新文本（T05、T08、T07、T10）。

（8）「詩中詩」遊戲文本的多層次寫作與閱讀是一種的創新，爲未來的文學創作、賞析與閱讀提供新的思維，讓文學之路可以藉數位科技之力航向更爲廣闊無垠的虛擬世界（T02、T15、T06、T05、T03、T14、T12、T11）。

7.9 體驗設計總結

當電腦的書寫方式由線性進入非線性，又跨入 Web2.0 世代以後，傳統文學的創作賞析與閱讀型態面臨空前的考驗！以德希達的解構理論、後現代主義與杜象現象做為論述和創作賞析的基礎，建立中文非線文學的理論體系，並演繹出新文本的讀寫創作法則，即「詩中詩」遊戲文本創作法。此創作法可以重新引導讀者對於新詩的閱讀、賞析與寫作的態度。經一番體驗設計探討後，確定此一創新的讀寫雙重閱讀遊戲文本創作法是具可行性的，並可以提升讀者在閱讀詩、賞析詩及創作詩上的學習效能，亦可提供詩學教學與學習的另類學習教學法之用。若以此模式展開所謂的星海般的文本，相信這將不是天馬行空的幻想。在非線文學未來發展方面，業已歸納出具有十七個特性，以及詩中詩的七大特性，奠定非線文學創作、賞析與研究的基石，後進之學必可以在此基石上得到發揮。

當非線文學打破傳統文學的思維模式後，已經為文學的創作賞析與閱讀開闢新的道路。未來將是讀寫雙重閱讀的時代，一個強調互動與讀者自主、作者平等、文本開放的時代，也是線性文學與非線文學共處的多元時代。文學創作者將兼具數位技術與文本寫作技巧，甚至導演的角色。非線文學不只為傳統文學找到出路，更將為傳統文本注入新的機會，讓文字結構與敘述語法獨特的中文，在詩文本上展現以前無法想像的文學之美。

第八章　結論

　　一個理論的產生絕非偶然，這個理論的原始火花常在偶然間擦撞而來，然後經過無數次的蒐羅資料，反覆推敲、歸納、實驗與訪談和調查的研究之後，才逐漸塑造出一個理論。在一般的理化科學研究如此，在人文科學的研究亦然。所有可以導出的理論都是由於前人所提出的說法形成一條一條小溪，然後經由偶然的發現後，將這些小溪分門別類地，有系統地引導匯集，才能成為一條澎湃有利的大河。此次之所以能發現非線文學理論並且予以提出，也是如此。德希達在西元 1967 年提出三部論著的解構宣言後奠定其解構的基礎，後現代主義的流行從西元 1930 年開始，杜象的藝術則從西元 1913 年開始，非線文學論以這三者所提出的論點作為理論基礎，則是一脈相承的關係。

　　從整個發生事實來看，先有杜象現象的藝術創作，才有後現代主義的流行，就在結構主義與後結構主義紛爭不下時，出現了解構主義，也被稱為解構理論。但德希達一直不認為是理論，於是產生解構主義與解構理論兩種認知。直到蕭仁隆在於西元 2008 年研究非線性文本與非線性敘述時，將德希達的解構主義視為理論，並在鄭月秀教授的引領下，向後現代主義與杜象現象挖掘非線性的寶藏，乃導出非線文學理論體系，而此一理論體系產生後，即註定會演繹成為非線文學理論，只是當時僅做為碩士論文的理論基礎，無法成為碩士論文的研究專題。乃從文本解構與嫁接之中發現詩中詩創作的可能性，且可以將德希達的讀寫雙重閱讀理論實現於紙面文本上，於是以《「詩中詩」遊戲文本創作法探究》作為碩士論文的研究專題。蕭仁隆在碩士畢業後仍不斷思索非線性的主題，因為，在碩士論文中發現可以做為文學理論的論述已經隱隱若現。

　　於是接續長達兩年的深入探究，最後將整個非線文學理論得到完整的論述，並且發現非線文學論的三大理論基礎也是非線藝術理論的基礎。非線藝術至今也沒有被整理出理論體系，非線文學理論剛好可以補其不足，乃以非線十七項特性進行非線藝術的相關論述。此一發現剛好可以啟動非線藝術理論的研究，但本書為文學論述，不便在開岔做論，

僅以一節導論非線藝術。蕭仁隆熱愛攝影，又在無意間發現另類攝影手法的可能性，經數年的隨機實驗後，確定此一攝影技法正好符合非線文學理論的十七項特性，乃爲文論述，並且命名爲「非線攝影藝術」。因該論述與文學論無關，乃列入附錄之中。

　　在發現非線藝術之後，究其根柢而發現整個非線性的構思來自於非線性的思考，最後導出非線思考的十七項模式，以及整個思考運作的流程，爲非線思考論述提供基礎。因該論述與文學論無關，僅以一節導論非線思考。不論非線文學，或是非線藝術，或是非線思考，經探索發現竟都來自於杜象現象。因爲，杜象現象的藝術創作涵蓋繪畫、雕塑與文學，以及不同於一般人的創作思考過程。所以，可說是杜象現象是非線文學之始，也是非線藝術之始和非線思考之始。在從事研究的過程中，一直質疑爲何德希達說他的理論不是理論，也無意提出理論，直到完成文學論後才頓悟；原來德希達的解構理論或是主義其實只是一種哲學性的論述與法則，並沒有涉及創作的表現手法與理論體系分析和相關的實驗創作。他的論點大多由他人的創作來發揚與完成，包括後來的網路非線性系統設計以及網路非線性敘述創作和風行一時的網路藝術等等。然而，這一路而來的各項創新設計與創作概念都始於德希達的解構概念，所以其功偉厥。因此，整個非線文學論可以得到以下具體的突破性發展。

　　不論非線文學或是非線藝術，都以德希達的解構理論、後現代主義的表現特徵和杜象的藝術創作現象爲理論基礎，共同擁有非線理論的十七項特性，此十七項特性亦能轉換爲非線思考模式，兩者特性以互文方式呈現如下：

非線理論十七特點	非線思考十七特點
（1）非線性	（1）非線性思考
（2）遊戲性	（2）遊戲性思考
（3）批評性	（3）批評性思考
（4）互文性	（4）互思性思考
（5）可重寫性	（5）可重複性思考
（6）讀寫合一性	（6）異質合一性思考
（7）去中心共有性	（7）去中心性思考
（8）隨意與自由性	（8）隨意與自由性思考
（9）無固定性	（9）無固定性思考
（10）無終始性	（10）無終始性思考
（11）無自足性	（11）無自足性思考
（12）無限開放性	（12）無限開放性思考
（13）交錯重疊性	（13）交錯重疊性思考
（14）多視線性	（14）多視角性思考
（15）多媒體性	（15）群體性思考
（16）延異與嫁接性	（16）延異與嫁接性思考
（17）時空分離與延擱性	（17）時空分離與延擱性思考

又基於德希達解構理論所創新的的詩中詩創作法，確實可以實現德希達解構理論的讀寫雙重閱讀寫作模式，並且從其外延異的解構模式分化出內延異的解構模式，以及重新詮釋詩創作的概念，讓詩的概念化創作得到具體的論證。

又在文本學及數位文學上的文本整併分類與專有名詞釋義做了突破性的發展，為學界紛擾不已的文本詞意奠定基礎，作為未來在文本學及數位文學研究論述的準則。

　　當完成非線文學論後，已經爲非線文學創作提供最佳的理論基礎，也是爲非線性的創作領域起了引導的作用。因爲涉及非線藝術，又將現有所認知的藝術類別重新定位增加爲十二類，即是將新興的數位藝術、電影藝術與爭論許久的攝影藝術、工藝藝術和書法藝術都納入其中，使其各有定位，得以在藝術領域中發揮其創作潛能，爲人類的藝術增添更爲宏觀的眼界和生活情趣。所以，經過此一藝術類別定位後，目前的藝術類別如下之排列定位：

　　（1）　文學藝術
　　（2）　音樂藝術
　　（3）　美術藝術
　　（4）　彫塑藝術
　　（5）　舞蹈藝術
　　（6）　建築藝術
　　（7）　戲劇藝術
　　（8）　電影藝術
　　（9）　攝影藝術
　　（10）　數位藝術
　　（11）　工藝藝術
　　（12）　書法藝術

　　至於目前藝術界是否能夠認同此一定位，恐怕也是見仁見智的，只是長期以來的紛爭，又無人願意爲此登高一呼，乃在論及藝術領域時，順手爲之，創人所不敢之舉。職是之故，雖書名爲《非線文學論》，實係將所有的非線性領域都納入其中探究，企盼創作者可以「舉一隅而三隅反」，且方便在創作中尋找可以支持的論點，這也是寫此論著的最大目的。至於此論是否可以得到各界的認同，並在文學史、藝術史，乃至思

想史佔一席之地，非本論所預知，也非本論目的。但可以確認的是該論出版後將成爲文學史、藝術史，乃至思想史上獨樹一格的理論，也是前無古人的論述。

關於《非線文學論》未來的發展方面，實有賴於各文學界、各藝術界乃至學校單位，政府藝文單位等等的協助，才能推廣非線文學成爲普及的文學。非線文學未來的發展空間相當寬廣，諸如：

（1）　非線文學的研討與教學
（2）　國內外非線文學的交流
（3）　兩岸三地非線文學的研討與交流
（4）　非線文學獎的設置
（5）　非線文學的展演
（6）　非線文學創作平台的研發與網站架設
（7）　非線文學產品的商業化

以上僅列舉可能的發展方向，但盼有志於挖掘非線文學的創作者可以一起努力耕耘，爲這個跨界的文學有更好的發展空間。

此外，在非線藝術上，未來有更多非線體裁可以研究與創新，這個新的藝術論點突破了舊有藝術框架，朝向未知的充滿想像的領域跨步。西元 2014 年的師範大學音樂節裡，諾貝爾文學獎大師高行健破天荒地舉辦電影詩《美的葬禮》首映會，顧名思義是這是微電影與詩的跨界，眞不愧爲文學大師，勇敢地往跨界的藝術實驗創作。如今將非線藝術理論與非線攝影的論述予以揭橥出來，無非要讓正在摸索的創作者及已經在摸索的創作者得以快速跨界，激出更爲璀璨的藝術火花。

不論是藝術創作還是文學創作，都離不開思考，在人生的旅途中更是處處面臨思考問題，尤其是面對重大的人生轉折的思考，大部分的人都茫然不知所措。所以，如何培養一個可以反思的思考模式是值得重視

的！非線思考是一個突破現有思考模式的思考，這個思考模式正好可以提供人們在面對問題時的思考方向。世界沒有解決不了的問題，只有思考方向是否正確以及參與思考的人員是否具備應有程度的問題而已。運用非線思考的模式進行經營管理乃至政府決策的解決方案，相信將會是一個細密的思考模式。將非線思考模式運用於學術問題研究，或是科學發明等等方面，只要運用得當亦能提供相當的解決方案。畢竟思考模式是死的，但思考的決策是活的，模式只是提供一個可以參考的途徑，提醒人們在思考的過程中是否都注意到這些細節和一些變數，以免雖然經過思考最後還是無解，或是走錯了方向，下錯了決策，造成無可彌補的損失。非線思考是非線領域中相當經濟實用的模式，只要將問題適當地套入模式進行探討即可。這個模式只是提供一個可以進行方案分析的捷徑，不論是一個人的自我思考，還是幾個人以上的思考，不論是個人遭遇與心理障礙的思考，或是多數人的集合性思考，甚至公司行號以至於機關團體都可以套用此一思考模式，為遭遇的難題自我尋找解方。人們最常犯的毛病就是不知如何思考，以致找錯藥用錯方，甚至讓問題越來越複雜，越來越難解。然而只要有決心想好好思考的人，或是團體，或是機關，都可以借助此一模式。然而在進行非線思考模式時，最關鍵的要素是必須所有的人都要放開心胸，坦誠面對可能呈現的探討方案，才能為最後的解決方案提供更趨近問題的核心方案。

　　最後，盼望大家都能接受非線理論，欣賞非線理論，進而在非線文本與藝術裡創作和欣賞，亦能使用非線思考的角度去面對問題，這是寫此論的最大心意！（2014-03-21 蕭仁隆於非線文學與藝術研究工作室）

附錄一　詩中詩文本創作作品輯

　　詩中詩文本係蕭仁隆所創的創作法，也是碩士班畢業論文，為詩創作開創一條道路。目前懂得此創作法的僅有元智大學當初參與實驗的同學和上過鄭月秀教授在雲林科技大學所開設的《新媒體藝術的美學賞析》通識課程的同學。為讓這個新的詩創作法獲得更多具體的結果，乃將始創者蕭仁隆及一些同學的創作作品選輯於非線文學論的附錄之中，用以展現詩中詩創作法所激發的創作能量。以下即為詩中詩文本創作之作品，以框架框出，有別於一般詩作品的展現方式。在非線文本中，這些作品都是文本嫁接的素材。

〈唇之語〉原作與內延的詩中詩文本解建創作

唇之語　　　　　　　　　　　蕭仁隆	心　潮　　　　　　　　　　　蕭仁隆
微啟明皓	微啟
如喜馬拉雅山的白雪	
刺入我汨汨熱騰的心潮	我汨汨熱騰的心潮
啟動分光儀上的光譜	光譜儀上
紅色之後轉橙橙色之後轉黃	轉黃
黃色之後轉綠綠色之後轉藍	轉藍
藍色之後轉靛靛色之後轉紫	轉紫
我辨不出朱唇之內明皓的光譜	辨不出朱唇　　　的光譜
微啟朱唇	微啟
如太陽核熔合輻射出的赤紅	
刺入我汨汨熱騰的心潮	我汨汨熱騰的心潮
啟動經絡儀上的脈動	經絡儀上
太陽經後入少陽少陽經後入陽明	入陽明
陽明經後入太陰太陰經後入少陰	入少陰
少陰經後入厥陰厥陰經後入奇經	入奇經
我測不到明皓之外朱唇的脈動	測不到明皓　　　的脈動
妳以朱唇迎向我	妳以朱唇迎向我
光譜儀上一片「空白」	光譜儀上一片『空白』
妳以明皓攪動我	妳以明皓攪動我
經絡儀上浮現「無語」	經絡儀上浮現『無語』
■　　原始文本	■　　原始文本：蕭仁隆〈唇之語〉

〈媚之眼〉原作與內延的詩中詩文本解建創作

媚之眼　　　　　　　　蕭仁隆	柔　情　　　　　　　　蕭仁隆
昨晚月光輕輕輕輕地	月光
從妳的眼簾柔柔滑過	從妳的眼簾柔柔滑過
驚起一陣陣一陣陣漣漪	驚起一陣陣一陣陣
妳說：「我的每一個漣漪都是音符」	音符
我說：「我要乘坐每一個漣漪搖蕩」	
我遙蕩遙蕩遙蕩到最末一個漣漪	我
驚訝昨晚的月光還在眼簾上逗留	驚訝　　月光　在眼簾上逗留
妳說：「我要讓月光泛映著漣漪」	
我說：「謝謝妳為我保留月光」	
於是沿斜映的音階輕輕輕輕步下	於是沿　　音階輕輕　步下
黎明在妳的眼簾慢慢慢慢甦醒	黎明在妳的眼簾　　慢慢甦醒
我慢慢慢慢滑過妳晶瑩的眸子	妳晶瑩的眸子
妳說：「你的身影深深深深倒映	深深倒映
在我深邃而善變的瞳孔之中」	在我深邃而善變的瞳孔之中
我從瞳孔之外窺視究竟	我
突然失足的墜入深深深深的瞳孔	突然失足
觸見已貼滿瞳內幽淵的屬我影像	觸見　　　　　　屬我影像
妳看我困惑和驚奇的樣子	妳
眨一眨眼然後闔上簾幕	扡一扡眼
笑了	笑了
■　　原始文本	■　　原始文本：蕭仁隆〈媚之眼〉

〈髮之語〉原作與內延的詩中詩文本解建創作

<table>
<tr><td>

髮之語　　　　　　　　　蕭仁隆

據說唐朝貴妃的雲鬢
常繫著嬌豔的牡丹
每每伴得君王帶笑看
眼前妳一頭的秀髮
不需嬌豔牡丹的陪襯
就讓天邊的彩霞羞澀

天上的烏雲是妳的傑作
總帶著風帶著雨襲面而來
我只能闔眼接待或者睜眼
瞥視妳髮散一肩時的笑靨

我躺臥在妳絲絲柔柔的髮上
嗅每一根絲絲柔柔的清香
解每一根絲絲柔柔的程式
想發現妳我生命的密碼
讓細細的微風輕輕撫慰
據說基因都這般重組？

唐都的牡丹太遙遠了
我送妳一束粉紅玫瑰
竟見星光從銀河墜落
棲在妳一頭烏黑的天空

■　　原始文本

</td><td>

牡丹與玫瑰　　　　　　　蕭仁隆

　　　　　　牡丹
每每　　　　笑看
　　妳一頭的秀髮
　　　　牡丹
　　　　　　羞澀

　　　　　　妳的傑作

我
瞥視妳　　　　　的笑靨

　　躺臥在妳絲絲柔柔的髮上

讓細細的微風輕輕撫慰

　　　　牡丹太遙遠了
我送妳一束　　玫瑰
墜落
　在妳　　的天空

■　　原始文本：蕭仁隆〈髮之語〉

</td></tr>
</table>

〈提著春天來日月潭〉原作與內延的詩中詩文本解建創作

提著春天來日月潭　　　　　　蕭仁隆

那年我們提著春天
來到日月潭的岸邊
昨晚埔里為我們洗塵
以傾盆整夜的大雨

那年我們提著春天
來到日月潭的岸邊
今早的陽光帶了點雲絲
妳問園中孔雀為何叫個不停
我說妳的花衣讓牠想起求偶
於是全園孔雀逐一震震開屏
也許這就是日月潭的春天

櫻花從鄒族服飾中飛出
掛了滿滿滿滿滿的樹梢
把蜿蜒的湖濱繡上彩裝
陽光帶著白雲沐浴潭中
就在日與月的交會之處
傳說這是鄒族祖靈聖地
我們翹首尋覓傳說影子

我們把每個腳印留在潭畔
據說日月潭的美麗要環湖
我們搭船熙熙攘攘的穿梭
把這片湖面掀得漣漪激灩
弄皺了那群山靜躺的悠姿
我們登玄奘寺請梵音撫平
燕子忽從平波中翻飛而上
春在牠的呢喃中開始播傳

那年我們提著春天
來到日月潭的岸邊
日月潭為我們洗塵
以滿滿的花香輕輕的微風

■　　原始文本

日月潭踏青　　　　　　　　蕭仁隆

那年我們提著春天
來到日月潭的岸邊

櫻花從鄒族服飾中飛出
掛了滿滿滿滿滿的樹梢
把蜿蜒的湖濱繡上彩裝
陽光帶著白雲沐浴潭中

我們把每個腳印留在潭畔

弄皺了那群山　　的悠姿

燕子　　從平波中翻飛而上
春在牠的呢喃中開始播傳

那年我們提著春天
來到日月潭的岸邊
日月潭為我們洗塵
以滿滿的花香輕輕的微風

■　　原始文本：蕭仁隆〈提著春天來日月潭〉

〈一封無法寄達的情書〉原作與內延的詩中詩文本解建創作

一封無法寄達的情書　　蕭仁隆 把妳我的影音 玫瑰的芳香 摺入 小小的粉紅信箋 步過深深空巷 在孤零零的郵筒前 投入 東風 從郵筒窄窄的窗口 竄出 把信帶向長長雲空 ■　　原始文本	**空　巷**　　蕭仁隆 　　我 步過深深空巷 　孤零零的 東風 從　　窄窄的窗口 竄 　　　向長長雲空 ■　　原始文本：蕭仁隆〈一封無法寄達的情書〉
空　巷　　蕭仁隆 　　我 步過深深空巷 　孤零零的 ■　　原始文本：蕭仁隆〈一封無法寄達的情書〉	**空　巷**　　蕭仁隆 　　我 ■　　原始文本：蕭仁隆〈一封無法寄達的情書〉

〈玫瑰之飲〉原作與內延的詩中詩文本解建創作

玫瑰之飲　　　　　蕭仁隆

飲下釀造已久的玫瑰
那一頁一頁撕落的空白
墜入夕陽斜下的醉紅
據說那醉的精靈
如鐘乳一滴滴緩緩舖陳
把原生的矜持逐漸褪去
讓玫瑰一瓣一瓣剝離
裸露酒精與香精的酥胸

打開釀造已久的玫瑰
妳我以眼裡的彩虹對飲
夕陽停留在晚風的酩酊中
把剝離的花瓣一一復原
還一束樸真的玫瑰
誰說
交融之後沒有醇香？

■　　原始文本

對　飲　　　　　蕭仁隆

　　　　　已久的玫瑰
　一頁一頁撕落

如鐘乳一滴滴緩緩舖陳
　　　　　　褪去
　　　　剝離
裸露

妳我以眼裡的彩虹對飲
　　　在晚風的酩酊中

■　　原始文本：蕭仁隆〈玫瑰之飲〉

對　飲　　　　　蕭仁隆

妳我以眼裡的彩虹對飲
　　　在晚風的酩酊中

■　　原始文本：蕭仁隆〈玫瑰之飲〉

彩　虹　　　　　蕭仁隆

　　　在晚風的酩酊中

■　　原始文本：蕭仁隆〈玫瑰之飲〉

飲　　　　　　　　　　　許瑞哲

飲下

　　　　醉紅

誰說

　　　　醇香？

■　原始文本：蕭仁隆〈玫瑰之飲〉

酒　　　　　　　　　　　許瑞哲

　　　　　　醇香？

■　原始文本：蕭仁隆〈玫瑰之飲〉

覺醒　　　　　　　　　　侯宛吟

　飲下
那一頁一頁　　　空白
　　夕陽　下的醉紅
　說那醉的精靈
如鐘乳
把原生的矜持逐漸褪去
　玫瑰一瓣一瓣剝離
　　酒精與香精

打開
　我　眼裡的彩虹
　　　停留在晚風　　　中
把剝離的花瓣一一復原
還一束樸真的玫瑰

■　原始文本：蕭仁隆〈玫瑰之飲〉

療傷　　　　　　　　　　陳捷欣

　　　　玫瑰
　一頁一頁撕落
墜入　　　　醉紅

　　　　矜持
　　　一瓣一瓣剝離
裸露

　　　釀造已久
　　　　　　彩虹
　　停留在晚風
把剝離的花瓣一一復原
　　　樸真的玫瑰

交融　　　　　　　　？

■　原始文本：蕭仁隆〈玫瑰之飲〉

療傷　　　　　　　　　　　　　陳捷欣

　一頁　頁撕落

　　　　　矜持
　　　一瓣　瓣剝離
裸露

　　　　　彩虹
　停留在晚風　　　中
　剝離　　　──復原
　　　　樸真

交融　　　　　　　？

■　原始文本：蕭仁隆〈玫瑰之飲〉

醉入　　　　　　　　　　　　　陳捷欣
飲下

　　　　　　　醉紅

　　　　　　　彩虹對飲
飲陽　　　在　　　酩酊中

■　　原始文本：蕭仁隆〈玫瑰之飲〉

玫瑰酒之交杯　　　　　　　錢韻之
　釀造已久的玫瑰
　一頁一頁
墜入　　　　　醉紅
　　　醉　精靈

　　　　　的矜持逐漸褪去
讓
裸露酒精與香精的酥胸

打開
妳我
　　　　　　　的酩酊
　剝離的花瓣
　　　　樸真的玫瑰

交融　　　醇香

■　　原始文本：蕭仁隆〈玫瑰之飲〉

飲酒歌　　　　　　　　　　鄭家欣
飲下釀造　　的玫瑰
那一頁　頁撕落的　白
墜入夕陽　下的　紅
　　　　醉的精靈

把原生　矜持逐漸褪去
讓玫瑰一瓣　瓣剝離
　　　酒精與香精

打開釀造　　的玫瑰
妳我　眼裡　　　對飲
夕陽停　在晚風的酩酊
　剝離的花瓣──復原

誰說
交融　後沒有醇香？

■　　原始文本：蕭仁隆〈玫瑰之飲〉

放縱　　　　　　　　　　侯宛吟

飲下
　　　　　　空白
　　　的醉紅

　　　　矜持逐漸褪去
讓玫瑰一瓣一瓣剝離
　　酒精與香精

　我　眼裡的彩虹
　　　停留在晚風

　　　　　？

■　原始文本：蕭仁隆〈玫瑰之飲〉

寂寞　　　　　　　　　　侯宛吟

空白
　　　　的

　　酒　與香

■　原始文本：蕭仁隆〈玫瑰之飲〉

玫瑰紅　　　　　　　　　錢韻之

玫瑰

墜入　　　　醉紅

　　酒精

　　　　　　的醱酊
　剝離　花

　　　香

■　原始文本：蕭仁隆〈玫瑰之飲〉

酒醉　　　　　　　　　　錢韻之

墜

　　酒

■　原始文本：蕭仁隆〈玫瑰之飲〉

飲酒歌　　　　　　　　鄭家欣

　　飲　釀造已久的玫瑰
那　頁　頁撕落的空
墜入夕陽　　醉紅
　　　醉的精靈
如鐘乳一滴滴

裸露酒精與香精的酥胸

　　開釀造已久的玫瑰
妳我　眼裡　彩虹對飲
　　　　　晚風的酩酊中
　　剝離的花瓣　　復原
　　一束樸真的玫瑰

■　　原始文本：蕭仁隆〈玫瑰之飲〉

飲酒歌　　　　　　　　鄭家欣

　　飲下　　　　　玫瑰

墜入　　　　醉紅
　　　　　　　精靈
如鐘乳　　緩緩舖陳
　　　　　矜持　　褪去
　　玫瑰　　剝離
　　露酒　香　的酥胸

打開　　　　玫瑰
妳我以　　彩虹對飲
　　　　晚風　酩酊

誰說
交融　沒有醇香？
■　　原始文本：蕭仁隆〈玫瑰之飲〉

醉　　　　　　　　康湘宜

飲下釀造　　的玫瑰
　　一頁撕落的空白
墜入夕陽　的醉紅
　　　醉的精靈
　　一滴滴　舖陳
　　　　　褪去
　　一瓣一瓣剝離

打開釀造　　的玫瑰
妳我　　的　對飲
　　停留在　酩酊中
　剝離的花瓣──復原
　　樸真的玫瑰

　　　　沒有醇香？
■　　原始文本：蕭仁隆〈玫瑰之飲〉

裸露後的交融　　　　　賴品妤

飲下
　　　　　　　空白
墜入　　醉紅

如鐘乳　　緩緩舖陳
　　　矜持逐漸褪去
　　一瓣一瓣剝離
裸露酒精與香精

打開　　玫瑰
　　　　對飲
夕陽停留在　酩酊中
　　　──復原
還一束樸真的

　　　醇香？
■　　原始文本：蕭仁隆〈玫瑰之飲〉

裸露後的交融　　　　　　　　　　賴品妤

飲下釀造已久
　　　　　　　的空白
墜入夕陽斜下的醉紅
　　　那醉的精靈
如鐘乳一滴滴緩緩
把原生的矜持逐漸褪去
　　　　　　　剝離
裸露酒精與香精的酥胸

打開釀造已久的玫瑰
妳我以眼裡的彩虹對飲
夕陽停　在晚風的酩酊中

還一束樸真的玫瑰
誰說
交融之後沒有醇香？
■　原始文本：蕭仁隆〈玫瑰之飲〉

裸露後的交融　　　　　　　　　　賴品妤

飲下

　　　　　　酒精與香精

打開釀造已久的玫瑰

　　　　醇香？
■　原始文本：蕭仁隆〈玫瑰之飲〉

　　醉　　　　　　　　　　　　康湘宜

飲下　　　玫瑰
　　　撕落　空白
墜入　　　醉紅

　　　　　　舖陳
　　　　　　褪去
　　　　　剝離

打開　　　玫瑰
妳我　　　　對飲
　　　　　　酩酊
　剝離　　　復原
　　　玫瑰

　　　　　？
■　原始文本：蕭仁隆〈玫瑰之飲〉

　　醉　　　　　　　　　　　　康湘宜

　　　　玫瑰

　　　　　？
■　原始文本：蕭仁隆〈玫瑰之飲〉

醉香　　　　　　　　黃琪榛

飲下
　　　　　　　空白
墜入　斜下的醉紅
　　那醉的精靈
如鐘乳一滴滴緩緩舖陳
　　的矜持　褪去
　玫瑰　　　剝離
裸露

打開釀造已久的玫瑰
妳我　　　　　　對飲
　　　　　在晚風的酩酊中
把剝離的花瓣一一復原
還一束樸真的玫瑰
誰說
交融之後沒有醇香？
■　原始文本：蕭仁隆〈玫瑰之飲〉

清　　　　　　　　許庭瑋

　　　　撕落的空白

把　　矜持逐漸褪去
　　　　　　剝離
　　酒精

打開
　　　　眼裡的
夕陽　　在
　剝離的
　　束樸

　　之後
■　原始文本：蕭仁隆〈玫瑰之飲〉

替　　　　　　　　許庭瑋

　一頁一頁　　的
　　夕陽

　　　　緩緩
　　　　　褪去

　　　　晚風
　　　　　一一
　　　　　的

交融
原始文本：蕭仁隆〈玫瑰之飲〉

虛　　　　　　　　許庭瑋

　　　　醉

裸露

　　釀造已久

　　　的
　　　　樸真

　　　　醇香
■　原始文本：蕭仁隆〈玫瑰之飲〉

原點　　　　　　　　　　　黃琪榛

　　　　　　　　空白
墜入

如鐘乳
　　　　　　褪去
　玫瑰　　剝離

　釀造
　　　　　對飲
　　　　醱酵中
　　　　復原

■　　原始文本：蕭仁隆〈玫瑰之飲〉

享　　　　　　　　　　　　黃琪榛

飲下
　　　　　　　　空白

　　那醉的
如鐘乳　　緩緩
　　　　　　　　褪去
　玫瑰　　剝離

　　釀造　　的玫瑰
妳我　　　　對飲
　　　　　在　　醱酵中
　剝離的花瓣　　復原

誰說
交融之後沒有醇香？

■　　原始文本：蕭仁隆〈玫瑰之飲〉

夕陽　　　　　　　　　　　李奕璇

　　　　撕落的空白
　　　　斜下的醉紅

　　　矜持逐漸褪去
　一瓣一瓣剝離

　　眼裡的彩虹對飲
　　　晚風的醱酵
　　　　　　復原

■　　原始文本：蕭仁隆〈玫瑰之飲〉

逝愛　　　　　　　　　　　李奕璇

　　　　逐漸褪去
　　　　剝離

　　　　　復原

■　　原始文本：蕭仁隆〈玫瑰之飲〉

剝落　　　　　　　　　　　　　李奕璇

　一頁一頁撕落的空白
墜入夕陽斜下的醉紅

　　一滴滴緩緩舖陳
把原生的矜持逐漸褪去
讓玫瑰一瓣一瓣剝離

　　　眼裡的彩虹對飲
　　　　　晚風的酩酊中
把剝離的花瓣一一復原

誰說
交融之後沒有醇香？

■　原始文本：蕭仁隆〈玫瑰之飲〉

〈耳之外〉原作與內延的詩中詩文本解建創作

耳之外 蕭仁隆	**風 聲** 蕭仁隆
有人把窗外的風關起來	窗外的風
說是要聽聽風聲	說是要聽聽
我總是納悶不解	
有一天我也關掉窗外的風	有一天我
坐在聽骨上靜靜聆聽	靜靜聆聽
所謂的風聲	風聲
我輕輕地移動窗戶	我輕輕地移動窗戶
把兩扇窗緊緊靠攏	靠攏
這才恍然覺悟	才恍然覺悟
世間上最美妙的風聲	世間上　　的風聲
就在關窗之後	
■　原始文本	■　原始文本：蕭仁隆〈耳之外〉

聆　聽　　　　　　　　　　蕭仁隆

有一天我

　　　　靜靜聆聽

世間上　　　的風聲

■　　原始文本：蕭仁隆〈耳之外〉

風　聲　　　　　　　　　　蕭仁隆

　　　　我

　　　　　　　　　　聽

　　　　　　　　　　風聲

■　　原始文本：蕭仁隆〈耳之外〉

靜心　　　　　　　　　　陳捷欣

　　　　風

　　　納悶不解
　　　　　　窗
　　　靜靜聆聽

■　　原始文本：蕭仁隆〈耳之外〉

美妙　　　　　　　　　　許瑞哲

　　　把　　　風關起來
說是要

　　　　　　靜靜聆聽

　　　　　　窗戶
　　　緊緊靠攏
　　恍然覺悟
世間上最美妙的
就在關窗之後
■　　原始文本：蕭仁隆〈耳之外〉

關　　　　　　　　　　　　　　許瑞哲

關起來

靜靜聆聽

窗戶
靠攏

最美妙的
就在關窗

■　原始文本：蕭仁隆〈耳之外〉

聽　　　　　　　　　　　　　　許瑞哲

靜靜聆聽

最美妙的

■　原始文本：蕭仁隆〈耳之外〉

靜心　　　　　　　　　　　　　陳捷欣

把窗外　　　關起來
　聽聽風聲

　　　關掉窗外的風
　　　靜靜聆聽
　風聲

恍然覺悟

　在關窗　後

■　原始文本：蕭仁隆〈耳之外〉

心之牢籠　　　　　　　　　　　陳捷欣

有人
　聽聽風聲
　納悶不解
　我　關掉　　　風
　　　靜靜聆聽

　　　風聲
　之後

■　原始文本：蕭仁隆〈耳之外〉

聽風　　　　　　　　　錢韻之

　　　窗外的風
　　　聽聽
我
　　　我也
　　　　　靜靜聆聽
　　　風

　　輕輕地移動
　　　　緊緊靠攏
　　才恍然覺悟
　　　　美妙的風聲
　　在　窗　後

■　　原始文本：蕭仁隆〈耳之外〉

八卦　　　　　　　　　侯宛吟

　　　　　　　靜靜聆聽
　　所謂的風聲

　　世間上最美妙的風聲
　　就在關窗之後

■　　原始文本：蕭仁隆〈耳之外〉

內自省　　　　　　　　侯宛吟

　　所謂的風聲

　　就在關窗之後

■　　原始文本：蕭仁隆〈耳之外〉

家務事　　　　　　　　侯宛吟

　　所謂

　　關窗之後

■　　原始文本：蕭仁隆〈耳之外〉

<table>
<tr><td>

微風　　　　　　　錢韻之

　　　　　　　　　　　

輕輕　移動
　　　　靠攏

在　窗　後
■　　原始文本：蕭仁隆〈耳之外〉

</td><td>

聽說　　　　　　　鄭家欣
　　窗外的風關起來
　　要聽聽風
我　　納悶不解
　　　我也關掉窗外的風
　　　　　靜靜聆聽
所謂的風聲

　輕輕　移動窗戶
　兩扇窗緊緊靠攏
　　　　覺悟
　間　美妙　風聲
　在關窗之後
■　　原始文本：蕭仁隆〈耳之外〉

</td></tr>
<tr><td>

聽說　　　　　　　鄭家欣
　　　風關起來
說是要　聽風
我　　納悶不解
有一天我也關掉窗外的風
坐在聽骨上　　聆聽
所謂的風聲

我輕　　移　窗戶
把兩扇窗緊緊靠攏
　　恍然覺悟
世間上最美妙的風聲
就在關窗之後
■　　原始文本：蕭仁隆〈耳之外〉

</td><td>

聽說　　　　　　　鄭家欣
　把　　　風關起來
說　要聽聽風
我總是納悶不解
有一天我也關掉　　　風
坐在聽　上靜靜　聽
　　　　風

　　　　移動窗
　兩扇　　緊靠
這才　　覺悟
　　　美妙的風聲
　在關窗之後
■　　原始文本：蕭仁隆〈耳之外〉

</td></tr>
</table>

寂靜　　　　　　　　　賴品妤

把窗外　　關起來
　　聽聽風聲

　　　　靜靜聆聽
風聲

　　移動窗戶
窗緊緊靠攏

　　最美妙的風聲
在關窗之後
■　　原始文本：蕭仁隆〈耳之外〉

寂靜　　　　　　　　　賴品妤

把窗　　關起來

　　　靜

■　　原始文本：蕭仁隆〈耳之外〉

寂靜　　　　　　　　　賴品妤

有人把窗　　關起來
說是要聽聽風聲
我總是納悶不解
有一天我也關掉窗外的風
　　　　靜靜聆聽
所謂的風聲

　　輕輕地移動窗戶
　　　窗緊緊靠攏
這才恍然覺悟
世間上最美妙的風聲
就在關窗之後
■　　原始文本：蕭仁隆〈耳之外〉

半夢半醒　　　　　　　康湘宜

　把窗外的風關起來
　　聽聽風聲

　　　　靜靜聆聽
所謂的風聲

輕輕　移動窗戶

　恍然覺悟
　　美妙的風聲
　在關窗之後
■　　原始文本：蕭仁隆〈耳之外〉

半夢半醒　　　　　　　　　康湘宜

風聲

靜靜聆聽

恍然覺悟
美妙

■　原始文本：蕭仁隆〈耳之外〉

半夢半醒　　　　　　　　　康湘宜

靜

■　原始文本：蕭仁隆〈耳之外〉

風聲　　　　　　　　黃琪榛

有人把窗外的風關起來
說是要聽聽風聲
我　　納悶不解
有一天我也關掉窗外的風
　在聽骨上靜靜聆聽
所謂的風聲

我輕輕地移動窗戶
　　　　緊緊靠攏
　恍然覺悟
世間上最美妙的風聲
就在關窗之後
■　原始文本：蕭仁隆〈耳之外〉

醒　　　　　　　　許庭瑋

　　　　　關掉
　　　　　　　聆聽
所謂的

　恍然
　　最美妙的風聲
　在　　之後
■　原始文本：蕭仁隆〈耳之外〉

旁　　　　　　　　　　　　　　　許庭瑋

　　窗外的

我總是納悶不解

　　　　　　靜靜聆聽
所謂的

　　　　　　緊緊靠攏
這
世間上最美　的

■　　原始文本：蕭仁隆〈耳之外〉

空　　　　　　　　　　　　　　　許庭瑋

　　　是　　　風聲
　　　　是納悶

　　在　　　　靜靜
　　　　的

　　　　恍然

　　　　　　之後

■　　原始文本：蕭仁隆〈耳之外〉

靜聽　　　　　　　　　　　　　黃琪榛
　　　　　風關起來
說是要　聽風聲
我　　納悶不解
有一天我也關掉
　　　　　靜靜聆聽

　　　輕輕地移動窗戶
　　　　　緊緊靠攏
這才恍然覺悟

■　　原始文本：蕭仁隆〈耳之外〉

窗　　　　　　　　　　　　　　李奕璇
　　把窗外的風關起來
　　　　聽聽風聲
我總是納悶不解
　　　　我也關掉窗外的風
　　　　　靜靜聆聽
所謂的風聲

我輕輕地移動窗戶
　　　　緊緊靠攏
這才恍然覺悟
世間上最美妙的風聲
就在關窗之後

■　　原始文本：蕭仁隆〈耳之外〉

聽　　　　　　　　　　　李奕璇

　窗外的風關起來

　　　　靜靜聆聽
　風聲

這才恍然覺悟
世間上最美妙的風聲
就在關窗之後

■　　原始文本：蕭仁隆〈耳之外〉

悟　　　　　　　　　　　李奕璇

　　　　靜靜聆聽

　　恍然覺悟

　關窗之後

■　　原始文本：蕭仁隆〈耳之外〉

悟　　　　　　　　　　　黃琪榛

我　　納悶

　　　　　靜靜聆聽

　　　緊緊靠攏
這才恍然覺悟

■　　原始文本：蕭仁隆〈耳之外〉

〈85 度 C 咖啡〉原作與內延的詩中詩文本解建創作

85 度 C 咖啡　　　　蕭仁隆 妳一點點 我一點點 妳又一點點 我又一點點 再一點點 又一點點 我們一點點一點點品茗 85 度 C 咖啡 在午後 一個腳步匆忙的人行道旁 ■　　原始文本	**午　　後**　　　　蕭仁隆 　一點點 　一點點 　又一點點 　又一點點 再一點點 又一點點 我　一點點一點點品茗 　午後 一個腳步匆忙的人 ■　　原始文本：蕭仁隆〈85 度 C 咖啡〉
品　　茗　　　　蕭仁隆 我　一點點一點點品茗 　　午後 　　　　的人 ■　　原始文本：蕭仁隆〈85 度 C 咖啡〉	**品　　茗**　　　　蕭仁隆 　　午後 ■　　原始文本：蕭仁隆〈85 度 C 咖啡〉

你在哪？　　　　　　　　　許瑞哲

我們

在
　　　　　人行道旁

■　原始文本：蕭仁隆〈85度C咖啡〉

旁　　　　　　　　　　　　許瑞哲

在
　　　　　人　　旁

■　原始文本：蕭仁隆〈85度C咖啡〉

茶　　　　　　　　　　　　許瑞哲

我們　　　　　品茗

在午後
　　　　　的人行道旁

■　原始文本：蕭仁隆〈85度C咖啡〉

賞日　　　　　　　　　　　陳捷欣
一點點
一點點

我們一點點一點點品茗

　　午後

■　原始文本：蕭仁隆〈85度C咖啡〉

慢活   陳捷欣

一點

一點點

又一點

又一點點

我　一點點一點點品茗

　　　　匆忙

■　　原始文本：蕭仁隆〈85 度 C 咖啡〉

遺落的   陳捷欣

　　　　　　　咖啡

在

一個腳步匆忙的人行道旁

■　　原始文本：蕭仁隆〈85 度 C 咖啡〉

說分手   侯宛吟

妳

我

妳

我

一個腳步匆忙的人行道旁

■　　原始文本：蕭仁隆〈85 度 C 咖啡〉

說分手以後   侯宛吟

我

一　　　　　　　人

■　　原始文本：蕭仁隆〈85 度 C 咖啡〉

翹課之後　　　　　　　　侯宛吟

妳一點點
我一點點
妳又一點點
我又一點點
再一點點
又一點點
我們一點點一點點品茗

　午後
一個腳步匆忙的人行道旁
■　原始文本：蕭仁隆〈85度C咖啡〉

偷閒的下午　　　　　　　　錢韻之

　一點
　　一點點
　　一點點
　　　點

我們一點點　點點品茗
　　　　　　咖啡
在午後
　　　匆忙的人行道
■　原始文本：蕭仁隆〈85度C咖啡〉

街角　　　　　　　　錢韻之

　　一點
　　一點

我們　　　　品茗

　　　匆忙
■　原始文本：蕭仁隆〈85度C咖啡〉

生活　　　　　　　　錢韻之

　一點

　匆忙
■　原始文本：蕭仁隆〈85度C咖啡〉

一點之歌　　　　　　　　　　鄭家欣

妳一點

我一點

妳又一點

我又一點

再一點

又一點

我們一　點一　點品茗

85 度

在午後

■　　原始文本：蕭仁隆〈85 度 C 咖啡〉

一點之歌　　　　　　　　　　鄭家欣

　一點

　　　一點

　　一點

　　　　　　　　品茗

在午後

　　　　匆忙　人行道旁

■　　原始文本：蕭仁隆〈85 度 C 咖啡〉

一點之歌　　　　　　　　　　鄭家欣

妳

我

　　一點點

　　一點點

再一點點

又一點點

我們一點點一點點

85 度　咖啡

在午後

一個腳步匆忙的人行道旁

■　　原始文本：蕭仁隆〈85 度 C 咖啡〉

悠閒　　　　　　　　　　賴品妤

　一點點

　一點點

　又一點點

　又一點點

再一點點

　　　一點點一點點品茗

85 度 C 咖啡

在午後

一個腳步匆忙的人行道旁

■　　原始文本：蕭仁隆〈85 度 C 咖啡〉

悠閒　　　　　　　　　　　　　賴品妤

　一點點

　　又一點點

　再一點點

　　　　　　　　品茗

　在午後
　　　　　　的人行道旁

■　　原始文本：蕭仁隆〈85 度 C 咖啡〉

悠閒　　　　　　　　　　　　　賴品妤

　　　　　　　　品茗

　在午後

■　　原始文本：蕭仁隆〈85 度 C 咖啡〉

散步　　　　　　　　　　　　　康湘宜

妳
我

　一點點
　一點點
　　　　　　　品茗

　午後

■　　原始文本：蕭仁隆〈85 度 C 咖啡〉

散步　　　　　　　　　　　　　康湘宜

　在午後

■　　原始文本：蕭仁隆〈85 度 C 咖啡〉

散步　　　　　　　　　康湘宜

妳一點

我一點

妳　一點點

我　一點點

再一點

又一點

　　一點點一點點品茗

　　午後

　　　　匆忙的人行道旁

■　　原始文本：蕭仁隆〈85度C咖啡〉

復　　　　　　　　　　許庭瑋

　一點點

　一點點

　　一點點

　　一點點

　一點點

又一點點

　　午後

　　　　匆忙的

■　　原始文本：蕭仁隆〈85度C咖啡〉

遇　　　　　　　　　　許庭瑋

妳

我

又

■　　原始文本：蕭仁隆〈85度C咖啡〉

享　　　　　　　　　　許庭瑋

妳一點

我一點

　　　　　　品茗

　　午後

　　　　的人行道

■　　原始文本：蕭仁隆〈85度C咖啡〉

下午茶　　　　　　　　　黃琪榛

妳一點點

我一點點

妳又一點點

我又一點點

再一點點

　　　　　　　一點點品茗

85 度 C 咖啡

在午後

腳步匆忙的人行道旁

■　　原始文本：蕭仁隆〈85 度 C 咖啡〉

品茗　　　　　　　　　黃琪榛

　一點點

　　又一點點

再一點點

　　　　　　　　品茗

在午後

　　腳步　　的人行道

■　　原始文本：蕭仁隆〈85 度 C 咖啡〉

忙碌　　　　　　　　　黃琪榛

　一點點

　　又一點點

再一點點

　　腳步　　的人行道

■　　原始文本：蕭仁隆〈85 度 C 咖啡〉

品茗　　　　　　　　　李奕璇

妳一點

找一點

妳又一點

我又一點

我們一點　一點　品茗

在午後

一個腳步匆忙的人行道旁

■　　原始文本：蕭仁隆〈85 度 C 咖啡〉

我們	李奕璇

我們一點點一點點

在午後
一個腳步匆忙的人行道旁
■　　原始文本：蕭仁隆〈85 度 C 咖啡〉

我們	李奕璇

我們

　午後
　　　匆忙的人行道旁
■　　原始文本：蕭仁隆〈85 度 C 咖啡〉

附錄二　微文學論

一、微寫作與微文學

　　「微」即是微小、細微、迷你之意，近來這個「微」的興起是舉世翻騰的，大凡工商業的討論乃至文化與社會現象等都曾加入了這個新鮮的流行語「微」。例如早期的微縮影，到後來的微型創業、微馬達、微手術、微電影等，直到微博（microblogging 或 microblog）又稱微網誌的出現都是以「微」命名。但「微」的命名進入文學界則要始於大陸武俠小說家溫瑞安，他透過網易微博（http://zh.wikipedia.org/zh-hk/）發表《俠道相逢》作品，引起文學作家的關注和響應，逐漸形成一種新興寫作模式。又經由出版界將發表於微博上的熱門文章集結成書出版，才促成「微寫作」興起，終至成為文學界的新興寫作領域。

　　這個文學的新興領域各方褒貶不一，北京師範大學文學院教授張檸認為微博以傳播資訊為主，所以「微寫作」將不會成為文學界的主流文學。同濟大學文化批評研究所教授張閎則從中國古典文學的角度來審視「微寫作」，認為中國的唐詩、宋詞、元曲就是微寫作的文本，至於平日常見的楹聯、格言、謎語也都具有「微寫作」的影子，又認為《搜神記》、《世說新語》等都是「微寫作」的經典之作。新星出版社副社長劉剛則從「微寫作」的特性出發，認為微博體和早期流行的語錄體與段子體都具有相同的本質，即是以「凝練的語言寫作」。然而，大多數的在微博上的「微寫作」大多隨意為之，只注重幽默與搞笑的文句或故事，用以引起網友們的注意和增加點閱率，以致被批評為寫作內容「淺顯、粗糙、寡味、重復」。劉剛所言正是不少文學界認為「微寫作」不具文學性的主

要原因。不論正反各方如何論斷,自此而後「微詩歌」、「微小說」、「微故事」、「微童話」、「微劇本」、「微影評」等等與「微」有關的的命名,卻如雨後春筍般地出現。綜觀這類「微寫作」的發展,係因爲微博設計一種允許使用者及時更新簡短文字並公開發佈的微型部落格形式所促成的。此微型部落格規定簡短文字的字數必須在 140 字數(英文字元)以下,乃促使日後「微寫作」的誕生。微網誌出現後,最具代表的網站有 Twitter(推特)、新浪微博、Plurk(噗浪)等,其中創辦於西元 2006 年 3 月的 Twitter 網站,在西元 2007 年獲得美國德克薩斯州奧斯汀所舉辦的南非西南會議部落格類網站獎,最終成爲微網誌的代名詞(http://big5.taiwan.cn/gate/big5/www.taiwan.cn/wh/whkd/201108/t20110804_1950675.htm)。

二、微文學發展

「微寫作」的發軔,肇因於網路普遍性和微網誌的架設,但是日本在手機簡訊普及化後就出現「手機文學」。大陸則接續日本的「簡訊小說」持續發展,例如完成於西元 2004 年千夫長的《城外》即是一例。台灣則是中華電信公司於當年購入千夫長的《城外》版權在台灣發行,成爲台灣發行的第一部「簡訊小說」,同年 11 月開發「3339 拇指行動書」提供「簡訊小說」下載服務,台灣對於「簡訊小說」的觀念於焉誕生(陳朝蔚,2012)。手機的「簡訊小說」乃成爲「微寫作」的另一處發表的園地。大陸的「微寫作」傳入台灣後,掛上了「文學」儼然已經被賦予另類的文學領域。嗣後,中華電信公司更舉辦《手機文學大未來》座談會,爲台灣的「手機文學」開創先機,並且持續受到電信業者與官方的注意和協助。My Fone 於西元 2006 年首辦《行動創作獎》徵文,至今已經第六屆,內容有「情書」和「家書」等,得獎的文章大多只有數十字而已,

可說是眞正的短小精悍之文。西元 2007 年台北市政府不落人後，在台北
文學季裡結合各電信業者舉辦《謬思也會傳簡訊》徵文。西元 2008 年中
華電信公司與教育部合辦簡訊徵文比賽，西元 2011 年又合辦《愛情、婚
姻的保鮮妙方》手機簡訊徵文。至此，以「微寫作」爲特性的「微文學」
開始以文學的姿態走進文學領域。陳朝蔚則在西元 2012 年 12 月所出版的
《電子網路科技與文學創意—台灣數位文學史(1992-2012)》首次敘述「微
文學」的發展，將「微文學」寫入台灣數位文學史之中，成爲文學史的
一部份。

　　在陳朝蔚把「微文學」寫入台灣數位文學史前，無獨有偶的，蕭仁
隆在西元 2011 年 1 月通過碩士論文《「詩中詩」遊戲文本創作法探究》後，
即開始思索非線文學的各種可能發展。最後在 NOKIA 手機的簡訊字幕裡
發現「手機文學」的可能發展，認爲在螢幕限縮的視覺效應下，人們最
佳的閱讀螢幕不是卷軸性的閱讀，而是如非線文本般的獨立文片。於是
在西元 2012 年 2 月於聯合報系的 UDN 蕭雲部落格
（http://blog.udn.com/cloud4622/article）上正式發表「微文學論」，爲這個
新的寫作方式規範立說，且試作「微新詩」,「微散文」「微小說」及屬於
「微評論」的《蕭雲百字評》。蕭仁隆認爲「微文學」的「微寫作」可以
配合手機單一字幕的限制，規劃爲篇幅字數一百字的最大極限，避免手
機閱讀時卷軸或換頁的干擾。同時爲確立「微文學」的論述，以所規劃
的百字爲篇幅，撰寫極短的「微文學論」論文，該論文雖然短小，卻也
五臟俱全。茲將該論述及試作之「微寫作」以「微文學」的手機螢幕篇
幅模式敘述如下：

三、微文學論四說

《微文學論》
起源說
微文學源於數位時代通訊發達需求，尤其手機的流通與便利帶來閱讀方式改變。數年前微網誌興起，象徵微時代來臨！宋楚瑜曾說：這是淺碟型時代！其義相通。數位時代資訊爆流，迫使人們採取非線閱讀與寫作，思考模式變淺碟。
20120217 蕭雲

《微文學論》
字數篇幅說
微文學既以微為特徵，怎樣篇幅才是微呢？我認為百字之內包括標點寫作，始能成其微。手機簡訊一則三百餘字，但手機一個畫面多設在十行百字左右，因此，以百字寫作篇幅限制恰當，一來方便設計，二來篇幅適中方便閱讀。
20120217 蕭雲

《微文學論》
寫作文體與起始說
既是微文學，哪些文體適合這類文學寫作？我認為傳統的文體都適合成為微文學的寫作，所不同的是強調文字微小化。職是之故，舉凡詩、詞、散文、小說都可歸入微文學文體，而我國絕句、律詩、小令都是屬於微文學的起始。
20120217 蕭雲

《微文學論》
寫作方法說
微文學強調微小化，不論文體為何？當在百字內完成，所以寫作必須精煉文字，說理尤當精簡。雖說特點是短小精煉，但仍需前承後因，論述有理，言之有物。否則，僅文字堆砌，難成其文。為省篇幅，可採一瀉到底，不分段落。
20120217 蕭雲

四、微新詩試作範例

《微新詩》
前言
以微的觀點言，我國古典
絕句和律詩都屬於微詩
的範疇，是由漢賦、四六
文發展而來的新體詩，創
造詩的輝煌成就，可見微
的魅力。現在有林煥彰倡
六行詩、蕭蕭等寫一字
詩，陳育虹提一行詩都是
新詩趨微的發展，微新詩
至到此已開始萌芽了。

20120219 蕭雲

《微新詩》
彩蛾
妳想緩緩點燃
芭蕉葉下共剪的窗燭
在暑夏
披一身的彩妝
等待李商隱的巴江夜雨
直到深秋
窗外池塘漲滿時

20120720 於龍潭采雲居

《微新詩》
賦歸—試寫一行詩

把走了半世紀的蹤跡趕
回將蕪的筆尖

20120213 於龍潭采雲居

《微新詩》
台北印象

人，車

20120229 蕭雲

《微新詩》
秋風
聽說
當妳來時
以一襲輕紗

聽說
當妳來時
以一瓢弱水

我伸展雙手撲妳滿懷
卻見林中驚蟬

20120427 蕭雲

《微新詩》
後院的松鼠

鼠松 松鼠
竊竊私語竊竊私語私語
有兩隻松鼠在牆上牆上
在落滿櫻花的牆上牆上
竊竊私語竊竊私語私語
在後院牆上在後院牆上
牆上牆上牆上牆上牆上
牆牆牆牆牆牆牆牆
牆牆牆牆牆牆牆牆牆
牆牆牆牆牆牆牆牆牆

20120318 蕭雲

《微新詩》
雨櫻 (連作之一)
昨晚妳哭了嗎
不然
妳睡醒的臉上都是淚

20120229 蕭雲

《微新詩》
雨櫻 (連作之二)
有一朵雨櫻
在櫻花樹上

20120229 蕭雲

《微新詩》

雨櫻 (連作之三)

在櫻花樹上在櫻花樹上
　　雨
　　櫻

20120229 蕭雲

《微新詩》

雨櫻 (連作之四)

在櫻花樹下在櫻花樹下
　　櫻

　　雨

20120229 蕭雲

五、微散文試作範例

《微散文》
前言
散文的特點就是鋪張敘述，尤其是抒情散文，微文學也能寫散文嗎？我想總要試試才知道！當我寫了第一篇微散文後，認為還是可以寫的，而且寫來精彩可期！但要收斂鋪張，緊抓散文特性來寫，就可以寫出比小品文更小品文的散文。

20120219 蕭雲

《微散文》
杏花雨
這幾天又濕又冷又雨，昨夜起霧漫了凌雲崗。早上竟望見窗外杏花含露綻放，讓我想到杜牧的清明詩句：「清明時節雨紛紛」，但現在才一月呀！後來，我想到桃竹苗的客家庄都在元宵後掃墓。也許，現在的杏花雨正為他們而下吧！

20120217 蕭雲

《微散文》
櫻花巷
好幾年前鄰家的山櫻花開滿枝頭，還辦個櫻花宴，宴中期許這個後院小巷可以成為櫻花巷。今年的櫻花相當奇特，山櫻在情人節後大放姿色，連三月才開的富士櫻和杏花都參加盛會，讓這裡真的成了櫻花巷，不必遠赴他地賞櫻！

20120219 蕭雲

《微散文》
烏鶖之愛
前些日子鄰居撿到墜落地面的小烏鶖，由於不會飛，就暫放鳥籠裡，那母烏鶖竟時常飛來餵食。有一天，鄰居拿到我家門柱上曬太陽，我看了說：應是翅膀未硬，再幾天後就會飛了。果然過幾天後，母烏鶖就帶著小烏鶖遠飛了！

2120704 蕭雲

六、微小說試作範例

《微小說》
前言

要寫微小說就像極短篇一樣具有難度，而小說的重點就是人物、情節、時間、地點等等。有個日本作家以十多個字建構了世界最小的小說，以恐龍和現代人為對象，真是了得！我就試寫幾篇，覺得微小說可讓小說呈現另類滋味！

20120219 蕭雲

《微小說》
捷運車上

秀娟早上揹書包上學，搭捷運時突然昏倒，嚇壞周遭旅客！有位年輕人趕緊趨前察看，發現已無氣息，隨即打 119 派救護車，並以 CPR 救人。當捷運車抵站後，將秀娟送上救護車，這時秀娟甦醒了說：「你是…學長昌哥？」

20120222 蕭雲

《微小說》
一封陌生來信

「小捷，妳的信！」小捷從郵差手中接過一封國外來信。小捷疑惑地拆開信後唸著：「小捷：謝謝您當年對我默默地救濟，讓我渡過難關！到現在才知道陌生人是您…支票無法代替對您感激！小翔上」「是他？那個小孩！」小捷說。

20120308 蕭雲

《微小說》
他的遺言

救護車鳴笛由遠而近，到醫院急診室時送出全身是血中年男子，他細微而顫抖地說：「不要救我…」。二十多年前他開大貨車，因超車撞死放學的小學女生！賠錢和解後，仍繼續開快車。他回想著說：「我對不起她！」然後瞑目西歸！

20120308 蕭雲

《微小說》
香爐裡的遺書
剛作完尾七，大家都兩眼惺忪時，大哥突然咆嘯起來：「你說，爸還給你多少！」「真的就這些而已！」弟弟一臉委屈回話，大哥一拳揮來，卻打翻神明桌香爐，露出字條：「兒們：剩餘財產都捐出。爸」兄弟都愣住了，「爸」只剩哭聲…

20120427 蕭雲

《微小說》
遲來的祝福
宛君拿著一封信說：「爸爸，是您的信。」爸爸看了看信，一臉狐疑地拆信。信中說：「瑋哥：為你找到終身幸福高興！可惜人在國外無法趕上，祝您們永浴愛河！小倩」「都十年了，我現在才收到？如今，小倩她目前身在何處呢…」

20120427 蕭雲

《微小說》
小巷遇劫
趕完夜班，阿吉吹著口哨走在回家的小巷，突然聽到尖叫聲，眼前一對男女正在拉扯著，立即上前準備勸架，女生大喊：「搶劫！」阿吉馬上出手將大漢拉開掠倒在地，正要把拉破的皮包還給女生時，那大漢已經一溜煙消失巷尾。

20120219 蕭雲

《微小說》
尬車
「想跟我尬車？哼！」老魏一向不允許他車比他快，決意加緊油門追上。北宜雖然拓寬不少，轉彎處還是很多。老魏不聽老婆勸阻，執意追上對方才算是尬車手！說時遲那時快，一個急彎，撞上對向的砂石車，老魏就翻落懸崖！

20120308 蕭雲

七、微評論文試作範例

《蕭雲百字評》
前言
聯合報有一個歷史悠久的評論方塊《黑白集》，常見立論精闢，一針見血，引人深思的評論。我想何不寫百字評為微文學建立評論文灘頭堡呢？就這樣寫了百字評。當我完成第一篇百字評後，感覺不錯，於是決定開始寫百字評。

20120219 蕭雲

《蕭雲百字評》
林書豪炫風
最近全球刮起籃球林書豪風，蘋果日報以「零輸豪」稱之堪是最為恰當。而這個哈佛小子的竄起，竟是勇士的釋出讓尼克撿到寶！縱觀這個炫風，也是識人與用人問題的最佳材料；能識人者亦當能用人，更用之以時，其才不廢！

20120217 蕭雲

《蕭雲百字評》
也談鳳飛飛
息歌二十多年，連自己兒子都不知道媽媽是大歌星！這位曾經風靡華人世界的巨星竟如此低調，讓世人驚嘆萬分！鳳飛飛所為何因呢？就只想讓小孩平實地成長而已！至於過世還擔心歌迷過年心情，則非有以大愛為修養者難為！

20120304 蕭雲

《蕭雲百字評》
黃金十年三論—歷史論
黃金十年是馬總統競選時動人口號，該如何進行呢？從歷史看：史稱黃金十年在北伐後抗戰前，老蔣主政的全國大建設，卻引發日本提早入侵。之後小蔣十大與十二大建設，創造舉世注目的台灣經濟奇蹟。現兩岸經貿協定接續！

20120407 蕭雲

《蕭雲百字評》
黃金十年三論—四要論

四要論也是興國論，當
年國父孫中山曾上書曾
國藩：人盡其才、物盡
其用、地盡其利、貨暢
其流的興國四論，可惜
清廷保守治國未用。民
國初的動亂，也沒實現
此理想！現在若要進入
黃金十年，國父這興國
四要仍是金科玉律！

20120407 蕭雲

《蕭雲百字評》
黃金十年三論—四熱論

如何進入黃金十年呢？
除執政團隊必須將各個
政策都環環相扣於此目
標外，首要讓全國經濟
四熱：熱絡股市、熱絡
房市、熱絡貿易、熱絡
投資。看最近所推政策
，似多背離此四熱，甚
至水滅四熱，則未來黃
金十年夢想恐剩空夢！

20120407 蕭雲

《蕭雲百字評》
談人才

天生我材必有用，這是
老掉牙的話了！但歷來
成敗都落到這裡來，何
故呢？輕舉才而已。因
為庸才賢才能才幹才等
等，只有面對難題時才
能彰顯。庸才可御，賢
才難求，能才遭妒，幹
才震主，果然人才難被
用，自古到處找人才！

20120519 蕭雲

《蕭雲百字評》
談改革

自古改革都非易事，馬
總統以為無連任之虞想
放手一改，恐當三思！
改革常牽動整個社會階
層，絕非數字加減，幾
個口號標語，寫寫條例
就好。成功的改革首在
順應風氣，因為民之所
欲革，革易，我之所欲
革，革難，順逆當知！

20120602 蕭雲

八、結語

　　以「微文學」的模式進行論述寫作，可能前無古人。再就一些「微寫作」的文本試寫，並以框架模式來顯示每篇的文本，就像在手機上的螢幕顯示文本，人們也就如同在閱讀手機螢幕。以「微文學」所設計的手機文本，當然必須具備手機的螢幕的樣式，在一定的規範下進行創作。但是如果實際在手機上顯示，則可以不必要框架。目前數位產品日新月異，手機螢幕逐漸寬大化，桌上電腦之後開發手提電腦，就因為其便利性所致。但手提電腦日後逐漸微小化與輕便化，電子閱讀器亦逐漸成型，乃延伸出輕便的手提電腦與電子閱讀器的合身，即是平板電腦的出產。如今平板電腦的功能日益增強，螢幕卻逐漸微小化，並且吸收手機功能。最後導致平板電腦手機化和手機平板電腦化的新趨勢，資料系統走向雲端處裡成為必要的選項，否則難以達到隨時、輕便、短小又多功的極致目的。就非線文本的概念而言，不論是桌上電腦、手提電腦、平板電腦和手機，其文本閱讀的功能都沒有變化。長篇文本的頁面已經可以藉由程式設計改善成為不間斷的滾軸式閱讀，只是現代閱聽人的習慣仍喜歡短篇文本，所以，微寫作仍然具有市場。微寫作因應閱讀頁面的改變，一篇文本的字數可以提高至三百字至五百字以內，這是最適當的頁面閱讀字數。以此字數作為微寫作最大的篇幅限制，將可讓微寫作立於不敗之地。微寫作可以在最大篇幅限制之下任意創作品，這些「微寫作」的文本也都是一個個可以進行嫁接的文本，是非線文本最好的素材。以上以各類「微寫作」的文本進行範本試寫，每篇的文體都可以是單一的作品，也可以是連續的作品，但都須在同一篇幅中進行寫作文句的了結，可以是一個段落或是對話，以因應作為長篇文章或小說等連續文本的寫作需求。只是若單純地將長篇文章分別塞填在「微文學」的框架中，則

絕非「微文學」立意本質。職是之故，微博上的隨興之言，本來就不具寫作要素，當然只是語言傳播而已，無法成爲文學作品。文學的傳播卻以文本的方式在任何可傳播的媒介上傳播文學。至此可知，「微寫作」並不等於「微文學」，相對的「微文學」一定是「微寫作」，而「微文學」可以是文學研究的新興文學。

附錄三　非線攝影藝術論

一、數位攝影新紀元

　　自西元 1839 年的第一張照片誕生後，攝影藝術取代了自古以來大多數的肖像畫，以及所有畫家作畫的市場。然而，攝影藝術要到 21 世紀各式媒材混合的照片出現，並受達達、超現實主義藝術的啓蒙，讓攝影進入觀念藝術、地景藝術、錄影藝術等，並且開始以系列式、拼貼式、圖文式、裝置型的跨影像創作，進而豐富人類的藝術創作，才讓攝影眞正進入藝術的殿堂。一般所稱的「八大藝術」爲文學、音樂、美術、彫塑、舞蹈、建築、戲劇、電影等八大項，攝影則被列爲第九大藝術。後經蕭仁隆於西元 2014 年撰寫《非線文學論》時，重新爲各大藝術類別定位爲：

(1)　文學藝術
(2)　音樂藝術
(3)　美術藝術
(4)　彫塑藝術
(5)　舞蹈藝術
(6)　建築藝術
(7)　戲劇藝術
(8)　電影藝術
(9)　攝影藝術
(10)　數位藝術
(11)　工藝藝術
(12)　書法藝術

　　但這第八、九、十藝術具有相當便利的可複製性，一直被藝術界有所爭執，其中攝影藝術已經進入藝術拍賣市場上，但所獲的評價並不高。如今，攝影的使用材料從毛玻璃到底片持續百餘年之後，隨著去年柯達公司宣布破產正式結束光輝的攝影歷史，進入數位攝影的新紀元。

　　數位攝影隨著使用率的普及，技術研發的日益精進，讓數位單眼相機的畫質直逼底片。尤其是數位相機的方便性與即拍即看性和記憶體容量的可擴大性，終致讓傳統的攝影家紛紛放棄傳統相機，重新接觸這個將所有可能的攝影技巧都設計在相機上的數位相機。攝影比賽的規則也逐漸開始瓦解，接受來自於數位相機的挑戰。只是數位相機的可複製性和電腦合成技術的隨意可得，導致攝影比賽的評審相當不容易分辨照片的合成與否，以致曾有幾次的攝影大賽被人舉發為合成技術的照片，進而事後取消該獎項的事件。所以，如何制定數位相機的評選標準和獎項，成為未來攝影比賽必須面對的課題。

二、非線攝影藝術

　　「非線攝影藝術」（Non-linear Photography Art）正是在傳統攝影進入數位攝影後，發現到一種新的攝影藝術表現手法，即是「非線攝影藝術」。非線的觀念取自於電腦從線性運算的突破走向非線性運算系統技術，才產生現今使用相當便利的非線性連結與非線性搜尋等等技術。目前，大眾都普遍使用非線性技術的優點而毫無所知。自非線攝影的表現手法被發現後，攝影藝術正如文學藝術將開始以線性為區分的基礎，把傳統的攝影藝術劃歸為「線性攝影藝術」，除此之外的攝影手法劃歸為「非線攝影藝術」。這是依據非線文學理論所歸納的十七項特性來檢視「非線攝影藝術」，發現非線攝影技巧具有這十七項特性中的非線性、遊戲性、可重寫性、去中心性、隨意與自由性、無固定性、相互交叉重疊性、多視線

性等，所以把這個新的攝影手法稱爲「非線攝影藝術」。然而，在傳統的線形攝影藝術中，其實也存在著非線攝影的技巧，即是所謂的動態攝影，以及早期有謂底片成像法等，這類的攝影成像技巧不太容易掌握，卻相當符合非線攝影的概念。非線攝影藝術屬於新的攝影藝術概念，本文將從非線攝影藝術的動態攝影藝術談起。

　　動態攝影即是對於動作中的景像呈現部分停滯和部分具有重影或運動軌跡的攝影技術，一般多用於運動中的追蹤攝影，慢速攝影等，讓所攝取的照片呈現動感。底片成像法則是早期暗房成像技術的一種顯像方式，利用相片在顯影過程中斷顯影來產生千變萬化的顯像相片。不論是動態攝影還是底片成像法攝影藝術，攝影者都無法在拍攝或顯像的過程中運用光圈和速度等技巧完全掌控相片成像的樣貌，只能在成像後檢視結果，以致作品的失敗率極高，卻也成爲攝影愛好者冒險嘗試的天堂。如此不確定的攝影技巧，正是非線攝影藝術讓人著迷之處。非線攝影的攝影作品表現常介於具象與抽象之間，除了具有動態美感之外，尚有無法以人爲方式刻劃與重複再攝的抽象之美，這正是非線攝影藝術與傳統線性攝影作品最大區別之處。至於對非線攝影藝術的觀賞，亦須建立在這個基礎上，以具象和抽象作爲觀賞連結，在作品所呈現的色彩、線條，和形態變化中去體會作品的意涵，才能眞正進入作品核心欣賞作品。

　　非線攝影的拍攝技巧強調「動態」二字，這是從動態攝影中獲得的靈感。一般在動態攝影技巧裡，攝影者可以採取固定式攝影和追蹤攝影兩種獵影手法，而被攝影者都在動態的情形下被獵影，其最終目的都要表現作品中被攝影者動態的美感。這類的獵影手法不易對焦，常造成主體失焦難以構圖的遺憾。在非線攝影拍攝技巧裡，與動態攝影的拍攝手法相仿，攝影者採取固定式攝影和追蹤攝影兩種獵影手法，而被攝影者卻不一定在動態的情形下被獵影，其最終目的一樣都要表現作品中被攝影者動態的美感。因爲，非線攝影拍攝技巧在攝影者與被攝影者之間採取動靜皆宜的手法獵影，以致成像的機率更爲困難。然而非線攝影捨棄

正經八百的對焦模式，對於成像的要求不追求影像的真實感，而是追求影像的朦朧感、不確定感、動感、抽象化和介於抽象與具象間的非具象感覺，也可以說是具有詩的特質。因為具有詩的特質，所以呈現的攝影作品常跟命名連結，甚至觀賞者與攝影者對於同一作品會產生不同的感觸，這亦是杜象作品的詩意化創作主要涵意。

三、非線攝影先驅

目前數位攝影大行其道，數位相機的強大功能已經讓傳統相機瞠目興嘆，尤其是數位剪輯隨處可得，如何造景和拼貼成為另類攝影藝術。談到拼貼藝術，當年攝影大師郎靜山就以暗房製作為技巧，獨創中國山水集錦攝影，成為獨步攝影界的大師。郎大師的集錦攝影正是拼貼攝影的先驅，然其如夢似幻的構圖技巧，非具有相當的攝影與暗房技術者難以及之。在數位時代的攝影技術，則可以在後製過程中輕易完成造景和拼貼，使攝影作品得到多層次的再現機會。此外，傳統相機的多重曝光技巧也是造景常用手法，這種利用多重曝光來達到攝影創作效果失敗率亦高，卻可以得到如夢似幻的驚奇作品。這類的攝影技巧，也是非線攝影研究的範圍。因此，我們可以說，只要相異於傳統攝影的手法都屬於非線攝影藝術的手法，在傳統攝影藝術認知之外的攝影藝術表現手法，都被非線攝影藝術所認同。然而，不論線性攝影藝術或是非線攝影藝術，正如繪畫藝術一般，寫實主義和現代主義及超現實主義等等各家的畫風雖異，其目的只有一個，就是要在作品中力求表現，達到作者所認知的美的訴求，用以感動觀賞者。只是攝影藝術一直困於線性表現手法，並未如繪畫藝術超脫了寫實技巧，追求多變的繪畫藝術表現手法而已。非線攝影手法的發現，係蕭仁隆在研究非線文學之餘，於西元 2011 年把玩相機中發現此一攝影技巧的可行性。當初以閃動攝影或晃動攝影為名，

直到西元 2012 年發現其攝影特質與非線文學的特點有諸多相同之處，乃定名為「非線攝影藝術」，希望為攝影藝術增添更為多元的創作技法和作品。

四、非線攝影拍攝技巧

為探求非線攝影藝術的拍攝手法，將攝影技巧分為：

（一）　攝影者靜態與被攝影者動態拍攝技巧
（二）　攝影者動態與被攝影者靜態拍攝技巧
（三）　攝影者與被攝影者皆動態拍攝技巧
（四）　攝影者與被攝影者皆靜態拍攝技巧
（五）　攝影後的剪輯拼貼創作

其中攝影後的剪輯拼貼創作屬於電腦後製作的創作，創作方式與郎靜山大師的集錦攝影相同，不在此詳談。至於所謂靜態與動態係指操作手法而言，靜態為靜止不動之意，不須多做解釋。但所謂動態則有攝影者形體之動，相機操作之動和被攝影者之動的不同，不同的動態攝影會產生不同的成像效果。茲將其他四者攝影技巧以攝影作品為主探討如下：

（一）攝影者靜態與被攝影者動態攝影技巧

〈風景〉

〈出淤〉

　　〈風景〉與〈出淤〉作品的表現不盡相同，〈風景〉在虛中見實，〈出淤〉則在實中有虛，卻都以水的流動作爲表現手法。〈風景〉乍看之下彷如莫內或梵谷的繪畫手法，實係花蓮鯉魚潭某處的岸邊倒影，藉由水的波紋產生動感。〈出淤〉原本只是一朵白色睡蓮，以一般的攝影手法則求其眞實，但藉自然的微光打在花朵上，以張顯其皎潔之姿，借微風拂動的昏暗水面形成亂影，於是讓睡蓮得到強烈的對比。這是以攝影者靜態與被攝影者動態的攝影手法，只要獵影得當，都可以拍到不錯的作品。然而，這類的作品常可遇不可求，何況水的流動亦非人能掌控，其難可知。這類攝影手法與傳統的動態攝影類似，其中以煙火攝影最爲常見，其次是雲霧、交通和星軌攝影都是常見的作品。

（二）攝影者動態與被攝影者靜態攝影技巧

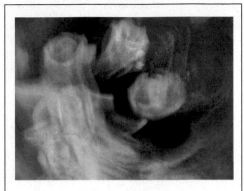

〈玫瑰之夢系列〉

〈花之變形系列〉

　　〈玫瑰之夢系列〉與〈花之變形系列〉都以花爲主題的創作作品，被攝影者靜止不動讓攝影者獵影，而其所產生的動感，在於攝影者必須有所行動。攝影者行動之法端由攝影者自主，可以將相機晃動以求成像，也可以攝影者自身作各種角度晃動以求成像。成像的優劣關鍵在於搖晃的角度和光影成像的快慢以及所搭配的色彩。以〈玫瑰之夢系列〉而言，原本只是一束捧花，但在光影與搖晃間產生似花非花的夢幻感，有的玫瑰幻化爲飛奔的幽靈，有的成爲如雲霧般的紫色，於是釀造成爲一種夢幻。〈花之變形系列〉則是採用整齊的花圃爲造像主題，在攝影者的運動後讓整齊的花圃動了起來，就像即將飛起的萬叢花朵，她不再是花圃了！

（三）攝影者與被攝影者皆動態攝影技巧

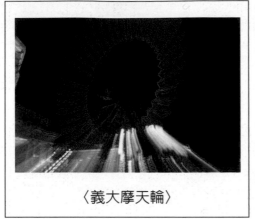

〈義大摩天輪〉

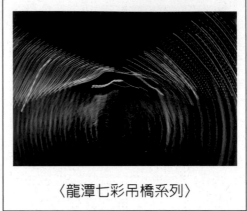

〈龍潭七彩吊橋系列〉

　　這是一個比較困難的攝影手法，成像的控制完全隨機而定。〈義大摩天輪〉與〈龍潭七彩吊橋系列〉都在夜間攝影，義大摩天輪是轉動的，燈光是閃動的，龍潭七彩吊橋的燈光是閃動的，攝者如何運用技巧活化呢？〈義大摩天輪〉以手動定焦配合相機前後快速變焦手法，於是形成一幅摩天輪奇特的景象。〈龍潭七彩吊橋系列〉則僅作相機的擺動讓七彩光點和倒影隨意的閃爍創造效果，於是形成一幅相當抽象及亮麗的作品，作品就在色彩與光影中向觀賞者說話。

（四）攝影者與被攝影者皆靜態攝影技巧

〈潑墨的拼貼〉

〈窗內窗外〉

　　這個手法就是傳統的攝影手法，兩者皆靜，運用攝影的技巧和光影的配合及構圖取景創造作品。在非線攝影藝術裡，則取其自然拼貼與重複曝光的創意。自然拼貼係運用光影的投射造成多重影像的重疊以致成像，重複曝光則以具有重複曝光的按鈕讓景物多重曝光來建構圖像，兩者都具有多重影像的特質。〈潑墨的拼貼〉係利用張大千的潑墨荷花掛圖為襯景，將室內的吊燈和窗外的映景自然拼景而成，具有三層影像的效果。〈窗內窗外〉則是以台北夜景為襯景，101 大樓的窗戶和建築體為投影，於是形成窗內窗外的虛幻夜世界，這都是利用周邊投影產生特殊的拼貼成圖的效果，與利用多重曝光造景技巧相同，卻可一次拍攝成像不用剪輯拼貼創作。

　　以上四種攝影技巧，僅就目前研究實驗後歸納所得。攝影之法千變萬化，在進入非線攝影藝術之後，各類的攝影手法將不再固守傳統的攝影藝術框架，只要能創造攝影藝術的美即是好的作品。現今將自己的發現發表出來，與同好們共享創新的攝影技法，或可增進同好更為多元的攝影觀念和創作手法，為攝影藝術邁開一大步。

五、非線攝影作品欣賞

　　當明白「非線攝影藝術」創作的概念與技法後，即可拋開傳統攝影的概念，運用非線攝影的拍攝技巧來呈現莫內和梵谷以及歷來抽象派畫家、現代派畫家、超現實主義者心中所追求的美。以下即是以非線攝影的概念與技法所拍攝的攝影作品，是沒有經過後製作剪輯等手法的數位攝影作品，我們可以從這些作品的欣賞中，體認非線攝影藝術的美感。

〈游逸〉

〈風景〉

〈泊〉

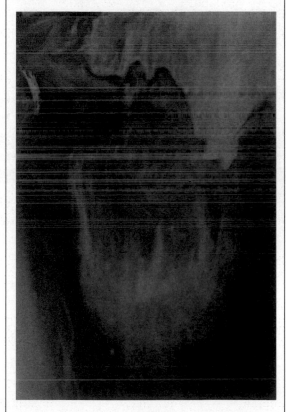

〈交融〉

〈游逸〉原本只是一隻鴛鴦在水上游，以一般的攝影手法則求其真實，將這隻鴛鴦以高速拍攝凍結。但非線攝影則尋求水流動的波紋來襯托鴛鴦的游逸，是以靜制動的拍攝手法。〈風景〉乍看之下彷如莫內或梵谷的繪畫手法，實係花蓮鯉魚潭某處的岸邊倒影，藉由水的波紋產生動感，是虛中見實的拍攝手法。〈泊〉則是運用〈風景〉的倒影在加入水面上停泊的竹筏，構成實中有虛景；虛景之中又見實物的錯亂感。

〈交融〉則是利用顏色與水的流動產生動感，在顏色與水的交融之時拍攝所需的影像。也可以說是利用水與顏色來作景，然後將交融變化瞬間的圖像拍下，即成為一幅深具抽象畫的作品。這種以攝影者靜態與被攝影者動態的攝影手法，只要獵影得當，都可以拍到不錯的作品。然而，這類的作品常可遇不可求，何況水的流動亦非人能掌控，其難可知。這類攝影手法與傳統的動態攝影類似，其中以煙火攝影

最為常見，其次是雲霧、交通和星軌攝影等都是常見的作品。想要進入
非線攝影的攝影者，若從這裡著手應該比較順利，只要找到適合的景點，
大都可以獲得不錯的攝影作品。

　　接下來的六幅作品，則是以攝影者動態與被攝影者靜態的攝影手法
攝得的作品，但有時加入以相機前後快拉或快速轉換變焦鏡頭等方式獵
影，產生了比前面四幅作品更為抽象的作品。欣賞說明如下：

〈台北 101 大樓變形系列〉

〈獵影〉

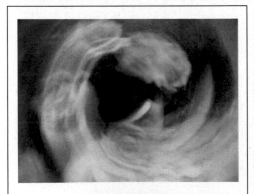

〈玫瑰之夢系列〉

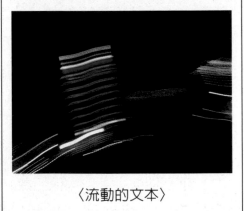

〈流動的文本〉

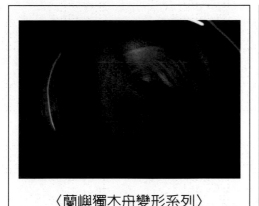

〈蘭嶼獨木舟變形系列〉

〈粉紅之夢〉

　　〈台北 101 大樓變形系列〉是以台北 101 大樓做為場景所拍攝的非線攝影作品，係在相機的動態變化攝影下，使得台北 101 大樓已經不再是一棟高聳的大樓，而是讓人驚豔的抽象作品，這幅作品以大樓的腰部為取景，一片一片的窗戶化成彩色的稿紙在天空飛揚，彩帶亦隨之而飛升，如此幻化變形是非線攝影所希望的一種成像方式。〈獵影〉則是運用相機變焦鏡頭快拉造成的結果，也是傳統攝影常用的手法，失敗率甚高。〈玫瑰之夢系列〉則以捧花為攝影主體，運用不同角度的拍攝及取景，配合光圈與速度的變化，建構心中的圖本。本作品在光影與搖晃間產生似花非花的夢幻感，有的玫瑰幻化為飛奔的精靈，有的成為如雲霧般的紫色，於是釀造成為一種夢幻感。〈流動的文本〉同屬〈台北 101 大樓變形系列〉之一，但卻幻化為一層層飛奔的文本，而非線文本豈不是一個多層次的不斷變化的可以流動的文本？這幅作品正好可以如此正確的詮釋文本的流動性。〈蘭嶼獨木舟變形系列〉蘭嶼獨木舟本身就相當豔麗，經過非線攝影手法後，猶如從夢幻的幽洞中竄出的幽靈船，扭曲的船身凸顯出正在變化之中的樣貌。〈粉紅之夢〉人們心中都有一個粉紅的夢想，這幅作品以逐漸晃動的粉紅花朵來彰顯心中粉紅夢想的悸動，在左上角的黃金絲帶象徵這個夢想可能的結局。

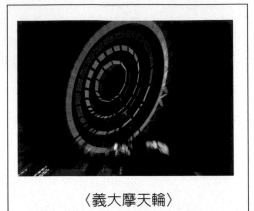

〈義大摩天輪〉

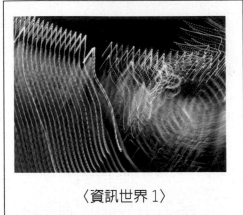

〈資訊世界 1〉

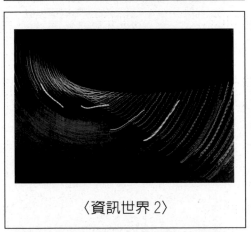

〈資訊世界 2〉

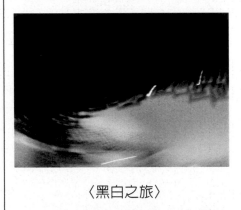

〈黑白之旅〉

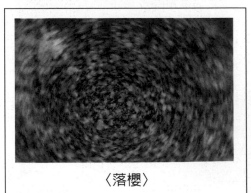

〈落櫻〉

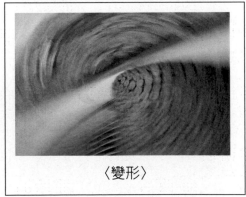

〈變形〉

　　〈義大摩天輪〉〈資訊世界 1〉〈資訊世界 2〉〈黑白之旅〉〈落櫻〉〈變形〉與前面的作品表現又不盡相同，〈義大摩天輪〉以手動定焦配合相機前後快速變焦手法，於是形成一幅摩天輪奇特的景象，如此的成像絕非一般傳統攝影技法所能拍攝的。〈資訊世界 1〉〈資訊世界 2〉則僅作相機的擺動讓龍潭七彩橋閃亮的七彩光點和倒影隨意的閃爍創造效果，於是形成一幅相當抽象及亮麗的作品。命名為資訊世界係片段的光點猶如數位的 0 與 1 的數碼，在依序傳遞訊息的過程中，仍會出現莫名的干擾現象，波長的大小也因調節而變化，這兩幅作品恰好可以表現資訊中的各種現象，作品就在色彩與光影中向觀賞者說話。在攝影者與被攝影者都是動態的狀態下，是一個比較困難的攝影手法，且成像的控制完全隨機而定。〈黑白之旅〉則是有趣的街頭商品廣告，一經非線攝影技法拍攝後形成仿如一幅平面設計的封面，原有的商品已經不存在了。〈落櫻〉則是拍攝一堆掉落的台灣山櫻花，但寫實的拍攝只能是一堆落花，經由旋轉拍攝後，落櫻就停留在旋轉飄落的霎那，觀賞時仍看到還在飄落的櫻花。〈變形〉則是一堆木飾品與花草的結合，經過非線攝影的技法拍攝後，形成這幅非具象的正在變形中的圖像，這在傳統攝影中是無法拍攝的。以上的作品都是攝影者如何將非線攝影概念的運用與技巧的活化而已。

　　以上的非線攝影作品，係在非線攝影研究時的實驗作品。攝影之法千變萬化，在進入非線攝影藝術之後，各類的攝影技法將不再固守傳統的攝影藝術框架。攝影藝術正如繪畫藝術，只要能創造藝術的美即是好的作品。非線攝影技巧的發現，或可增進更為多元的攝影觀念和創作技法，期許非線攝影藝術能突破傳統的攝影欣賞框架，創造出美學上另類多彩繽紛的攝影藝術作品。（103 年 5 月 9 日蕭仁隆全部修稿完成）

附註：本文局部刊登於國立台灣藝術教育館 2014 年 7／8 月《美育》雙月刊第 200 期第 56-63 頁，〈透視非線攝影之美感〉。

參考文獻

一、外文書籍

Aarseth, E. J.（1997）. *Cybertext: Perspectives on Ergodic Literature.* Baltimore: The Johns Hopkins University Press.

Huizinga, J.（1955）*HOMO LUDENS a study the play-element in culture.* Boston: Beacon Press.

Kadushin, A.（1990）. *The Social Work Interview: A Guide for Human Service Professionals*（3 ed.）. New York: Free Press.

二、中文書籍

Christopher Johson（1999）。德希達。（劉雅蘭譯）。臺北市：城邦。（原著出版年：1997）

Collins Jeff（1998）。德希達（DERRIDA）。（安原良譯）。臺北市：立緒。

Derrida（1998）。文學行動。（趙興國譯）。北京市：中國。

Derrida（1999）。論文字學。（汪堂家譯）。上海市：上海。

Derrida（2004）。書寫與差異。（張寧譯）。臺北市：麥田。

Griffin R. D.（1997）。後現代精神（Spirituality and Society: Postmodern Visions）。（王成兵譯），北京市：中央。

Lupton Ellen & Philips ColeJennifer（2009）。新平面設計原理（GRAPHIC DESIGN THE NEW BASICS）。臺北市：龍溪。

Mallarme Stephane（1995）。馬拉美詩集。（莫渝譯）。臺北市：桂冠。

Microsoft Prees（2002）。微軟電腦字典。（徐明志、魏嘉輝譯）。臺北市：文魁。

Payne Michael（1996）。閱讀理論：拉康德希達與克麗絲蒂娃導讀。（李奭
　　學譯）。臺北市：書林。

Selden Raman, Widdowsoneter, & Brooker Peter（2005）。當代文學理論導讀（A
　　Reader's Guide to Contemporary Literary Theory）。（林志忠譯）。臺北市：
　　巨流。

Seidman Irving（2006）。訪談研究法（Interviewing as Qualitative Reserarch: A
　　Guide for Researchers in Education and the Social Sciences）。（李政賢譯）。
　　臺北市：五南。

Shamdasani W. & Prem N. David（2001）。焦點團體：理論與實際。（歐素汝
　　譯）。臺北市：弘智。（原著出版年：1990）

內田治、醍醐朝美（2000）。問卷調查入門。（徐華锳譯）。臺北市：小知
　　堂。

王文科、王智弘（2010）。教育研究法。臺北市：五南。

王國安（2007）。 數位的謬思—試論《妙繆廟》〈Wonderfull Absurd Temple〉。
　　人文社會學報，第一卷（十），101-130。

尤克強（2004）。未盡的春雨珠光。臺北市：愛詩社。

白靈（2007）。一首詩的玩法。臺北市：九歌。

伍軒宏、劉紀雯（2010）。結構主義與後結構主義、後現代主義。臺北市：
　　行政院文化建設委員會。

向明（2008）。新詩百問。臺北市：爾雅。

朱光潛（1989）。朱光潛美學文集。上海市：上海。

朱熹（1996）。四書章句集注。臺北市：大安。

吳怡（2003）。禪與老莊。臺北市：三民。

吳筱玟（2003）。網路傳播概論（Internet Communication）。臺北市：智勝。

尚杰（1999）。德希達。長沙市：湖南。

丘永福（1991）。字學—文字造型的理論與實務。臺北市：藝風堂。

成寒（2004）。大詩人的聲音。臺北市：聯經。

李時珍（1997）。重訂本草綱目。臺北市：文化。

李威熊（1987）。國學常識與應用文。臺北縣：國立空中大學。

李德超（1995）。詩學新編。臺北市：五南。

沈信宏（2006）。漢字新意象—超文本時代的漢字字文設計。臺中縣：朝
　　陽大學。

邱燮友、張學波、田文彬、馬森、李建昆（2005）。國學常識。臺北市：
　　東大。

林煥彰（2005）。一個詩人的秘密。臺北市：民生報。

林淇漾（2001）。書寫與拼圖：台灣文學傳播現象研究。臺北市：城邦。

周慶華、王萬象、許文獻、簡齊儒、董恕明、須文蔚（2009）。新詩寫作。
　　台東市：臺東大學。

孟世凱（1996）。中國文字發展史。臺北市：文津。

孟樊（1993）。當代台灣批評大系（4）：新詩批評卷。臺北市：正中。

孟樊（2003）。台灣後現代詩的理論與實際。臺北市：揚智。

洛夫（2005）。因為風的緣故。臺北市：聯經。

高行健（2008）。論創作。臺北市：聯經。

柳淳美、池溶晉（2012）。用 iphone 拍微電影。（泡荣姊譯）。台北市：麥
　　田。

張世儻（2007）。旅夢二十。臺北市：金革。

張漢良（1988）。七十六年詩選。臺北市：爾雅。

曹志漣（1998）。虛擬曼陀羅。中外文學，26，11。

曹雪芹、高鶚（2003）。紅樓夢一百二十回新校本。台北市：小知堂

許紹龍（1984）。易經的奧秘。板橋市：慈風。

陳昌明（1999）。緣情文學觀。臺北市：台灣。

陳萬達（2007）。網路新聞學（Web Journalism）。台北縣：威仕曼。

陳朝蔚（2012）。電子網路科技與文學創意—台灣數位文學史
　　（1992-2012）。台南市：台灣文學館。

陳湘揚（2009）。網路概論（Introduction to Computer Networks）。台北縣：博碩。

陳曉明（2009）。解構的底線：解構的要義與新人文學的到來。北京市：北京大學。

馮夢龍（1988）。醒世恒言。台北市：三民。

傅修延（2004）。文本學—文本主義文論系統研究。北京市：北京。

曾琮琇（2009）。臺灣當代遊戲詩論。臺北市：爾雅。

舒蘭（2009）。舒蘭小詩〈天〉。乾坤詩刊，52，74。

華特‧班雅明（Walter Benjamin）（1998）。迎向靈光消逝的年代。（許綺玲譯）。臺北市：臺灣攝影。

須文蔚（2003）。臺灣數位文學論—數位美學：傳播與教學之理論與實際。臺北市：二魚。

黃永武（1985）。珍珠船。臺北市：洪範。

黃永武（2002）。字句鍛鍊法。臺北市：洪範。

黃永武（2009）。新增中國詩學：設計篇。臺北市：巨流。

黃志光（2005）。西洋文學的第一堂課。臺北市：書泉。

楊大春（1994）。解構理論。臺北市：楊智。

楊大春（1995）。德希達 Jacques Derrida。臺北市：生智。

楊大春（1999）。德希達。臺北市：生智。

楊皓鈞等二十七人（2007）。我的心裡住著一位詩人。我的心裡住著一位詩人「尋找飲冰室新主人」—徵文活動作品集。台北市：小知堂。

新舊約聖經（1988）。新舊約聖經。香港：聖經公會。

葉維廉（1992）。解讀現代、後現代：生活空間與文化空間的思索。臺北市：東大。

葉謹睿（2005）。數位藝術概論：電腦時代之美學、創作及藝術環境（The History and Development of Digital Art）。臺北市：藝術家。

葉謹睿（2008）。數位「美」學？：電腦時代的藝術創作及文化潮流剖析。臺北市：藝術家。

榮欽科技（2008）。多媒體概論理論與實務。台北縣：博碩。

管倖生、阮綠茵、王明堂、王蘭亭、李佩玲、高新發、黃鈴池、黃瑞菘、陳思聰、陳雍正、張文山、郭辰嘉、楊基昌、楊清田、董皇志、董鼎鈞、鄭建華、盧麗淑（2007）。設計研究方法。台北縣：全華。

赫爾津哈（Huizinga John）（1996）。遊戲的人。（多人譯）。杭州市：中國美術學院。

遠東圖書公司（梁實秋編）（1997）。遠東新時代英漢辭典。臺北市：遠東。

劉紀蕙（1999）。框架內外：藝術文類與符號疆界。台北縣：立緒。

劉勰（1994）。文心雕龍注釋。臺北市：里仁。

劉毅（2007）。英文字根字典。臺北市：學習。

歐崇敬（2010）。莊子與解構主義。臺北市：秀威。

蔡勇美、廖培珊、林南作（2007）。社會學研究方法。臺北市：唐山。

鄭月秀（2004）。多媒體理論與設計（DIRECTOR MX2004）。臺北市：學貫。

鄭月秀（2007）。網路藝術。臺北市：藝術家。

鄭月秀（2012）。從詩中詩到具象詩導入通識課的創新教學。美育雙月刊，188，64-74。

鄭明娳（1993）。當代台灣文學評論大系：文學現象卷。臺北市：正中。

鄭明萱（1997）。多向文本（Hypertext）。臺北市：揚智。

蕭仁隆（1994）。力爭。第十八屆中國攝影團體聯誼聯展作品專輯。彰化縣：彰化攝影學會。

蕭仁隆、鄭月秀（2010）。「文中之文，詩中之詩」Web2.0 世代中文非線性文學的遊戲文本。美育雙月刊，178，34-43。

蕭仁隆（2014）。透視非線攝影之美感。美育雙月刊，200，56-63。

蕭雲（2004）。請不要說再見。台北市：秀威。

蕭蕭（1991）。現代詩創作演練。臺北市：爾雅。

蕭蕭（1998）。詩從趣味始。臺北市：幼獅。

蕭蕭（2001）。蕭蕭教你寫詩、爲你解詩。臺北市：九歌。

蕭蕭（2012）。後現代新詩美學。臺北市：爾雅。

錢谷融、魯樞元（1990）。文學心理學。臺北市。新學識。

謝碧娥（2008）。杜象詩意的延異—西方現代藝術的斷裂與轉化。臺北市：
　　秀威。

台北市政府文化局（鴻鴻編）（2008）。行走的詩—2008 年第九屆台北詩
　　歌節詩選。臺北市：台北市政府文化局。

台北市政府文化局 （2008）。2007-2008 台北詩歌節「影像詩」入選作品。
　　臺北市：台北市政府文化局。

羅寶樹（2007）。說書—從獸骨到紙張的文字行旅。臺北市：商周。

龔仁文（2006）。Web 2.0，臺北市：資策會。

龔仁文（2006）。Web 2.0 創新應用案例集。臺北市：資策會。

三、學術論文

黃俊鼎（2009）。應用環境式互動廣告以提升企業商展效益：2009 賽博光
　　廊媒體數位科技與應用藝術之創作暨學術研討會論文集。台北縣：
　　國立臺灣藝術大學應用媒體藝術研究所。

楊依蓉（2006）。德希達之解構哲學及其教育意涵。國立東華大學教育研
　　究所碩士論文，未出版，花蓮縣。

陳義芝（2000）。台灣後現代詩學的建構。國立台灣師範大學國文系解嚴
　　以來台灣文學國際學術研討會論文集。臺北市：萬卷樓。

鄭月秀、蕭仁隆（2012）。「詩中詩創作法」課程之設計與體驗=The Course
　　Design and Experience Besed on the Method of "The Poem of the Poem
　　Creation"。藝術學報，90(8：1)，373-401。

蕭仁隆（2011）。「詩中詩」遊戲文本創作法探究。私立元智大學資訊傳播學系碩士論文，未出版，桃園縣。

蕭仁隆、鄭月秀（2009）。從 Derrida 的解構理論初探 Web2.0 世代之非線性文學創作平臺建構概念與創作 ── 一封無法寄達的情書。國立中央大學第二屆 Web2.0 與教育國際研討會論文集。桃園縣：國立中央大學學習與教育研究所。

蕭仁隆、鄭月秀（2011）。「詩中詩」遊戲文本創作設計之探究。國立雲林科技大學設計學院 2011 年 IDC 國際設計研討會設計領航永續文化數位加值論文集，未出版，雲林縣：國立雲林科技大學設計學院。

四、網頁資料

Amerika, M.（2010）. *grammatron*. Retrieved 09/11, 2010, from grammatron: http://www.grammatron.com/

Bernstein, M.（2003）. *PATTERNS OF HYPERTEXT*. Retrieved 03/04, 2010, from serious hypertext Eastgate Systems, Inc. :

http://www.eastgate.com/patterns/Print.html

Mark-David Hosale（2008）. Nonlinear Media as Interactive Narrative, Unpublished doctoral dissertation, University of California, Santa Barbara. P.1-2. Retrieved August1, 2009, from the World Wide Web:

http://proquest.umi.com/ppdweb/

Jean Birnbaum（2004/2004）。我與自己交戰（Derrida 最後訪談稿）。黃建宏譯，文化研究閱報，43。2009 年 8 月 1 日，取自：

http://hermes.hrc.ntu.edu.tw/csa/journal/43/journal_park337.htm

張小虹（1992 年 4 月）。德希達年表。島嶼邊緣，43，71-75。2009 年 8 月 6 日，取自：

http://intermargins.net/intermargins/IsleMargin/Catalogue/vol_03.htm

李順興（2001 年 3 月 1 日）。超文本閱讀空間之評析。2009 年 4 月 13 日
取自 intergrams：

http://benz.nchu.edu.tw/~intergrams/intergrams/031/031-lee.htm

李順興（2001 年 3 月 2 日）。文學創作工具與形式的再思考—以中文超文
本作品爲例。2009 年 4 月 13 日取自 Intergrams：

http://benz.nchu.edu.tw/~intergrams/intergrams/032/032-lee.htm

李順興（無日期）。美麗新文字—試論數位改編兼回應幾個超文本文學議
題。2009 年 4 月 13 日取自 Intergrams：

http://benz.nchu.edu.tw/~intergrams/intergrams/032/032-lee.htm

國 家 圖 書 館 出 版 品 預 行 編 目 資 料

非線文學論／蕭仁隆 著. 一初版.一臺中市：
白象文化，民 103.08
　　面： 公分
ISBN 978-986-358-050-8 （平裝）

1. 文學理論
810.1　　　　　　　　　　　　103012811

非線文學論

建議售價‧620元

作　　　者：蕭仁隆
校　　　對：蕭仁隆
編輯排版：黃麗穎
出版經紀：徐錦淳、黃麗穎、林榮威、吳適意、林孟侃、陳逸儒
設計創意：張禮南、何佳誼
經銷推廣：何思頓、莊博亞、劉育姍、王堉瑞
行銷企劃：張輝潭、劉承薇、莊淑靜、林金郎、蔡晴如
營運管理：黃姿虹、李莉吟、曾千熏
發 行 人：張輝潭
出版發行：白象文化事業有限公司
　　　　　402台中市南區美村路二段392號
　　　　　出版、購書專線：（04）2265-2939
　　　　　傳真：（04）2265-1171

印　　　刷：普羅文化股份有限公司
版　　　次：2014 年（民 103）八月初版一刷
　　　　　　2015 年（民 104）五月二版一刷

設計編印

白象文化｜印書小舖
網　　　址：www.ElephantWhite.com.tw
電　　　郵：press.store@msa.hinet.net